2014年パリ・シンポジウム

源氏物語とポエジー

寺田澄江
清水婦久子 編
田渕句美子

青簡舎

Colloque à Paris 2014
Le Roman du Genji et la poésie
Sous la direction de Sumie TRTADA, Fukuko SHIMIZU, et Kumiko TABUCHI
Editions Seikansha 2015
ISBN978-4-903996-86-8

二〇一三年対論　開会の辞

イナルコ日本研究センター前所長
アンヌ・バヤール＝坂井

イナルコ、その日本研究センター（CEJ）、源氏研究グループが、CRCAO（パリディドロ大学）協力のもと、このように『源氏物語』をテーマに掲げる学術的集まり（それはシンポジウムであったり、ワークショップであったり、対談・討議であったりするわけですが）、何はともあれ、そのような学術的集まりに皆さんをお招き出来るのも既に一〇回目となりました。この源氏研究グループはイナルコとパリディドロ大学の研究者を中心に既に一〇年以上前から『源氏』の仏訳を進めていますが、その仏訳は研究活動の一環であり、その一環としてまたこのようなシンポジウムや学術的集まりという形が取られているわけです。『源氏物語』の持つ様々な側面にアプローチし、インターディシプリナリーに多くの視点を交錯させることを通じてこの研究は進められていますが、今年は、『源氏物語』を念頭に置きながら和歌の文学的、文化的枠組みを考察すべく、文化を横断するテーマを取り上げることにより、『源氏物語』の文化の核、コアとしての役割、意味、機能などをより一層鮮やかに浮きあがらせられるのでは、と特に期待しております。

現在の研究状況を総合的に考える時、この源氏研究の一つの特徴は、時間的制約から解放された研究として進められていることではないかと思います。短期的な視野に立つ問題提起、現在の学術政策がしばしば掲げる直ちに成果を提示出来る可視性、等に捉われずに、長いスパンでの『源氏』に関する言説と知識の蓄積を目指しています。そしてその蓄積に、今日の対論が大きく貢献することは間違いありません。今日のお二人の発表者と言いますか二人の主役、ライデン大学のイフォ・スミッツ先生、東京大学の渡部泰明先生に心からお礼を申し上げたいと思います。また、CEJ内でこのプロジェクトを進めてきた寺田澄江教授、そして今回の集まりの準備に大きく貢献したストリューヴ、ヴィエイヤール・バロン両先生にも感謝の意を表したいと思います。

なお、今回この研究プロジェクトが主催する一〇回目の記念的な学術的集まりがイナルコのオーディトリウムで行われることも、イナルコのこのプロジェクトへのサポートの現れであり、それがこのプロジェクトの今後の発展への大きな励ましになることを付け加えてご挨拶に代えさせて頂きたいと思います。

フランスにおける古典学の現在

イナルコ日本研究センター所長
ミカエル・リュケン

フランスにおける古典学は、基盤的研究の一つとして日本学の発展を歴史的に支えて来た。イナルコにおいても、神話・宗教史の主要な研究者、フランソワ・マセが長期にわたって日本研究センター（ＣＥＪ）の所長を務めていた。しかし現在、この分野の研究は後退しているという印象を与える。実際、若手研究者の中では近代・現代を研究する数の方が多い。しかし、この印象が現実を正確に反映しているかと言えば、必ずしもそうではなく、過去四〇年来大きな躍進を遂げた日本学全体を概観した場合、古典分野の研究が相対的に後退しているということは言えるであろうが、絶対的観点から見た場合、それは事実ではない。フランスの大学において、日本古典文学や前近代の歴史を対象としている研究者の数は多く、ＣＥＪの源氏グループの場合は、この偉大な作品が投げかける光芒の及ぶ分野に携わる十名内外の研究者が定期的に集って研究活動を行っている。フランスにおける前近代日本の研究は健在であり、時代の要請に応える問題提起を続けてきているのは確かである。

とはいえ、手放しの楽観主義は許されない。古典世界の日本研究は、高度な研究能力、特に言語面における能力が要求される。従って、修士課程の学生達に焦点を当て研究力を育成して行く努力なしには、研究の水準を維持して行くことはできないであろう。またグローバル化が進行している社会においては、過去から継承されたカテゴリー区分や重要度等の妥当性について、恒常的に再検討して行く姿勢が要求されよう。『源氏物語』を研究するということは、一体何を研究することになるのか、「日本」研究なのか、あるいは「前国家としての日本」研究なのか、「王朝」文学研究なのか、「女性」文学研究なのか、「アジア」文学研究なのか、あるいは「世界遺産」としての作品研究なのか。現代社会において、前近代世界の研究が意味を持ち続けるためには、このような根本的な問題提起を避けて通ることはできないであろう。

今回のシンポジウムは、パリ源氏グループが共同翻訳を中心として続けて来た研究活動の三回目の大きな催しにあたり、これまでの成果は、青簡舎により日本語で、『Cipango（シパンゴ）』によりフランス語で出版され、ＣＥＪの主要な成果となっている。これまでの活動に御参加下さった、日本、欧州、アメリカの研究者の方々、ご支援下さった愛知県立大学、帝塚山大学、二松学舎大学、早稲田大学、また特にこれまでの活動を継続的にご援助下さった東芝国際交流財団に心から感謝の言葉を捧げたい。

目次

Ⅰ　源氏物語の和歌

Ⅱ 言葉、そして共鳴する場

Ⅲ　しるべとしての源氏物語

Ⅳ　総括

劇場としての物語の和歌 ―序に代えて―

田渕 句美子

物語の和歌とはどのような特質をもっているのだろうか。少なくとも、その特質の一つは何だろうか。諸氏による論に入っていく前の序に代えて、少し考えてみたい。

一 物語和歌の自在さ

藤原信実が編んだ説話集『今物語』第二二話に、このような逸話が載せられている。[1]

待賢門院の女房加賀といふ歌よみあり。

かねてより思ひし事ぞ伏し柴のこるばかりなる歎きせんとは

といふ歌を、年ごろよみて、持ちたりけるを、「同じくは、さりぬべき人にいひむつびて、忘られたらんに詠みたらば、集などに入たらんも、優なるべし」と思ひて、いかがありけん、花園の左の大臣に申しそめてけり。その後、思ひのごとくやありけん、この歌をまゐらせたりければ、大臣殿も、いみじくあはれにおぼしけり。かひがひしく千載集に入りにけり。世の人、伏し柴の加賀とこそいひける。

待賢門院加賀は伝未詳で、和歌もこの歌一首しか知られない女房である。この話についてはかつて検討したことがあるが、[2]『今鏡』(御子たち・第八)、『古今著聞集』巻五、『十訓抄』巻十などでも取り上げられる話である。

「かねてより……」は、掛詞・縁語を駆使し、初めから別れの予感があった恋の終焉を嘆く歌となっている。ある時この歌を詠み得た加賀は、高貴な男性との恋とその破局という現実性を与えることによってこの歌の価値を高め、勅撰集などに入集したらすばらしいと考えて、長年この歌を公にせずもっていた。そしてその企ては、花園左大臣源有仁という当時最高の花形貴公子を恋人とすることができた時、見事に実現した。やがてこの歌を詠むにふさわしい状況となって、つまり有仁に飽きられた時、この歌を有仁に送ったところ、有仁は大変心打たれ、世間でも評判となり、この歌は『千載集』に入集し、「伏し柴の加賀」と呼ばれるほどになった、というのである。院政期を舞台とする歌徳説話であり、ある秀歌が詠まれ、温存され、ある時を期して披露され、大きく飛躍してある権威を帯びて勅撰集世界に取り込まれていく変貌のさまを見事に捉えている。この話が事実に基づくものかどうかは確実ではないが、『今物語』には事実無根の説話は少なく、多くが事実性があるエピソードの反映なので、このようなことがあったのだろう。

『今物語』では勅撰集に入集するに至ったことに話の主眼があるが、おそらくこのように、ある秀歌を詠み得た時に作者がその生かし方を考えるということは、時にあったのではないだろうか。その一つとして、物語の和歌があったかもしれないと想像する。

なぜなら、物語ほど作者の自由になるものはないからである。現実の贈答歌は、場面や相手との関係性によって大きく制約されるし、現実にその場面を待つには『今物語』に「としごろよみて持たりける」とあるような忍耐が必要である。屏風歌や歌合などの歌は、歌題・テーマが決定されている。けれども物語にはそうした制約がない。物語の作者はいかようにも物語の展開をすすめることができる。登場人物をどのような性格にし、恋をどのようにすすめ、歌をどのように詠ませるかは全く作者の自由であり、作者は自在に人や状況を操ることができ、詠む和歌では男性にも女性にも化身することができる。ある優れた和歌が先にできて、それをもとに構想される場合もあったかもしれない。[3] 物語和歌の自在さは、歌人かつ物語作者である作家にとって、大きな魅力であったと想像される。

それゆえに、またおそらく複層的なさまざまな理由によって、『源氏物語』では独詠歌はもちろんのこと、贈答歌も、宮廷生活の日常の会話的・社交的な贈答歌や即詠の贈答歌から抜け出て、二者間のコミュニケーションだけではない、普遍性、象徴性、共有性を強く帯びる場合があると思われる。もちろんすべてがそうではなく、『源氏物語』には、会話的な、即興的な贈答歌もあるが、それだけではない表現性をもつ贈答歌が、『源氏物語』には多いように感じられる。

物語における和歌とは、そもそもどのようなものなのだろうか。この素朴な疑問から始めてみたい。以下では、『源氏物語』の贈答歌を中心に、当時における贈答の場の実態と、物語和歌との乖離をみていくことになる。

二　ほのかな声

当時の最上層の貴族たちは、古歌の断片によって会話をし、意志を通じ合う。それが風雅の嗜みある上流貴族の資格であった。それは光源氏から中流の女性たちへの視線として、「くつろぎがましく、歌誦じがちにもあるかな。」（帚木、第一巻、九五ページ）[4] という、上からのやや皮肉めいた批評によっても想像できる。また『枕草子』の「宮にはじめて参りたるころ」の一七七段で、定子や伊周らが古歌の共有を前提として古歌の一節を引きながら会話する様子を聞き、清少納言は「物語にいみじう口にまかせて言ひたるにたがはざめりとおぼゆ。」[5]という感想をもらしている。これは、物語の主人公たちは自在に古歌による会話をしているが、現実にもあったのだという感嘆とみられる。

では次に、『枕草子』で贈答の場を見てみよう。五節の日の場面である。

小兵衛といふが赤紐の解けたるを、「これ結ばばや」といへば、実方の中将、寄りてつくろふに、ただならず。

あしひきの山井の水はこほれるをいかなるひものとくるなるらむ

と言ひかく。年若き人の、さる顕証の程なれば、言ひにくきにや、返しもせず。そのかたはらなる人どもも、ただうち過ぐしつつ、ともかくも言はぬを、宮司などは耳とどめて聞きけるに、久しくなりげなるかたはらいたさに、ことかたより入りて、女房のもとに寄りて、「などかうはおはするぞ」などぞささめくなり。四人ばかりを隔てて居たれば、よう思ひ得たらむにても言ひにくし、まいて歌よむと知りたる人のは、おぼろけならざらむは、いかでか。つつましきこそはわろけれ。よむ人はさやはある。いとめでたからねど、ふとこそうち言へ。つまはじきをしありくがいとほしければ、

うは氷あはにむすべるひもなればかざす日影にゆるぶばかりを

と、弁のおもとといふに伝へさすれば、消え入りつつえも言ひやらねば、「なにとか、なにとか」と耳をかたぶけて問ふに、少しことどもりする人の、いみじうつくろひ、めでたしと聞かせんと思ひければ、え聞きつけずなりぬるこそ、なかなか恥隠るる心地してよかりしか。（八六段）

局で五節の準備をしている時、介添え役の小兵衛という女房が、実方中将に御簾際で歌を詠みかけられるが、周囲の皆が耳をすまして返歌を待っているのに、人が多くいる場面でしかも歌人として名高い実方が相手とあっては、若い

小兵衛は気後れして返歌ができず、傍らの女房たちも助けなかったので、沈黙が続き、「どうしてこんなに返歌をしないのか」とささめく人もいた。四人ほど隔ててすわっていた清少納言がとっさに代わりに返歌を作り、弁のおもとという女房に伝えて実方中将に向かって言わせようしたが、弁のおもとはうまく言えず、実方が「何ですって、何ですって」と問い返すが、少しどもる癖のある弁のおもとが殊更にひきつくろい気取って聞かせようとしていたため、実方は結局聞き取ることができずに終わってしまった、という話である。このように、御簾際の内外で贈答される場合でも、女の声で詠じられる歌は御簾のすぐ外の男が聞き取れない場合があったこと、また宮廷女房でもとっさに返歌はなかなか詠めないものであったことがよくわかる。[6] なお、ここでの実方と清少納言の歌は、まさしく社交的・機知的な会話の贈答歌である。

贈答歌をかわす場面では、このように男女は御簾際の内外という近接した位置にいる。逢瀬の場面は当然だが、そうではない場合も二人の距離はごく近い。『源氏物語』の「胡蝶」に、源氏と玉鬘が贈答する場面がある。源氏は玉鬘の部屋から帰ろうとし、庭を眺めやり、立ち止まって、「ませのうちに根深くうゑし竹の子のおのが世々にや生ひわかるべき」という歌を、「御簾をひき上げて聞こえたまへば」、つまり部屋の外からわざわざ御簾を引き上げて玉鬘に詠みかけた（胡蝶、第三巻、一八二ページ）。それに対して玉鬘は、「ゐざり出でて」、つまり御簾近くに膝行して出てきて、源氏に「今さらにいかならむ世か若竹の生ひはじめけむ根をばたづねん」と返歌した。玉鬘はわざわざ源氏に近づいて返歌をしている。このように口頭で贈答する二人の距離はごく近いのが普通である。女性が歌を詠ずる声は小さくほのかだからであろう。

贈答歌ではなく連歌会の例だが、興味深い記述が『井蛙抄』第六にある。[7] これは現存の『弁内侍日記』にはない記事である。

同院御時、吉田泉にて御連歌ありけり、女房弁内侍、少将内侍、めされて簾中に候けり。民部卿入道、女房の中次にて、簾のきはに祇候せられけるが、耳おぼろにて、滝のひびきにまぎれあひて、聞きわかれざりける程に、御連歌もしまざりけるに、為教少将、山より柴をおりて、滝のおつる所にふさぎて侍ければ、水の音も聞えずなりにけり。其後、御連歌しみて侍けるよし、弁内侍日記に書きて侍。

吉田泉殿と呼ばれた西園寺公経の邸で行われた連歌会に、弁内侍と少将内侍が召されて、彼女たちだけは簾の中にいた。彼女たちが出す連歌の句を取り次ぐ役として、簾の際に為家が祇候していたが、老いて耳が遠く、また庭の滝の音にまぎれて女房たちの声がよく聞きとれなかったため、連歌が盛り上がらなかった。そこで為家の子の為教が、柴で滝の落ちる所をふさぎ、水の音を消したので、そのあとは聞き取れるようになり、連歌が盛り上がったという記事である。懐紙等に書いて出す和歌会と異なり、連歌会は声によって付句をするので、女房が加わる時は、男性の誰かが簾のすぐ外の際にすわり、簾中にいる女房が小さな声で句を出すのを聞き取って毎度皆に伝えていた、ということがわかる。女房たちが句を出す声は、同じ室内にいる男性たちにも届かないような小さな声であったわけである。さらにこの場合は、滝の音のせいで、簾のすぐ外にいる為家にさえ、簾中の女房の声はよく聞こえなかったのである。

これらの記事は、現実の女性たちの声のありようを反映しているであろうが、『源氏物語』全体ではどうだろうか。『源氏物語』の贈答歌のあり方は、平安時代当時の贈答・習俗の文化の実態を反映する面も多いが、すべてがそうとは言えないのではないか。

三　垣間見の非現実

和歌が贈答される場面を、垣間見の場から見てみよう。「若紫」で、小柴垣から源氏が少女（若紫）を垣間見する場面は、『源氏物語』の中でもよく知られている部分である。

日もいと長きにつれづれなれば、夕暮れいたう霞みたるにまぎれて、かの小柴垣のもとに立ちいでたまふ。人々は帰したまひて、惟光朝臣とのぞきたまへば、ただこの西面にしも、持仏据ゑたてまつりて行ふ尼なりけり。簾少し上げて、花奉るめり。中の柱に寄りゐて、脇息の上に経を置きて、いと悩ましげに読みゐたる尼君、ただ人と見えず。四十余ばかりにて、いと白うあてに痩せたれど、つらつきふくらかに、まみのほど、髪のうつくしげにそがれたる末も、なかなか長きよりもこよなう今めかしきものかな、とあはれに見たまふ。

きよげなる大人二人ばかり、さては童べぞ出で入り遊ぶ。中に、十ばかりやあらむと見えて、白き衣、山吹などの萎えたる着て走り来たる女子、あまた見えつる子どもに似るべうもあらず、いみじく生ひ先見えてうつくしげなる容貌なり。（中略）

尼君、髪をかき撫でつつ、「梳ることをうるさがりたまへど、をかしの御髪や。いとはかなうものしたまふこそ、あはれにうしろめたけれ。かばかりになれば、いとかからぬ人もあるものを。故姫君は、十ばかりにて殿におくれたまひしほど、いみじうものは思ひ知りたまへりしぞかし。ただ今おのれ見棄てたてまつらば、いかで世におはせむとすらむ」とて、いみじく泣くを見たまふも、すずろに悲し。幼心地にも、さすがにうちまもりて、伏し目になりてうつぶしたるに、こぼれかかりたる髪つやつやとめでたう見ゆ。

生ひ立たむありかも知らぬ若草をおくらす露ぞ消えんそらなき

またゐたる大人、「げに」とうち泣きて、

初草の生ひゆく末も知らぬ間にいかでか露の消えんとすらむ

と聞こゆるほどに、僧都あなたより来て、「こなたはあらはにやはべらむ。今日しも端におはしましけるかな。

（下略）」

（若紫、第一巻、二〇五～二〇八ページ）

「簾少し上げて」という状態であるにもかかわらず、源氏は尼君、女房、少女の様子を子細に見てとり、彼女達の声をすべて聞きとっている。尼君は室内の中の柱に寄りかかってすわり、脇息の上に経を置き、女房たちがいて、童女たちは端近なところを出入りして遊んでいる。少女は尼君のそばにいる。そして尼君と、近くにすわっている女房が、少女の将来について贈答歌をかわし、それを源氏が聞いている。

これは小さな家であろうが、この場面よりも前で「同じ小柴なれど、うるはしうしわたして、きよげなる屋、廊など続けて、木立いとよしある」と描写されており、一応母屋と渡殿をそなえ、庭には木立がある家であった。しかも簾をかなりおろしてあり、前述のように貴族女性は大きな声を出すことはなく、和歌も小さな声で交わし合う。僧都が「今日しも端におはしましけるかな。」というような端近な状況であったにせよ、この家にめぐらした小柴垣の外側にいる源氏に、簾の内の尼上たちがかわす贈答歌が聞こえたであろうか。というよりも、当然聞こえるものとして、読者に認識されていただろうか。それは疑問であるとせざるを得ない。つまりこれは、いわば物語の方法のひとつとして、普通ならば屋外で垣間見する人に聞こえるはずのない歌や言葉を、尼君の心情や状況を伝えるために現前させるという、一種の虚構化であり、共有化の装置ではないだろうか。

この和歌の贈答には、読者の前に（もちろん源氏の前にも）突然姿をあらわした尼君と美しい少女の境遇・状況が端的に表される。会話にもそれは示されているのだが、この贈答歌にはそれが集約されている。すなわち尼君は少女を愛し養育しているが、尼君が死を前にしており、少女の将来は安定しておらず、この後どうなるかも決まっていないような状況にあり、それを尼君が心配していること、尼君は少女の成長を見届けることができないのを痛切に悲しんでいること、贈答している女房はそれを深く理解しており、共に少女の養育にあたる立場の女性であること、彼らが『伊勢物語』をふまえつつこのような歌をすぐに詠むことができる教養ある貴族女性であることを、端的に語っているのである。

屋外からの垣間見で、ここまで細かな内容が男の耳に届く場面は、『源氏物語』でほかに「橋姫」がある。「橋姫」で室内にいる大君と中君の会話が、透垣から垣間見する薫に聞こえているのは、「若紫」と同様に物語の女主人公となる女性が垣間見によって劇的に登場する場面として、特別な虚構化を行ったのかもしれない。なお「夕顔」で惟光は夕顔の家の様子を隣の家から垣間見し、仕える女たちの声も聞いているが、この家は非常に小さく、源氏が泊まった時も隣の家の男の声が間近に聞こえており、例外に属する。

同じ家の中にいて見る垣間見（覗き見）では、声も聞こえることがある。「空蟬」では、空蟬と軒端の荻が碁を打つのを見て、会話も聞いている。この時源氏は、南の隅の間の「簾のはさまに入りたまひぬ。」という位置に隠れて見ている。また「椎本」で、障子の穴から大君・中君を覗き見している薫に、屋内の近い距離なので、大君や女房の声が聞こえている。「末摘花」で源氏が末摘花の女房たちを垣間見る場面、「宿木」で薫が浮舟一行を垣間見る場面、「浮舟」で匂宮が浮舟たちを垣間見る場面、「蜻蛉」で薫が女一宮を垣間見る場面などでも声が聞こえているが、いずれも屋内での垣間見である。

けれども、屋内での垣間見においても、特に大邸宅の場合、女性の声が聞こえないことは多い。次のような例にそれは明瞭である。「野分」で、南御殿の東の渡殿にいる夕霧が、「東の渡殿の小障子の上より、妻戸の開きたる隙」から偶然紫上を見ることになるが、紫上と女房の会話は夕霧の耳には届かない。そこへやってきた源氏と、紫上との会話は、源氏の言葉は夕霧に聞こえているが、紫上の言葉はまったく聞こえていない。

また、この少しあとの「野分」では、玉鬘を見舞う源氏のお供をしてきた夕霧が、隅の間の御簾をそっと引き上げて、源氏と玉鬘のようすを覗き見している。

女君、

　　吹きみだる風のけしきに女郎花しをれしぬべき心地こそすれ

くはしくも聞こえぬに、うち誦じたまふをほの聞くに、憎きもののをかしければ、なほ見はてまほしけれど、近かりけりと見え奉らじと思ひて、立ち去りぬ。御返り、

　　下露になびかましかば女郎花あらき風にはしをれざらまし

なよ竹を見たまへかし、など、ひが耳にやありけむ、聞きよくもあらずぞ。　（野分、第三巻、二八〇ページ）

光源氏と玉鬘は贈答歌をかわすが、夕霧には、玉鬘が「吹きみだる……」と詠んだ声はよく聞こえず、源氏が口ずさむのを聞いてその歌の内容を知る。女性が歌を詠ずる声は小さくほのかで、室内での覗き見であってもそこに声が届かないことを示している。[8]

以上あげてきたような点から考えると、最初に述べた「若紫」の場面で、室内の中の柱あたりにいる女性たちがかわす贈答歌や会話が、小柴垣の外側から垣間見している源氏の耳にすべて届いたということは、物語の中においてすらも非常に異質なできごとであり、非現実の空気が漂う特別な設定であることがわかる。

垣間見については、早くに今井源衛の論があり、[9]物語だけではなく日記・説話・歴史物語のかいま見の例も網羅し

つつ、表現と構想の手法を論じている。吉海直人が[10]「見る側の目に読者を同化することで、そこに読者参加型の劇場を虚構・幻視させる装置とし、それによって臨場感溢れる物語描写に成功したと言えよう。実際の垣間見では、対象や音声をクリアーにとらえることは至難の業であろうが、物語においては容易に読者に情報を提供する仕掛けになっている。」と指摘するのは重要である。ほかにも垣間見の論文は多いが、ダニエル・ストリューヴ[11]は『源氏物語』内の垣間見場面の変奏のあり方を秀逸に論ずる。

『源氏物語』の語りは全体に、諸氏の指摘が多くあるように、一人称と三人称の叙述が不思議な形で多元的に交錯している。けれども「若紫」の垣間見場面は、源氏の耳と眼を通して語る一人称の記述でありながら、その中に第三者の耳と眼のような幻視・虚構が入り込んで、非現実でありながら現実のリアルさをもって、読者に対して語られている。まさしく物語とは、非現実の舞台の上で人の世の現実が読者に語られる劇場のようなものであり、劇場としての物語の中で、和歌がすべての人々に共有されていくのである。

四　劇場としての『源氏物語』の贈答歌

このような物語の中の和歌は、作中人物の心の声であるとともに、作者が状況を集約して読者に総体的に示し、解説するような役割と意味を担っているとみられる。人が表に出せない心中を表わす独詠歌は勿論だが、贈答歌にもそうした役割があったのではないか。渡部泰明が座談会[12]において、和歌とは演技であるという主張の上で、物語の和歌について、「突然観客を向いて、観客に向かって語りかけるような演技の仕方だろうと思います。オペラやミュージカルなどを想像するといいような気がします」と発言している。私の考えも全く同じで、物語の中の歌、それも独詠歌だけではなく、贈答歌のように本来は二人の個人の間で交わされた歌でも、オペラや能のように読者（観客）に向けられる演劇性、それにもとづく表現性と機能があり、それは当時の物語読者にも意識されていたのではないか。

垣間見の場面の歌を見てきたが、ほかにもたとえば、ある人物が死にゆく場面で和歌を詠むことも、虚構の物語の中での非現実と見るべきであろう。現実の世界では、たとえば、中世において最も著名な歌人の父子である藤原俊成と藤原定家の臨終の場面が、それぞれ記録に書かれて伝わっているが、[13]彼らですら最期の時に辞世の和歌を詠ずることはしていないし、できなかったに違いない。『源氏物語』では、「桐壺」でそれまで一首も歌を詠むことのなかった桐壺更衣が、会話もままならぬ瀕死の状態で帝に歌を詠みかける。[14]また「御法」では、病で力つきた紫上が、自らの生涯を凝縮するはりつめた歌を光源氏と明石中宮に詠みかけ、三人が唱和した後に、はかなく息絶える。当時の読者は、死にゆく彼女たちがそのように歌を詠み得たと、このまま受け取ったのであろうか。そうではないだろう。たとえて言えば、ヴェルディのオペラ「椿姫」で、死の床に臥したヴィオレッタが、アルフレード、アルフレードの父との三重唱を朗々と歌った後に息絶えるように、これらは劇場としての物語における、非現実の要素を持つ贈答歌、唱和歌であると思われる。

土方洋一は『源氏物語』の「画賛的和歌」と呼ぶべき和歌に注目して論じている。[15]それは、『源氏物語』の中で、従来は独詠歌とも見られてきたが、人物の心中または発語であることが明示されない、地の文の合間に浮かぶような歌であり、「その場面の中心人物の内面の表現であると同時に、その場面を外側から俯瞰し、抒情的側面としての意味を確定していくような機能」があると指摘する。またこのような場面から超脱した〈詠歌の場をもたない歌〉の検討から、「『源氏物語』の作中歌は、単に作中人物の発話の一変種というだけのものではなく、散文部分と拮抗し、散文部分の叙述を集約し、緊張させ、そこにあることばの世界に化学反応をもたらして一瞬にして結晶化させる大事な触媒のような機能をもつ」[16]と指摘する。一方山本登朗[17]は『伊勢物語』を中心に、このように散文と和歌が連接される形式は『源氏物語』以前の私家集にも見られ、『伊勢物語』を経て『源氏物語』で発展深化されることを、先行の論をふまえつつ述べている。こうした和歌は、両氏によって、語り手の意識が作中人物の内面に限りなく接近した所で生まれると指摘されている。

本稿では通常の贈答歌を問題としており、これらの論とは対象が異なる場合もあるが、ある面で関連していると思われる。語り手が作中人物の心情に深く接近すると、作中人物が物語の語り手のような役割をも吸収しながら、贈答歌を詠ずる形となるのではないか。ゆえにオペラのような機能になるのだと思われる。読者にのみ明かされる心内の独詠歌や、誰にも知られるはずのない歌などは特にそうした性格を有していよう。けれども普通の贈答歌の形をとっている歌ですらも、時にそうした性格を帯びるのではないか。『源氏物語』の和歌は、王朝社会における現実の贈答歌とは異なる、物語和歌に特有のあり方と表現性をもち、現実のあり方と乖離する面を強く形象して見せている場合があると思われる。

また関連する論として、『源氏物語』の語り手のことば（草子地）を和歌に関わる面から論じた高田祐彦「語りの虚構性と和歌」[18]がある。独詠歌の「伝承経路への疑問ないしは韜晦ともいうべきことば」が語り手から発せられていることに注目し、「作中人物に属する歌を、語り手の限界を超えて語る方法を編み出すことによって、作者は読者と新たな関係をとりむすぶことに成功したのであった。」と述べ、そこに対読者空間が開かれていることを論じ、同じく歌を語る歌物語などとは異なる、語りの構造を読み解いた。

自明のことかもしれないが、そもそも物語には、物語上の手法としての非現実の様式や表現性をもつ贈答歌、独詠歌が多いと考えられる。本稿でみてきたように、垣間見の場面で垣間見する人に聞こえるはずがない贈答歌、あるいは臨終の場面で死にゆく人と交わされるはずのない贈答歌・唱和歌などが、あえて物語の中核として置かれていることに、こうした物語和歌の異形の性格が鮮明に浮かび上がるのではないだろうか。

　このような『源氏物語』和歌の特異性・逸脱性をあらわにしていくためには、土方論・高田論などのような分析が王道的方法であると思われるが、一方では、受容の側から、つまり中世歌人の眼を通して考えてみることも有効かと思われる。例えば新古今歌人たちは、本歌取りの際に、宮廷で贈答歌が極めて隆盛した『後撰集』時代などの、『後撰集』や私家集所載の数々の現実の贈答歌、たとえば著名歌では「わびぬれば今はた同じなにはなる身をつくしてもあはんとぞ思ふ」（『後撰集』恋五・元良親王）等を本歌に用いることもあるが、それは数首に留まり、それよりもはるかに多くの、虚構の『源氏物語』の贈答歌を本歌として用いている[19]。この選択には、『源氏物語』の和歌がもつ劇場性、共有性、普遍性が深く関わるのではないだろうか。もちろんこれはさらに精査し考える必要があろう。

　今回のパリ・シンポジウムが「詩歌が語る『源氏物語』」というテーマに設定されたのは、実に時宜を得た企画であったと思う。『源氏物語』の和歌・引歌については、秋山虔、鈴木日出男、小町谷照彦、伊井春樹ほか多くの研究の蓄積がある上で、さらに近年新たな問題も含みこんで大きく展開されていく過程にあるからである。

　物語は、現実の制度や枠組の反映である部分と、現実から故意に遊離させた部分とを綯い交ぜにもっている。近年の『源氏物語』研究では、歴史的史実や宮廷の制度・儀礼などについて、歴史学の成果を汲み入れ、史実との重層や展開、ずらしなどが鮮明になってきている。一方で物語内の和歌については、歌ことばの表現史の検証から多くの成果がありつつも、物語和歌そのものの機能や位置づけなどについてまだ今後考えていくべきことも多いのではないか。私たちは千年以上も離れた時代に生きていて、当時の読者には自明のことが、自明であればあるほどわからなくなっている。それを手探りしながら本稿のような愚直な考証を重ねることも無駄ではないだろう。これまで中世和歌・日記を主たる専門分野としてきた私に、『源氏物語』の和歌という大きなテーマを投げかけてくれた寺田澄江氏に深く感謝したい。

以上は、いま頭の中を行きつ戻りつしていることを粗々記したものに過ぎないが、今回行われたパリ・シンポジウムによって、またこれまでに刊行されたパリ・シンポジウムの論集二冊によって、問題意識が明確になった面が大きい。第三冊目となる本書『源氏物語とポエジー』が、読者の皆様にとってそのようなものとなることを切に願う。

〔注〕

1　本文は『今物語全訳注』（三木紀人訳注、講談社学術文庫、一九九八年）による。

2　拙著『中世初期歌人の研究』（笠間書院、二〇〇一年）参照。

3　視点は異なるが、清水婦久子は、『源氏物語』の巻名は題のように与えられ、「題に基づいて物語が構想され、歌物語と同様に歌を発端にして場面が作られた」と推定する。『源氏物語の巻名と和歌』（和泉書院、二〇一四年）及び本書所収論文参照。

4　本文は新編日本古典文学全集『源氏物語』（小学館）により、巻・頁などを記す。表記等は私意による。

5　本文は新日本古典文学大系『枕草子』（岩波書店）による。表記等は私意による。

6　『源氏物語』では返歌ができない人は末摘花などに限られていて、殆どの人々は縦横に古歌を引用しながら会話したり、いとも容易に返歌を詠んだりしているが、それは現実そのままではなく、あるべき理想の姿として描かれていることが理解される。

7　本文は『歌論歌学集成』第十巻（小林強校注、三弥井書店、一九九九年）による。

8　ここで玉鬘に対して源氏は返歌「下露に…」を詠むが、すでに夕霧は立ち去ったあとであり、返歌は夕霧が聞いているのではない。ここに突然物語の語り手の女房があらわれ、源氏の歌を聞いて読者に伝え、自分の耳のことを「ひが耳にやありけむ…」と韜晦しながら、「聞きよくもあらず」とコメントを加える。周知のように語り手の女房がこのように草子地の形で頻繁に姿をあらわし、コメントなどを述べるのは『源氏物語』の大きな特徴であり、女房のメディアが全体を覆っているのだが、ここでは返歌が語り手（女房）の耳をのみ通して提示されるという構造になっている。

9　『今井源衛著作集』第一巻『王朝文学と源氏物語』（笠間書院、二〇〇三年）。

10　『「垣間見」る源氏物語』（笠間書院、二〇〇八年）。

11　「垣間見―文学の常套とその変奏―」（『源氏物語の透明さと不透明さ』青簡舎、二〇〇九年）。

12　土方洋一・渡部泰明・小嶋菜温子による座談会「『源氏物語』と和歌―「画賛的和歌」からの展開」（『源氏物語と和歌』青簡舎、二〇〇八年）。この座談会は、『源氏物語』と和歌についての示唆に富む発言が多い。

13　俊成は『明月記』元久元年十一月三十日条（『冷泉家時雨亭叢書』）。定家は「七七日法要表白文草稿」（佐藤恒雄『藤原為家研究』笠間書院、二〇〇八年）。

14　上野理「物語の和歌」（『源氏物語とは何か』源氏物語講座一　勉誠社　一九九一年）は、「辞世の詠出は、現実の世界ではなかなかに困難であり、その例も多くはない。他人に歌いかけた辞世となると、その例はさらに減少しようが、物語では登場人物にしばしば辞世を詠ませている。」として、『古事記』や『伊勢物語』の例をあげている。

15　『源氏物語のテクスト生成論』（笠間書院、二〇〇〇年）、「物語作中歌の位相」（『源氏物語と和歌世界』新典社、二〇〇六年）、「『源氏物語』と「和歌共同体」の言語」（『源氏物語の透明さと不透明さ』前掲）など。

16　「『源氏物語』作中歌の重力圏」（『アナホリッシュ国文学』四、二〇一三年九月）。

17　『伊勢物語論―文体・主題・享受』（笠間書院、二〇〇一年）、「散文と和歌の連接」（『むらさき』五一、二〇一四年一二月）。

18　『源氏物語の文学史』（東京大学出版会、二〇〇三年）。関連する論に「虚構の和歌の可能性―物語の文脈との関係―」（『中古文学』八八、二〇一一年三月）がある。

19　本書所収の田渕論文参照。

20　寺田澄江・高田祐彦・藤原克己編『源氏物語の透明さと不透明さ』（前掲）。寺田澄江・小嶋菜温子・土方洋一編『物語の言語―時代を超えて』（青簡舎、二〇一三年）。

Ⅰ

源氏物語の和歌

源氏物語の巻名・和歌と登場人物 ―歌から物語へ―

清水　婦久子

はじめに

現代の活字本の底本となっている定家本系統の大島本や明融本、尾州家河内本、そして陽明文庫本など、源氏物語の古写本は、すべて巻ごとに一冊ずつの本として伝わっている。表紙（題箋）に巻名が書かれているが、「源氏物語」という書名も、順番を示す通し番号も記されていない。現代の私たちは、完成され現代に伝わる源氏物語を長編小説と説明するが、本来は一巻ごとの短編の集まりであった。源氏物語五十四帖は、五十四の物語の集合体なのである。源氏物語（紫式部日記では「源氏の物語」）という書名の意味も重要だが、五十四ある巻の名＝巻名も一つ一つの物語のテーマを表す重要な書名として捉えなければならない。

一般に、巻名は物語中の歌やことばから名付けられたと説明されるが、これは『花鳥余情』以来の説明を踏襲したもので根拠はない。拙論[1]で実証した通り、源氏物語の巻名は、物語本文から抜き出され名付けられたものではなく、宮廷で語り伝えられていた歌（ときに歌の行事）を基にして巻名が設定され、その言葉を主題として物語場面が作られている。巻名となった歌語と歌語り（伝承）を軸として、巻の物語の中心となる場面が形成され、後の巻の物語へ受け継がれて長編化した、と推定される。巻名を含む物語の歌や場面は、古注釈書に引用された歌（引歌）だけではなく、後撰集時代（九五〇～九八〇年ごろ）に実作された歌とその状況を基にして作られている。同じ文化圏に伝わった歌語りや歌にまつわる説話が、複数の巻名と物語の成立に関わっていたのである。

本稿では、そのうち蓬生・朝顔・梅枝の三巻が、「多武峰少将」とも呼ばれた貴公子・藤原高光の歌と説話を基にして作られていたことに注目し、物語の場面設定や登場人物の造型にどのように関わっているかを論じる。藤原高光は、村上天皇時代の右大臣藤原師輔と醍醐天皇の皇女・雅子内親王の子である。父母亡き後の応和元年（九六一）、二十二歳で少将という高貴な身分を捨て、突然比叡山横川で出家し、二年後さらに奥深い多武峰に移住した。高光（法名は如覚法師）の突然の出家を嘆く家族の立場から語られた多武峰少将物語があるが、源氏物語の巻名に関わる場面設定に取り入れられたのは、出家後の高光の歌を収めた高光集の歌である。現存の高光集について、新田孝子は『多武峰少将物語の様式』において「高光もしくは、高光親近の人物によって編まれたものであるとは、到底考えられず、時間的にも距離的にも遠い人物の手に成ったものと思われる」とし[2]、笹川博司は『高光集と多武峰少将物語』において「『高光集』に見える高光像は、伝説化された高光像として見る必要がある」と述べる[3]。つまり、単に歌一首から物語場面が作られたというのではなく、和歌説話・歌語りを基にして源氏物語の巻名や歌、人物像が作られた典型と捉えることができる。

一　古歌から蓬生巻へ

まず「蓬生」という言葉について見ておきたい。初出は、寛平五年（八九三）頃の是貞親王歌合の二例である。

蓬生に露のおきしく秋のよはひとりぬる身も袖ぞぬれける　（是貞親王家歌合、三五）
秋風にすむ蓬生のかれゆけば声のことごと虫ぞなくなる　（同、四五）

この他に、漢詩の例や、それらを踏まえた歌もある。

蓬生《よもぎふの》　荒留屋門丹《あれたるやどに》　郭公鳥《ほととぎす》　佗敷左右丹《わびしきまでに》　打蝿手鳴《うちはへてなく》　（新撰万葉集、下、夏、三三三）
蓬生荒屋前無友《よもぎふのくわうをくのまへにともなし》　郭公鳴佗還古棲《くわくこうなきわびてふるすにかへる》　応相送鳥往旧館《まさにとりをあひおくりてきゆうくわんにいくべし》　去留秋誰待来夏《さりとどまるあきにたれかきたるなつをまたん》　（同、三三四）
蓬生の草の庵と住みしかどかくはた忍ぶ人もありけり　（元良親王集、一三九）

このように、詩歌の言葉としては古くからあったが、源氏物語中の「蓬生」の三例は、いずれもその宿の住人のせりふにおいてであり、歌の例は見当たらない。

かかる御使ひの蓬生の露わけ入りたまふにつけてもいと恥づかしうなむ　（桐壺巻、一二）
年ごろの蓬生をかれなむもさすがに心細くさぶらふ人々も　（若紫巻、一八八）
かかる蓬生にうづもるるもあはれに見たまふるを　（横笛巻、一二七七）

桐壺巻では更衣母が更衣里を、若紫巻では少納言が按察使大納言邸を、横笛巻も一条御息所がその邸を、それぞれ卑下して訪問客に言ったものである。これらの例から、「蓬生」は、蓬が生い茂る荒れた家の住人が自分の住まいを卑下して呼ぶ歌語であることがわかる。

4 このことばを巻名にした蓬生巻の物語は、荒れた宿の住人の立場、待ち続ける女の側の視点で語られている。末摘花の住む邸を「この宮」として、どんどん荒れてゆく様を語り、末摘花を「この姫君」と呼んで、窮地に追い込まれてゆく境遇を語る。一方、須磨から帰京した源氏の様子は「かの殿には」と呼び、伝聞として語る。

かの殿には、故院の御料の御八講、世の中ゆすりてしたまふ。ことに僧などは、なべてのは召さず、才《ざえ》すぐれ行ひにしみ、尊き限りを選らせたまひければ、この禅師《ぜんじ》の君参りたまへりけり。　（蓬生巻、五二七）

かの殿には、めづらし人に、いとどもの騒がしき御ありさまにて、いとやむごとなくおぼされぬ所々には、わざともえおとづれたまはず　（同、五三二）

このように、荒れた家の住人が自分の住まいを卑下して呼ぶ歌語「蓬生」の用法と、蓬生巻の大半が末摘花邸の女房の視点で語られていることとが符合しているのである。ただし、この巻では、「蓬」は頻出するが、「蓬生」の用例はなく、歌でも「蓬のもと」と詠まれるのみである。この点からも、物語中の歌や言葉から巻名が名付けられたのではなく、古来の歌語「蓬生」によって巻名が設定され物語が作られたと考える方が妥当である。

末摘花は、父・常陸宮亡き後、経済的に困窮し、光源氏の援助によって生活していたが、源氏が須磨に下向して援助がなくなり、邸は蓬におおわれ荒れてゆく。その邸で末摘花は、須磨から帰京した源氏の来訪をひたすら待ち続けていた。巻名「蓬生」は、常陸宮邸の荒廃ぶりを表すだけではなく、古歌に詠まれた世界を基にして、「待つ女」末摘花の心情を端的に表している。源氏は蓬の生い茂る荒れた庭を分け入るとき、次の歌を詠んだ。

たづねてもわれこそとはめ道もなく深き蓬のもとの心を　（蓬生巻、五三六）

この歌と物語の世界は、次の歌を基にして作られている。

いかでかはたづね来つらん蓬生の人も通はぬわが宿の道

（拾遺抄、雑上、四五八、よみ人しらず　拾遺集、雑賀、一二〇三、よみ人しらず　高光集、三六）

拾遺抄および拾遺集ではよみ人知らず歌とされるが、高光集の詞書では「多武の峰に侍るころ、人のとぶらひたる返りごとに」とある。この「いかでかは……」歌と源氏の詠歌「たづねても……」は、贈答歌のように対応している。荒れた宿の主の問い「いかでかはたづね来つらん」に対して、訪問する男は「たづねてもわれこそとはめ」と応え、わが宿を卑下した「蓬生」に対して「深き蓬のもと」とし、「人も通はぬわが宿の道」に対して分け入る客は「道もなく」と応える。蓬生の宿の主は「人も通わない蓬生の道を、あなたはどのようにして分け入って訪ねてきたのですか」と問いかけ、訪問する男は「私は探し尋ねてでも深い蓬のようなあなたの真心を問いましょう」と、「たづね」という同じことばをより深い意味にして返したのである。

源氏は、「藤の花の香り」に誘われ、松の木立を見てこの邸を思い出したので、末摘花に次の歌を贈った。

藤波のうちすぎがたく見えつるは松こそ宿のしるしなりけれ　（蓬生巻、五三七）

この歌の前に「いかでかはたづね来つらん」と問いかけた古歌を（末摘花の気持ちとして）挿入してみると、「たづね」に探し出す意味が加わる。「藤波」と「待つ」の意味を込めた「松」が「宿のしるし」なので、私は「蓬生の」宿を探し尋ねることができたのです、という明確な返事の歌になる。これに対して末摘花は次の歌を返す。

年を経て待つしるしなきわが宿を花のたよりにすぎぬばかりか　（同、五三八）

源氏の返答「藤波の」に、末摘花は落胆して「（藤の）花のたよりにすぎぬばかりか」（花見のついでに立ち寄ったのですか）と切り返した。もはや、この女君は、末摘花巻における愚直で無口な女君ではない。なぜ、これほどまでに末摘花の人物像は変化したのだろうか。ただ苦労を経て成長しただけではないだろう。

二　蓬生巻における末摘花

末摘花は、乳母子の侍従が筑紫に下ることになり、自慢の髪を集めて鬘《かづら》（髪飾り）を作って餞別として贈った。

わが御ぐしの落ちたりけるを取り集めてかづらにし給へるが、九尺余ばかりにていときよらなるを、をかしげなる箱に入れて昔の薫衣香のいとかうばしき一壺具して賜ふ。

絶ゆまじきすぢをたのみし玉かづら思ひのほかにかけ離れぬる

玉かづら絶えてもやまじゆく道の手向の神もかけて誓はむ　（蓬生巻、五三一）

「絶ゆまじき……」は末摘花の歌で、「絶ゆまじき」「かけ」は「玉かづら」の縁語、あとの歌は侍従の返歌で、「神」に「髪」を掛け、遠く離れても互いに忘れまいと誓うのである。『河海抄』[5]は次の歌を挙げる。

物へ行く人にかづらをやるとて

ゆづりにし心もあるを玉かづら手向の神となるぞうれしき　（伊勢集、二一六）

「玉かづら」は、万葉集では、花がさき実の成る蔓性植物「玉葛」の実体が詠まれ、蔓草の形状から「たえぬ」「長し」という縁語が引き出された。古今集以後は、蔓草を髪飾りにしたことから、髪飾りや付け髪を表す「鬘」を「玉かづら」とする例が主流になるが、いずれの場合にも、離れていても思いが長く続き忘れない、事あるごとに思い出すという心情を表す。[6]この歌語が、玉鬘巻の物語を生み出し、源氏に次の歌を詠ませる。

恋ひわたる身はそれなれど玉かづらいかなるすぢを尋ね来つらむ　（玉鬘巻、七五一）

玉鬘と初めて対面した後に詠んだ歌である。［亡き夕顔を慕い続けてきた我が身は昔のままだが、遠く離れても長く忘れることのなかったこの娘は、どのような縁に引かれて私のもとに来たのだろうか」という意味である（傍線部分が「玉鬘」の意味）。ここで『河海抄』は次の歌を引用する。

いづくとて尋ね来つらむ玉かづら我は昔の我ならなくに（後撰集、雑四、一二五三、源善）

本歌との類似性は明らかだが、源氏物語の「玉かづら」の歌には、それぞれ「すぢ」という語が加わっている。「すぢ」は髪の毛筋や縁を表す縁語であり「玉かづら」の細く長い様を一層強める。蓬生巻の「絶ゆまじきすぢを頼みし」の歌には、侍従一人を頼りに細々と堪えてきた末摘花の切ない思いが込められている。この歌に対する侍従の返歌には「すぢ」という語はない。「玉かづら」の蔓のごとく長い心は「絶えてもやまじ」と、神（髪）にかたく誓うからである。この贈答歌は、次の歌と状況によく似ている。

この后の宮の末ひたひを借りきこえ給へりけるを、返し奉り給ふとて、末ゆひたる物に

おもほえぬすぢにわかるる身を知らでいと末遠くちぎりけるかな（斎宮女御集、一五九）

睦ましく契り聞えたまひけることの違ひにけるを、御返り

玉かづらかけ離れたるほどにても心通ひは絶ゆなとぞ思ふ（同返し、一六〇）

詞書の「末ひたひ」は付け髪や鬘のことで、その縁で「すぢ」「末遠く」と詠み、返歌に「玉かづら」と「かけ離れ」「絶ゆな」の縁語を用いる。美しい蔓草「玉かづら」の生命力を身につけ、そのことばを発することで、離れても長く忘れないことを誓う（契る）。「かづら」（蔓草《つる》）は、女性の髪飾りにされ、また長い髪に見立てられ、人との別れには、餞別として蔓草や髪を髪飾りに仕立てた「玉かづら」を贈った。蓬生巻における末摘花は、斎宮女御の贈答歌にも劣らない歌を詠み交わす女君になっていたのである。

この贈答歌のあと、取り残されて孤独な末摘花は、どのように過ごしていただろうか。花散里のもとに向かってい

た源氏が、見覚えのある木立に「この宮」を思い出した。「ここは常陸の宮ぞかしな」と問い、惟光に探索を命じた。そこで場面が一転し、「ここには、いとどながめまさるころにて、つくづくとおはしけるに」（蓬生巻、五三三）と、室内の末摘花の様子に話題が移り、末摘花は、亡き母と父宮を偲んで次の歌を詠む。

なき人を恋ふるたもとのひまなきに荒れたる軒のしづくさへそふ　（蓬生巻、五三三）

この末摘花の歌も、高光集の歌を基にしている。

母宮うせたまてのとし返りて、雨ふる日ひめ君にきこえし

ひねもすにふる春雨やいにしへを恋ふるたもとのしづくなるらん　（高光集、三）

母宮・雅子内親王が亡くなった翌年の春、高光が妹の愛宮に贈った歌であり、愛宮は、次の歌を返した。

ながむるを空も知ればや日暮らしにをやみもせずはふりまさるらん　（同、四）

愛宮は、父母が亡くなった後、兄の高光にも出家され、源高明の妻になったが、安和二年（九六九）の変で高明が失脚したとき、愛宮も若くして剃髪し、平安京の北にある桃園という地に移り住んだ。一方、末摘花も父母を亡くし、兄に出家され、夫と頼る光源氏が須磨に下向した。このときの源氏の準拠こそ高明とされるから、末摘花と愛宮の境遇は一致している。このことから、蓬生巻の物語は、出家した高光にまつわる説話と何らかの関わりがあったと考えてよいだろう。『河海抄』は、末摘花の歌「なき人を」の本歌として高光の「ひねもすに」の歌を挙げる。『源注余滴』では、末摘花と源氏がそれぞれに詠んだ二首「なき人を」「たづねても」の本歌として、高光集の「ひねもすに」「いかでかは」を挙げる。蓬生巻の六首のうち、連続する二首が高光集にある歌を基にしていたことは単なる偶然ではないだろう。

通りかかった源氏が常陸宮邸に気づいたのは、「大きなる松に藤の咲きかかりて月影になよびたる」（蓬生巻、五三

二）光景によってであった。この光景とよく似た歌を、出家前の高光が歌合で詠んでいた。

よろづ世の松にかかれる秋の月久しき影を見よとなるべし　（高光集、八）

天暦十年（九五六）父師輔の前栽合における歌である。「松にかかれる」という句は、貫之の屏風歌、

緑なる松にかかれる藤なれどおのがころとぞ花は咲きける　（貫之集、五〇）

のように、藤が松にかかるものであったが、高光は、それを念頭に置いて、松に月がかかると詠んだ。源氏物語の蓬生巻の美しい光景は、貫之の屏風歌を前提とするが、この場面の直後に相次いで高光集の歌を基にした歌が続くことから、この風景描写もまた高光の歌を踏まえていた可能性がある。

ただし、現存の高光集から着想されたというわけではない。栄花物語や大鏡（師輔伝）などに伝えられ、今は散逸した「高光物語」や「高光日記」なる歌語りを題材として、蓬生の物語が作られたと考えてよいだろう。現実の高光・愛宮と高明をモデルにしたということではなく、これらの人々の悲劇から蓬生の物語が着想され作られた、と想定してみたい。源氏の須磨下向の準拠の一つは大宰府に左遷された高明である。高明に伴い下向した侍女の中に愛宮の親しい人がいたと仮定すると、末摘花と侍従のような贈答歌が交わされたであろう。高光集の蓬生の歌は、荒れた宿の主である女君の歌に置き換えられたが、その女君の境遇は高光の妹・愛宮と一致する。

高明左遷の折の愛宮の境遇については、蜻蛉日記にも記される。

西の宮は、流されたまひて三日といふに、かきはらひ焼けにしかば、北の方、わが御殿の桃園なるに渡りて、いみじげにながめたまふと聞くにも、いみじう悲しくわがここちのさはやかにもならねば、つくづくと臥して思ひ集むることぞあいなきまで多かるを書きいだしたれば　（蜻蛉日記、中、九五ページ）

高明の邸宅、西宮は焼亡し、北の方・愛宮が実家の桃園に移ったことを聞いて、わが身の上に重ねて悲しくなったと

言う。そして、長歌を書き、その奥に次の歌を書いた。

宿見れば蓬がかどもさしながらあるべきものと思ひけむやぞ　（同、九九ページ）

愛宮の住む桃園を「蓬が門」としている。これを道綱母は、自分の文《ふみ》としてではなく「いづこよりとあらば、多武峰よりと言へ」と言って使いに持たせたのである。愛宮からは、長歌の一部を受けた次の歌が返ってきた。

吹く風につけてもの思ふあまのたく塩のけぶりはたづね出でずや　（同、一〇二ページ）

この筆蹟を「いときなき手」と、道綱母は評している。道綱母が、自作の歌を「多武峰よりと」と言ったのには理由がある。父師輔の亡くなったときに高光の詠んだ歌がある。

霜枯れの蓬がかどにさしこもり今日の日影を見ぬぞ悲しき　（高光集、三一）

笹川は前掲書において、第二句の異文として「蓬のやどに」「蓬がもとに」「蓬のかどに」を紹介した上で、漢語「蓬門（ホウモン）」に由来する「蓬が（の）門《かど》」の本文でこそ「さしこもり」（鎖し籠もり）の語の「縁語として生きる」と指摘し、「道綱母は兼家を通じて高光の右の歌を知っていたのではあるまいか」と推測する。蓬生巻の物語が高光説話を基にして作られたのは、こうした背景があったからかもしれない。

蓬生巻で時々登場する末摘花の兄「禅師《ぜんじ》の君」は、出家後の高光が「禅師の君」と呼ばれたこととも一致する。末摘花の兄は、蓬生巻において次のように語られる。

ただ御兄《せうと》の禅師の君ばかりぞ、まれにも京にいでたまふ時はさしのぞきたまへど、それも世になき古めき人にて、同じき法師と言ふなかにも、たづきなく、この世を離れたる聖にものしたまひて、しげき草、蓬をだに、かき払はむものとも思ひよりたまはず。　（蓬生巻、五二一）

このように気の利かない源氏物語の禅師の君と、風流人で知られる高光とでは印象が異なる。しかし、傍線部の人物像は、比叡山が俗化していると言ってさらに山奥の多武峰に籠もった高光をも彷彿とさせる。

蓬生巻を、ただ醜く不器用な末摘花の物語とだけ捉えると、「愛宮」という呼び名を持つ女君がモデルだなどとは思いつかないだろうが、境遇と本歌から考えれば、この推測は的外れではないだろう。とはいえ、夫・高明が左遷されたときに出家した愛宮とは対照的に、末摘花は、経を読むことも避ける女君である。

　今の世の人のすめる、経うち読み行ひなど言ふことはいと恥づかしくしたまひて、見たてまつる人もなけれど、数珠《ずず》などとり寄せたまはず。かやうにうるはしくぞものしたまひける。　（蓬生巻、五二三）

女は漢字など見るものではないという古風な教育を受けた通り、物語や古歌に親しみ、経や数珠には触れようともしなかったのである。私たちは、この女君を「末摘花」と呼び、専ら赤い鼻の姫君として受け止めるが、平安末期から中世以前の源氏物語古系図には「蓬生宮」「蓬生君」と記されていたことにも留意したい。赤い鼻についてはこの巻でも少しは触れるが、「くはしくは聞こえじ。いとほしう、もの言ひさがなきやうなり」（蓬生巻、五二七）と、控え目な語り方である。蓬生の物語は、紅花《べにばな》を題材とした「末摘花」の物語を受け継ぎながらも、歌語「蓬生」を主題とした別の物語として作られたのである。

三　朝顔巻と高光物語

愛宮の境遇は、源氏物語の朝顔宮にもよく似ている。朝顔宮もまた、母を亡くし、父式部卿宮亡き後に桃園に移った。十五年も前、源氏と朝顔宮は、帚木巻において、話好きの女房達によって噂された。

　式部卿の姫君に朝顔たてまつりたまひし歌などを少しほほゆがめて語る　（帚木巻、六五）

若かりし源氏は、姫君の初々しい朝の顔を見ましたよと知らせるため、朝顔の花と歌を贈ったのであろう。その時に贈った歌や出会いについては書かれていないが、ここでは、次のような古歌を想像すれば足りる。

春日野のなかの朝顔おもかげに見えつつ今も忘られなくに　（伊勢集、四一三）

おぼつかなたれとかしらん秋霧の絶え間に見ゆる朝顔の花　（古今六帖、六、三八九五）

源氏は、その噂から七年後、賢木巻において「まして朝顔もねびまさりたまふらむかし」（三五八）と、朝顔宮の様子を想像していた。そして、さらに八年後の朝顔巻において、朝顔の花を歌に添えて宮に贈った。

とく御格子まいらせて、朝霧をながめたまふ。枯れたる花どものなかに、朝顔のこれかれはひまつはれて、あるかなきかに咲きて匂ひもことにかはれるを、折らせたまひてたてまつれたまふ。

見しをりのつゆ忘られぬ朝顔の花のさかりは過ぎやしぬらむ　（朝顔巻、六四四）

かつて朝顔を贈った女宮に、色つやの変化した朝顔をわざわざ選んで添えて、「おもかげに見えつつ今も忘られなくに」とする古歌の発想を踏まえて、「つゆ忘られぬ」と贈ったのである。それにしても、「にほひもことにかはれる」花に添えて「花のさかりは過ぎやしぬらむ」という歌を女性に贈るにはあまりにも失礼ではないか。

しかし、一見きわめて失礼に思えるこの歌の下の句は、次の高光歌と一致している。他に一致する歌句は見当たらないから、これを基にしていると考えてよいだろう。

花のさかりにふるさとの花を思ひやりて言ひやりし
見てもまたまたも見まくのほしかりし花のさかりは過ぎやしぬらむ　（高光集、三七）

山で修行する高光が花を見て、ふるさとを思いやって贈った歌である。[7] この高光集の詞書に言う「ふるさと」とはどこだろうか。出家前の高光は桃園に邸を持っていた。そこには、出家した妹・愛宮と高光の北の方である師氏の娘も住んでいる。北の方は多武峰少将物語では「桃園の姫君」と呼ばれている。この「ふるさと」とは、高光が懐かしいと思う場所、つまり愛宮や北の方など家族が住む、なつかしい桃園のことと考えてよいだろう。

朝顔巻の冒頭では、やや唐突に、前斎院が父宮の喪に服し桃園の宮に移ったことが語られる。

斎院は御服にて下りゐたまひにきかし……長月になりて、桃園の宮に渡りたまひぬるを　（朝顔巻、六二九）

つまり、源氏が「花のさかりはすぎやしぬらん」と桃園の朝顔の宮に贈ったことは、高光が、桃園に残してきた懐かしい人に歌を贈ったことに準えていたのである。従って源氏の歌も、若い頃に見た朝顔宮の姿を思いながらも、懐かしい桃園の朝顔の花を思いやって詠んだ歌と見なすことができる。

和歌において「ふるさと」とは、故郷という意味だけではない。古都という意味の他に、かつて通った懐かしい場所を「ふるさと」とする。桃園を「ふるさと」と詠んだ出羽の弁の歌がある。

世尊寺の桃の花をよみはべりける

ふるさとの花のものいふよなりせばいかに昔のことをとはまし　（後拾遺集、春下、一三〇、出羽弁）

出羽の弁は、後一条天皇中宮・威子に仕え、長元八年（一〇三五）頼通歌合などに出詠した女房である。世尊寺は、長保三年（一〇〇一）に藤原行成が桃園に造営した寺で、それにより行成の書流は世尊寺流とされる。この行成こそ、源氏物語執筆の注文主である道長と一条天皇の双方から信頼を得ていた人物であり、源氏物語の巻名と物語の生成に関与していた可能性がある。[8] そして、行成を納言に推挙した源俊賢と、道長の妻明子は、高明と愛宮の子であったから、愛宮の周辺の出来事が物語に取り入れられたのは、ごく自然の成り行きであろう。

「花のさかりは過ぎたのでしょうか」と問う源氏の歌に対して、朝顔宮は次の歌を返した。

秋はてて霧のまがきにむすぼほれあるかなきかにうつる朝顔　（朝顔巻、六四四）

この返歌は、我が身の状況と心境を、荒れた家の垣根に頑なにしがみつく晩秋の朝顔にたとえて表したものである。「むすぼほる」の意味について、諸注は、花が小さく萎むことと心が沈むことをかけていると説明するが、この解釈は、歌語「むすぼほる」の意味を正確に捉えたものではない。次の例から、「むすぼほる」は「とく」「うちとく」の反対語で、頑なな心と状態を示すことばであることがわかる。[9]

春くれば柳のいともとけにけりむすぼほれたるわが心かな　（拾遺集、恋三、八一四、よみ人しらず）
朝日さす軒の垂るひはとけながらなどかつららのむすぼほるらむ　（末摘花巻、二二二）
うちとけてねもみぬものを若草のことあり顔にむすぼほるらむ　（胡蝶巻、七九九）

あとの二首は源氏の歌で、「むすぼほる」女君（末摘花と玉鬘）に「うちとけ」てほしいと願った歌である。この女君たちと同様、源氏にうちとけることのできなかった朝顔宮は、「秋はてて」歌において、自分の殻に閉じこもり、ますます頑なになってゆく我が心を、眼前の朝顔の花の姿に託して詠んだのである。紫式部の歌にも、同じ意味で用いた「むすぼほる」の例がある。

みよしのは春のけしきにかすめどもむすぼほれたる雪の下草　（紫式部集、五九）

四　末摘花と朝顔宮

「むすぼほれ」という語は、朝顔巻の雪の場面でも用いられている。朝顔の贈答歌のあと源氏は朝顔宮に求婚するが、断られる。源氏は雪の積もった桃園の邸において次の歌を詠んだ。

いつのまに蓬がもととむすぼほれ雪ふる里と荒れし垣根ぞ　（朝顔巻、六四八）

朝顔巻の源氏の歌と同じ句を持つ高光歌「見てもまた」の詞書に「ふるさとの花を思ひやりて」とあったように、ここでも「ふるさと」と言う。そして、先の朝顔巻の宮の歌「秋はてて」の「霧のまがきにむすぼほれ」と同様、荒れた邸の「垣根」にしがみつき「むすぼほれ」た朝顔宮の頑なな心をも表している。

この歌に「蓬がもと」とあるが、最初の蓬生巻の歌にも「蓬のもと」とあった。そして、その時のヒロインである末摘花の顔を源氏が見た朝の場面も、これとよく似た雪の光景であった。

御車寄せたる中門の、いといたうゆがみよろぼひて、夜目にこそ、しるきながらも、よろづ隠ろへたること多かりけれ、いとあはれにさびしく荒れまどへるに、松の雪のみあたたかげに降り積める、山里のここちしてものあはれなるを、かの人々の言ひし葎《むぐら》の門は、かうやうなるところなりけむかし、げに心苦しくらうたげならむ人をここに据ゑて、うしろめたう恋しと思はばや。……御車いづべき門は、まだ開けざりければ、鍵の預かり尋ねいでたれば、翁のいといみじきぞいで来たる。娘にや孫にや、はしたなる大きさの女の、衣は雪にあひてすすけまどひ、寒しと思へるけしき深うて、あやしきものに、火をただほのかに入れて袖ぐくみに持たり。翁、門をえあけやらねば、寄りてひき助くる、いとかたくななり。　（末摘花巻、二二三）

この場面の直前に源氏の詠んだ歌が、先の「朝日さす軒の垂るひはとけながらなどかつららのむすぼほるらむ」であった。源氏が朝顔巻で「いつのまに」の歌を詠んだ場面も引用する。

宮には、北面の人しげきかたなる御門は、入りたまはむもかろがろしければ、西なるがことごとしきを、人入れさせたまひて、宮の御かたに御消息あれば、今日しも渡りたまはじとおぼしけるを、驚きて開けさせたまふ。御門守、寒げなるけはひうすすきいで来て、とみにもえ開けやらず。　（朝顔巻、六四七）

門を出る場面と入る場面との違いはあっても、人手が少なく、訪問客がほとんどないため「門をえあけやらねば」

「とみにもえ開けやらず」という同じ状況を語っている。歌の表現、風景の一致に加えて、そこに住む女主人の境遇と「むすぼほる」頑なな心情までもが一致している。

末摘花巻の雪の情景において「葎《むぐら》の門」としたのは、雨夜の物語で、

さて世にありと人に知られず、さびしくあばれたらむ葎の門に、思ひのほかにらうたげならむ人のとぢられたらむこそ、限りなくめづらしくはおぼえめ。（帚木巻、四〇）

と語られていたことを受けている。ところが、蓬生巻になると、次の表現に変わる。

かかるままに、浅茅は庭の面も見えず、しげき蓬は軒をあらそひて生ひのぼる。葎は西東の御門を閉ぢこめたるぞたのもしけれど、（五二二）

霜月ばかりになれば、雪霰がちにて、ほかには消ゆる間もあるを、朝日夕日をふせぐ蓬、葎の陰に深う積もりて、越の白山思ひやらるる雪のうちに、出で入る下人だになくて、つれづれとながめたまふ。（五三二）

「葎の門」や「葎が門」、「浅茅生」「蓬生」は、いずれも荒れた宿を表す言葉であり、「浅茅生」は、既に桐壺巻において、更衣の母と帝の歌に用いられていた。

いとどしく虫の音しげき浅茅生に露おきそふる雲の上人（桐壺巻、一五）

雲の上も涙にくるる秋の月いかですむらむ浅茅生の宿（同、一八）

そして、末摘花の物語を作る時点では、帚木巻を受けて「葎が門」としていたのに対して、蓬生巻では「蓬」が八例も見られる。この巻では「蓬」の生い茂る宿を男がかき分けて訪ねる物語にしようとする明確な意図があったのだろう。源氏物語では、歌語「蓬生」を、荒れた宿で待ち続ける女の側から捉えた語であることを意識して使い分けている。これに対して、訪問客である源氏の歌では、「蓬生」ではなく「蓬のもと」とした。朝顔巻の源氏の歌でも、

朝顔宮の住まいを「蓬がもと」としている。さらに、愛宮の住む桃園の邸に対して、道綱母もまた「蓬が門」と表していた。蓬生の物語、朝顔の物語は、愛宮と高光の境遇を基にしながら、それぞれ別の物語として作られたものと考えてよいだろう。

五　巻々の物語の作られ方

現存の高光集の詞書によれば、「いかでかは」と詠んだのは高光であり、蓬をかき分けて尋ねたのは別の人となる。しかし、末摘花や朝顔宮の住む荒れた宿を「蓬生」とするなら、「いかでかは」と詠んだのは「葎の門」「蓬生」に一人さびしく住んでいる女ということになり、拾遺集・拾遺抄が「よみ人知らず」としたのは、女の歌と考えたからだろう。末摘花を邸に残して出家した兄・禅師の君が高光に相当するなら、末摘花は愛宮、光源氏は源高明に相当する。歴史の出来事や人物を物語中の人物に当てはめるばかりではなく、歌が詠まれた状況に注目して、歌の状況や表現から物語世界が作られた可能性も考えてみたい。

源氏物語における末摘花と朝顔宮とは、人物像としては似ても似つかぬ女君だが、物語の設定と境遇という点で一致する。「蓬生」の女君が朝顔宮であっても、あるいは花散里であっても不思議ではない。朝顔巻と蓬生巻はどちらが先に書かれたのだろうか。時系列つまり「年立て」によって、私たちは当然のように蓬生・関屋・絵合・松風・薄雲・朝顔の順に読み進めてきたが、蓬生巻と朝顔巻の場面・表現が似ていることをどのように説明するのか。これを単純な繰り返しやモチーフの技法と捉えるよりも、同じ人物の歌や逸話から別の物語が作られた可能性を考えてみたい。蓬生巻の冒頭で、紫の上が「二条の上」とされたのは、紫の上が薄雲巻で明石姫君を引き取って母親になったための呼称であろうから、蓬生巻の成立は薄雲巻の後と想定できる。また、源氏帰京のあと、末摘花の叔母が源氏について「ただ今は式部卿の宮の御女よりほかに心わけたまふ方もなかなり」（蓬生巻、五三〇）と言うのは、朝顔宮でなく紫の上のことと考えられる。紫の上の父宮が式部卿になったのは乙女巻であるから、本文に誤りがないなら、蓬生巻は、朝顔巻どころか乙女巻以後に書かれた可能性も生じる。

ただし、今は巻々の執筆順を問題にしているわけではない。朝顔巻が、帚木巻を受けて夕顔巻の朝顔の場面から派生した一方、蓬生巻もまた、帚木巻・夕顔巻から末摘花巻を経て、女君の側から語られた別伝と見なすことができる。場面や歌が別の場面と歌を生み出し、それが一巻として独立したと考える。最初から長編小説としての細部にまで及ぶ構想があったのではなく（光源氏一代記という大きな構想とは別に）、個々の物語においては、巻名に示される主題のもとで、個別の物語が作られたと考えるのである。人物本位、ストーリィ重視の考え方とは別に、歌物語としての古代の物語は、このように連なり、次第に長編化し成長していったと推測する。

歌語「玉かづら」を巻名にした物語も、こうして作られたと考えられる。私達は、時系列で乙女巻の後に玉鬘巻を配しているが、六条院の造営を語る乙女巻の末尾との間に明らかな齟齬がある。これこそ時系列順に物語が作られなかった証拠である。巻名と和歌に着目すると、この違和感は解消する。玉鬘の物語の構想は、夕顔巻では具体的でなかったかもしれないが、帚木巻において頭中将が語った部分を後の物語に仕立てる心づもりはあっただろう。夕顔巻の続編への意向は、末摘花巻頭に示されている。

思へども、なほあかざりし夕顔の露におくれしここちを、年月経れどおぼし忘れず、ここもかしこも、うちとけぬ限りの、けしきばみ心深きかたのおんいどましさに、け近くうちとけたりしあはれに似るものなう、恋しく思ほえたまふ。

（末摘花巻、二〇一）

帚木グループとされる、帚木三帖と末摘花巻とは、恋愛の失敗談が語られる点で共通している。光源氏の人生に深く関わることはないが、源氏物語の要素としては不可欠である。末摘花の物語は滑稽譚として捉えられることが多いが、白き花の「夕顔」を主題とした物語に対する紅花《べにばな》「末摘花」の物語は、それぞれ巻名が歌に基づき、[11] 物語全体が白と紅を基調とした歌の世界を描いている。末摘花と言えば赤鼻の容姿ばかりが注目されるが、中心となる場面は、末摘花が紅花で染められた毒々しい赤色の直衣と次の歌を贈ってきたところである。

　唐衣きみが心のつらければたもとはかくぞそぼちつつのみ　（末摘花巻、二一五）

これを見て、源氏は次の歌を詠んだのである。

　なつかしき色ともなしに何にこの末摘花を袖に触れけむ　（同、二一六）

「末摘花の色に出づ」と古歌に詠まれ、本来は紅い色の染料になる植物であった歌語「末摘花」を、源氏は歌と紅い衣から女君の赤鼻を思い出して重ねたのである。寓意や比喩を読み取る以前に本来的な歌の世界があった。だからこそ末摘花の歌には「唐衣」が多用されるのであり、蓬生巻の独詠歌においても、末摘花は「なき人を恋ふるたもとの……」（前掲）と詠んでいた。玉鬘巻末における歳暮の衣配りにおいて末摘花の衣装と歌に焦点が当てられ、源氏が「古代の歌よみは、唐衣、たもとぬるるかごとこそ離れねな」（玉鬘巻、七五五）と語るのも、「末摘花」という名が、そもそも衣に関わる歌語だからである。

　末摘花巻頭文とよく似た文章が、玉鬘巻頭にあることも、大いに意味があった。

　年月隔たりぬれど、あかざりし夕顔を、つゆ忘れたまはず、心々なる人のありさまどもを見たまひかさぬるにつけても、あらましかばと、あはれにくちをしくのみおぼし出づ。　（玉鬘、七一九）

ここは、夕顔という女君を忘れられないと言うだけではなく、歌語「玉鬘」を端的に説明したものである。この源氏の思いは、万葉以来の「玉かづら」の歌の心情と一致する。末摘花巻では、この思いから末摘花に出会うが、十五年後の玉鬘巻では、夕顔の忘れ形見その人に出会う。玉鬘巻で、源氏は右近に対して次のように語る。

あはれに、はかなかりける契りとなむ、年ごろ思ひわたる。かくて集へたる方々のなかに、かのをりの心ざしばかり思ひとどまる人なかりしを、命長くて、わが心長さをも見果つるたぐひ多かめるなかに、いふかひなくて、右近ばかりを形見に見るは、くちをしくなむ。思ひ忘るる時なきに、さてものしたまはば、いとこそ本意かなふここちすべけれ。

（玉鬘巻、七四四〜五）

源氏の「わが心長さ」ということばは、葛の蔓の長さを連想させ、「思ひ忘るる時なき」という表現ともに歌枕「玉かづら」の示す心情に一致する。「玉かづら」ということばは、源氏にとって夕顔の忘れ形見であるという女君の特性（役割）を的確に表していたのである。このことからも、巻名は、源氏の歌から名付けられたのではなく、歌の伝統を踏まえて物語の主題として設定されたものと断定できる。

蓬生巻と玉鬘巻とは、「玉鬘」の歌を介してつながる。歌に例の多い歌語「玉鬘」がこの二巻の三首のみという点からも明らかである。蓬生巻において太宰府に下った侍従の君との別れとは逆に、玉鬘巻では太宰府から上京した娘との再会において歌が詠まれる。そして末摘花こそ「心長き」女君であり、「なほかくかけ離れて久しうなりたまひぬる人に頼みをかけたまふ」（蓬生巻、五二六）と、「玉かづら」の縁語を用いて表された源氏との再会を果たすことができたのである。

六　高光物語と梅枝巻

このように、ある人物とその周辺の人々を巡る歌から着想されて巻の名が付けられ、物語と歌が作られ、歌のことばを介してさらに別の物語へと連環してゆく。高光にまつわる歌語りは、梅枝巻にも用いられていた。巻名「梅枝《うめがえ》」とその物語は、催馬楽として唄われた古今集の歌に基づいている。「梅枝」は、この歌詞を曲にのせた催馬楽を弁の少将が催馬楽「梅が枝」を謡う場面に出てくる。

弁の少将、拍子とりて梅が枝いだしたる、いとをかし。　（梅枝巻、九八〇）

諸注釈書では、ここを巻名の由来と説明するが、梅枝という巻名は、この場面からことばを抜き出したものではなく、歌語「梅枝」を巻名とし、それを主題（テーマ）として物語が作られている。

梅が枝に　来ゐる鶯　や　春かけて　はれ　春かけて　鳴けどもいまだ　や　雪はふりつつ　あはれ　そこよし
や　雪はふりつつ　（催馬楽、呂、梅枝）

梅が枝に来ゐる鶯春かけて鳴けどもいまだ雪はふりつつ　（古今集、春上、五、よみ人知らず）

この歌では、雪に見まがえる白い梅を詠んでいる。それに対して、源氏物語の「梅が枝」の物語は、朝顔宮から届いた白梅の枝と、六条院に咲いている紅梅の枝との対比を描いている。巻名が表す主題は、催馬楽の場面やその歌句における光景といった部分的なものではなく、巻の物語を大きく表している。

六条院において、源氏は娘の明石姫君が東宮に入内するため、さまざまな準備をする。

二月の十日、雨少しふりて、お前近き紅梅さかりに、色も香も似るものなきほどに……花をめでつつおはするほ

どに、前斎院よりとて、散りすぎたる梅の枝につけたる御文もてまいれり　（梅枝巻、九七六）

紅梅の花盛り、源氏が弟の螢宮とともに梅の花を眺めていたところに、前斎院よりと言って、散り過ぎた梅の枝につけた手紙を使いの者が持参した。源氏は、姫君入内のため、女君たちに薫物《たきもの》の調合を依頼していたのである。前斎院の朝顔宮からは、完成した薫物に散り過ぎた白梅の枝を添えて「花の香は」の歌が届いた。

沈《ぢん》の箱に、瑠璃《るり》の坏《つき》二つ据ゑて、大きにまろがしつつ入れたまへり。心葉《こころば》、紺瑠璃には五葉の枝、白きには梅をゑりて、同じくひき結びたる糸のさまも、なよびかになまめかしうぞしたまへる。「艶あるもののさまかな」とて、御目とどめたまへるに、

花の香は散りにし枝にとまらねどうつらむ袖に浅くしまめや　（九七七）

白い壺と紺瑠璃の壺があり、白い壺には梅花の薫き物が入っている。「散りすぎ（一説「散り透き」）たる梅の枝」と歌の「散りにし枝」は、盛りを過ぎた白梅の枝を指している。そんな枝を贈ってくるのは失礼に思える。かつて源氏も萎れかけた朝顔をこの女君に贈ったので、一見その仕返しのようだが、そうではない。薫き物を「散り過ぎた梅の枝」とともに贈る、という趣向もまた、藤原高光の説話を基にしていたのである。

比叡の山にすみ侍りけるころ、人の薫き物をこひて侍りければ、侍りけるままに少しを梅の花の散り残りたる枝につけてつかはすとて

春すぎて散りはてにける梅の花ただ香ばかりぞ枝に残れる

（島根大学本拾遺抄、雑上、五八七、如覚法師　拾遺集、雑春、一〇六三、如覚法師　高光集、四三、第一句「春たちて」）

如覚法師・高光は、比叡山横川で修行していたころ、ある人が薫物を依頼してきたので、梅の花が少し散ってわずかに枝に残っていたのを添えて歌を贈った。この風流な趣向と歌は、『河海抄』にも「高光日記云」として引用され、

梅枝巻のこの場面の基になった説話として伝えられている。これは現存する多武峰少将物語ではなく、栄花物語に伝える「高光物語」と考えられる。「かばかり」には、「香ばかり」と「これだけ」の意味をかけている。一方、梅枝巻の「散り過ぎたる梅」「散りにし枝」とは、朝顔宮が自身を卑下した表現である。その宮に、かつて源氏は「朝顔の花のさかりは過ぎやしぬらむ」（朝顔巻）と問うた歌を贈ったが、その歌句も、高光が「ふるさと」桃園を思いやって贈った歌を利用したものであった。

朝顔宮からの歌「花の香は」に対して、源氏は、六条院の「紅梅さかりに色も香も似るものなき」枝を折って「花のえに」の歌を返した。

紅梅襲《がさね》の唐《から》の細長添へたる女の装束かづけたまふ。御返りも、その色の紙にて、お前の花を折らせてつけさせたまふ。（梅枝巻、九七六）

花のえにいとど心をしむるかな人のとがめむ香をばつつめど　（同、九七七）

使いの者に紅梅襲の女装束を与え、宮への返事にも紅梅色の紙に歌を書き、部屋の前の紅梅の枝を折って添えた。「え」に枝と縁をかけ、花の枝とあなたとのご縁にますます心が染まります、香りを隠しても人は見とがめるでしょう、と、かつて恋した女君に少し色めいた歌を返したのである。この六条院の盛りの紅梅は、東宮との結婚を控えた若い姫君の比喩である。それに対して「散り過ぎた白梅の枝」というのは、女盛りを過ぎた朝顔宮自身の比喩である。朝顔巻において桃園から宮が返してきた歌が盛りを過ぎた「むすぼほる朝顔」であったから、同じ発想の歌となっている。

桃園の地名は桃の果樹園に由来するが、桃の歌は、「世尊寺の桃の花」を詠んだ出羽の弁の前掲歌「ふるさとの……」の他には見当たらず、屏風歌においては、白梅が咲いている場所であった。

桃園にすみ侍りけるこ前斎院屏風に
白妙のいもが衣に梅の花色をも香をもわきぞかねつる
（拾遺抄、春、一三、よみ人知らず　拾遺集、春、一七、紀貫之）

桃園の斎院の屏風に
梅の花春よりさきにさきしかど見る人まれに雪のふりつつ
（拾遺集、雑春、一〇〇七、よみ人しらず）

桃園の故斎院とは、醍醐天皇皇女・宣子内親王である。延喜十五年（九一五）、十四歳で賀茂斎院に卜定、二年後に賀茂川で禊を行った。このとき貫之が詠進した屏風歌が「斎院の屏風に」として拾遺集や貫之集に収められる。そして延喜二十年、病気で斎院を降りて桃園に移り、まもなく十九歳で亡くなった。出家した愛宮も悲劇ながら、若くして亡くなった前斎院・宣子内親王も悲劇の人であった。梅枝巻において朝顔宮が「前斎院」と称され、桃園から白梅が贈られてきた場面は、これらの屏風歌を意識したものだろう。源氏物語の巻名が、こうした悲劇の人にまつわる事柄に関わる例が多いのは、物語が鎮魂の意図を含んでいたからではないかと考える。

さて、梅枝巻では、梅をめでて、弁の少将が催馬楽「梅が枝」を唄い、その歌詞「来ゐる鶯」に合わせて、鶯を祝い歌の題材として唱和したうちの一首が、柏木の詠んだ次の歌である。

うぐひすのねぐらの枝もなびくまでなほ吹きとほせ夜半の笛竹
（梅枝巻、九八一）

「鶯のねぐらの枝」は、六条院の盛りの紅梅の枝を指している。この歌は、次の歌と状況を基にしている。

天暦御時に大盤所の前のつぼに鶯を紅梅の枝につくりてすゑて立てたりけるを見侍りて
花の色はあかず見るともうぐひすのねぐらの枝に手なふれそも
（拾遺抄、雑上、三八四、一条摂政　拾遺集、雑春、一〇〇九、一条摂政）

この歌の作者、一条摂政とは、高光の腹違いの兄である藤原伊尹のことである。伊尹は、右大臣師輔の長男で、村上天皇のもと和歌所の別当を務め、後に円融天皇の摂政となる。高光が比叡山にいた応和二年（九六二）には、梅枝巻の柏木と同じ、蔵人の頭つまり頭の中将であった。「鶯のねぐらの枝」という句は、この二首以外に見当たらない。この伊尹の歌も、高光の歌「春すぎて散りはてにける梅の花ただ香ばかりぞ枝に残れる」とともに、梅枝巻の基になった歌として、『河海抄』に引用されている。散りすぎた白梅と、盛りの紅梅を描いた梅枝巻の物語は、出家した高光と都で活躍する伊尹の対比を意識して作られたものと捉えられていたのだろう。

七　後の物語へ

柏木の歌「うぐひすのねぐらの枝も」には、伊尹の歌にない「笛竹」が新しい題材となっている。この場面で柏木は和琴を担当し、「宰相の中将、横笛吹きたまふ」のは夕霧である。夕霧は柏木の歌に、次の歌を返している。

心ありて風のよくめる花の木にとりあへぬまで吹きや寄るべき　（梅枝巻、九八一）

この場面は、後の物語の二つのエピソードを生み出す。一つは横笛巻で、夕霧に託された柏木の笛に関する場面である。一条宮を訪れた夕霧は、柏木が遺した笛を託され、そこで詠んだのが次の歌である。

横笛のしらべはことにかはらぬをむなしくなりし音こそつきせね　（横笛巻、一二七七）

その夜、夕霧の夢に柏木が現れて次の歌を詠む。

笛竹にふきよる風のことならば末の世長きねに伝へなむ　（横笛巻、一二七九）

歌における「横笛」は源氏物語が初出だが、「笛竹」の例は後撰集時代以後に複数見られる。そのうち、横笛巻に直接関わりがあると思われるのが、次の二首である。

九条の大いまうちぎみ、うちに御ふえたてまつり給ふに

おひそむるねよりぞしるき笛竹の末の世長くならむものとは（能宣集、一〇二　拾遺集、賀、二九七、大中臣能宣）

たかあきらの朝臣にふえをおくるとて

笛竹のもとのふる音はかはるともおのが世々にはならずもあらなむ

（後撰集、恋五、九五四、よみ人しらず　西宮左大臣集、一）

能宣集では、師輔が村上天皇に笛を献上する際の歌となるが、拾遺集では、「天暦の御時」に「清慎公」（師輔の兄・藤原実頼）が笛を献上した時の歌とされている。後撰集の歌は、西宮左大臣集では「笛を人のもとにおかせたまふとて」と、高明が女に送った歌とされる。人物に異伝はあるが、同じ文化圏の歌を背景としている。

もう一つは紅梅巻である。梅枝巻で催馬楽「梅が枝」を唄っていた弁の少将は柏木の弟だが、三十年後に大納言となって登場する。紅梅大納言の行動は、梅枝巻における源氏の行動を真似る。紅梅大納言も「軒近き紅梅のいとおもしろくにほひたるを見」て、紅梅の枝を添え紅梅色の紙に歌を書いて贈った。

心ありて風のにほはす園の梅にまづ鶯のとはずやあるべき

（紅梅巻、一四五三）

梅枝巻の紅梅が姫君の比喩であったのと同じく、この梅も大納言の娘を喩え、娘を匂宮に嫁がせたいと、匂宮を鶯に喩えて贈ったのである。この歌は梅枝巻の夕霧の歌と同じ「心ありて風の」という句で始まる。

源氏物語の巻名に関わる場面や歌の大半は、後撰集時代の歌を基にしている。中でも、藤原伊尹・高光兄弟と、その父師輔に関わる歌や歌合、村上天皇や斎宮女御徽子女王の主催した歌合などが、巻名の題材として数多く採用されている。特に、亡くなった人々の歌語りや悲話が巻名に関わる歌の題材となった例が目立つ。紫式部一人ではこれら

すべての歌合や歌集などの情報収集は不可能であろう。源氏物語は、藤原道長や天皇家など周辺の多くの人々の協力を得て作られた一大文化事業だったのである。題を与えられて歌を詠む歌合や歌会と同じく、巻名を題として巻々の物語が作られ、さらに歌を媒介として長編化した。実在の人物が詠んだ歌から巻名が設定され、その歌と状況から物語の場面や歌が作られ、人物造型もその歌や逸話を基にしている。歴史上の人物から直線的に人物造型が成されたのではなく、史実とは異なる方向性、あり得たかもしれない別の世界を創作した結果が、よく似た場面、よく似た歌が存在する理由であったと考えたい。

＊源氏物語本文は、角川書店『CD‐ROM角川古典大観　源氏物語』の校訂本文により、適宜、漢字を当て句読点を施した。（　）内には、巻名と『源氏物語大成』（中央公論社）のページ数を示した。
＊和歌本文は、角川書店『新編国歌大観』の本文により、適宜、漢字を当て句読点を施した。
＊蜻蛉日記の本文は、新潮日本古典集成『蜻蛉日記』によった。

〔注〕
1　拙著『源氏物語の巻名と和歌　物語生成論へ』（和泉書院、二〇一四年）
2　新田孝子『多武峰少将物語の様式』（風間書房、一九八七年）
3　笹川博司『高光集と多武峰少将物語』（風間書房、二〇〇六年）
4　土方洋一「『源氏物語』の巻々と語りの方法―蓬生巻の語りを中心に―」（青簡舎『物語の言語―時代を超えて』、二〇一三年）も、蓬生巻の語りの性格から、「巻」という独立性を持った単位であると論じている。
5　ただし『河海抄』（角川書店『紫明抄・河海抄』、一九六八年）が引用する本文の一句目は「けづりこし心もありて」
6　拙著『源氏物語の風景と和歌』（和泉書院、一九九七年　二〇〇八年に増補版）第五章第三節「歌枕「玉かづら」と源氏物語」。初出は、片桐洋一編『歌枕を学ぶ人のために』（世界思想社、一九九四年）「源氏物語の歌枕表現」

7　この高光歌も、古今集の「見てもまたまたも見まくのほしければなるるを人はいとふべらなり」（恋五、七五二、よみ人知らず）の上の句を借用している。

8　注1の拙著第十三章三「一条天皇の文化圏」に詳述。行成は伊尹の孫で桃園の邸を継いだ。

9　注6の拙著第二章第五節「朝顔巻の女君」に詳述。

10　拙稿「源氏物語の人物呼称―「うへ」と語りの問題―」（笠間書院『源氏物語の人物と構造』、一九八二年　注6の拙著所収）において、平安時代の「上」が御殿の女主人や若君の母親を示す呼称であることを明らかにした。「上」を貴人の正妻とする通説は誤りで、妻としての客観的地位を示すものではない。「対の上」は寝殿から見て対にいる奥様、「二条の上」は二条院の奥様といった意味で、姫君の母親（母上）としての敬称であり、庇護する者がなければ「上」とは呼ばれない。

11　「夕顔」の歌は源氏物語が初出例とされてきたが、人麻呂集に「朝顔の朝露おきてさくといへど夕がほにこそにほひましけれ」（万葉集、巻十「朝杲《あさがほは》　朝露負《あさつゆおひて》　咲雖云《さくといへど》　暮陰社《ゆふかげにこそ》　咲益家礼《さきまさりけれ》」の異伝歌）とあり、伊勢物語の「我ならで下ひもとくな朝顔の夕影待たぬ花にはありとも」からの転化とも考えられる。

物語の回路としての和歌 ―「幻」巻の場合―

寺田　澄江

一　和歌表現の論理と「幻」巻

『源氏物語』を大きく分けると、源氏の生涯を語る部分と、源氏死後の世界を語る部分とに分かれる。前半の最後に位置する「幻」は、出家し姿を消すまでの源氏最後の一年間を辿っている。そして、さしたる出来事もなく、季節を追って、紫上を失った源氏の嘆きを和歌が表現して行く。そのためこの巻は、しばしば歌集の哀傷部に譬えられている。また、和歌の比重が高いため、こうした解釈も妥当であるように見える。

しかし、源氏という人物に焦点を当てた場合には物語の最終章にあたる「幻」を、和歌の世界に還元してしまっていいのだろうか。歌集の哀傷部に近いこの巻のあり方は、式部の時代の和歌の重要性を物語るものだ、という説明もあるかもしれない。あるいは、記憶に新しい死（紫上）、予兆としての死（源氏）に拮抗しうる言説は詩歌しかないという説明もあるかもしれない。しかし、これだけの散文作品の大きな結節点において、物語と歌集の隣接性の再確認に議論が収斂して行くということには、納得できないものがある。こうしたアプローチに対する反論を、散文の論理からではなく、和歌の論理から提起したいというのがこの小論の意図である。

このアプローチを支えてくれるのは、和歌という表現形態が強固に持っている多重性という特質である。非常に短い詩型の和歌は、掛詞を駆使して、異質な意味系列を同音という否定しがたい等号によって強引に重ね合わせ、意味の多重性を構築し、それを生命力として豊かな詩的空間を作り出すことが多い。異質なものを重ね合わせることによりダイナミズムを生んで行くという言葉のあり方は、掛詞は言うに及ばず、古代和歌の序詞等から出発して、ほとんどの基本的な和歌の修辞に見いだすことができる。この現象を、意味の揺れに関わる「多義性」ではなく、「多重性」という言葉によって位置づけることが妥当だと考えるのは、ある意味単位の拡散・収束ということへの注目よりは、異質なものを組み合わせ重層させること自体が言語場の形成を支えてきたという和歌の軌跡を重く考えるからである。こうしたあり方は単語レベルに留まらず、歌と歌とを呼応させ共振させる表現網を通してその詩的力を発揮するに至った。響き合う言語空間をやすやすと創り上げるこの和歌の力は、題、歌語、またその組み合わせの定型化という長い歴史を通して養われ、一二世紀末に本歌取りとして方法的に自覚されるに至ったが、この根源的な間テクスト性は、実作上はそれよりもはるか以前から存在し、物語歌においても使われていた。

こうした間テクスト伝統においては、詩的素材がどのように規範化され、どのような意味のネットワークを作っていったかという問いかけなしには、個々の作品を理解し位置づけることすらできないが、それ以上に重要なのは、創作・享受を通して、関係性を構築し認知する能力・感性が研ぎすまされて行ったということである。こうした共通の言語能力を前提として、物語世界においても、エピソードを超えて成立する言葉と言葉の映発、相似的状況の呼応といった、関係性に対する感性が極めて高度に発達し、作者が仕掛け、読者がそれをキャッチするという創作・享受状況が生まれて行った。そして、このような言語基盤の形成は、どの名歌がどのエピソードの核となったかといった個々の歌の利用という問題以上に重要なことだったと思われる。つまり、和歌が開拓した多重的言語思考は、和歌の世界だけに留まらず、深層において、物語の書き方、読み方に影響を与えて行ったと考えるのである。

「幻」を支えているのは、こうした和歌的思考が開拓した多重的語りであり、この巻の特質は二つの語りを重ね合わせているところにあると筆者は考える。前面に出ているのは、紫上の思い出を生きる源氏の一年間を追う語りだが、それと同時に、「物語の記憶」に捧げられている層も共存している、そして、この巻における和歌は、この語りの方法を担い、二つの語りを重層させる機能を果たしていると考えるのである。換言すれば、源氏登場の最後の巻を、物語全体の想い出の巻としようとした作者の意図をここに見ることはできないだろうかというのが、この論の主旨である。源氏の最後の一年という物語の第一層に、これまでの物語の想い出の断片からなる第二層を重ね、二つの層をつなぐのがこの巻特有の和歌の役割だという理解である。また、これらの歌は、この巻最後の源氏の歌が持つ求心性を浮き彫りにする役割も果たしているように思われるが、まずは多重性の問題から考えて行きたい。

二　二重構造を指標する言葉

極めて明らかな例から見て行こう。「幻」の夏の冒頭は、夏の初めを象る四月一日の衣替えにちなんだ花散里と源氏の和歌の贈答から始まる。

Ⅰ　夏衣裁ちかへてける今日ばかりふるき思ひもすすみやはせぬ　花散里

羽衣のうすきにかはる今日よりは空蟬の世ぞいとど悲しき　源氏

（幻、第六巻、一四二ページ）[1]

この一組の歌は、歌言葉の呼応を起点として「空蟬」巻と「夕顔」巻にまたがる若き日の源氏の恋のエピソードを呼び起こす。歌言葉が引き寄せる両巻の和歌は四首あるが、うち三首を、「幻」の贈答歌の言葉の流れに添って引用しよう。

1　十月一日（冬服への衣替えの日）頃に空蟬は夫とともにその任地に下ることになる。思い出の夏衣を返してきた源氏に、空蟬はひそかに返歌を送る

蟬の羽もたちかへてける夏衣かへすを見てもねは泣かれけり　空蟬　（夕顔、第一巻、一七九ページ）

2　夏衣を残して空蟬が源氏の手を逃れた翌朝、源氏は独白を綴る手習いのように歌を書く。弟が持って来たその歌の脇に、空蟬はやはり手習いのように、伊勢の歌[2]を書きつける（「空蟬」の巻末）

うつせみの羽に置く露の木隠れて忍び忍びに濡るる袖かな　伊勢／空蟬　（空蟬、第一巻、一一八ページ）

3　九月の終わり頃、源氏の病をとぶらいつつ夫とともに地方へ発つと、空蟬は源氏に書き送る。源氏は歌を返す

空蟬の世はうきものと知りにしをまた言の葉にかかる命よ　源氏　（空蟬、第一巻、一七四ページ）

冬から夏へ（「幻」）、そして夏から冬へ（「夕顔」）と移る衣替えの時節が呼応し合い、過去の恋物語の中心的な小道具であった夏衣というテーマを和歌が凝縮し、このモチーフを通して過去と現在が鮮やかに呼応し合う。また、「幻」の源氏の歌に使われている「空蟬」という歌言葉は、ここでは引用しない四首目にも使われていて、物語冒頭部での頻度が集中的に高いため、若かったころの空蟬との恋物語を「幻」を読む読者に想起させずにはおかない構成となっている。言葉が重なり合いながら、一方は哀傷、一方は実らぬ恋という異なったテーマが重層されるところに、「掛詞的語り」とも言うべき「幻」の構成の特質がある。とは言え、松井健児が、「哀傷とは（……）不在の対象を希求するという意味において、恋という感情ときわめて近しいものであった」[3]と、述べているように、喪失というテーマ

のバリエーションとしてこの重なりを捉えることが、実は適当なようである。

更に一歩進めて考えると、「空蟬」という言葉の反復が源氏の物語の初期と最終期とを繋ぐ結果となるため、物語の全体構成にかかわるこれまでの議論と交錯する。広義の成立論にかかわる観点から清水婦久子が展開している作者による巻名命名説[4]を前提とした場合、巻名として使われている歌言葉が過去をたぐり寄せる構成となっているという理解はより説得力を持つことになろう。また「紫上系」と「玉鬘系」に分け、「玉鬘系」後期成立説を主張する成立論とのかかわりも出て来る。「幻」における「空蟬」という語についての筆者の理解が成り立つとすれば、「玉鬘系」に属する空蟬という人物をめぐるエピソードは「幻」よりも前に書かれたことになる。そして、特殊な形であるにせよ、空蟬は「幻」に登場するのである。後ほど触れるが、玉鬘についても同じことが言える。第二部において（「若菜」から「幻」まで）玉鬘が「御法」と「幻」に出て来ず、執筆順序の問題でこれを説明することができない以上は、第一部において玉鬘系の人物達が登場しない巻があることを根拠として主張されている後期成立説は説得力を失うという批判に対して、別系列であるからこそ、このような形で登場するのだと言うことも可能ではないかと思われるからである。[5]

玉鬘の問題については、「幻」冒頭の歌（Ⅵ）についての項で取り上げることにし、ここでは前掲の花散里の歌の下句、「ふるき思ひもすすみやはせぬ」の解釈について考えてみたい。この句の解釈は難しく、新潮は「すっかり昔のこととなりました私のこともお思い出しにならぬことがありましょうか」としているが、控えめな花散里にこんな洒落っ気があるものだろうかという、違和感を感じる。新編全集の方は「古き思い」を「毎年装束を調製していた紫上への思い出」としているが、この時点で紫上にかかわる源氏の記憶を「古き」と、花散里が詠むものかどうか、やはり違和感は残る。[6] 大方のご批判を覚悟の上での提案だが、この花散里の歌を物語のメタディスクールとして捉えるという解釈はどうだろうか。衣替えは、あなたの昔の恋を彷彿させるきっかけになりませんでしたかという解、つまり花散里のこの歌は、この女君のものでは実はなく、場面外から語りかける声ではないかという解釈である。散文の中に置かれた和歌の独立性について、『源氏物語』の作中歌は「ある意味で散文部分とは異質な世界に属する、一首一首が絶対的な重みを持つ独立した表現形式と考えられる」と、土方洋一が述べている。[7] 場面からの歌の独立性について非常に慎重に緻密な分析を重ねて立てられているこの論をここで援用するのはためらわれないでもないが、花散里のこの歌も、和歌の独立性という視点を要求しているように思われる。花散里はここではいわば入れ物として機能していて、物語全体を俯瞰しうる者の声が媒体としての花散里を通して語っているという理解である。筆者自身、和歌的言語は散文とは違う論理のレールを走っていると考えており、物語における散文と和歌との交渉はその点を抜きに考えることはできないという見解を持っている。この「幻」の分析も、その考え方の延長線上にある。「幻」の歌の大半は、この巻を物語の総集編とすべく作られているという筆者の解釈は、巻名の問題、成立論の問題とも連動することになるが、もとより、過去・現在の二つのエピソードがここで呼応し合っていることは明らかで、成立論的問題と切り離して考えても、歌言葉が物語の時空間を組み立てる装置として重要な役割を果たしていることをこの例は示している。そして、語りのレベルで最も重要なのは、「幻」では姿を消している空蟬という女性が、歌を通じて潜在的にこの巻に呼び込まれているということなのである。

三　エピソードの多重性　―親和的関係と対照的関係―

共通のイメージが紡ぎ出すエピソードの連環が、一方ではバリエーションとしての重層化へ、他方ではコントラストを生む両極化へという双方向に構築される場合もある。その例として挙げられるのが「幻」の春の最後の歌である。春深くなりゆくある日、霞が立ちこめる夕暮れに源氏は明石君を訪れたが、泊まらずに夜更けに帰る。翌朝、明石君に歌を送り、明石君は次の歌を返す。連環の起点はやはり同語使用である。

Ⅱ　雁がゐし苗代水の絶えしよりうつりし花のかげをだに見ず　（幻、第六巻、一四二ページ）

この歌は、雁のイメージを起点とした連環も作っているが、ここでは「かげをだに見ず」という表現を起点とした広がりを取り上げる。この下句の表現は、亡き桐壺院を偲ぶ「賢木」の源氏の歌へ（4）、更に亡き藤壺を思い三途の川で一人佇む自分を想像する「朝顔」の歌へ（5）と悲哀の連環を広げて行く。

4　桐壺院の四十九日が終わった十二月二十日、藤壺が三条の宮へ退去するに先立ち、桐壺院の御所にて人々は唱和する。雪が降り風が激しい日であった。源氏の歌

さえわたる池の鏡のさやけきに見なれしかげを見ぬぞかなしき　源氏　（賢木、第二巻、一四二〜一四三ページ）

5　雪が積もり月が美しい夜、源氏は口を極めて藤壺がいかに優れた人だったかということを紫上に語る。その夜、冥界で苦しむ藤壺が源氏の夢枕に立ち源氏を恨む。苦悩する源氏の独詠

なき人をしたふ心にまかせてもかげ見ぬみつの瀬にやまどはむ　源氏　（朝顔、第三巻、二一四ページ）

「死者の影を見ることができない」というテーマを起点とする連環は祖母大宮の死を嘆く雲居雁の歌（「藤裏葉」）、亡き親友柏木を偲ぶ夕霧の歌（「夕霧」）などへと広がって行くが、「幻」のこのエピソードで具体的に述べられている二つの話題、須磨での苦節（「雁」の語を起点とする連環）と亡き藤壺の思い出に関わる歌（5）が呼び寄せられている

ことは注目される。特に、源氏が別の女に紫上について語るという設定は（5）の詠歌状況と重なるのである。しかしまた、この歌は水に映る影という詩的モチーフを連結装置として、哀傷とは逆の失われた至福の時をも呼び起こしている。

6　元日、六条院の春の御殿の御前は梅の香りに満ちて、生ける仏の国かと思われる。その夕方、御方々のもとを訪ねるために化粧した源氏は紫上と唱和する

うす氷とけぬる池の鏡には世にたぐひなきかげぞならべる　　源氏

紫上の返歌

くもりなき池の鏡によろず代をすむべきかげぞしるく見えける　　紫上　　（初音、第四巻、一三ページ）

こうして、既に世を去っている重要な人物達、桐壺帝と藤壺が陰画として亡き紫上の不在に重ねられ、哀傷のテーマはその奥行きを深め、過去の輝くようなイメージに逆照射されて、紫上の不在はさらにその影を濃くする。「幻」の語りの親和・対照関係が織りなす多重性を示す一つの例である。

四　歌の連環が析出するテーマ

ここでは、『源氏物語』の主要なテーマ、罪と救済を巡る連環構成を見ておきたい。まず、紫上に愛されていた女房、中将君と源氏との賀茂の祭りの日の対話の場面である。中将君は源氏からも目をかけられていた人であったが、昼寝から起きた彼女の傍らにあった葵を手に取り、その名さえ忘れたと言う源氏に、中将君は歌を詠み、それを受けて源氏が詠う。

Ⅲ　おほかたは思ひ捨ててし世なれども葵はなほやつみをかすべき　源氏　（幻、第六巻、一四四ページ）

ここでは非常に軽く使われている「つみ」という言葉は、柏木を死に至らしめる恋に、そして、この源氏の戯れの歌を媒介して藤壺の苦悩に繋がって行き、この物語を骨太に構成している大きなテーマをさりげなく射程距離に収める結果となっている。下記の8が意識されていたかどうかはおぼつかないが、7と9に関しては緊密な関係を認めることができる。

7　女三宮を犯した後の葵祭の日、柏木は童が持っている葵を見て独詠する

くやしくぞつみをかしける葵草神のゆるせるかざしならぬに　柏木　（若菜下、第五巻、二一三ページ）

8　きさらぎの二十日あまりの晴れた日、南殿の桜の宴が催され、源氏は入り日の頃春鶯囀を一節舞う。藤壺は心が乱れる。藤壺の独詠

おほかたに花の姿を見ましかばつゆも心のおかれましやは　藤壺　（花宴、第二巻、五一ページ）

9　十二月十余日、藤壺は御八講を催し、最終日に出家する。月の光隈無く雪と光り合い、風が激しいその夜（名香の香りが満ちて「極楽思ひやらるる夜のさま」、とある）、源氏は挨拶に参り、歌を詠む。藤壺よりの返歌

おほかたの憂きにつけてはいとへどもいつかこの世を背き果つべき　藤壺　（賢木、第二巻、一七四ページ）

「幻」の源氏を迷いの中に佇み続ける人とするか、迷いから悟りへと向う人として位置づけるかということについては議論が分かれているが、[8] この巻の最終近くに置かれた導師の歌が開く和歌の連環は、悟りに向う方向性を指し示している。雪が降り積もり、梅の花はわずかに気色ばんでいる年末の、十二月二一日の仏名会の果ての日に、源氏はこの年初めて人々の前に姿を現し、宴席に導師を呼んで歓待する。髪の白くなったこの老僧は盃を受けて次の歌を返

す。

Ⅳ　千代の春見るべき花と祈りおきてわが身ぞ雪とともにふりぬる　導師　（幻、第六巻、一五三〜一五四ページ）

この「古りぬる齢の僧は」感涙にむせんだとある。この一節は、源氏の青春時代の、北山の場面へと読者を向わせる。

10　三月の晦日頃、源氏は名高い聖から加持を受けるために北山に参り、後を追って都から到着した人々とともに宴を催す。源氏の歌を受けて僧都が詠む

優曇華の花待ち得たるここちして深山桜に目こそ移らね　僧都

次いで、加持を施した聖が、盃を賜って

奥山の松のとぼそをまれにあけてまだ見ぬ花の顔を見るかな　聖

（若紫、第一巻、二〇三ページ）

この聖も源氏の美しさに感涙したとある。「幻」の「千代の花」は僧都の歌にある「優曇華の花」、聖の歌の「まだ見ぬ花の顔」に対応しよう。ジャン＝ノエル・ロベールの解釈に従えば、僧都は優曇華の花を仏陀の比喩として使い、聖は更に進めて天空に浮かぶ宝塔の中に輝く姿を現す多宝如来に源氏を譬えている。[9] つまり、「幻」のこの場面では「昔の御光りにもまた多く添ひて、ありがたくめでたく見えたまふ」と描かれる源氏の姿は、老僧の目には仏の顕現として映ったということであろう。[10] しかし、その場合、この場面に次ぐ憂愁が深い終末部をどのように理解すればいいのかという問題が残る。一筋縄ではいかない作品であるが、光に満ちた姿は単に老僧の見た外側からの賛美にとどまらず、「光源氏の体現した「仏身的な光」と解してよいであろう」とする一方、出家の問題を『源氏物語』を貫くテーマであるとした阿部秋生の読みを踏まえ、[11]「自分の人生が悲哀、無常、憂愁に包まれていた物であるとともに、人の世がそういうものであったと改めて実感的に認識し（……）そういう認識の果てに光源氏は出家に至ったという

構図である」という日向一雅の理解に従いたい。[12] 歌の連環は光輝く仏の御国の住人となっている源氏の姿を指し示し、歌が「若紫」と「幻」の二場面を緊密に繋ぐことによって、この物語における仏教的世界の重要性を際立たせる結果となっている。[13] それに関係する源氏最後の和歌については、「九」において改めて取り上げたい。

五　円環構造

和歌という共鳴装置を介して巻を越えて呼応し合うエピソードが存在するということについては、既に先行研究に指摘がある。例えば、「幻」の冬の部分の初めの源氏の独詠歌（Ⅴ）が、物語始めの「桐壺」の和歌（11）に呼応し、大きな円環を描いて、最も愛する者を失った嘆き（源氏にとっては紫上の死、桐壺帝にとっては、源氏の母、桐壺更衣の死）という主題を浮き彫りにしているという指摘である。[14]

Ⅴ　紫上の死の翌年、時雨がちの十月のある夕暮れ、空を渡る雁を眺めて

　大空をかよふ幻夢にだに見えこぬ魂の行方たづねよ　源氏　（幻、第六巻、一四九ページ）

11　桐壺更衣が死んだ年の秋、風が激しく月の美しい夜、亡き更衣の母から贈られた形見の品を見て。桐壺帝の独詠

　尋ねゆく幻もがなつてにても魂のありかをそこと知るべく　桐壺帝　（桐壺、第一巻、二七ページ）

かくして源氏の人生の最後において円環は大きく閉じられる。このような円環的構成は、季節の変化を基盤とした時間意識が支配的な当時の人々が好んだものであり、歌集の編纂に季節による分類を重視したことにもそれは表れて

いるが、ここで重要なのは、円環構造を支えているのが二つの和歌に使われている同じ言葉だという事実であろう。二つの和歌にある、超能力を持つ幻術士という意味の「幻」、「魂」、そして「尋ね」の三つの言葉だが、中でも、「尋ね」という言葉は重要である。以下、見事な多重構造を見せてくれる「幻」の冒頭歌を中心に考えて行くが、この歌を中心に広がる歌連環のキーワードとして、この言葉は働いて行く。

Ⅵ　紫上が亡くなった次の年の初め（新春）に、訪れた弟の螢宮に源氏が詠ん歌

わが宿は花もてはやす人もなしなににか春のたづね来つらむ　　源氏

（幻、第六巻、一二七ページ）

源氏は誰にも逢おうとせず、弟の螢宮ただ一人と対面するが、女主人に去られてしまい、春（あなた）の訪れにはもはやふさわしくなくなってしまったこの庭になぜおいでになったのかと詠い、螢宮を嘆かせる。この春に価しない庭がどこを指しているのか、仏の御国に譬えられた六条院なのか、紫上が息を引き取った二条院なのかという議論が昔からあり、決着はついていない。二条院説が現在は有力だが、[15] この巻の語りの性質から言って、巻の空間を同定することは本質的に難しく、この空間の曖昧性は、「幻」の構想そのものに根ざしているように思われる。どちらに場面を置くにせよ、現実の庭は紅梅の花がほのかに咲き始めた美しい庭である。この冒頭の和歌は、実はもう一つの庭と呼応関係を結んでいる。源氏の母が世を去り、残された祖母が孤独に住んでいる「桐壺」の庭、帝の命を受けてある夕べ靫負命婦が訪れた庭である。

12　闇に暮れて臥し沈みたまへるほどに、草も高くなり、野分にいとど荒れたる心地して、月影ばかりぞ八重葎にも障はらず差し入りたる（……）「今までとまりはべるがいと憂きを、かかる御使の蓬生の露分け入りたまふにつけても、いと恥づかしうなむ」とて、げにえ堪ふまじく泣いたまふ。

（桐壺、第一巻、二〇ページ、表記は私に改めた）

眼前の美しい庭園は、紫上の死により、源氏の心象風景の中では荒んだものとなってしまっていた。この和歌が持つ荒涼とした心象風景を通して12の庭へと回帰することによって、美しい庭は、荒れ果てた庭を抱え込んだ空間となる。「幻」冒頭におかれた「庭、その住人、訪れる人」という主題が、源氏の生涯の軌跡を方向付けた母の死を起点としているということがこうして再確認されるのだが、しかし、この二つの庭の間の落差は大きい。「幻」の庭では紅梅が咲き始めているのに、二条院の源氏の亡き母の庭は秋の月に照らされて雑草が生い茂っている。「桐壺」の荒れ果てた庭に照らし出されることで、「幻」の庭の両義性が浮かび上がってくるが、この両義性が様々な歌を呼び込み、大きなネットワークを構築していく原動力となっている。[16] そして、この交響する空間において、和歌の冒頭に置かれた「わが宿」と歌を締めくくっている「尋ね来つらん」とがキーワードとして、数々のエピソードをつないで行く役割を果たすのである。

六　多重化装置としての「掛詞的」語り ―玉鬘という言葉―

この巻の語りの特質について複数の側面から見て来たが、ここでは、「尋ね来つらん」に注目して、多重化の動きを追っていきたい。この言葉はまず、私たちを『後撰集』の次の和歌に導いてくれる。

13　出雲に流された男が、京からの女の便りの中に、女の家に残してあった武官時代の正装の際に髪に飾った老懸《おいかけ》が入っているのを見て、華やかな昔を偲んで詠んだ歌

いづくとて尋ね来つらん玉かづら我は昔の我ならなくに

（『後撰和歌集』、源善、雑四、一二五二）

この和歌は問いかけの形で、幸せだった過去を呼び起こし、そしてまた、その過去が自分には無縁なものになってしまったこと思い知らせる美しい物を見たときの男の悲しみを表現している。男は自分と世の中との間に越えることの出来ない溝が生じてしまったと改めて自覚するのである。この男の孤独は、「幻」の冒頭において読者が見いだす源氏の心象と響き合う。源氏は年賀に訪れる客と会おうとせず、世の中との関係を絶とうとしている。人が訪ねて来る美しい庭は紫上の死後、もはやこれまでの光あふれる庭園ではなくなってしまっていた。しかし、こうした心情的共通性を越えて注意を惹くのは、「玉鬘」という言葉である。この言葉は、この物語に登場する六条院の栄華と深く結びついている人物の名前でもあるからだ。実は、『後撰集』の流された男の和歌（13）は、この名前を巻名として持つ「玉鬘」において、源氏が詠む次の歌の本歌でもある。

14　十月に六条院に移った玉鬘について、手習いのように源氏が書き付けた半独詠の歌

恋ひわたる身はそれなれど玉かづらいかなる筋を尋ね来つらむ　源氏

（玉鬘、第三巻、三二三ページ）

自分を頼って来た若い娘の話を紫上にしているときに源氏はこの歌を詠み、この歌によって彼女は玉鬘という呼び名を持つことになる。源氏はこの場面で、若いときに束の間の関係を結び、自分の腕の中で死んでしまった彼女の母、夕顔を思い出している。その記憶が彼に最初の二句を書かせるのである。娘の方は、美貌と才気で六条院の華やかな庭園を象徴する存在となる。この場面は玉鬘という言葉を含む和歌（14）を源氏が書いて終わりとなるのだが、六条院を訪れる若い男たちの中心にこの娘を据え、螢宮を筆頭として男たちの憧れの眼差しをこの場所に集めて、六条院の華やぎを増すつもりだという計画を、源氏はその時紫上に明かしている。そして、紫上にこうした役割を与えることができなかったのが残念だとまで言ったのである。「幻」においては、紫上はもはやこの世の人ではなく、玉鬘は生きているが、髭黒の妻となって六条院を去り、この巻にも出てこない。「幻」冒頭の源氏と螢宮の和歌のやりとり

を通じて、光に満ちた過去の記憶が、和歌が作り出す共鳴現象を介して幻のように立ち帰ってくるのである。

この巻特有の物語の文法を考えるとき、「玉鬘」という表現の反復によって生じる連鎖が重要だと思われる。この言葉の装置が語りの第二層に玉鬘という人物を呼び込むからである。同音反復という、言葉自体が物として持っている力を借りて異質なものを強引に重ね合わせるという、詩的言語特有のメカニズムが語りの場を浸蝕し、「掛詞的語り」によって、筋の展開から見れば断絶しているエピソードを重ねてしまう。このように考えると、語りの源流の一つとしての和歌の位置が見えて来るように思われる。詠歌という言語的蓄積を背景として、明確に同定された言葉が、言葉それ自体の力で、文脈から離れた関係を作り上げて行くのである。例えばこんな風に。

Ⅶ　夏の終わり、源氏は飛び交う螢を見て、長恨歌の一節を口ずさみ歌を詠む

夜を知る螢を見てもかなしきは時ぞともなき思ひなりけり　源氏　（幻、第六巻、一四七〜一四八ページ）

15　声はせで身をのみこがす螢こそ言ふよりまさる思ひなるらめ　玉鬘　（螢、第四巻、六五ページ）

源氏の演出で螢の光にほの見えた玉鬘に螢宮は恋の歌を送り、玉鬘がそれに返したのがこの歌だが、この二首は、源氏と玉鬘とがあたかも歌を通して語り合っているかのごとき印象を与える。物語の人物としての玉鬘の登場がないのは確かだが、「幻」における玉鬘の影は濃いのである。また、多重化装置の起点に置かれた「玉鬘」という歌言葉が持つ意味も重要だと思われる。清水婦久子によれば、歌語としての「玉鬘」は、「思いなどが長く続き忘れない、事ある毎に思い出す（がなかなか会えない）（……）会うことのできない人の面影を追い求めて忘れない」という意味を持つ。[17] これは、源氏にとっては、髭黒の妻となった玉鬘そのものだが、「幻」においては、何よりも、永遠に失ってしまった紫上に対する源氏の思いを凝縮する歌語だと言ってもよい。また玉鬘という人物に焦点を当て、この女君を象

徴する山吹の花に注目し、「幻」における庭の山吹について考察している上坂信男の分析も興味深い。「源氏四十の賀に若菜を祝った玉鬘が、紫上の逝去を伝える「御法」とその後の源氏の悲傷の日々を描く「幻」の両巻についに顔を出さないことを思い合わせると、「植ゑし人なき春とも知らず顔に」例年より美しく咲いている山吹の姿には（……）玉鬘の姿が暗示されているようにも思われるのだが。」とある。[18]

六条院を訪れる若者たちが話題となり、しかもその中に源氏の弟の螢宮の名前が挙がっているため、玉鬘についての歌（14）を巡るエピソードの内容が「幻」冒頭歌との照応関係を強めることも確かである。しかし、それだけにはとどまらない。音楽の変奏のように、「庭を訪れる」というテーマは、また別の共鳴関係を生み出している。

七　花咲く庭への招待

源氏が栄華の頂点にある「梅枝」で、彼は弟の螢宮に六条院の素晴らしい庭をもっとしばしば訪れてほしいと歌う。つまり荒れた庭をなぜ訪れるのだと弟をなじる「幻」冒頭の歌とは対極をなす歌がここにある（16）。同じ人物（源氏と螢宮）と同じ背景（花開く紅梅）が、このコントラストによる共振をさらに増幅させている。

16　雨がそぼ降る二月の十日、紅梅の花が美しく咲く六条院で薫物合わせが行われ、夜は宴遊が催される。源氏は弟の螢宮に歌を詠む

色も香もうつるばかりにこの春は花咲く宿をかれずもあらなん　源氏　（梅枝、第四巻、二六〇ページ）

「幻」の冒頭歌と鮮やかに対比される「花咲く庭への招待」というモチーフは、その他にも、源氏の運命の転換に関わる二つの巻に出て来る。その一つは、源氏とは敵対的関係にある側の筆頭の右大臣の歌である。大臣は自邸で行

う藤花の宴に来て欲しいと源氏を招く（17）。源氏は東宮の妃に差し上げようと大臣が計画していた秘蔵の娘朧月夜と宮中の花の宴の折に密かな関係を持ち、この招待を利用して、彼女を探し当てる。二人の密かな関係によって計画が頓挫してしまった大臣は激怒し、それが源氏の須磨退去の一因となる。そしてこの須磨への流謫が新たな物語の展開を生み出して行く。つまり、この藤花の宴への招待は、源氏の運命の転換の序奏でもあった。

17　三月二十日過ぎに右大臣は源氏を藤花の宴に招く

わが宿の花しなべての色ならば何かはさらに君を待たまし　右大臣

（花宴、第二巻、五九ページ）

「幻」冒頭歌が紡ぎ出すネットワークに入って来るもう一つの歌があるが、この和歌は、右大臣の歌（17）と同じ背景で（自宅で催す藤花の宴）、筋展開も似ている。ただ世代が交代し、源氏の親友にしてライバルの左大臣（かっての頭中将）が、源氏の息子の夕霧を藤花の宴に招き、両家の仲違いを水に流して自分の娘との結婚を許すというエピソードである。左大臣の怒りの原因は、娘を東宮の妃にしようという大臣の計画が若い二人の秘密の恋のために頓挫してしまったからであった。二人の結婚は両家の紐帯を強め、この「藤裏葉」は源氏の栄華の絶頂を語る巻となっている。

18　四月一日ごろ、左大臣は藤花の宴に夕霧を招く

わが宿の藤の色濃きたそかれに尋ねやは来ぬ春の名残を　左大臣

（藤裏葉、第四巻、二八二ページ）

八　荒れた庭

美しいが荒涼としているという、「幻」巻における庭園の両義性については既に触れた。この曖昧な性格が吸引力

となって、これまで見てきたように和歌の連環を通じて光あふれる場面が呼び込まれていた。しかしまた一方、「桐壺」の荒れた庭の引用（12）で既に見たように、心象風景ではなく現実に荒れ果てている庭も必然的に呼び込むことになる。そしてここでも「尋ね来つらん」という表現がキーワードとなってネットワークが広がって行く。「荒れた庭」という主題の起点となっているのは次の和歌である。勅撰集では不明とされているこの和歌の詠歌状況、作者についての詳細は清水婦久子の本書の論文を参考にされたい。

19　作者不明、詠作状況不明の歌

いかでかは尋ね来つらん蓬生の人も通はぬわが宿の道

（拾遺和歌集、雑賀、一二〇三、題知らず、よみ人知らず）

第三の勅撰集、『拾遺和歌集』に収められているこの和歌の冒頭部は、「玉鬘」で源氏が詠んだ玉鬘の和歌（14）の下の句に繋がって行く。しかし、この歌はまた、清水氏が本書論文において説明しているように、「蓬生」の巻名の元となった和歌で、須磨からの帰還の後、廃屋と化している末摘花の邸を始めて訪れ、庭に入って行くときに、源氏が詠んだ次の歌をいわば「問答的に」引き出す歌であった。

20　四月の月の美しい夜に、源氏は花散里宅に行く途次、末摘花の家の前を通り、露を分けて訪れる

尋ねてもわれこそとはめ道もなく深き蓬のもとの心を　　源氏

（蓬生、第三巻、七六ページ）

『拾遺集』に収められたこの歌は、この物語に表われる相反した二つの庭（14の歌の背景にある美しい六条院の庭と20の末摘花の蓬生の庭）を結びつける役割を果たしている訳である。そしてこの歌の連鎖が、強いコントラストを持つ庭の二つの側面を「幻」冒頭の歌に収斂させていき、末摘花の廃屋の庭は、華やかな六条院の庭と和歌の連鎖によって必然的に結びつけられるのである。ここにも、語りに果たす和歌の重要な役割を認めることができる。

庭という主題のコミックなヴァリエーションがあるということも付け加えておきたい。失笑を買うことの多い言動はあっても、心の気高さは失っていない末摘花という人は、滑稽なエピソードに姿を現す姫君だが、この姫君との関係で源氏が「初音」で詠む歌がある。状況は「幻」の冒頭と極めて似ていて、時期は年頭、背景は紅梅の花である。しかしここでは、源氏が訪れる人となっている。

21　末摘花のあまりに赤い鼻にあきれた源氏の独詠歌

ふるさとの春の梢にたづね来て世の常ならぬ花を見るかな　源氏　（初音、第四巻、二三ページ）

和歌はコミックだが、この二条東院の場面の庭の描写は不思議に「幻」の冒頭に近い。「荒れたる所もなけれど、住みたまはぬ所のけはひは静かにて、御前の木立ばかりぞいとおもしろく、紅梅の咲き出たるにほひなど、見はやす人もなきを（二二～二三ページ）」とある。この場面は、「幻」の一人孤独な源氏の姿を、そして「宿木」で語られる源氏亡きあとの荒廃した六条院をあたかも予告しているようである。

この物語の中で重要な役割を果たしていると思われる「庭、その住人、訪れる人」というモチーフとその広がりについての分析を終えるにあたって、このテーマが、「玉鬘」と「蓬生」という二つの巻名を呼び込み、「幻」には出てこない二人の人物、玉鬘と末摘花を語りの第二層に呼び込むことになるという点を確認しておきたい。また、「幻」の冒頭歌が紡ぎ出す連鎖の広がりは、庭園というテーマが思いのほかに重要なものだということも雄弁に語っている。庭園がなぜ重要なのか、人が訪ね来ることがなぜ重要なのかという点については松井健児の「幻」についての論が参考になる。松井氏は、「死を予期した故人と、それに連なる回想者という、複数の主体が畳み込まれ（……）それによって、その空間はそれ自体で重層化する」と述べる。[19] 確かに、庭園は様々な記憶の回路を抱え込み、時間の重層化を引き起こしやすい空間であり、その重層性のポテンシャルの高さが、庭という物語素材を貴重なものにしているようである。作品の中における庭のあり方によって、その物語の特質を測ることがあるいは可能なのかもしれない。見て来た通り、春冒頭の「幻」最初の歌は、非常に豊かな広がりを持っている。夏の初めの和歌が空蟬を呼び込み、冬の初めの歌が父桐壺帝の嘆きに呼応して、間接的に源氏の母を呼び込んでいることは既に見た通りである。そして、秋の初めの歌は、「露ぞ（草の葉に置く露・涙のしずく）おくらん」という言葉を介して、豊かな語りの連鎖を作り上げている。この表現は、源氏の母が消え去った後の露しげき荒れた庭にまず回帰するが(12)、「御法」の致仕大臣（かつての頭中将）の歌との呼応関係も結んでいる。この歌は、紫上の死を介して蘇ってきた葵上の死への嘆きを詠ったもので、既に世にないこの二人の重要な人物、紫上と源氏の最初の妻、葵上を呼び込むのである。また各季節の冒頭歌のみならず、「幻」の歌の殆どに、和歌を通じた他の巻のエピソードとの連環が認められる。

九　源氏最後の歌

各季節の最後の歌についても、同様の照応関係を見いだすことができるが、この歌連環の中で問題となるのは「幻」最後の歌である。

Ⅷ　大晦日に、追儺の支度に余念がない匂宮を見て、この愛らしい姿を見ることもできなくなるのかという思いが源氏の胸に迫る

もの思ふと過ぐる月日も知らぬまに年もわが世もけふや尽きぬる　源氏　（幻、第六巻、一五四ページ）

「幻」までに至る『源氏物語』の和歌の中でこれに最も近いものは、桐壺院の御所を退去する折に藤壺が詠んだ歌

（4）と同じ時の藤壺の兄のもの（22）だが、言葉の照応はほとんどない。

22　蔭ひろみ頼みし松や枯れにけむ下葉散りゆく年の暮れかな　　兵部卿宮　（賢木、第二巻、一四二ページ）

それに対して、この源氏最後の歌は、この歌の本歌、『後撰集』冬巻の巻軸に置かれた藤原敦忠の歌（23）と上句を全く同じくし、緊密な連繋関係を創り出している。

23　藤原敦忠が、師走の晦日に長きに渡って求婚していた御匣殿の別当に送った歌

物思と過ぐる月日も知らぬ間に今年は今日に果てぬとか聞く　（後撰和歌集、冬、五〇六、藤原敦忠朝臣）

つまり、源氏最後の歌に至ってこの巻における歌連環の質が変わり、物語内の照応の次元からそれとは違う次元へと移っているのである。この変質の核心について考える上で参考になるのは今西祐一郎の『源氏物語』の哀傷に関する考察である[20]。今西氏は、源氏の生涯が「死なれた者の物語」であることに着目し、このように死を扱う視点は、死に往く者ではなく残された者の嘆きを主体とする勅撰和歌集の哀傷歌の伝統に依拠していると説く。そして、物語が進行し、散文的表現が成長して行く過程で、死に往く者（柏木と紫上）の内面が語られ出すと述べる。この観点から「幻」を見直すと、紫上の文を焼いた時の歌を最後とする、「幻」巻頭から仏名会の直前までの歌は、全て「死なれた者の歌」であるのに対して、仏名会以降の源氏最後の二首は「死に往く者」の歌である。そしてこの移行過程を成しているのが、既に見た源氏を仏身の光に包む歌連環（Ⅳ・10）なのである。木村正中は、「ただ「もの思ふ」うちに一年がめぐってしまったというだけでなく、かれの人生の「もの思ひ」のすべてが、あたかもそこに凝縮されているかのごとき意味に解することができる」として、「幻」の和歌が「生の意味を追求する方法となった」という小町谷照彦の考察[21]を受け、「『源氏物語』になってはじめて、和歌は、和歌の形でしか統括しえない人生の意味を表現するに足る、いわば人間の内面に即応した思想としての存在性を持つに至る」と述べている[22]。和歌が『源氏物語』以前に人間

の内面を語り得る思想性を獲得していたか否かはともかくとして、この最後の歌は、現在の場面を起点として過去の場面に幾重にも回帰して行く「幻」の「死なれた者の和歌」の重層化の果てに、もはやそうした個別的契機を足がかりとせずに先鋭化されている時間意識という内面的な心の動きを形象化し得ていることは確かである。かくして「幻」巻は、過去に向って逆行する時間とは異なる時間、全てを押し流し去る時間の中に主人公を置いて終る。

以上を通して考えると、この巻の語りに二重構造が認められ、その第二層は物語の先行部分の多くのエピソードを組み込んでいるという仮説は、根拠のない空想ではなく、この巻の構成を考えるに際して作者が意識して取った方法だと思われるのである。

〔注〕

1　源氏物語の引用は新潮日本古典集成により、『後撰和歌集』、『拾遺和歌集』の引用は岩波新日本古典文学大系による。

2　この歌は『伊勢集』の伝本全てに収録されている訳ではないため、伊勢の歌と認定しない立場もあるが、伊勢の歌を元にエピソードを構想したと考える玉上琢彌の解釈に従う（『源氏物語評釈』第九巻、角川書店、一九六七年）。この問題は、清水婦久子がさらに発展させている（「源氏物語の和歌的世界」、『源氏物語の巻名と和歌　物語生成論へ』（和泉書院、二〇一四年）

3　松井健児「紫の上の心とどめし庭―「御法」「幻」の巻から―」（『むらさき』、二〇一三年十二月）

4　清水婦久子前掲書

5　成立論の流れは、加藤昌嘉が分かりやすく整理していて参考になる（『『源氏物語』前後左右』、勉誠出版、二〇一四年）。なお、「玉鬘系」との絡みで、拙論が成立論とも関わってくるという点について、藤井貞和氏より御教示頂いた。ここでお礼を申し上げたい。

6　古注釈以来のこの部分の解釈は、「花散里と光源氏の贈答歌をめぐって―源氏物語幻巻の一解釈―」に纏められている（船﨑多恵子、『国文』、一九九〇年七月）。「紫上への思い」という解釈は上句に「今日だけは」という表現がある以上妥当ではなく、「私、花散里への思い」という解釈は、この女君の造型と合わないとし、「すすむ（進む）」ではなく「すずむ（涼む）」と読む『玉の小櫛』の解釈を支持している。「夏衣」という歌語が「薄し」を縁語とするところに見られるように、涼感を誘う言葉であるので、「せめて今日ばかりは心を落ち着けることができるのではないか」という解釈である。既に述べたように、亡くなって半年にも満たない最愛の人について、たとえ昔からの愛情であろうと「古き思い」という言葉を使うこと自体に筆者は疑問を持っている。この巻までの「古き」の使い方を見ると、「昔の」という意味の使い方がほとんどで、唯一「賢木」において「古き御物語」という表現が、死んで間もない「亡き」桐壺院の思い出という意味で使われている。しかしここでも院の死により一つの世界が終ってしまったという状況を背景に使われており、故院の生前は昔語りとなってしまったという意味合いを帯びている。このように、現在とは距離ができてしまった過去という意味を持つ「古き」という語は、「幻」における、紫上に向う源氏の心情とは合わないし、そうした語を歌に使うような配慮に乏しい女君としては花散里は造型されていないと思われる。

7　土方洋一「『源氏物語』作中歌の重力圏―須磨巻の一場面から―」（『アナホリッシュ國文学』、二〇一三年九月）

8　神野藤昭夫は、この議論を整理して「幻」を哀傷の巻と読むか出家・不出家の問題を中核に読むかという問題を提起し、この二つの観点を止揚する複眼的見方を提案している（「晩年の光源氏像をめぐって―幻巻をどう読むか」、『テーマで読む源氏物語論』第一巻所収〔勉誠出版、二〇〇八年、初出『物語・日記文学とその周辺』、桜楓社、一九八〇年〕）。

9　ジャン゠ノエル・ロベール「源氏物語の中にある仏教的場面について」（『物語の言語―時代を超えて』、青簡舎、二〇一三年）

10　松本典子もこの二つの場面を結びつけ、同じ結論に達している（「『源氏物語』幻巻御仏名の光源氏について―「古りぬる齢の僧」による光源氏賞賛の照らすもの―」、『中古文学』、二〇〇〇年六月）。

11　阿部秋生『光源氏論 発心と出家』（東京大学出版会、一九八九年）

12　日向一雅「幻巻の光源氏とその出家―仏伝を媒介として」（『源氏物語から源氏物語へ』、笠間書院、二〇〇七年）

13 藤井貞和は、物語が解体して行く過程であらわになるものとして『源氏物語』の主題の問題を提示した上で、宗教の重要性を指摘し、それは「物語の中に思惟して行く宗教」だと述べている（「光源氏物語主題論」、『源氏物語の始原と現在』、岩波現代文庫、二〇〇二年［初出一九七一年］）。

14 横井孝（「円環としての源氏物語―主題・構造・結尾―」『駒澤国文』、一九八六年二月、「幻の巻の構造―明石の君の登場をめぐって」、『論輯』、一九七三年二月）他。

15 後藤祥子「源氏物語の四季―『幻』巻の六条院再説―」（『むらさき』、一九八七年七月）。李美淑は二条院であることの必然性を円環構造の構築という観点から説いている（「二条院の池―光源氏と紫の上の物語を映し出す風景―」、『中古文学』、二〇〇二年一一月）。梅花についての記述を綿密に調べた結果、川島絹江は「幻」は二条院に始まり、六条院に終るとしている（「『源氏物語』の梅花―二条院と六条院の梅花―」、『平安朝文学　表現の位相』、新典社、二〇〇二年）。

16 『源氏物語』の両義性につては、陣野英則が総合的観点から検討している（「光源氏の最後の「光」―「幻」巻論―」、『源氏物語の話声と表現世界』、勉誠出版、二〇〇四年）。

17 清水婦久子、前掲書。

18 上坂信男「幻巻私注抄―源氏物語心象研究断章―」（『武蔵野文学』、一九六八年）。この論文において、上坂は「山吹にまつわる伝統的なイメージが和歌の世界にはあり、そこから発想を得て、玉鬘の性格は形成された（……）玉鬘に似たものとして山吹が引き合わされているけれど、実は玉鬘その人が山吹に似せて性格づけられたのあろう」という示唆に富んだ見解を述べている。『重之集』に注目した引用Ⅱの明石君の答歌についての解釈も参考になる。

19 松井健児、前掲論文。

20 今西祐一郎「哀傷と死」（『源氏物語覚書』、岩波書店、一九八八年）。

21 小町谷照彦「『幻』の方法についての試論」（『源氏物語の歌ことば表現』、東京大学出版会、一九八四年）。

22 木村正中「和歌とは何か―『蜻蛉日記』下末と『源氏物語』幻巻とを通して―」（『国語と国文学』、一九八三年五月）。

『源氏物語』笑いの歌の地平 ―近江君の考察から―

久富木原　玲

はじめに

『源氏物語』には、和歌の躰をなさないような滑稽で珍妙な歌が配されている。近江君はその代表的な存在で、和歌的センスに欠ける奇妙な歌を詠む。ところがそのレトリックは、源氏の笑いの歌と好一対をなすのである。近江君は源氏と対になる歌を詠むことによって、主役も脇役もないアナーキーな世界をあぶり出す。本稿は、このような視座から考察を進めていく。

一　近江君という人物

近江君は、光源氏のライバル・内大臣（若き日の頭中将）の外腹の娘で近江で育ったが、源氏が玉鬘を養女として迎えたのに対抗して内大臣が探し出して来たのであった。田舎育ちの近江君は貴族社会の常識や美意識から外れた言動で嘲笑の対象となる。たとえば、自ら便器の掃除を申し出たり、珍妙な和歌を詠んだりするのである。

近江君がいかに独特の個性を持った人物であるか、またそれにはどのような理由があるのか、次の①―④の例を挙げて見てみよう。

① 便器の掃除を申し出る近江君

（内大臣が）のたまひさしつる御気色の恥づかしきも見知らず、「何か、そは。ことごとしく思ひたまひてまじらひはべらばこそ、ところせからめ、大御大壺とりにも仕うまつりなむ」と聞こえたまへば、え念じたまはで、うち笑ひたまひて、

（常夏、第三巻、二四四ページ）

近江君は何と、父親の内大臣に対して便器の掃除を買って出るのである。「大御大壺とりにも仕うまつりなむ」というのは、便器の掃除係もいたしますという意味である。内大臣という最上級クラスの貴族の娘が便器の掃除をするなどというのはあり得ないのだが、近江君はそんなことなど気にも留めていない。通常は便器の掃除は「樋洗童」という下級の童が担当するのだが、近江君はそのような下級の童の仕事であっても全く意に介さない。さらに「大壺」という言葉を使うことさえ下品なのに、その言葉に「大御」という大げさな敬語までつけているので余計に滑稽である。あまりの非常識さゆえに父内大臣は我慢できずに、ただ「うち笑ひたま」う（①の傍線部分）しかない。

② 水くみを申し出る近江君

「御ゆるしだにはべらば、水を汲み、戴きても仕うまつりなん」といとよげにいますこしさへづれば、いふかひなしと思して、……以下略

（常夏、第三巻、二四六ページ）

近江君は、さらに水汲みもしたいと申し出ている。「水汲みは当時の庶民の女性の重労働」[1]であったから、これも便器掃除と同じく、内大臣の娘がする仕事ではない。また「戴きても」というのは、汲んだ水を頭に載せて運ぶことを

言っているのだが、こうした労働は貴族とは無縁のものであった。ではなぜ、近江君は①の便器掃除や②の水汲みのような仕事をするという発想をするのであろうか。それは次の③に示すように、彼女が地方の賤しい人々の中で生まれ育ったところに原因がある。

③　下人の中での生い立ち

ただいと鄙び、あやしき下人の中に生ひ出たまへれば、もの言ふさまも知らず。

（常夏、第三巻、二四七～八ページ）

このように都の外の「鄙び」た近江という地方で生まれ、「下人」の中で育ったことが近江君を貴族的な感覚から遠ざけているのである。ゆえに、次の④にみえるように貴族社会の最も底辺で立ち働く下臈や童べでもしないような雑役までも積極的に引き受けるのである。

④　下臈、童べ以下の雑役

いとかやすく、いそしく、下臈、童べなどの仕うまつりたらぬ雑役をも、立ち走りやすくまどひ歩きて、「尚侍におのれを申しなしたまへ」と責めきこゆれば、あさましういかに思ひて言ふことならむと思すに、ものも言はれたまはず。

（行幸、第三巻、三一二～二ページ）

近江君という人物は、③に描かれるように地方の賤しい人々の中で生まれ育ち、そのために、ほとんど庶民に等しい感覚を持つ、きわめて目線の低い人物であった。それは近江君の貴族的な美意識から外れた言動と密接に関わり合っている。「下人」の中での生いたちゆえに、「もの言ふさま」、つまり貴族的な言葉遣いも知らないのであり、そのことが珍妙な和歌を詠む背景としてある。

ちなみに、そのような近江君を父内大臣は貴族ではなく言葉の通じない賤しい人間のように感じている。②の傍点部分「すこしさへづればいふかひなしと思して」という表現には、そのことがよく示されている。「さへづる」とは、鳥などが鳴く時のもので、人間の場合には地方の賤しい人々が意味のわからない言葉を話している時に用いられる。[2] である。内大臣にとって貴族に属していない者は、言葉の通じない人間であり、その意味では動物にも近いような存在なのである。内大臣はこのように近江君を貴族階級に属する自分たちとは無縁な、わけのわからぬ言葉を発する者として捉えている。それゆえに「いふかひな」き、つまりどうしようもない娘だとしか思えないのであった。

本稿では近江君の滑稽さを特に際立たせる要素として、特に和歌表現に着目して論じていくが、それは彼女のこのような特殊な生い立ちと深くかかわっている。

二 「笑いの歌」を詠む近江君と源氏は〈好一対〉

(1) 近江君の和歌の特異性とそのルーツ

近江君は和歌の躰をなさないような珍妙な歌を詠む。

その歌の特徴は、「名詞（地名）を幾つも詠み込む」という点にある。これを贈られた弘徽殿女御方の女房は、さらに多くの名詞を詠み込んだ歌を返して近江君をからかうのだが、双方ともに地名はバラバラで関連性は認められない。

⑤ 近江君の贈答歌 （常夏、第三巻、二四九～二五〇ページ）

ア 草わかみひたちの浦のいかが崎いかであひ見んたごの浦波　近江君

イ ひたちなるするがの海のすまの浦に波立ち出でよ箱崎の松　弘徽殿女房

アの歌には傍線で示したように、「ひたちの浦」「いかが崎」「たごの浦」という三つの地名が詠み込まれており、イの歌には「ひたち」「するがの海」「すまの浦」「箱崎」という四つの地名が盛り込まれている。場所は、現代の名称で言うと、アは順に関東、関西、東海地方、イの方は関東、東海、関西、九州地方という順になっていて、両方の歌には複数の地名が全く無関係に詠まれていることがわかる。ただ、「ひたち」だけは共通しており、またイの歌は一応、北から南へという順序は整えられている。だが、いずれにしても地名が羅列されているかのような歌で、きわめて珍妙な贈答歌だと言わざるを得ない。

こんな奇妙な歌が、なぜ雅な王朝物語の代表とされる『源氏物語』に入っているのであろうか。この問題について考えるために、まずは、このような珍妙な和歌のルーツを探ってみたい。

(2) 近江君の贈答歌のルーツは奈良時代に遡る

『源氏物語』の古注釈『萬水一露』『岷江入楚』『花鳥余情』などによると、この近江君の贈答歌は「無心所着の哥也」として、『万葉集』「無心所著」歌に、その原型を求めている。ちなみに「無心所著(着)」とは「心に著く所なき」、つまり「意味がよく通じない」ということである。では『万葉集』の「無心所著の歌」とは、どのような歌なのか見てみよう。

⑥『万葉集』無心所著の歌二首　(巻一六、三八三八・三八三九)

ウ　我妹子が　額に生ふる　双六の　牡の牛の鞍の上の瘡　三八三八
(わぎもこがひたひにおふるすぐろくのことひのうしのくらのうへのかさ)

エ　我が背子が　犢鼻にする　円石の　吉野の山に　氷魚ぞ懸れる　三八三九

（わがせこがたふさぎにするつぶれいしのよしののやまにひをぞさがれる）

この二首は、いずれも「我妹子」と「我が背子」で始まり、男女の贈答歌の体裁をとっていることはわかるが、口語訳しようとしても容易に訳すことはできない。とにかく意味を読み取ることが困難なのである。『万葉集』の左注によれば、これらは舎人親王の命によって「大舎人《おおとねり》阿倍《あへの》朝臣《あそみ》子祖父《こおほぢ》」という人が作ったとあるから、複数で交わす贈答歌や唱和歌ではなく、即興でひとりで詠んだものである。なお、この時の舎人親王の命令は、「由る所なき歌を作る人がいたら、褒美に銭・帛を遣わそう」というものであった。「由る所なき歌」とは、まさしく「意味不明の歌」ということだが、この歌の作者は舎人親王から、その場で褒美の品と「銭二千文」を賜ったと記されている。つまりこれは一種の座興の歌であり、ことばあそびの歌だったことがわかる。この時代にはこのような意味不明の歌が賞賛される場が確かに存在したのである。

奈良時代には『万葉集』の例の外にも、同じように名詞を多用した歌の存在が知られている。

⑦『歌経標式』「査体有七　一者　離会　如資人久米広足歌曰」

オ　何須我夜麻　美祢己具不祢能　夜倶旨弖羅　阿婆遅能旨麻能　何羅須岐能幣羅

（カスガヤマ　ミネコグフネノ　ヤクシデラ　アハヂノシマノ　カラスキノヘラ）

これは奈良時代に成立した最古の歌論書であるが、

・譬如牛馬犬鼠等一處相会　無有雅意　故曰離会　若謎譬勿論

（譬へば牛・馬・犬・鼠等の一処に相ひ会るが如し。雅意有ること無きが故に離会と曰ふ。謎譬《べいひ》の若くには論《あげつ》らふこと勿れ。）

という解説が付されている。即ち、「牛・馬・犬・鼠等が同じ場所に集まっているかのよう」で、「雅意」がないと評されている。ここには「カスガヤマ」「ヤクシデラ」「アハヂノシマ」といった地名的な名詞と「ミネ」「フネ」「カラスキ」「ヘラ」といった名詞が混在しており、名詞づくめの歌で意味は全くわからない。ゆえに「離会」と評されているのであろう。しかし七種類ある「査体」のひとつとされていることから、バラバラの地名を幾つも詠み込む歌であっても、和歌の形式のひとつとして認識されていたということがわかる。

近江君の贈答歌は、平安時代からひと時代前に遡ってみれば決して特殊な歌ではなく、むしろ宴の場などで歌われ、生き生きと楽しまれ賞賛されていたのだった。

さらに興味深いのは、『源氏物語』には、この近江君の贈答歌と対の関係になる笑いの歌が存在することである。しかもその歌を詠んでいるのは、意外にも光源氏なのであった。これはいったい何を意味するのであろうか。

（3）名詞の多用と同語反復―呪的な歌の特色

1　近江君と源氏の歌は《好一対》

「源氏の笑いの歌」とは、どのようなものか。それはいわゆる「同語反復」型の歌で、同じ表現を何回も繰り返す表現に特色がある。

カ　わが身こそうらみられけれ唐衣君がたもとになれずと思へば（末摘花）

キ　唐衣またからころもからころもかへすがへすもからころもなる（源氏）

（行幸、第三巻、三一五ページ）

玉鬘の裳着を祝って、あちこちからお祝いが寄せられた中に、末摘花からの贈り物もあった。しかしその贈り物は凶事用の「青鈍の細長一襲」や古めかしい「袷の袴一具」など、非常識きわまるものばかりで、添えられた和歌もまた、古めかしいレトリックだったため源氏はあきれ果てる。筆跡もひどくてなめらかな連綿体とは似ても似つかず、縮こまって彫りつけたように固く強く書かれている。源氏は末摘花を気の毒に思う一方で、おかしくてたまらず、逆にまた、このように非常識なことをするのが憎らしくもあり、自ら返歌をすることにしたのだった。

末摘花は故常陸宮がかわいがって大切にしていた姫君だが、姿かたちは醜く、源氏との会話も成り立たないほど無口で引っ込み思案であり和歌も苦手である。だが、古風で律儀な末摘花は源氏の養女・玉鬘の裳着のお祝いだということで衣を贈り、和歌まで添えたのであった。しかし、そこには以前にも使ったことのある「唐衣」の語が再び詠み込まれていたために、源氏は自ら「唐衣」を四回繰り返した返歌を詠んでセンスのない末摘花の歌を憎み、からかったのである。これは平安和歌の規範から外れた滑稽な歌であるが、実は、このような同一語句の反復と名詞の多用は呪的な歌の典型的な特色なのであった。

ちなみに名詞の列挙は呪言の表現法の大きな特質で、繰り返し表現が多く対句・畳語的な修辞の発達したものであり、これこそが神秘をあらわすともされている[3]。

即ち、源氏の歌は同一語句の反復であるのに対して、近江君の歌は名詞を列挙する形をとっており、両者は共に「呪的な歌の典型的なレトリック」を示していることになる。

以上のように、源氏の同一語句を繰り返す歌は、近江君の複数の名詞を列挙する形と対応する呪的な歌の典型なのだといえる。

2　源氏の歌は原初の和歌を体現する

では、源氏の歌のルーツは、どこに求められるのか。それは『古今集』仮名序において「三十一文字の初め」とされるスサノヲの「八雲立つ」の歌に遡ることができる。

⑧　スサノヲの歌

ク　八雲立つ　出雲八重垣　妻籠みに　八重垣作る　その八重垣を
（『古事記』七三ページ）

これは「八重垣」を反復する典型的な同語反復の歌である。そして源氏の歌は、このスサノヲの歌のレトリックと酷似する。

スサノヲの歌は、出雲でヤマタノオロチを退治してクシナダヒメと結婚する時の歓喜に満ちた歌であるから、同語反復という表現方法は、この場合、人と人との繋がりを幾重にも強め、その大きな歓びをあらわすための呪力を持つ原初的なレトリックだといえよう。

同様の例は、実在の天皇の歌にも認めることができる。それは天武天皇による一族の団結を強固なものにするための歌であった。

⑨　天武天皇の吉野における歌

天皇（天武）、吉野宮に幸せる時の御製歌
よき人のよしとよく見てよしと言ひし吉野よく見よよき人よく見
（『万葉集』、巻一、二七）

ここでは、何と「よき（よし・よく）」が八回、「見る」が三回繰り返されており、その翌日には、天武天皇は皇子たちと盟約を結ぶのであった。それは、皇嗣を定め皇子たちの序列を確認する意味を持っていた。「同音の繰り返しは言葉遊びに似るが、祝福性をつよめる呪的なはたらきがある」[4]とされるゆえんである。

このように源氏の「唐衣」を反復する歌は『古事記』や『万葉集』にみえる呪的な歌の系譜上にある。ゆえに、「光源氏の歌は原初の和歌を体現する」と言うことができる。

さらに近江君と源氏の笑いの歌はレトリックとしては対照的であるが、それぞれ呪的な歌の典型として「好一対」とみなすことができるのである。

3　アマテラスに喩えられる「近江君と源氏」―笑いの時空の中で

近江君と源氏には、呪的な歌のほかにも注目すべき共通点がある。共にアマテラスに喩えられる点でも〈好一対〉をなすのである。

近江君の非常識な言動は、和歌に限らない。たとえば双六に熱中している時の動作や言葉遣いが、あまりにも不作法で滑稽なので、実父の内大臣もおかしくて我慢できずに笑い出す場面がある。近江君の滑稽な言動は、見つけ出して来た実兄の柏木たち異母兄弟にまで愚弄され、からかいの対象にされるのだが、このどうしようもなく卑俗な存在としての近江君は意外なことにアマテラスに擬されるのである。

近江君は高級女官である尚侍になることを望んだために柏木たちから笑われ、アマテラスにたとえられる。神話においてアマテラスは男装して戦闘体勢に入り、岩のように堅い大地を勇ましく蹴散らすのだが、異母兄弟たちは、そんなアマテラスの姿を威勢のいい近江君になぞらえる。

⑩　近江君、アマテラスにたとえられる

みなほほ笑みて、「尚侍あかば、なにがしこそ望まんと思ふを、非道にも思しかけけるかな」などのたまふに、腹立ちて、めでたき御仲に、数ならぬ人はまじるまじかりけり。中将の君ぞつらくおはする。さかしらに迎へたまひて、軽め嘲りたまふ。せうせうの人は、え立てるまじき殿の内かな。あなかしこあなかしこ」と、後へざまにゐざり退きて見おこせたまふ、憎げもなけれど、いと腹あしげに眼尻ひきあげたり。―中略―少将は、「かかる方にても、たぐひなき御ありさまを、おろかにはよも思さじ。御心しづめたまうてこそ。堅き巌も沫雪になしたまうつべき御気色なればいとよう思ひかなひたまふ時もありなむ」とほほ笑みて言ひゐたまへり。中将も、「天の磐戸さし籠りたまひなんや、めやすく」とて立ちぬれば、ほろほろと泣きて、「この君たちさへみなすげなくなしたまふに、ただ御前の御心のあはれにおはしませばさぶらふなり」とて、いとかやすく、いそしく、下臈、童べなどの仕うまつりたらぬ雑役をも、立ち走りやすくまどひ歩きつつ、心ざしを尽くして宮仕し歩きて、「尚侍におのれを申しなしたまへ」と責めきこゆれば、あさましういかに思ひて言ふことならむと思すに、ものも言はれたまはず。

（行幸、第三巻、三二一〜二ページ）

右の引用文中、□及び傍線で示した部分は、『古事記』『日本書紀』の双方に認められる表現であるが、これについてはすでに言及したことがあるので、[5]ここでは『古事記』本文のみを挙げることにする。[6]

スサノヲはイザナキに追放されて高天原のアマテラスに会うためにやってくるが、これを聞いたアマテラスは高天原を乗っ取るために来るのだと考え、弟を迎え撃とうと決意して待ち構える。

（父イザナキによって追放されたスサノヲはアマテラスに会おうとして天へ上る）

乃ち天に参る上る時に、山川悉く動み、国土皆震ひき。爾くして、天照大御神、聞き驚きて詔はく、「我がなせの命の上り来る由は、必ず善き心ならじ。①我が国を奪はむと欲へらくのみ」とのりたまひて、②即ち御髪を解き、御みづらを纏《ま》きて、乃ち左右の御縵《みかづら》に、③亦、左右の御手に、各八尺の勾璁《まがたま》の五百津《いほつ》のみすまるの珠を纏き持ちて、④そびらには千入《ちのり》の靫《ゆき》を負ひ、ひらには、五百入《いほのり》の靫を附け、いつの竹鞆《たかとも》を取り佩かして、弓腹《ゆばら》を振り立てて、堅庭は、向股《むかもも》に踏みなづみ、沫雪の如く蹶《く》ゑ散して、いつの男と建ぶ。

（『古事記』上巻、五五〜七ページ）

「国を奪われるのではないか」（傍線部①）という危機感を抱いたアマテラスはスサノヲと戦うために男装する。まず髪を結んで男性の髪型にして（傍線部②）、「左右の御手に、各八尺の勾璁《まがたま》の五百津《いほつ》のみすまるの珠」を巻き付け（傍線部③）、背中には「千入《ちのり》の靫《ゆき》」と「五百入の靫」を負い、「高鞆《たかとも》」を着けて、「弓」を降り立てて武装して（傍線部

④)、堅い大地をも踏みぬいて股までめくり込ませ、泡のように溶けやすくやわらかい雪のように蹴散らして厳しい姿勢で雄たけびを挙げる（□部分）。緊迫感みなぎる場面であるが、『日本書紀』においては武器や男装の過程などをさらに詳しく描写している。

記紀に共通するが、アマテラスは男性の髪型に変えたり武器を身につけるだけでなく、声まで男性をまねて雄たけびをあげるのである。これはスサノヲから高天原を守ろうとする必死の行動であった。ところが『源氏物語』は、あろうことか、このアマテラスに近江君という実に滑稽で卑俗な笑われ者を擬しているのである。「日本紀の局」とあだ名された紫式部であるのに、なぜ愚弄され笑われる代表格のような近江君をアマテラスに擬するのであろうか。

この問題は後に考えることにして、続いて源氏の場合を見てみよう。

⑪　源氏もアマテラスにたとえられる

紅葉賀巻に天の石屋戸神話をなぞるパロディが描かれており、源典侍という好色な老婦人をめぐって光源氏と頭中将が笑いのパフォーマンスを繰り広げる。暗闇の中、光源氏が源典侍と逢っている時に、頭中将が驚かしてやろうとして乱入して来たので源氏は屏風の後ろに隠れるのだが、頭中将はその屏風をたたみ寄せて源氏を外へ引っ張り出すのである。そして源氏と頭中将は、もみ合ってお互いの衣服を引っ張り合い、帯はほどけてしどけない姿になるという騒ぎを起こすのである。

風冷やかにうち吹きて、やや更けゆくほどに、すこしまどろむにやと見ゆる気色なればやをら入り来るに、君はとけてしも寝たまはぬ心なればふと聞きつけて、この中将とは思ひよらず、なほ忘れがたくすなる修理大夫にこそあらめと思すに、―中略―直衣ばかりを取りて、（a）屏風の背後に入りたまひぬ。中将、をかしきを念じて、（b）引きたてたまへる屏風のもとに寄りて、ごほごほと畳み寄せて、おどろおどろしう騒がすに、内侍は、ねびたれど、いたくよしばみなよびたる人の、さきざきもかやうにて心動かすをりをりありければ、―中略―かうあらぬさまにもてひがめて、恐ろしげなる気色を見すれど、なかなかしるく見つけたまひて、我と知りてことさらにするなりけりとをこになりぬ。その人なめりと見たまふに、いとをかしければ、太刀抜きたる腕とらへていといたう抓みたまへれば、ねたきものから、えたへで笑ひぬ。「まことはうつし心とかよ。戯れにくしや。(c)いでこの直衣着む」とのたまへど、つととらへてさらにゆるしきこえず。「さらばもろともにこそ」とて、中将の帯をひき解きて脱がせたまへば、脱がじとすまふを、とかくひこしろふほどに、綻びはほろほろと絶えぬ。―中略―うらやみなきしどけな姿に引きなされて、みな出でたまひぬ。（紅葉賀、第一巻、三四一～四ページ）

右の場面の舞台は「温明殿」で、そこにはアマテラスを祀る内侍所がある。このことを押さえて、傍線部（a）（b）（c）について、簡単にまとめると、次のようになる。

・（a）屏風の後ろに隠れる源氏＝アマテラス
・（b）源氏を引っ張り出す頭中将＝タヂカラヲノミコト
・（c）源氏と頭中将の衣服を剥いでの笑いの空間の創出→アメノウズメへの連想

このように、頭中将は光源氏が源典侍と逢引している所に乱入し、衣服を引っ張り合ってしどけない姿でやり合うが、そこには「笑い」が充満している。「暗闇・屏風の後ろ・その屏風の陰から引っ張り出す行為」は、アマテラスが天石屋戸に隠れてしまい、それをタヂカラヲノミコトが引っ張り出す天石屋戸神話を彷彿とさせるのである。さらには衣服が乱れてあられもない格好になるのは、アメノウズメの姿態をも思い起こさせるのであり、全体的に天石屋戸神話のパロディになっている。[7]

この源氏と頭中将がふざける場面は、温明殿という場所と密接な関係がある。温明殿にはアマテラスが祀られており、源典侍はアマテラスに仕える巫女的な女官なのである。一方、源氏がアマテラスに擬せられるのは、天皇になれなかった源氏が後に皇統に連なり、皇統そのものを創り上げていくことを考えると、臣下に降ろされたはずの光源氏こそがアマテラスなのだというよみの可能性も浮かびあがる。「光る君」「光源氏」といった呼称からしても、源氏がアマテラスに比定されることは不自然なことではない。天石屋戸神話において、「笑い」がその祝祭空間の主題になっていることを考え併せれば、屏風に隠れた源氏が引っ張り出される場面は、まさしく源氏＝アマテラスであり、その笑いの渦を描くことによって源氏に神話的な聖性が付与され、皇統を形成していく必然性を浮かびあがらせる。

では近江君はなぜアマテラスに喩えられるのか。それはひとつには、この女君が「尚侍」の職に就きたいと公言してはばからなかったからである（前掲⑩、行幸巻の引用文の冒頭の傍線部分、本書92ページ）。尚侍は内侍所の巫女的女官であり、源典侍もまたこの内侍所の次官にあたる。近江君がアマテラスに喩えられるも、前述の源典侍と同じく内侍に関連するからであろう。

「笑い」は天石屋戸神話において最も重要なテーマであり、源典侍をめぐる騒動はその天石屋戸神話のパロディになっている。しかしながら近江君の場合には、男装してスサノヲを迎え撃とうとする緊張感に満ちたアマテラスの姿に擬されているのであり、笑いの要素とは無縁なのである。

ところで天石屋戸神話のテーマが「笑い」であり、その「笑い」がアマテラスの神降ろしとして機能することは明白である。だが、『源氏物語』以外にこの神話を笑いのパロディとして描いた例があったかというと、そのような例は見出し難い。古代から近世にかけて、アマテラスの名、あるいは天石屋戸神話を引くものは数多く見られるが、それをパロディにしたり笑いとばしたりする作品は管見に入る限り見出すことができないのであり、『源氏物語』のアマテラス享受はかなり特殊だと言わざるを得ない。ちなみに少女時代から『源氏物語』を耽読した菅原孝標女はアマテラスについて『更級日記』に記しているが、それはアマテラスが彼女の夢の中に出て来て、お告げをするという場面においてであった。アマテラス神話をパロディとして扱い、笑いの場面として描いた作品は『源氏物語』以前にも、それ以降にも見当たらないのである。

だとすると源氏をアマテラスに喩えることもまた、独自の価値観によってなされたと考えられるのであるが、それは前述したように「光」という名を持つ物語の主人公として、その神話的な聖性を浮かび上がらせる効果を持つであろう。しかし近江君の場合は、アマテラスとはあまりにもかけ離れている。これは近江君が尚侍を望んだことによるが、それにしても近江君がアマテラスに擬される必然性を理解することは困難である。しかし、笑いの場面とアマテラス神話とは密接に関係しているから、近江君は『源氏物語』の一挿話としてではなく、物語構造の深部を照らし出すであろう。

では近江君の笑いの場面は、いったい何を照らし出すのか。ここであらためて想起したいのが、アマテラスに喩えられて笑いの場面を形成するのは源氏と近江君のふたりだけだということである。つまりアマテラス神話に着目すると、源氏は石屋戸に隠れるアマテラス、近江君はスサノヲを迎え撃つ男装のアマテラスなのであり、その意味でも、ふたりは対の関係になる。源氏と近江君という、スーパースターとしての主役と滑稽きわまる脇役とがアマテラス神話のパロディによる笑いの場面を形成するのであって、その意味でも、ふたりは対の関係としてある。さらに、この対の関係性は、ふたりの笑いの歌と密接に結びついている。即ち、同語反復の滑稽な和歌を詠む源氏に対して、複数の地名を詠み込んだ奇妙な歌を詠む近江君は、呪的な和歌、上代的な古い歌のレトリックを用いる点でも対の関係にあった。

このように見てくると、源氏と近江君という組み合わせには必然性があるということになろう。『源氏物語』の笑

い の歌は、皇祖神アマテラスの神話のパロディと響き合って物語の深部を照らし出す。では、その照らし出される深部とは何か。

それは即ち、『源氏物語』の貴族的な価値観、あるいはそこから生まれる美意識を相対化する視座である。さらにこれにとどまらず皇祖神アマテラスさえも相対化してしまう、きわめて骨太の姿勢が基底に流れている。

ちなみに「物語出来始めの祖」とされる『竹取物語』は、前半に五人の貴公子による失敗譚・滑稽譚を置いた。これらの五人すべてが笑いの歌を詠んでいることは周知の通りである。そして後半においてはかぐや姫は帝の召しに応じず、結局は帝の意思に逆らうように月へ帰ってしまう。つまり物語には、地上における最高権力を相対化する思想のようなものがすでに備わっていたのである。だが、『竹取物語』における笑いの場面や笑いの歌は地上の最高権力である帝を相対化するものではなく嘘をついたり間抜けなことをしたりあるいはまた失敗したりした人物たちを笑うものであった。つまり神々の世界の相対化など全く予想外のことであったのであり、それどころか天人たちの月の世界は絶対的な権威、絶対的な力を持つものとして描かれている。

ところが、『源氏物語』では、神々の中でも最も高貴なアマテラス神話を笑いの場面として再構築しているのである。天石屋戸神話におけるアマテラスに源氏をなぞらえるばかりか、近江君までもなぞらえている。その上、近江君はスサノヲを迎え撃とうとして緊張の極みにある男装のアマテラスに擬されるのである。その高天原を身を以て守ろうとするアマテラスの勇姿は、近江君という下品で常識がなく、どうしようもなく滑稽な女君に重ねられて笑いの対象とされているのである。

アマテラスと近江君とはあまりにもかけ離れた存在であるが、共通点がある。それは両者共に言葉も行動も激しく積極的で生き生きとしている点である。それは言葉だけでなく、大地を踏みならすといった身体的な行為としてもきわめて具体的に記されており、近江君においても⑩の傍線部分（本書92～93ページ）に端的に示されるように荒々しい積極的な言動が記述されているが、このような表現は『源氏物語』の外の女君たちには認められない。

近江君は周囲の貴族的な美意識などにはお構いなく、自分の考え、自分の意思を自由に話し、怒りをぶつけ、泣きわめく。それは尚侍になりたいという一念に因るものであるが、高天原を守るためには男装も厭わず沫雪を蹴散らすほど勢いの良いアマテラスもまた、断固とした意思を行動で示す点で同様なのである。

4 スサノヲの幼児性 ―近江君・源氏の和歌へ

ここで再び、スサノヲ関連の話に戻る。源氏の同語反復の歌は、スサノヲの原初の和歌と酷似するが、スサノヲは英雄性と共に幼児性をも持ち合わせていた。その幼児性によって、スサノヲは高天原を荒らし回る前に、すでに父イザナキから追放されていたのであった。ゆえにスサノヲは姉アマテラスに会おうとして高天原へ向かったのであったが、アマテラスはスサノヲが高天原を乗っ取ろうとしていると考え、前述のように男装し武装し雄叫びを挙げて迎える。ではスサノヲの幼児性とは、どのようなものであったのか。

『古事記』によれば、スサノヲはイザナキによって海原を治めるように命じられたが、スサノヲは髭が胸のあたりまで伸びるほどの大人になっても泣きわめくばかりで、青山は枯山のようになり河や海はすっかり泣き乾してしまった。その結果、悪しき神の声が蠅のように満ちてあらゆる災いがすべて起こったために、怒ったイザナキはスサノヲを「神やらひ」して追い払ってしまったのであった。[8]

故、各《おのおの》拠《よ》し賜ひし命の随《まにま》に知らし看《め》せる中に、速須佐之男命は、命《おほ》せられえし国を治めずして、八拳須《やつかひげ》心前《こころさき》に至るまで、啼きいさちき。其の泣く状は、青山を枯山のごと泣き枯らし、河海は悉く泣き乾しき。是を以て、悪しき神の音、狭蠅《さばへ》の如く皆満ち、万の物の妖《わざはひ》、悉く発《おこ》りき。故、伊耶那岐大御神、速須佐之男命に詔ひしく、

「何の由にか、汝が、事拠さえし国を治めずして、哭きいさちる」とのりたまひき。爾《しか》くして、答へて白ししく、「僕《やつかれ》は妣《はは》が国の根之堅州国《ねのかたすくに》に罷らむと欲ふが故に、哭く」とまをしき。爾くして、伊耶那岐大御神、大きに忿《い》怒《か》りて詔はく、「然らば、汝は、此の国に住むべくあらず」とのりたまひて、乃神やらひにやらひ賜ひき。故、其の伊耶那岐大神は、淡海の多賀に坐す。

（『古事記』上巻、五四～五ページ）

スサノヲが泣きわめいていたのは、「妣が国の根之堅州国に罷らむと欲ふ」つまり、母恋のために母の国に行きたかったからであった。大の大人になっても任務を遂行せず、母に会いたいと言って泣きわめく姿は、まさしく幼児のそれである。この幼児性がスサノヲの原像としてある。[9]

つまりアマテラスの治める高天原で乱暴狼藉を働くのも、スサノヲが秩序をわきまえない幼児的存在だったからである。その点で貴族社会の美意識や秩序が理解できない近江君のあり方と相似形をなす。近江君は、近江という都の外で生育したために、庶民の感覚が身にしみついているが、もうひとつ、重要な視座を持ち併せている。それは「童」の視点である。前述のごとく、「大御大壺とり」即ち、「便器掃除」を志願するのは、近江君の際立った特徴であるが、注目すべきは単に身分の低い者の役割というにとどまらず、「桶すまし童」という「童」の仕事だという点である。

前述④（本書85ページ）に掲げたように近江君は、

下臈、童べなどの仕うまつりたらぬ雑役をも、立ち走りやすくまどひ歩きて、（行幸、第三巻、三一一～二ページ）

と描写されるように「下臈、童べ」なども引き受けないような雑役をも積極的に請け負っている。つまり近江君は「童」の視点、さらに「童」以下の視点をも持ち合わせていることになる。このようなありかたこそが、父内大臣や兄弟姉妹を含む貴族社会に受け入れられない理由の重要な要件のひとつであり、それは同時にスサノヲが父イザナキや姉アマテラスに忌避される重大な理由でもあった。スサノヲと近江君は、共に子どもの視点を持つ点で共通するのである。なお、前掲④の、

立ち走りやすくまどひ歩きて

という本文における「立ち走り」「まどひ歩き」といった行動も、とても大人の女君の態度とは言えず、ほとんど雑役に従事する「女童」のようである。

スサノヲは、父イザナキの秩序や姉アマテラスの高天原の秩序に従わず、「妣が国の根之堅州国」という、いわば混沌の世界、根源的な世界を希求するのに対して、近江君は、「大御大壺取り」や「水汲み」に象徴されるように、「排泄」や「水」という人間のいのちそのものに必須の役割を引き受けようとする。それは社会的な階層や秩序・美意識等が発生する前の人間の生そのもの＝混沌の世界・根源的な世界と共にある人間のありかたを体現している。

和歌についても、同様のことが言える。スサノヲの「八雲立つ」の和歌と近江君の名詞を多用した「常陸なる」の和歌は、それぞれ異なる場面状況で詠まれているが、そのレトリックは共に、和歌が勅撰集的な規範や美意識によって洗練される以前の姿を示すものであり、和歌における「混沌の世界」を具現するといえよう。

源氏の場合には、幼児性は見られないものの、幼児期に母と死別し、母恋としての藤壺憧憬ゆえに密通を犯す点ではスサノヲ的な原像を負っているが、いずれにしても、源氏は末摘花の和歌に応じた時点で、原初のスサノヲの和歌に酷似するレトリックの世界に引きずり込まれるのである。相手を笑った途端に、相手よりも際立って珍妙な、しかし根源的な歌を発信してしまう。源氏がそのことに自覚的であったとしても、彼自身の和歌として作中に立ち現れる時、物語中、最も古めかしい滑稽な歌として、近江君の歌と一対の存在にならざるを得ないのである。

これらの近江君・源氏の滑稽な和歌は、主役と笑われ役の、圧倒的な相違を一瞬にして解消させ、同一のレベルの、

しかも根源的なところに位置づけてしまう威力を持つ。もちろん近江君に返歌した弘徽殿女御方も同様である。源氏も弘徽殿女御方も、返歌をする側がなおいっそう滑稽なレトリックを発することによって、笑われ役は笑う相手を原初の歌の世界に引きずり込む。[10] 笑いの歌は、このようにして物語の中の秩序を破壊するのである。

三　むすび

近江君の歌は源氏の笑いの歌と好一対をなし、主役も脇役もないアナーキーな物語世界を映し出す。それは、近江君の最下層からの眼差しによる強烈な社会認識に基づいており、貴族社会の美意識、ひいては社会そのものを相対化する「破れ目」としての機能を持つ。

このことは近江君という、物語の中では滑稽な脇役にすぎない人物が、笑いの歌においては主人公・光源氏と同等の存在感を持つことを意味する。そのような強烈な存在感は、両者が皇祖神アマテラスになぞらえられることによって、さらに強化されることになる。アマテラス神話をパロディ化した物語場面には笑いが渦巻いていた。即ち、笑いの歌・神話の笑いのパロディという「笑いの地平」において、近江君・光源氏は好一対の存在になり得るのである。そのようにして、最下層の視点を持つ近江君と帝の子として人臣の位を極める光源氏が同じレベルに位置することになるが、それは「笑い」が日常の秩序を反転させたり、秩序を破壊したりする力を持つからである。しかしながら、そのような反転や破壊は笑いの空間にのみ限定されるものではない。近江君の目線の低さは貴族的美意識を突き破り、そこから外の世界の空気が流入してくる「破れ目」となる可能性を秘めている。そこには貴族社会を取り巻く、貴族とは異なる価値観によって日々を生きる人々の生活感覚・生活実感が浮かび上がってくる。[11] そして、近江君が源氏と

〈好一対〉であることは、物語が含み持つアナーキーな相貌を照らし出す。その意味で「笑いの地平」は、物語の全貌とかかわらざるを得ない。このような「笑いの地平」を端的に象徴的に示すのが、近江君と源氏の一対の和歌なのである。

〔注〕

1　新編日本古典文学全集、第三巻、二四五ページ頭注一には、「当時の女性には、頭上運搬の風習があった。—中略—水汲みとともに、庶民の重労働である」とされている。なお、この後、父内大臣が「いとしか下りたちて薪拾ひたまはずとも、参りたまひなん」云々と話しているが、これは行基の「法華経をわが得しことは薪こり菜摘み水汲み仕へてぞ得し」（拾遺集・哀傷）を念頭に置く。内大臣は労働のことしか念頭にない近江君をからかっているのだが、それは即ち、内大臣自身が近江君の卑俗な発想に引きずり込まれていることを示す。

2　須磨巻二一四ページに須磨の「海人」が源氏に貝などを持って来る場面があるが、彼らの話す言葉にも「さへづる」が用いられている。

3　高崎正秀「童言葉の伝統」（『文学以前』高崎正秀著作集第二巻、桜楓社、一九七一年、二一六〜二七〇ページ）

4　多田一臣『万葉集全解』筑摩書房、二〇〇九年

5　久富木原「いのちの言葉—『源氏物語』近江君の躍動する言説から」（翰林書房、二〇一四・三）に、近江君の貴族的美意識から逸脱する言説・行動については、『日本書紀』その他の例も含めて検討しているので、詳細はこれに譲る。

6　この当時、『古事記』は果たしてどれほど読まれていたのか。斎藤英喜は、この問題に関して次のように述べている。『日本書紀』が中国史書をモデルとしたいわばグローバルスタンダードを目指した歴史書であって、『古事記』はそのサブテキストだった。日本紀講では、漢字で書かれた『日本書紀』の世界を『古事記』を参照してヤマトの古い言葉＝「古語」「和語」に直して読んだのであり、実際に博士たちは『日本書紀』購読の際の参考書として『古事記』を挙げている。紫式部は父が

漢学者であって、儒学者たちが運営した「日本紀講」の知的空間にいたのであり、また『源氏物語』に「日本紀などはただかたそばぞかし」と記されるのは、史書に対する物語の優位性を宣言したものであった。これを記紀との関係で考えるならば、『古事記』の重要性を語っていると捉えられる。仮名文は「古語」「倭語」の延長上に作られているからである。『源氏物語』と『古事記』の接点を、このような形で押さえることができる。（斎藤英喜『古事記　不思議な1300年史』新人物往来社・二〇一二年）即ち、この時代には『日本書紀』と共に『古事記』も読まれていたのである。

7　久富木原「朧月夜の物語―源氏物語の禁忌と王権」（『源氏物語　歌と呪性』若草書房、一九九七年）参照。

8　神話では、スサノヲは父イザナキに追放されるが、近江君も父内大臣に地方に捨て置かれ、後に呼び寄せられたものの、娘を受け入れられず、笑いの対象とする点、またアマテラスとスサノヲという姉弟関係が『源氏物語』では柏木たち兄弟と近江君という兄妹間になっている点でも共通する。

9　『日本書紀』においては、母イザナミはまだ生きており、母恋のことは語られていない。スサノヲを追放するのも、父イザナキと母イザナミのふたりである。

10　弘徽殿方の和歌については内大臣家の分析を必要とするが、後考を期したい。

11　益田勝実「源氏物語の端役たち」（『文学』一九五四・二）は、近江君の造型は、『源氏物語』が「民衆の世界」を発見しかけているとと指摘する。また植木朝子「『源氏物語』近江君の造型と今様」（『国語国文』第六七巻第三号―七六三、一九九八・三）は、今様に近江が頻出すること、近江君と今様の世界との共通性・庶民の世界との重なりなどから、「民衆」の中から生まれてくる新しい美意識や興味の萌芽があることを『源氏物語』の中に認めている。なお植木論文には、先行研究のほとんどが網羅されているが、これ以降の近江君論で本稿の趣旨ともかかわるものとして、竹内正彦「近江君の賽の目―若菜下巻住吉参詣における明石尼君をめぐって」（『中古文学』創立三〇周年臨時増刊号、一九九七年三月）、津島昭宏「「悪き」近江君」（『中古文学』第五九号、一九九七年五月）、津島昭宏「近江君と内大臣家―「大御大壺とりにも仕うまつりなむ」をめぐって」（『野州国文学』第七〇号、二〇〇二年一〇月）がある。

※付記　『源氏物語』及び『古事記』本文は、新編日本古典文学全集に拠る。

『源氏物語』と『古今和歌集』――誹諧歌を中心に――

鷺山　郁子

一　歌意の変奏

『源氏物語』と『古今和歌集』の相関については、既に様々な考察がある。鈴木宏子氏が指摘されたように、『源氏物語』の引歌中、『古今集』歌がしめる割合は顕著であり、また集中、雑下の歌が高い比率で引かれており、その重要性が注目される。[1] 無常、憂愁、厭世を基調とする雑下の歌が引かれるパーセンテージが高いという一事をもってしても、『源氏物語』が、男女の恋愛を主要モチーフに展開しつつも、主題的にはそのあやにくさ、ままならぬ世の生きがたさを展開する作品であることが看取できる。

一つの歌は、その挿入されるコンテクストによって意味を変え、あるいは新たに獲得する。例えば、『古今集』雑下の凡河内躬恒の次の歌。

身を捨ててゆきやしにけむ思ふよりほかなるものは心なりけり　（『古今集』雑下、九七七）[2]

一首単位で「人をとはで久しうありける折にあひ恨みければよめる」という詞書から推すと、無沙汰を責められての機知にとんだ弁解で、この「人」は男性とも女性とも双方に解釈できるが、『古今集』の配列では友人関係の不安定、覚束なさのテーマで躬恒歌が三首続くうちの中央に位置し、人と人との関わりの頼みがたさ、別離、孤独を歌った一連に後続している。これが『源氏物語』、「葵」巻に引かれると「あな心憂や、げに身を棄ててや往にけむ」（葵、第二巻、三六ページ）[3]と、夢に葵を苛む我が身を見た六条御息所が古歌によって自己を対象化し、遊魂現象という心身分離を自覚する深刻な状況を象るものとなる。

引歌は、その趣意を重ねる、あるいは透視させる事で語りに重層性を与える機能を持つが、この例のように謂わば物語の論理に組み込まれる事で元の趣旨が書き換えられる事もある。

もう一つ、例を挙げると、須磨退去中の源氏を思う紫上の心理、

ひたすら世に亡くなりなむは言はむ方なくて、やうやう忘れ草も生ひやすらん

（須磨、第二巻、一九〇〜一九一ページ）

ここに諸注、次の歌を引歌に指摘する。

恋ふれども逢ふ夜のなきは忘れ草夢路にさへや生ひしげるらむ

（『古今集』恋五、七六六、読人しらず）

この古今歌は恋歌だが、物語では、死別なら致し方ないこと、いずれは忘れる折もあろう、いつまでとも知れぬ生別であるから思いは尽きない、という文脈で、この死の匂いをまとった「忘れ草」は『源氏物語』に特徴的なものである。この歌語自体は『万葉集』から見られ、「恋忘れ草」という形でも既に巻十一、二四七五に現れているように早くから、恋を忘れさせる草、あるいは忘れさせてくれるはずなのにいっこう効き目がない草、といった意味合いで使われる場合が多く、『古今集』その他でも事情は同じである。ところが『源氏物語』では、上掲の「須磨」ばかりでなく、「宿木」において源氏死後の六条院を語る以下の薫の言葉、

さて、なかなかみな荒らしはて、忘れ草生ほして後なん、この右大臣も渡り住み（宿木、第五巻、三九六ページ）

また、自死を思う浮舟の心内語における、

親もしばしこそ嘆きまどひたまはめ、あまたの子どももあつかひに、おのづから忘れ草摘みてん（浮舟、第六巻、一八五ページ）

いずれにおいても、「忘れ草」は死と結びついている。ここには和歌とは違った散文物語の論理が働いているが、この点、興味深いのが、あまたある「忘れ草」詠草のうち、藤原兼輔の以下の歌である。

なき人を忘れわびなば忘草おほかる宿にやどりをぞする（『兼輔集』一〇六）[4]

詞書にも「おもひにて人の家やどれりけるに」とある通り、ここでの忘れ草は明確に、人の死の悲しみを忘れさせてくれるものとされており、『源氏物語』での用法を先取りしている。周知のように、兼輔は紫式部の曾祖父であり、物語中、再多頻度（二十五回）引かれる「人の親の心は闇にあらねども子を思ふ道にまどひぬるかな（『後撰集』雑一、一一〇二）」の作者でもある点、示唆的である。

このように、引歌、あるいは歌語が物語中に挿入される場合、コンテクストの論理に組み込まれる事によって別の、あるいは新たな意味合いを獲得する場合もある。

二　高頻度引歌の種々相

『古今集』からの引歌で、引かれる頻度の高いものは以下のようになる。引歌は認定に揺れのある場合もあるが、ここでは鈴木日出男『源氏物語引歌綜覧』に依る。

八回　世の憂き目見えぬ山路へ入らむには思ふ人こそほだしなりけれ　（雑下、九五五、物部吉名）
七回　五月待つ花橘の香をかげば昔の人の袖の香ぞする　（夏、一三九、読人知らず）
六回　春の世の闇はあやなし梅の花色こそ見えね香やはかくるる　（春上、四一、凡河内躬恒）
六回　こりずまにまたもなき名は立ちぬべし人にくからぬ世にし住まへば　（恋三、六三一、読人知らず）
六回　ありぬやとこころみがてらあひ見ねば戯れにくきまでぞ恋しき　（雑体・誹諧歌、一〇二五、よみ人知らず）
五回　紫のひともとゆゑに武蔵野の草はみながらあはれとぞ見る　（雑上、八六七、読人知らず）
五回　いかならむ巌の中に住まばかは世の憂きことの聞こえこざらむ　（雑下、九五二、読人知らず）
五回　我が庵は都のたつみしかぞ住む世をうぢ山と人はいふなり　（雑下、九八三、喜撰法師）

最多数回引かれている九五五番歌については、鈴木宏子氏の論攷が「ほだし」というキーワードを基にして、それが光源氏の愛執と結びつく事を分析している。[5] 夏部の一三九番歌は、橘の花―昔馴染んだ人の思い出、というコードを定着させた名高い歌で、『源氏物語』内でも「花散里」「少女」「胡蝶」「若菜下」「幻」「早蕨」「蜻蛉」に引かれるが、いずれも懐旧の情を点綴する効果的な引歌となっている。躬恒の四一番歌は「若菜上」「匂宮」「竹河（二回）」「早蕨」「浮舟」に引かれるが、全て男性の放つ香あるいは残り香についてで、生まれつき身に芳香が備わっている薫という人物を擁する第三部に引用が集中しており、「若菜上」の場合が源氏、「早蕨」が匂宮と薫の双方に亘るのを除けば、全て薫に関わっている。

高頻度歌中、唯一の恋歌六三一番は、源氏に関わって引かれる場合が三回ある。

何の心ばせありげもなくさうどき誇りたりしよと思し出づるに憎からず、なほ懲りずまに、またもあだ名立ちぬべき御心のすさびなめり　（夕顔、第一巻、一九一ページ、夕顔死後、軒端荻と歌を交わしての源氏の感想）

こりずまにたち返り御心ばへもあれど、女はうきに懲りたまひて、昔のやうにもあひしらへきこえたまはず
（澪標、第二巻、二九九ページ、源氏の朧月夜への恋着）

沈みしも忘れぬものをこりずまに身もなげつべき宿のふぢ波
身をなげむふちもまことのふちならでかけじやさらにこりずまの波
（若菜上、第四巻、八四ページ、源氏と朧月夜の唱和）

これ以外は、それぞれ人物が異なっており、病に伏す柏木が女三宮の女房、侍従に宮への恋情を訴える文脈での「侍従にも、懲りずまに、あはれなることどもを言ひおこせたまへり」（柏木、第四巻、二九一ページ）、宇治の大君の心内語で、女房達が「こりずまに」縁談ばかり是非にともと思っているようだから、心外な結婚をさせられてしまうだろうと悩む（総角、第五巻、三〇〇ページ）、匂宮と夕霧六の君の婚姻後の中の君の心内語にある「後の契りや違はぬこともあらむと思ふにこそ、なほこりずまにまたも頼まれぬべけれ」（宿木、第五巻、四〇八ページ）、この三例である。引歌を認めるべきかどうかやや疑問な「総角」の場合を除くと、全体に、性懲りもなく恋着せずにはいられないという文脈で元歌の趣意に沿ったものになってはいるが、源氏の場合が、あやにくな恋こそ情熱をそそり、「名」の立つことも厭わない「人にくからぬ」世の化身とも言うべきその色好みの性格を際立たせるものになっているのに対し、柏木は身を滅ぼす程の絶望的な恋慕という状況であり、中の君は失意の現状を見据えた上ではかなく後の世の契りに希望をつながざるをえないという、我が身の情けなさの実感を象るものになっている。人物の造型とその置かれた状況に応じて異なった位相が認められる。

雑上八六七番歌が「若紫」の源氏独詠歌「手に摘みていつしかも見む紫のねにかよひける野辺の若草」（第一巻、二三九ページ）によって紫のゆかりをテーマ化するコンテクストに引かれるのは、この引歌の位相を決定づけるもので

あり、「朝顔」における紫上に対する源氏の言葉「君こそは、さいへど紫のゆゑこよなからずものしたまふめれど」（第二巻、四九二ページ）がそれを明示している。血縁―ゆかりによる絆を指すものとして、「胡蝶」においては、螢兵部卿歌「むらさきのゆゑに心をしめたればふちに身なげん名やはをしけき」（第三巻、一七〇ページ）が、藤の花を景物に、兄である源氏の娘（とされている）玉鬘という血縁を引き合いに恋慕を訴え、「藤裏葉」でもやはり藤の花を媒介に内大臣が夕霧に向かい「色も、はた、なつかしきゆかりにしつべし」（第三巻、四三七ページ）と、雲居雁との婚姻へと誘う。「東屋」では、浮舟母、中将の君が薫の娘に対する好意を「一本ゆゑにこそはとかたじけなけれど」（第六巻、四八ページ）と、大君との血縁によるものと中君に語る。

九五二番歌が引かれる場合は全て、世の憂さから逃れる隠棲、遁世の場としての「巌の中」というモメントが中核をなし、九八三番歌は宇治―憂しの掛詞から、用例が宇治十帖に集中しているが、それぞれ所を得た引歌の機能を果たしていると思われる。

三　誹諧歌「ありぬやと」―戯れにくし―

ここまであらあら見てきた『古今集』からの引歌は、物語のコンテクストに適合し、謂わば解りやすい部類に入るとも言えるが、ここで問題にしたいのは以下の歌である。

ありぬやとこころみがてらあひ見ねば戯れにくきまでぞ恋しき（一〇二五）

『古今集』巻十九雑躰中、誹諧歌の小項目に属する歌である。誹諧歌は『古今集』に五十八首納められた後、『後拾遺集』巻二十、雑六に小項目として再び立てられるまで、勅撰集からは顧みられず、その後また消失して『千載集』

巻十八雑歌下、雑躰に復活する。誹諧歌の概念については『俊頼髄脳』が「古今について尋ぬれば、ざれごと歌といふなり。よく物いふ人の、戯れたはぶるるがごとし」としながらも、表現が端正な歌については「なほ人に知られぬことにや」と首をかしげ、四条大納言公任の「これは尋ねいだすまじき事なり。公任、逢ひとあひし先達どもに、随分に尋ねさぶらひしに、さだかに申す人なかりき」という言葉を引いて、結局は不明としているように、早くから難義とされたカテゴリーのようである。藤原清輔は『奥義抄』下巻餘、問答で、『漢書』『史記』などを援用して「弁説利口」「狂言にして妙義をあらはす」と説いているが、彼自身の編になる『続詞花集』では誹諧ではなく「戯咲」の部を立てて一線を画している。順徳院『八雲御抄』は「是はいかなるをいふにかあらむ。［中略］大かたはざれよめる事やらむなどは推せらるれども、其様知事なし」と、やはり実態不明としている。[7]

俊頼の言にあるように、古今誹諧歌を対象とした場合は概ね、諧謔味を主眼としたざれ歌と解釈されていたようで、項目が「雑」ではなく「雑躰」内に立てられている事からも、正統、優雅な表現から外れた破格の歌で、機知に傾き、遊戯性を帯びて、滑稽味を招来する歌を指すと思われる。[8] 上述のように、『源氏物語』が書かれるまでの勅撰集において、誹諧歌の存在は『古今集』を特徴付ける要素の一つでもあり、それが引歌としてどのように作用するかは、意外に頻度が高い事も合わせて、検討に値しよう。

問題の一〇二五番歌の趣意は、逢わなくてもいられるかと試しに逢わずにいると、冗談ではすまされないほど恋しい、ということであるが、心底焦がれて会いたい、それなのになかなか会えない嘆きなら恋歌の本意なのに、会わなくてもいられるかと試しに会わないでいてみる、というのではカノンに反する。そういった「戯れ」冗談事の要素も、正統和歌に介入の余地はない。表現が理詰めであり、「戯れにくし」の「にくし」も「がたし」に比して口語的である。こういったところにその誹諧歌たる所以があると思われるが、これが諸注に照らすと他に互して六回、『源氏物語』に引かれていることになり、それらは全て「戯れにくし」という表現によっている。

「戯れにくし」は、現存する平安文学において用例があまりなく、口語的な表現として和歌では中世になるまで再び取り上げられないが、散文において『源氏物語』以前では『宇津保物語』「楼の上」上巻に先例がある。琴伝授のためいぬ宮を伴って京極邸に移ろうという仲忠が、自分は夜などには帰って来るというのに対し、女一宮が「それは、やがて見ずともありなむ。いぬ宮のこと」と、あなたにはそのまま会わなくてもいられるが、いぬ宮が気になると「いとまめやかに」に言うのを怨じて、「いとまがまがしきことのたまはす。かくのたまはせば、さらに二、三年も渡したてまつらじ。いと心憂く、戯れにくく。かかることは仰せらるべしやは」と応じる場面である（『うつほ物語』、第三巻、四八〇ページ）[9]。ここは、それきり会わずになど縁起でもない、冗談にもならないではないか、という反発で、特に古今歌を引き合いに出すまでもないかも知れないが、長い間会わずにいるという含意には通じるものがある。

『源氏物語』において、「戯れにくし」という表現は総数九回現れるが、その全てに引歌表現を認める必要はなさそうである。「紅葉賀」、源典侍の閨での源氏と頭中将のさや当てでの源氏の発言「まことはうつし心かとよ。戯れにくしや。いでこの直衣着む」（第一巻、三四三ページ）は、冗談にもならない、といったところである。「竹河」で玉鬘大君に恋着する蔵人少将が「あさましきまで恨み嘆けば、この前申し（取り次ぎ役の中将のおもと）もあまり戯れにくくいとほしと思ひて、答へもをさをさせず」（第五巻、八四ページ）という場面では、少将のあまりの愁嘆ぶりに、彼よりも一枚上手で才気あるこの女房も、うっかり冗談にもできない、と返答に窮するわけである。さらに宇治での逢瀬の翌朝、後ろ髪を引かれる思いで去る匂宮の従者達が「いと戯れにくしと思ひて、ただ急がしに急がし出づれば」（浮舟、第六巻、一三六ページ）という場面も、浮舟と別れる匂宮のたまらない切なさという面影は添うにしても、当事者である匂宮ではなく供人たちの心理であるので、その限りでは、まったく冗談ではない、といった意味合いで処理できると思われる。

残る六つのコンテクストにも、かなり微妙な点もあるのだが、古今歌の内容にある、会わずにいる、その我慢が尽きかける、離れている相手が恋しい、という三つのモチーフが何らかの形で関わって来ることから、背景に歌を据えてみてよいと思われるので、その位相を順を追って見てみたい。

さりともえ思ひ離れじと思ひたまへしかば、しばし懲らさむの心にて、「しかあらためむ」とも言はず、いたく綱びきて見せしあひだに、いといたく思ひ嘆きてはかなくなりはべりにしかば、戯れにくくなむおぼえはべりし。（帚木、第一巻、七六ページ）

雨夜の品定め、左馬頭が語るいわゆる指喰いの女との体験談の締めくくり部分である。申し分ない世話女房ながら嫉妬深いのがわずらわしいゆえ、「いかで懲るばかりのわざしておどして、この方もすこしよろしくもなり、さがなさもやめむと思ひて」（同前、七二ページ）「ことさらに情なくつれなきさまを見せ」（同前、七二〜七三ページ）た結果、売り言葉に買い言葉の言い合いの末、指に噛みつかれたのを大げさに咎め立てて離縁を装ったけれど、内心は別れる気はなく、女の方も見捨てはしまいとたかをくくって意地の張り合いを続けているうちに女が亡くなってしまって、初めて「戯れにくく」思ったと言う。本気で別れる意図はないのに意地を張って逢わないでいるうちに、取り返しのつかない事になってしまったという、悔恨まじりの恋しさを効果的に示唆する引歌と言えようが、女の死という、それ自体は悲劇的な結末の背景にこの誹諧歌を置くと、相手をそこまで追い詰めた態度が「試みがてら」の「戯れ」に還元される契機を孕む。ここでの引歌には、自分としては軽い気持ちだったのにという、女の論理や心情との齟齬を浮上させる効果がより観取される。

次にこの歌が引かれるのは、「明石」巻、京に居残した紫上を思う源氏の心内語である。

京のことを、かく関隔たりては、いよいよおぼつかなく思ひきこえたまひて、いかにせまし、戯れにくくもあるかな、忍びてや迎へたてまつりてまし、と思し弱るをりをりあれど、さりともかくてやは年を重ねん、いまさらに人わろきことをば、と思ししづめたり。（明石、第二巻、二五一ページ）

須磨退去にあたって、紫上を共に具するかどうかのためらいは「さる心細からん海づらの、波風よりほかに立ちまじる人もなからんに、かくらうたき御さまにてひき具したまへらむもいとつきなく、わが心にもなかなか思ひのつまなるべき」（須磨、第二巻、一六二ページ）と一方では荒涼たる行方に可憐な女君を巻き込む事への危惧、また他方「ただ今は、人聞きのいとつきなかるべきなり［中略］思ふ人具するは、例なきことなるを」（須磨、第二巻、一七二ページ）と、謹慎籠居の身で妻妾を伴うのは世間の聞こえが悪いという政治、社会的配慮から、断念されていた。ここでの引歌は、須磨から更に遠方の「関隔た」った明石へ転地したゆえに、憂慮が深まり、あらためて密かに呼び寄せようかと迷う源氏の逡巡に、逢わずに我慢してはいるがもう耐えがたいほど恋しくなってしまった、という焦燥を点綴する効果を持つ。ここでもかなり深刻な状況に誹諧歌が介在して来るのはそぐわない感もあるが、相手の女が既に他界している左馬頭の場合と異なるのは、現に愛欲の衝動を抑えはているがそれも限界、という切迫感である。

この源氏の場合は、「朝顔」に同じ歌が引かれる場面と似た背景を持つ。

今さらの御あだけも、かつは世のもどきをも思しながら、空しからむはいよいよ人笑へなるべし、いかにせむ、と御心動きて、二条院に夜離れ重ねたまふを、女君は戯れにくくのみ思す。忍びたまへど、いかがうちこぼるるをりもなからむ。（朝顔、第二巻、四八八ページ）

朝顔前斎院を思い切れない源氏は、故桃園式部卿宮邸を訪れて求愛するが、前斎院は応じない。意地や世間体意識も働いて、様々に思い悩み、紫上の住まう西の対への訪れもかれがちになっている源氏に対しての紫上の心情が「戯れにくくのみ」と形象される。朝顔前斎院は紫上にとっては、その立場を覆しかねない恐るべきライバルで、その心痛はまことに深刻なものなので、ここでもふまえられる誹諧歌に違和感が生じる。

この「明石」、「朝顔」の両巻におけるコンテクストには、源氏が紫上以外の女性に求愛するが女は拒んでいる、という事情が共通する。「明石」巻において上掲歌が引かれるのは、消息を送って迫る源氏に対し、「身の程」意識に押しつぶされつつも矜恃を保って応じようとしない明石君との「心くらべ」が語られる条の直後である。朝顔前斎院は明石君とは比較にならない高位の女性であるが、「つれなき御気色のうれたきに、負けてやみなむも口惜しく」（同前）と、いずれの場合も、源氏の側では、彼女達の高い自尊心に裏打ちされた拒否の姿勢がしゃくにさわり、おめおめと引き下がるのも遺憾だと、相手の女性の態度に不満を抱きつつ、そこから意地も発動するという機微になっている。双方に紫上の存在が絡んでくるのも同様であるが、源氏の女性関係の中で明石君と朝顔斎院は、彼女にとってその立場を相対化する契機をはらんだ一番気にかかるライバルであり、ここでは危機は回避されるものの女三宮降嫁に至ってあらわにされるその地位の不安定さを示唆する存在である。

紫上の源氏に対する反応にも共通点が見られる。明石君との仲を告白した源氏の消息に紫上は「うらなくも思ひけるかな契りしを松より波は越えじものぞと」（明石、第二巻、二六〇ページ）の歌で返答するが、これは女五宮の見舞いにかこつけて桃園邸へ出かける源氏を見送る際の述懐「かかりけることもありける世をうらなくて過ぐしけるよ」（朝顔、第二巻、四八〇ページ）に、「うらなく」という語彙も同じく通じる内容である。

こういう似通ったシチュエーションが、巻を隔てて同じ古今歌を呼び起こすという経緯に注目されるのだが、両者の間には、もちろん相違もある。「明石」で「戯れにく」く思うのは源氏であり、「朝顔」では紫上であって、喚起されるニュアンスも異なる。

「朝顔」で紫上の心情を占めるのは単なる嫉妬や恋慕ではない。前斎院に源氏が言い寄っている事が世人の知るところとなり、母宮も是認する格好の縁組みと取りざたする噂が耳に入った時の彼女の心情は以下のように表現される。

しばしは、さりとも、さやうならむこともあらば隔てては思したらじ、と思しけれど、うちつけに目とどめきこえたまふに、御気色なども例ならずあくがれたるも心憂く、まめまめしく思しなるらむことを、つれなく戯れに言ひなしたまひけんよ［中略］かき絶えなごりなきさまにはもてなしたまはずとも、いとものはかなきさまにて見慣れたまへる年ごろの睦び、あなづらはしき方にこそはあらめ［中略］げに人の言はむなしかるまじきなめり、気色をだにかすめたまへかし、とうとましくのみ思ひきこえたまふ。（朝顔、第二巻、四七八～四七九ページ）

そんな事があったら私に隠し立てなどはなさらないだろうと思っていたのに、源氏は彼女に打ち明けもせず、それとなくでも匂わせてくれればという願いも虚しい故に「うとましくのみ」思われるというところに明らかなように、紫上の苦衷は、男が自分の信頼を裏切って他の女性への恋情を隠している事への恨めしさ、その結果自分の立場が危うくなる事への憂慮と不安にある。だとすると「戯れにくく」という表現も、単純に逢わずにいると耐えがたく恋しいという以上の幅を匂わせるし、そもそも逢わないのは彼女の意志ではさらにないわけだから、歌の上句も介入の余地がない。言い換えれば元歌に即しての「戯れ」は女の側には属さない。ここでは、源氏がその真剣そうな意図（まめまめしく思しなるらむこと）を「つれなく戯れに言ひなし」素知らぬ顔で冗談のように紛らわしてごまかそうとする、その瞞着に対し、自分はそんな「戯れ」の言動に同調することなどさらさらできないという思いの深刻さが対峙されていると思われる。源氏は「戯れ」で糊塗しようとするが、「うらなく」相手を信頼してきた自分は到底そんな気にはなれないという、男の二重性と女の一途さが「戯れ」というタームを軸に対立すると見たいところである。

和歌はもちろん、散文においても用例があまり多くない、しかし『源氏物語』では明らかに引歌表現として既出の

「戯れにくし」というタームにここで出会った享受者は、夜離れという文脈にも誘導されて必然的に古今誹諧歌を想起したと思われる。そうして享受者の脳裏に浮かんだ誹諧歌の意味合いや諧謔味を打ち消す形で、登場人物（紫上）の遊戯性に反発する心情が逆照射される。「戯れにくくのみ」という限定も、元歌でそれに続く「恋し」を排除するように作用し、いったん「恋しき」を享受者の脳裏に浮かばせて、否定する事から、彼女の心情がそういった次元にはない事が際立つ。

前掲、「明石」の源氏の心内語の場合は、自主的に別離を選択したことを悔いる気持ちが古今歌を呼び寄せる、その心理的経緯自体は謂わば順接的である。「朝顔」の紫上では、歌はその趣意を転倒するような形で介入させられる。同じ誹諧歌が、「明石」の源氏、「朝顔」の紫上と、双方に引かれる事で、異なった位相を取り、男女の論理の差異も浮上させる。

この誹諧歌が女君の心情に即して引かれるのはここ一カ所のみで、その点でもこの例は特異である。他は全て男性登場人物の心理描写、会話、心内語においてで、そこでは概ね、自制とそれを突き崩しかねない欲望の際どい瀬戸際を象るものとなっている。ただし、それが当事者の意識ないしは意図であっても、そこに醸成される元歌の含蓄の磁場がどう作用するかには振幅がある。

四　夕霧の造型

次に古今一〇二五歌が引かれるのは、「梅枝」において、雲居雁をめぐる夕霧と内大臣の確執も和解に近づき、相手が折れて出そうな気配を感じ取りつつやはり意地を張り通す夕霧の心理を述べた地の文である。

（内大臣が）かくすこしたわみたまへる御気色を、宰相の君は聞きたまへど、しばしつらかりし御心をうしと思へば、つれなくもてなししづめて、さすがに外ざまの心はつくべくもおぼえず、心づから戯れにくきをり多かれど、あさみどり聞こえごちし御乳母どもに、納言に昇りて見えんの御心深かるべし。（梅枝、第三巻、四二三ページ）

意地を張ってはいるけれど、やはりどうしようもなく恋しくなる、という引歌の内容に即した文脈であり、「戯れにくし」すなわち「恋し」という心情喚起が素直に実現されると同時に、自分が優位に立ちつつあるという自信が内大臣側への「つれな」い態度を自らの意志による「戯れ」になずらえる余裕を生んでいるようでもある。

ここで注目されるのは、次に見るようにこの同じ誹諧歌が二度にわたって夕霧に関わって引かれる事である。のみならず、物語内で引かれる古今誹諧歌十二首のうち三首、頻度からいうと二十回のうち四回が夕霧の心理描写や発話において現れている。これは源氏の三回を上回る回数で、夕霧に割かれるスペースが源氏よりはるかに少ない事を考慮すると、この人物が自分の感情を古言に託そうとする時に誹諧歌に依存することが相対的に多いと言え、その造型になにがしか関わる事ではないかと思われるが、これについては、後述するように、夕霧との共通項を持つ薫にも通じる部分がある。

夕霧に関わる件の誹諧歌の次の引用は会話文で、落葉宮の侍女、小少将を通じて恨み言を述べる場面である。

今より後のよその聞こえをもわが御心の過ぎにし方をも、心づきなく恨めしかりける人のゆかりと思し知りて、その夜も対面したまはず。「戯れにくく、めづらかなり」と聞こえ尽くしたまふ。人もいとほしと見たてまつる。（夕霧、第四巻、四七六ページ）

夕霧の強引な求婚を拒むため、一条宮の塗籠に閉じこもった落葉宮は、今後立つであろう悪評も、母を悶死させるまでに至ったつらさ悲しさも、夕霧のせいだと思いつめているので、対面する気はない。それに対して夕霧が放つ

「戯れにくく」については、諸注、古今歌を引歌としつつ「うかつに口もきけない（新編全集）」などと解釈されるが、いかがであろうか。既に夕霧の心理描写に同じ歌が引かれた場面に照らして「恋しき」を効かせる意図も汲み取れようが、「めづらかなり」と続ける呼吸からは、もう我慢も限界だという性急さが突出して感じられる。元歌の上句にある、自分の意志で逢わずにいるという経緯を取り込んで、自分はこれほどまで辛抱強く自己抑制しているのにこの応対は理不尽ではないか、という自己主張を兼ねた訴えを読み取るべきであろう。

そもそも、落葉宮のかたくなな（と彼には感じられる）態度に対し、夕霧が下す評価は「言ふかひなく若々しきやうに（同前、四四五ページ）」「そもあまりにおぼめかしう、言ふかひなき御心なり（同前、四五一ページ）」「いみじう言ふかひなき御心なりけり（同前、四五二ページ）」「言はむ方もなしと思して（同前、四六七ページ）」「聞こえん方なき御心なりけり（同前、四六八ページ）」とひたすら、話にならない、言いようもないと、相手を思いやる余裕もなく独り決めの感がある。物語中、「言ふかひなし」と他者に規定されるのは、空蟬の弟、小君や、まだあどけない少女の紫上、という幼少で頼りない人物、また取るに足りない法師、といった場合もあるが、成長した女君では末摘花、近江君、源氏に柏木からの手紙を発見されてうろたえる女三宮、中将の求婚を全くうけつけようとしない浮舟などで、概ね、まさしく人間的、人格的にお話にならない場合である。浮舟の場合のみは、中将の求愛をわずらわしく思い妹尼への返答さえしないので、妹尼達が「あまり言ふかひなく」、とりつくしまもなく、お手上げだ、と慨嘆するシチュエーションなので、当人の深刻な思いを理解できない他者の一方的反応という点、夕霧―落葉宮の場合に通うところがあるが、求愛する男の側から相手の女性に対して度重なりこの言葉が口にされるのは夕霧の場合のみである。

この夕霧の、女の心情や苦悩を理解しようとしない、高圧的な独り決めの果てに、「戯れにくく、めづらか」が出てくるのだが、聞き手である小少将が綿々たる恨み言を「いとほしと見たてまつ」り、最終的に夕霧を塗籠に導き入れる事となるとすれば、この究極の「我慢できない」焦慮表現がそれなりの功を奏したという事になる。そこに誹諧歌をふまえることで、夕霧の言いつのりを揶揄するニュアンスがあると思われるが、これに関しては、先にふれたように、夕霧が古今誹諧歌に言及する四回のうち、三回がこの「夕霧」巻に集中している点も、考慮に値する。

もう一首は、正妻、雲居雁に落葉宮の母、御息所からと思われる手紙を隠されて、表面上は何気なく装っているが心中「胸はしりて、いかで取りてしがなと」（同前、四三〇ページ）心配でまんじりともせず横になっているという場面に引かれる「人に逢はむつきのなき夜は思ひおきて胸走り火に心焼けをり」（一〇三〇、小野小町）である。「つき」が会う手がかりと月の掛詞、「思ひ」に火を掛け、「おき」が起きと熾を掛け、「胸はしり」が「走り火」に重なり、「火」「熾」「走り火」「焼け」が縁語を構成するという、手の込んだ技巧の歌であるが、胸を焼く恋の火を表す表現が、物語のこのコンテクストでは何とか手紙を取り返せねばという焦燥を象るものになっており、夕霧の慌てぶりが大げさな諧謔味を帯びて形容されていると見られる。

残る一カ所は、塗籠侵入の後の夕霧の言葉「思ふにかなはぬ時、身を投ぐる例もはべなるを、ただかかる心ざしを深き淵になずらへたまて、棄てつる身と思しなせ」（同前、四七九ページ）で、ここには次の二つの引歌が指摘されているうち、前者が古今誹諧歌である。

世の中の憂きたびごとに身を投げば深き谷こそ浅くなりなめ　（『古今集』雑体・誹諧歌、一〇六一、よみ人知らず）

身を捨てて深き淵にも入りぬべし底の心の知らまほしさに　（『後拾遺集』、恋一、六四七、源道済）

夕霧の発話の後半は、『後拾遺集』歌の主客を転倒して、私の心ざしを深い淵と思って、そこに身を投じたものと思ってください、という口説き文句だが、不如意な時に身を投げる例もあるようだが、という前半の言辞の背景に、世の中がつらいと思う度ごとに身を投げていたら、深い谷でも埋まって浅くなってしまうだろう、という皮相で生半可な厭世観への皮肉も感じられる古今歌を置くと、落葉宮の苦悩をその程度にしか受け止めていないという感が惹起される。自分を頼り切って「棄てつる身と思しなせ」という言い切りにも、その短絡的なひとりよがりは現れている。「夕霧」一巻は、この「まめ人」の真剣な恋の顚末を描くものであるが、父に似ぬ堅物が自分では誠意を尽くして相手を尊重した態度をとっているつもりでも、実際は女性の苦渋や悲嘆を理解できず、独善的な押しの強さに脅迫的な言辞さえ交えて意志を遂げるに至る過程には、「まめ人の名をとりてさかしがりたまふ大将」という書き出しから始まる、語り手の冷ややかな視線が働いている。『古今集』からの引歌の観点からは、実事なき一夜の後の落葉宮への消息もこの人物の造型の一端を窺わせる。

たましひをつれなき袖にとどめおきてわが心からまどはるるかな

外なるものはとか、昔もたぐひありけりと思たまへなすにも、さらに行く方知らずのみなむ　（同前、四一五ページ）

これだけの中に、

飽かざりし袖のなかにや入りにけむわが魂のなき心地する　（雑下、九九二、陸奥）

身を捨ててゆきやしにけむ思ふよりほかなるものは心なりけり　（雑下、九七七、躬恒）

わが恋はむなしき空にみちぬらし思ひやれども行く方もなし　（恋一、四八八、読人知らず）

こう三首も古今歌が引かれるところに、「松風」で靫負の尉に声をかけられた明石方の女房の返答や、「常夏」の近江君の弘徽殿女御への文における引歌尽しを想起させる珍妙さがあり、この無器用な懸想人がせいいっぱい風流貴公子ぶりを演じるさまが揶揄されている。誹諧歌の援用も当人が意識しない烏滸がましさや短絡性を透かしぼりにする効果を発揮していると思われる。

五　夕霧と薫 ―連環と差異化―

「戯れにくし」の歌に戻ると、これは薫が大君に求愛する場面に再登場する。夕霧と薫が、特にその落葉宮、大君との関わりにおいて重なり合う事は、既に様々に指摘があるが、古今誹諧歌の引用とそのシチュエーションという事でも、両者は繋がる面を持つ。

恨みたまふもさすがにいとほしくて、物越しに対面したまふ。「戯れにくくもあるかな。かくてのみや」と、いみじく恨みきこえたまふ。（総角、第五巻、二八七ページ）

数日ぶりで宇治を訪れる匂宮に同道したが、大君とは物越しの対面しか許されない薫が恨み言を述べる部分である。夕霧の場合と同様に、じっと我慢はしているがそれも限界に達しているという恋情を訴えるのが主眼であるが、「かくてのみや」という接続には夕霧の「めづらかなり」という断定的な物言いにあった苛立ちのトーンは感じられない。対する相手が、取り次ぎの女房ではなく当事者の大君である事ももちろん、関与しているであろうが、夕霧に比べて薫ははるかに複雑な心理を与えられており、この場面でも夕霧と違って「心のどかなる人」の悠長な性格から侵入を控えることとなる。同じ引歌を通じて夕霧、薫の二人物の連関と差異が、巻を隔てて浮上する。

この二人の人物には共通項が多いのだが、表現面でも相似が見られ、『古今集』からの引歌という事に絞っても、既に「夕霧」巻で引かれた古今誹諧歌からのもう一首、「世の中の憂きたびごとに身を投げば深き谷こそ浅くなりなめ」も、浮舟の入水を聞いての薫の心内語「わがここにさし放ち据ゑざらましかば、いみじくうき世に経とも、いかでかかならず深き谷をも求め出でまし」（第六巻、二三五ページ）に引かれている。これに関して、池田一臣氏が、薫が「身投げ」を口にする他の場面もこの歌を思い起こさせるとし、「薫の意識では、〈身投げ〉がつねに『古今』誹諧歌をもって発想されて」おり、それによって彼の「道心が「世の憂きたびごとに身を投げば」という程度に凋落している」こと、また「浮舟の苦悩を「世の憂きたびごと」ほどのそれとしか理解できぬ心浅さ」であることがあばかれると分析している。[10] 夕霧の場合も、この引歌が、落葉宮の苦悩をあさはかな衝動の次元でしか理解できない彼の浅薄さを浮上させるものであった。ただ、ここでも、同じ引歌表現が夕霧の場合は「棄てつる身と思しなせ」と一方的な命令形に帰着するのに対し、薫は浮舟の「いとあきらむるところなく、はかなげなりし心」（同前）が根底にあるとしながらも、それ故にこそ、自分の処遇が違ってさえいたら、という悔いを象るものとなっている。同じ引歌が二人の登場人物を照応させつつ、それぞれの担うテーマを差異化する方向にも働いている。

『古今集』からの引歌をめぐるこの二人の相関に関して、もう一点、挙げておきたいのは、ともに、実事なく女君と一夜を共にした翌朝、明るくなりきらないうちに退出をと懇願する女への返答にある類似表現である。

（夕霧）あさましや、事あり顔に分けはべらん朝露の思はむところよ　（夕霧、第四巻、四一一ページ）

（薫）事あり顔に朝露もえ分けはべるまじ　（総角、第五巻、二三八ページ）

ここには、次の『古今集』物名歌が作用しているのではないだろうか。

朝露をわけそほちつつ花見むと今ぞ野山をみなへしりぬる　（物名、四三八、紀友則）

朝露を分けてしとど濡れながら、花を見ようと今では野山を隅々まで歩きまわって知り尽くしてしまった、あるいは自分のものにしてしまった、という解釈の揺れがあるが、その表の意味に「をみなへし」の五字を詠み込んだ歌である。『古今集』においては、その見事な才知に加え、花を尋ねて野山を経巡るという風流人のポーズが主眼であるが、女郎花が女性を暗示する事、周知の通りである。そこに「しる」、わがものにする、という意味が重なって来ると、朝露を分けて行くのが後朝の男の姿を連想させることもあいまって、女に会いたいと思っていたが、今やそれを我が物にできた、といった面影が漂う。この歌を背景に置くと、夕霧も薫も、まるであの歌にある、あこがれの女性を手に入れて意気揚々と朝まだきに帰る男のまねをしろとでも言うのですか、と女の要請を切り返すわけになる。しかし、ここでも夕霧の発話には謂わば感嘆符付きの、感情に急かれた語勢があり、「なほさらば思し知れよ」、「けしからぬ心づかい」もしかねませんよ、という脅迫的な言辞に連なるのに対し（夕霧、同前）、薫の場合はより抑制された平叙文で、夕霧とは逆に「今より後も、ただかやうにしなさせたまひてよ。世にうしろめたき心はあらじと思せ」（総角、同前）、清い関係を続けたいだけだと主張して相手の信頼を取り付けようとする。

そういったベクトルの違いはあるが、両者が上掲の物名歌を通底させると覚しき理由の一つは、女郎花がこの後に、「しられた」領有された女の謂いとして現れる事である。

夕霧が落葉宮と一夜を共にしたことを知った母、御息所は事情を誤解し、次の歌を夕霧に送る。

女郎花しをるる野辺をいづことてひと夜ばかりの宿をかりけむ
（夕霧、第四巻、四二六ページ）

二人の間に実事はなかったのだが、ここで御息所は娘を一夜の契りで翌日には見捨てられた事をなげく女として、しおれる女郎花に例えている。

他方、「総角」では、宇治への案内を渋る薫に向けての匂宮の歌と薫の応酬。

（匂宮）女郎花さける大野をふせぎつつ心せばくやしめを結ふらむ

（薫）霧ふかきあしたの原の女郎花心をよせて見る人ぞ見る
（総角、第五巻、二六〇ページ）

薫が心狭く女君たちを独り占めにしているとなじる匂宮に、深いこころざしがある人しか逢えませんよ、と薫がじらすので、匂宮は「あなかしがまし」とこれも古今誹諧歌「秋の野になまめき立てる女郎花あなかしがまし花も一時」（二〇一六、遍昭）を引いて立腹する。

前掲の古今物名歌を踏まえると、引歌が当該のコンテクストにその役割を消尽せず、その後の表現を呼び寄せる例となり、御息所の場合は憂慮と哀訴、匂宮は戯れ事という軽重の差はあるが、当事者の男性は実際は領有していないのに、傍らの人間がそのように取りなして非難するという皮肉が、両者ともに物名という、これも機知性、遊戯性の勝った歌によって引き出されることとなる。

露と女郎花の取り合わせ、花を領有するというモチーフ、また嘆く女性をしおれる女郎花に例えるのも、それ自体はそれぞれ一つの型になっており、常套的表現として上の物名歌を引き合いに出すまでもないという反論も可能だが、この点、注目されるのは「宿木」の次の歌である。

女郎花しをれぞまさる朝露のいかにおきけるなごりなるらん　（宿木、第五巻、四一一ページ）

匂宮と夕霧六の君との初夜の後、宮の後朝の消息に女君の継母である落葉宮が代筆した返歌で、朝露にしおれる女郎花に寄せて男の態度を危惧する表現には、かつてこの養女の父である夕霧との関わりで露の濡れ衣を被り、しおれる女郎花に例えられた彼女の過去が、遠く反映している。「夕霧」以降、物語の前面から姿を消していた落葉宮を、ここであらためてたぐり寄せるのは、やはり前掲の物名歌に端を発する連鎖の糸だと思われる。

六　誹諧歌引用の多様性

最後に『古今集』誹諧歌からの引歌を引かれる順に列挙し、上で扱わなかった場合に簡単に触れておく。

①そゑにとてとすればかかりかくすればあな言ひ知らずあふさきるさに（一〇六〇）
「箒木」左馬頭会話「とあればかかり、あふさきるさにて、なのめにさてもありぬべき人の少なきを」（第一巻、六二ページ）

②ありぬやとこころみがてらあひ見ねば戯れにくきまでぞ恋しき（一〇二五）
「箒木」左馬頭会話、「明石」源氏心内語、「朝顔」紫上心理、「梅枝」夕霧心理、「夕霧」夕霧会話、「総角」薫会話

③世の中の憂きたびごとに身を投げば深き谷こそ浅くなりなめ（一〇六一）
「夕顔」惟光会話「それなん、また、え生くまじくはべるめる。我も後れじとまどひはべりて、今朝は谷に落ち入りぬとなん見たまへつる」（第一巻、一七六ページ）、「夕霧」夕霧会話、「蜻蛉」薫心内語

④ことならば思はずとやは言ひはてぬなぞ世の中の玉だすきなる（一〇三七）
「末摘花」源氏会話「のたまひも棄ててよかし。玉だすき苦し」（第一巻、二八三ページ）

⑤我を思ふ人を思はぬむくいにやわが思ふ人の我を思はぬ（一〇四一）
「葵」源氏心理「ここもかしこもおぼつかなさの嘆きを重ねたまふ報いにや、なほ我につれなき人の御心を尽きせずのみ思し嘆く」（第二巻、一七ページ）

⑥我をのみ思ふと言はばあるべきをいでや心は大幣にして（一〇四〇）
「賢木」六条御息所心理「立ちながらと、たびたび御消息ありければ、いでやとは思しわづらひながら、いとあまり埋れいたきを、物越しばかりの対面はと、人知れず待ちきこえたまひけり」（第二巻、八四～八五ページ）

⑦秋の野になまめき立てる女郎花あなかしがまし花も一時（一〇一六）

「賢木」雲林院の情景「紅葉やうやう色づきわたりて、秋の野のいとなまめきたるなど見たまひて、古里も忘れぬべく思さる」（第二巻、一一六ページ）

「総角」匂宮会話「ねたましきこゆれば、「あなかしがまし」と、はてはては腹立ちたまひぬ」（第五巻、二六〇ページ）

⑧唐土の吉野に山にこもるとも遅れむと思ふ我ならなくに（一〇四九）

「薄雲」乳母の明石君の歌への唱和「雪間なき吉野の山をたづねても心のかよふあと絶えめやは」（第二巻、四三二ページ）

⑨冬ながら春の隣の近ければ中垣よりぞ花は散りける（一〇二一）

「若菜下」六条院試楽の日の情景「雪のただいささか散るに、春のとなり近く、梅のけしき見るかひありてほほ笑みたり」（第四巻、二七八ページ）

⑩人に逢はむつきのなき夜は思ひおきて胸走り火に心焼けをり（一〇三〇）

「夕霧」夕霧心理

⑪世を厭ひ木の下ごとに立ち寄りてうつぶし染めの麻の衣なり（一〇六八）

「蜻蛉」弁の尼消息「いともいともゆゆしき身をのみ思ひたまへ沈みて、いとどものも思ひたまへられずほれはべりてなむ、うつぶし臥してはべる」（第六巻、二三七ページ）

⑫花と見て折らむとすれば女郎花うたたあるさまの名にこそありけれ（一〇一九）

「手習」妹尼会話「心地よげならぬ御願ひは、聞こえかはしたまはんに、つきなからぬさまになむ見えはべれど、例の人にてあらじと、いとうたたあるまで世を恨みたまふめれば」（第六巻、三一四～三一五ページ）

雨夜の品定めにおける左馬頭が、②「ありぬやと」の他に①「そゐにとて」と、そのわずかな登場場面で二回も誹諧歌に依存するのはかなりの密度で、その場の雰囲気や彼自身の性格の指標となる要素と言えよう。

「末摘花」の引歌④は、末摘花に初めて対面した折の何とも頓珍漢な応対というシチュエーションで、だんまりのどっちつかずはつらいと、おそろしく手応えのない姫君に手を焼く源氏の苛立ちを効果的に浮上させる一方、このやや滑稽味を帯びた場面で源氏の錯覚をほぼ感知している読者は、「玉だすき」のようにくい違うのはその過剰な思い込みと現実ではないかと、苦笑を誘われる事になろう。この場面の源氏は、上述の夕霧、薫に加え、男性登場人物が口説き文句に誹諧歌を引く他の唯一の例である。「まめ人」と規定される夕霧、薫とは異なる、この手練れの懸想人の求愛が全く功を奏さない、どころか烏滸話の一コマに還元されてしまうわけだが、「好き者」演技の失敗談、あるいは錯誤、という点、夕霧や薫の場合に通じるものがある。

他方、⑤「我を思ふ」、⑥「われをのみ」の二首は、六条御息所絡みで源氏の多情性、愛人女性から見たその頼みがたさを浮上させる役割を持ち、特に六条御息所の心情描写にある⑥は、ここに引歌を認めるかは異論もあるところだが、揶揄や諧謔を認める余地はなさそうである。ただし、誹諧歌の属性の一つと論議されるそしりの要素は認められる。他方、⑦「秋の野に」、⑨「冬ながら」のように明るい風景描写を点綴する場合もある。⑧「唐土の」は、明石姫君の乳母が、ことさらに大げさな表現に頼る事で、決して中が絶える事は無いという趣旨を真剣に強調する目的で使われている。⑪「世を厭ひ」は薫の消息を受けた弁の尼が、世捨て人の境涯に身を思い定めているのでと、対面に応じない理由を象るものである。⑫「花と見て」は、この直前に浮舟が女郎花に例えられるのを承けて、男に手折られる女である事を厭わしく思うまで、というニュアンスを添える。

『源氏物語』における誹諧歌の引用を閲することは、源俊頼によれば、紫式部と同時代の藤原公任が既にさじを投げていたこの難義カテゴリーが当時、どのように受け止められていたかの手がかりにもなるかと思われるが、上述のようにその使い方はかなりの幅と柔軟性を持ち、必ずしも戯れ歌としての性格を効かせているとは限らない。ただしその中で、しみじみした情緒にはそぐわない感のある、機知性や理屈っぽさが勝った歌が、男性登場人物に関わって、当人達にとってはそれなりに生真面目な状況において引かれる場合が目立ち、そこに距離感や皮肉も醸成される。

先述のように、引歌は、その趣意を重ねる、あるいは透視させる事で語りに重層性を与えたり、登場人物の心情を対象化する機能を持つ。引かれた歌の含意をあるいは活かし、あるいはずらし、転じることで、当事者である登場人物自身も意識していない心情の襞が立ち現れる場合もある。また、歌語の連鎖が、人物同士の相関や差異を綴り合わせもする。そういった語りのストラテジーの一端を担うものとして、『古今集』誹諧歌も様々な位相を取りつつその機能を果たしている。

〔注〕

1 鈴木宏子「三代集と源氏物語―引歌を中心として」『王朝和歌の想像力　古今集と源氏物語』(笠間書院、二〇一二年)。
2 『古今集』引用は『新編日本古典文学全集』による。
3 『源氏物語』引用は『新編日本古典文学全集』による。
4 『兼輔集』引用は『新編国歌大観』による。なお、当該歌は『新古今集』にも所収(巻八哀傷、八五三)。
5 前掲書。
6 『俊頼髄脳』引用は『新編古典文学全集』による。
7 『奥義抄』『八雲御抄』引用は『日本歌学大系』による。

8　古今誹諧歌については、菊地靖彦「古今集「誹諧歌」論」『日本文学研究資料叢書　古今和歌集』（有精堂、一九七六年。初出『平安文学研究』第四四輯）以来、収録歌そのものの分析を通しての論攷が様々に展開されている。竹岡正夫『古今和歌集全評釈』下巻（右文書院、補訂版、一九八一年）はヒカイカ訓を提唱し、概念への重要な問題提起をしている。和歌史における誹諧歌の系譜については、俊成及び中世和歌への射程を論じる久保田淳「和歌・誹諧歌・狂歌─和歌と誹諧の連続と非連続」（『國文学』二〇〇〇・四）などがあるが、久富木原玲「誹諧歌─和歌史の構想・序説」『和歌とは何か』（有精堂、一九九六年、初出『国語と国文学』一九八一・十）は、古代的呪性に遡源してその変容を辿り、卓出している。

9　『うつほ物語』の引用は『新編日本古典文学全集』による。

10　池田和臣「引用表現と構造連関をめぐって─第三部の表現構造─」『源氏物語　表現構造と水脈』（武蔵野書院、二〇〇一年）。

Ⅱ　言葉、そして共鳴する場

『源氏物語』と中唐白居易詩について

長瀬　由美

一　はじめに　―中唐の新しい文学―

中国中唐の時代の人・白居易（七七二年〜八四六年）の詩文は、平安朝初期に日本にもたらされて以来、文人貴族たちにおおいに愛された。白居易の詩文集『白氏文集』[1]は平安朝文学が発展するうえで最も重要な役割を果たした中国文学作品であり、非常に多くの漢詩文を引用する『源氏物語』においても『白氏文集』からの引用が圧倒的であって、白居易の作品は『源氏物語』作者に根源的な影響を与えているといわれる。[2]

そもそも白居易は、『源氏物語』が誕生する頃中国でもっとも高く評価されていた詩人であり、この評価が日本を含む東アジア地域に受けとめられ、彼の作品が広くかつ熱心に享受されたのであった。[3]背景には、唐が安史の乱以後、商業課税を導入し、民間の海外渡航・貿易を許すようになったことがある。このため、東アジア地域の国際交易が活発化し、とりわけ十世紀前後には中国の商船が書籍をはじめ、かつて輸出規制のかけられていた文物を日本に多くもたらしたといわれる。遣唐使を派遣していた時代には入手困難であった中国の文物が、民間貿易によって容易に、また大量に入手できるようになったのが平安中期の状況なのであった。[4]

白居易は生涯において非常に多くの作品を残したため、その文学の特質もさまざまに指摘される。本稿ではそのうち二つの重要な特質と『源氏物語』との関わりを問い、そこから詩歌と文との関係についても考えてみたいと思う。[5]

二　白居易文学の特質　―諷諭詩と恋愛詩の創作―

白居易文学の二つの重要な特質とは何か。まず一つには、彼が諷諭詩といわれる、社会批判の詩を熱心に作った点がある。安史の乱以後の不安定な中央政権のなかで科挙に合格して官僚となった白居易は、文学作品を通じて現実を改革しようと、友人元稹らとともに新楽府運動をおこして、社会の矛盾や民衆の困窮を訴え、民衆を教化する詩を創作したのだった。白居易は文学の社会的意義を重視し、詩は本来民衆の声を代弁し、為政者の参考となるべきものであるとして、一連の諷諭詩を作って力強く社会の現実を批判した。いわば白居易は、中国文学史上中唐において『詩経』の精神、諷諭の伝統を熱烈に継承した人物であり、諷諭詩は、そうした彼の中国文学史上の特徴を担う代表的作品である。彼が自分の詩作の中でもっとも重視したこれら諷諭詩は、『白氏文集』冒頭巻一から四に収められている。

そして、白居易文学のいまひとつの特徴として、相反することのようにみえるが、彼がいわゆる恋愛詩を作ったことがある。中国文学史上において、男性知識人が恋愛感情を詩に詠うことはまさにこの中唐期、特に元稹・白居易あたりから始まるといわれる。元稹・白居易は、恋愛文学という新しい道を切り拓いたのだった。

その理由については様々に論じられている。長安に集まった科挙受験者たちが妓女達を相手に文学的交流をしたこと、また中唐期には儒教的な規範がやや弱まったことから、未婚の男女の間で詩の贈答を手段とする恋愛がなされるようになったことなど、こうしたいくつかの要因が、白居易らの恋愛詩が生まれた背景となっているようである。[6]

もっとも一般に艶詩と呼ばれる、男女の情愛を主題とした詩自体は、六朝以来多く詠われている。それらと異なる元稹白居易の恋愛詩の新しさは、自身の体験や感情と密接に関わってそれが詠われているという点にある。六朝以来の艶詩は、多く女性の立場に立ち、女性になり代わって詠われた架空で型通りのものであったのに対して、元稹白居易らによって、自身の恋愛感情を詠うことが始まったとされるのである。これら恋愛詩は、『白氏文集』の中ではおもに感傷詩に分類されて収められている。

ここで『白氏文集』の構成を確認しておく。『白氏文集』前集で、[7] 詩は諷諭詩・閑適詩・感傷詩・雑律詩に分類されている。『白氏文集』前集を最終的に編纂したのは親友元稹だが、これは白居易の意を十分に汲み取ってなされたものであった。元稹への手紙「元九に与ふる書」[8] の中で白居易自らが、この四分類について明確に定義している。

……僕、数月より来《このかた》、嚢袠の中を検討し、新旧の詩を得、各々類を以て分かち、分けて巻目と為す。拾遺より来、凡そ遇ふ所・感ずる所の美刺興比に関はる者、又武徳より元和に訖《いた》るまで、事に因りて題を立てて、題して新楽府と為す者、共に一百五十首、之を諷諭詩と謂ふ。又或いは公より退きて独り處り、或いは病を移《とど》けて閑かに居り、足るを知り和を保ち、情性を吟玩する者一百首、之を閑適詩と謂ふ。又事物の外より牽《ひ》かれ、情理の内に動き、感遇に随ひて歎詠に形《あらは》るる者一百首有り、之を感傷詩と謂ふ。又五言・七言・長句・絶句、一百韻より両韻に至る者四百余首有り、之を雑律詩と謂ふ。……（『白氏文集』巻二十八、1486）[9]

（訳）……私は数か月以来、書袋の中を調べて、新旧の詩を手にし、それぞれに分類して、それらを巻の題目ごとに分けた。左拾遺になって以来、およそ触れたこと・感じたことのなかで、（比興をもちいて）賞讃・風刺すべきものに関わるもの、また武徳年間より元和年間に至るまで、事柄によって題を立て「新楽府」と名付けたものが全部で百五十首、これらを諷諭詩という。また公務から退いて一人で居る時や、病気届を出して閑かに居る時など、足ることを知り心を平静に保ち、その気持ちを吟詠して存分に味わったもの百首、これを閑適詩という。また外界の事物に触発され、感情が内に動き、感じたまま触れたままに歎き詠じたものが百首あり、これを感傷詩という。また五言・七言・律詩・絶句で、百韻から二韻のものまでが四百首余りあり、これを雑律詩という。

……

諷諭詩は、およそ自分が触れたこと・感じたことについて、比興——これは諸説あるが一般的に比喩による表現技法と解される——をもちいて賞讃し、あるいは批判・諷刺した詩であり、いっぽう感傷詩は、外界の事物に触発され、感情が内に動き、感じたまま触れたままに嘆き詠じたものだという。

では、おもにその感傷詩に分類されている、白居易恋愛詩の一例をみてみよう。

「潜別離」

不得哭潜別離　　哭することを得ず　潜《ひそか》に別離す
不得語暗相思　　語ることを得ず　暗に相思ふ
両心之外無人知　　両心の外　人の知る無し
深籠夜鎖独棲鳥　　深籠夜に鎖す　独棲の鳥
利剣春断連理枝　　利剣春に断つ　連理の枝
河水雖濁清有日　　河水は濁れりと雖も清むに日有らん
烏頭雖黒白有時　　烏頭は黒しと雖も白むに時有らん
唯有潜離与暗別　　唯潜に離るると暗に別るると有りて

彼此甘心無後期　　彼此甘心して後期無し　　（『白氏文集』巻十二、0599）

（訳）声をあげて泣くこともできず、密やかに別れた。言葉を交わすこともできず、人知れず相手を思う。二人の心のほか、このことは誰も知らない。私たちは、つれあいから引き離されて籠中深くに閉じ込められた鳥、鋭い刀で断ち切られた連理の枝のようなものだ。濁った黄河の水が清む日もこよう、鳥の頭が白くなる時もあろう。しかし密やかに人知れず別れた私たちは、お互いを思い続けながらも、もう決して会うことはできないのだ。

この「潜別離」詩では、恋人との別れの悲しみが男性の立場から詠われる。この詩で注目したいのは第四・五句、詩人が破綻した二人の姿、恋の苦しみを形象するにあたって、相愛の男女のモチーフである比翼の鳥や連理の枝を用いつつ、それを反転させて、籠の中深くに閉じ込められた一羽の鳥、剣に無残に断ち切られた連理の枝、と詠っている点である。さらに以下のように続く。黄河の水でさえいつかは澄むこともあろう、鳥の頭でさえ白くなることもあろう、しかし私達には、もはや再会の機会は決してありはしないのだと。黄河の水が澄むこと、鳥の頭が白くなることは実現するはずのないことの喩えであり、それらさえいつかは起こる日があろうと言うことで、自分達二人の、決して再会し得ないという絶望的な思いを際立たせて、破綻した男女の恋を詠い結ぶ。この「潜別離」詩の結びは、同じ巻十二に収められ、人々にとりわけ愛誦された「長恨歌」の結句と極めて似ている。

「長恨歌」

…在天願作比翼鳥　　天に在らば願はくは比翼の鳥作《た》らむ
在地願為連理枝　　地に在らば願はくは連理の枝為《た》らむ
天長地久有時尽　　天長く地久しき時に尽くること有れども
此恨綿綿無絶期　　此の恨み綿綿として絶ゆる期無けむ（『白氏文集』巻十二、0596）

（訳）天上にあっては翼を並べて飛ぶ鳥となり、地上にあっては連理の枝となりたいものだ（とかつて二人は語りあった）。天地は悠久とはいうものの、いつかは消滅する時が来る。しかしこの別れの恨みだけは、永遠に尽きることはないだろう。

「長恨歌」もまた、相愛の男女の象徴である比翼の鳥・連理の枝の語を詩の末尾に配して、そこを最大の叙情の山場とする。比翼の鳥・連理の枝となることなど現実には叶わず、愛する人と離れ離れとなってしまったこの別れの恨みは、たとえ悠久の天地が尽きようとも、無限に尽きることがないのだと詠う「長恨歌」の結句の表現は、まさに「潜別離」詩と重なり合う。白居易の恋愛詩のひとつのパターンということができる。

三　恋愛詩と諷諭詩の相克 ―士大夫の文学として―

ところで、これら感傷詩「潜別離」や「長恨歌」が一首の主題とした、愛する人を失う無限の悲しみ、無限の情愛については、白居易は諷諭詩でも扱っていたのだった。巻四の諷諭詩新楽府「李夫人」がそれである。

「李夫人　　鑒嬖惑也　　嬖惑に鑒《かんが》みるなり」
漢武帝初喪李夫人　　漢の武帝　初めて李夫人を喪《うしな》へり
夫人病時不肯別　　夫人病む時肯《あへ》て別れず
死後留得生前恩　　死後留《とど》め得たり生前の恩
君恩未尽念未已……　　君恩未だ尽きず念《おも》ひて未だ已まず……

（……武帝ハ画家ニ夫人ノ肖像ヲ描カセタリ、方士ニ反魂香ヲ調合サセタリシタガ、結局夫人ノ魂ガ還ッテコナクテモ悲シミ、還ッテキテモ悲シムバカリダッタ……）

…君不見穆王三日哭　君見ずや穆王《ぼくわう》の三日の哭を
重璧臺前傷盛姫　重璧臺《ちょうへきだい》の前に盛姫を傷《いた》む
又不見泰陵一掬涙　又泰陵《たいりょう》の一掬《いっきく》の涙を見ずや
馬嵬路上念楊妃　馬嵬《ばかい》の路の上に楊妃を念へり
縦令妍姿艶骨化為土　縦令《たとひ》妍姿艶骨をもて化して土と為らしむるとも
此恨長在無銷期　此の恨みは長く在りて銷《き》ゆる期無し
生亦惑死亦惑　生にも亦た惑ひ死にも亦た惑ふ
尤物感人忘不得　尤物人を感ぜしめて忘れ得ず
人非木石皆有情　人木石《ぼくせき》に非ざれば皆情《なさけ》有り
不如不遇傾城色　如かじ傾城《けいせい》の色に遇はざらむには　（『白氏文集』巻四、0160）[10]

（訳）漢の武帝が李夫人を喪った。李夫人は病気になった時（病で衰えた容貌を見せまいと）あえて別れの挨拶をしなかったので、死後も、武帝から生前とかわらぬ寵愛を受けた。帝の恩愛は尽きず、思慕はやむことがなかった。（…武帝は亡き夫人の肖像を画家に描かせたり、亡き人の魂を招くという反魂香を道士に作らせたりしたが、夫人の魂が還ってきてその姿がわずかに見えても悲しみ、魂が還ってもまた悲しむばかりだった。……）（こうして心を傷めたのは、漢の武帝だけでなく）周の穆王《ぼくわう》は三日の間、重璧臺《ちょうへきだい》の前で盛姫の死を悲しみ、唐の玄宗は両手いっぱいの涙を流して、馬嵬《ばかい》の路上で楊妃をしのんで泣いた。たとえ彼女たちの美しい姿が土となっても、思慕の情は永遠に尽きる時はない。生きている時にも惑い、死んでもまた惑う。美しい女性は人を惑わせて、忘れさせせない。人は木でも石でもなく、皆情をもっている。だから、城をも傾けるような美しい女性には、いっそめぐりあわぬがよいのだ。「此の恨みは長く在りて銷《き》ゆる期無けむ」と、愛する女性を失った別れの恨みは、永遠に消えるものではないと詠う句は、まさに「長恨歌」の結びに重なりあう。だがしかし、「李夫人」ではさらに続く。「生にも亦た惑ひ死にも亦た惑ふ　尤物人を感ぜしめて忘れ得ず　人木石に非ざれば皆情有り　如かじ傾城の色に遇はざらむには」と。忘れ去ることのできない無限の情に縛られて生涯苦しむことのないように、人の心を奪う美女には近づかないようにと戒めて、詠い閉じているのである。感傷詩である「潜別離」や「長恨歌」の結びに詠われ、恋情表現の要となっていた無限の追慕の情は、その無限の苦しみゆえに、表現を呼応させながらも諷諭詩においては反転して否定すべきものとして扱われる。先に確認したように『白氏文集』前集は、詩を諷諭詩・閑適詩・感傷詩・雑律詩に分類し、詩人自ら諷諭詩は出来事について批判・賞讃する詩、感傷詩は感じたままに詠う詩と説明して、依って立つ所がそれぞれ異なるのだということを明確に宣言していた。いわば『白氏文集』は、諷諭詩と感傷詩とをそれぞれに区分するという構造をもったことで、一方では男女の情愛をそのままにみつめ、また一方では社会規範の意識や倫理観をもって、個人の情念を人生や社会の総体の中で批判的に見据えることを一つの集の内に可能ならしめているわけだが、そのために『白氏文集』の中では、情念の力の強さと、それを批判的・反省的に見据える視座とが緊張的にせめぎ合いつつ、女性や恋愛に対する眼差しが複雑な形に深まっているように思われる。

四　詩と文による表現　その一 ―「長恨歌」と「長恨歌伝」―

以上、諷諭詩と恋愛詩とを熱心に制作した白居易の作品世界において、恋愛詩では主題となっていた無限の情愛が諷諭詩では否定的に扱われるのを確認した。が、こうした詩人の複雑な態度は、男女の情愛を詠って白居易の代表作となっている「長恨歌」そのものにも、実はみられるものなのだった。『白氏文集』巻十二に感傷詩として収められる「長恨歌」には、序のように陳鴻《ちんこう》の作った「長恨歌伝」が付されている。「長恨歌伝」は、白居易「長恨歌」が漢皇に仮託して詠った玄宗と楊貴妃の物語を散文で記したもので、今日唐代伝奇小説のひとつとして扱われている。『白氏文集』が「長恨歌伝」と「長恨歌」を併せた形で所収していることについては、現存する『白氏文集』、特に古い形態を伝える古鈔本も「長恨歌」の前に「長恨歌伝」を付していることから成立当初からこうであったと考えられる。[11] また『白氏文集』前集の最終編纂は元稹だが、白居易の意を十分に汲んだものであることから、これは白居易自身の意図によると考えられる。後世、とりわけ室町時代から近世にかけて「長恨歌」のみを載せる『古文真宝』[12]が初学者の入門書として流行した影響もあってか、「長恨歌」だけ切り離して享受することが主流になったが、『白氏文集』では「長恨歌」と「長恨歌伝」とが一対となって「長恨歌」世界を形成していること、それが本来の姿であった点は重視せねばはならない。[13]

なお「長恨歌伝」末尾には、王質夫という人物と陳鴻と白居易がともに遊んだ折に、玄宗皇帝と楊貴妃のことが話題にあがり、

……楽天は詩に深く情に多き者なり、試みに為に之を歌はば、如何と。楽天因りて長恨歌を為《つく》る。意《おも》ふに但だ其の事に感ずるのみならず、亦た尤物《ゆうぶつ》を懲《こ》らし、乱階を窒《ふさ》ぎ、将来に垂れんと欲するならん。歌既に成りて、鴻をしてこれに伝せしむ。……

（訳）楽天は詩に造詣が深く、情に豊かな人間だ。試みに玄宗と楊貴妃のことを歌に作ってみてはどうか、と王質夫が言った。楽天はそこで「長恨歌」を作った。思うにただ玄宗と楊貴妃とのことに感じたということだけで

なく、また（禍いをもたらす）絶世の美女を懲らしめ、世の乱れを防ぎ、将来に戒めを示そうとしたのであろう。歌が出来上がると、私陳鴻に伝を作らせた。

のだとしている。

さて、本来「長恨歌」と「長恨歌伝」が一体となって享受されたわけだが、しかし、「長恨歌伝」と「長恨歌」には主題の重心にずれのあることも、つとに指摘されている。先にあげた一節で陳鴻は、「長恨歌」は思うに「亦た尤《ゆう》物《ぶつ》を懲《こ》らし、乱階を窒《ふさ》ぎ、将来に垂れんと欲するならん（絶世の美女を懲らしめ、世の乱れを防ぎ、将来に戒めを示そうとしたのであろう）」と言っているが、弁明とでもいうべきで、実は「長恨歌」自体にはそういう諷諭的な要素は薄い[14]。諷諭的な要素はむしろ「長恨歌伝」のほうにこそある。下定雅弘氏[15]は「長恨歌伝」が、天子を誘惑する「尤物（絶世の美女）」貴妃をとがめ、これに溺れてしまった天子玄宗を戒めるという明確な方向性をもっており、「長恨歌伝」は各処で貴妃に対して冷たく批判的な筆致でその悪女性を強調していると述べる。「長恨歌伝」こそがより諷諭を重視しているのに対して、白居易「長恨歌」の方は、何より詩人自身があくまで感傷詩に分類しているように、帰らぬ愛への無限の情を詠った作品、愛情を主題とする作品であって、その主題は最後の二句に凝縮されている[16]。しかしながら、より諷諭的な「長恨歌伝」を「長恨歌」の前に付したのも他ならぬ白居易の判断なのであって、やはりここには先の恋愛詩と諷諭詩の問題につながる、玄宗皇帝と楊貴妃の悲恋物語に対する、詩人自身の複雑な態度が示されている。世の乱れを招くほどの男女の情は、個人の心情と社会との両方を視野に入れて、葛藤やせめぎあいのあるものとして語られているのである[17]。

そして「長恨歌伝」と「長恨歌」の場合注目すべきは、その抒情性と批判精神とのせめぎあいが、まさに詩と文という異なる形式によって担われているという点である。社会規範を重視し、決して玄宗と楊貴妃に共感的に寄り添ってゆくのではない「長恨歌伝」の、批判的な散文のことばと、玄宗の情念に同化するような「長恨歌」の韻文のことばが、ぶつかりあいながら「長恨歌」世界全体が形成されているのである。

五　詩と文による表現　その二 ―『鶯鶯伝』―

この詩と文とのぶつかりあいについて、白居易の親友元稹の作った伝奇『鶯鶯伝』にも触れたい。

中唐期、のちに唐代伝奇と呼ばれるいわゆるフィクション・小説が、とりわけ白居易周辺の人々によって盛んに作られ急速に発展する。『鶯鶯伝』もそのひとつである。文人の手になり、あくまで読むためのものとして作られたこれら唐代伝奇小説[18]の大きな特色の一つとして、それ以前の六朝志怪小説と異なって、散文のうちに詩を盛り込むようになったことが指摘される。[19]なぜ詩を含むようになったのか、伝奇中の詩の意味や効果は作品によって異なるため一概には言えないものの、ひとつには唐代伝奇が人情の機微を描く方向に向かったためと推測されている。[20]詩が挿入されることによって登場人物の心情と形象に個性が賦与され、人物像が明確な輪郭を持つことに寄与しているともいわれる。[21]男女の贈答詩などが盛り込まれることが多く、さらに先にみた「長恨歌伝」と「長恨歌」のように、文中に詩が挿入されるという形でなく、同じ題材のもと散文と韻文がセットになって作られることもある。

元稹の作った『鶯鶯伝』も作中、贈答詩が織り込まれ、またその末尾近くには「会真詩」という長編詩が置かれており、本文のうちに詩が非常に効果的に用いられている。[22]『鶯鶯伝』のあらすじは次のようなものである。――張生という若者が鶯鶯という娘に恋をし、やがて二人はひそかに愛しあう仲となるが、張生は科挙受験のため彼女のもとを離れる。結局彼は受験に失敗し、都長安にとどまることを鶯鶯に手紙で伝えたところ、彼女から心のこもった長い返事が届く。そうした一連の記事に次いで「会真詩」という、二人の愛の日々を詠う官能的な長編詩が付されて、その直後に以下の文が続く。

然れども張の志も亦絶つ。…張曰く、大凡《おほよそ》天の尤物に命ずる所や、其の身に妖せざれば、必ず人に妖す。…予の徳以て妖孽に勝つに足らず、是を用《もつ》て情を忍ぶ、と。時に坐せる者皆為に深く歎ぜり。……（一年ガ経チ、両人トモ結婚シテ後、鶯鶯ハ別レノ詩ヲヨコス）是より絶えて復《ま》た知らず。時人多く張を許して善く過ちを補ふ者と為す。[23]

（訳）しかし、張は鶯鶯と決別した。…張が言うには、「だいたい天が絶世の美女に下す運命は、その身に禍いをもたらさないなら、必ず彼女にかかわる人に禍いをもたらすものなのだ。……私の徳は禍いに打ち勝つことができるほどのものではないから、自分の恋情をおさえたのだ」と。同座の人々は皆深く歎じた。……（一年後、二人とも別の相手と結婚して）それ以後はまったく消息は絶えた。世間の人の多くは、張はよく過ちを償った者と認めた。

それまでの話の内容、それをまとめ締めくくるような官能的な詩と、直後の散文、美女は危険だから鶯鶯と別れたのだという弁明との間に何か深い溝があるような作品である。[24] 下定雅弘氏は『鶯鶯伝』について、「規範からの逸脱（＝官能的な愛情世界への没入─長瀬注）と、規範の遵守という相反するベクトルをいずれも精一杯はりつめさせて、一つの作品世界を成立させている」と述べるが、[25] そのようにも指摘される、官能的な愛情世界への没入と、知識人としての規範への回帰とが、この『鶯鶯伝』では詩と文とによって非常に効果的に表現されているといえるのではないだろうか。元稹白居易のこれらの作品をみていると、詩と散文とが、相矛盾するものを表現し得るものとして意図的にセットにして使われている、つまり、日常や規範性を超えてしまう男女の情念を詠いあげる詩と、規範を尊重して戒め、批判的に規範へと回帰していくことを志向する文とがあって、詩の担う抒情性・文の担う批判性という相矛盾する力を、巧みに用いて作品世界を作っているように思われる。唐代知識人、とりわけ中唐の元稹白居易らによって、中国文学史上でも特筆すべき恋愛文学のジャンルが詩や伝奇小説に開かれたわけだが、そこには絶えず、愛情世界を追い求める抒情性と批判精神との厳しい相克が強く意識され、その相克を表現する方法が模索されたかのようである。

六　『源氏物語』へ　―中唐文学を受けとめて―

そしてまさしく、中唐白居易の文学世界のこうしたありかたこそは、『源氏物語』に確かに受けとめられたところなのだった。

その象徴的な例として、桐壺巻冒頭をあげたい。桐壺帝は後宮のあるべき秩序に反して、女御たちに劣る身分の桐壺更衣を寵愛する。この帝の情愛が、宮廷社会の枠組みの中で批判的に押さえられる段、そうした批判的視点を形象するに際しては、

> 人の譏《そし》りをもえ憚らせたまはず、世の例にもなりぬべき御もてなしなり。上達部、上人などもあいなく目を側《そば》めつつ、いとまばゆき人の御おぼえなり。唐土にも、かかる事の起こりにこそ、世も乱れあしかりけれと、やうやう、天の下にも、あぢきなう人のもてなやみぐさになりて、楊貴妃の例もひき出でつべくなりゆくに……
>
> （桐壺、第一巻、一七ページ）[26]

と、地の文に「長恨歌伝」の一節「京師の長吏も之が為に目を側む」が引かれて、宮廷社会の秩序を乱す帝の情念が否定的に――いわば諷諭的に――語られる。その一方で、桐壺更衣亡きあと彼女を偲ぶ帝の追慕の情を語る段、更衣

を想い和歌を詠む段では、もっぱら

（更衣ノ形見ノ品ヲ受ケ取ッタ帝ハ）亡き人の住《す》み処《か》尋ね出でたりけんしるしの釵《かむざし》ならましかばと思ほすもいとかひなし。

たづねゆくまぼろしもがなつてにても魂《たま》のありかをそこと知るべく

……朝夕《あさゆう》の言《こと》くさに、翼《はね》をならべ、枝をかはさむと契らせたまひしに、かなはざりける命のほどぞ尽きせず恨めしき。

（桐壺、第一巻、三五ページ）

と、「長恨歌」の重要な結句が重ねられて、桐壺帝の無限の恋慕の情が形象されているのだった。27

もうひとつ別の例として、紫の上を失った幻巻の光源氏の姿をみてみよう。幻巻では、紫の上亡きあとの一年間、巡りゆく季節の移ろいの中で紫の上をひたすら追慕する光源氏の姿が描かれる。源氏は夏、蛍が飛び交うのをみては

蛍のいと多う飛びかふも「夕殿に蛍飛んで」と、例の、古言もかかる筋にのみ口馴れたまへり。

夜を知る蛍を見てもかなしきは時ぞともなき思ひなりけり

（幻、第四巻、五四三ページ）

と、「長恨歌」の一節「夕殿に蛍飛んで」を口ずさみ、「時ぞともなき思ひ」——尽きることのない紫上への思い——を詠う。さらに秋十月、時雨がちな頃、

雲居をわたる雁の翼も、うらやましくまもられたまふ。

大空をかよふまぼろし夢にだに見えこぬ魂の行く方たづねよ

何ごとにつけても、紛れずにのみ月日にそへて思さる。

（幻、第四巻、五四五ページ）

と詠う。巻名の由来ともされる歌中の「まぼろし」とは幻術士の意で「長恨歌」の道士を想定したものであり、この歌は桐壺更衣を失った父帝の歌とまさしく響き合う。幻巻では「長恨歌」が繰り返し引用され、その感傷詩のもつ抒

情性に重なりながら、光源氏は、無限の追慕の情を抱えて紫の上を悼み続ける男として描かれるのだった。

その一方で幻巻において光源氏は、我が人生を顧みつつ、

「…世のはかなくうきを知らすべく、仏などのおきてたまへる身なるべし。それを強ひて知らぬ顔にながらふれば、かくいまはの夕近き末にいみじき事のとぢめを見つるに…、今なんつゆの絆なくなりにたるを…」

（幻、第四巻、五二五ページ）

と近しい女房たちに語り、あるいは、

「人をあはれと心とどめむは、いとわろかべきことと、いにしへより思ひえて、すべていかなる方にも、この世に執とまるべきことなくと心づかひをせしに…」

（幻、第四巻、五三三ページ）

と明石の君に語る。最愛の人を失って苦しむ光源氏は、仏教的な考え方を持ち出して人に愛着することを否定したり、愛着故の苦しみを仏教的に意義付けたりしようとする。このように、失った恋人への無限の情を抱きながら、仏教的な考え方で人への愛着を否定したり、その苦しみを意義づけようとしたりする態度は、やはり白居易恋愛詩にもみられるものなのだった。『白氏文集』巻十四「夢に春に遊ぶ詩に和す」や巻十「夜雨」などだが、例えば巻十「夜雨」詩では、

「夜雨」

我有所念人　隔在遠遠郷　　我に念《おも》ふ所の人有り　隔たりて遠く遠き郷に在り

我有所感事　結在深深腸　　我に感ずる所の事有り　結ぼれて深く深き腸《はらわた》に在り

郷遠去不得　無日不瞻望　　郷遠くして去《ゆ》き得ず　日として瞻望せざるは無し

腸深解不得　無夕不思量　　腸深くして解き得ず　夕として思量せざるは無し

況此残燈夜　独宿在空堂　況んや此の残燈の夜　独り宿して空堂に在るをや
秋天殊未暁　風雨正蒼蒼　秋天　殊《な》ほ未だ暁けず　風雨 正に蒼蒼たり
不学頭陀法　前心安可忘　頭陀の法を学ばずんば　前心安《いづく》んぞ忘る可けんや

（頭陀法＝仏法。心身を清浄ならしめる修行）（『白氏文集』巻十、0451）

（訳）私にはずっと想っている人がいる。その人はいま隔たって遥か遠い郷にいる。私には忘れられないことがある。そのことはわだかまって、深く心に秘められている。その人のいる郷は遠くて行くことはできず、一日とてそちらの方角を眺めやらぬ日はない。心のわだかまりは解くことはできず、一夕とてそのことを思わぬ夕べはない。ましてや燈火も尽きようとするこの夜、ひとりがらんとした部屋に宿っているときはなおさらだ。秋の夜はまだ明けず、風と雨の音ばかりがさあさあと聞こえる。仏法でも学ばなければ、どうしてかつての心を忘れることができようか。

と、心のうち深くにあって忘れ去ることのできない恋慕の苦しみを、仏法の力でしずめようと努める詩人の心が詠われている。先に感傷詩と諷諭詩とを挙げて、感傷詩が無限の恋慕の情を、恋情のままに詠いあげ詠い閉じていたのに対して、諷諭詩ではその無限の苦しみゆえに、女性に惑うことを戒め否定している、そのように教訓を与えているのをみた。激しい情愛への志向と、それを反省的否定的に捉え返す眼差しとが入りまじる姿を白居易の諷諭詩と感傷詩のうちに認めたわけだが、忘れ難い恋慕の情を詠う感傷詩そのもののうちにも、情愛の世界に身を投じたことで負う傷みの深さ、やがて迎えねばならぬ離別や破綻の苦しみが一方で見つめられ、心の救済を仏教に求めて揺れ動く姿が詠われてもいたのだった。自らの情念の苦しみを内省的に顧みる視座を一方にもちつつ、なおつきあげる無限の恋情を詠い、その間で逡巡し続ける白居易恋愛詩のありかたは、幻巻の光源氏、最愛の人を失った主人公の最後の姿と重なる。白居易の文学と『源氏物語』とが、人間の情愛をみつめるそのありかたにおいて、深々と響き合っているようである。

七　まとめ

中国文学史上において、高い社会批判の意識を持つ諷諭詩の製作と、恋愛を詠う詩、恋愛文学の製作とは、中唐白居易の文学圏に独特の高まりをみせて積極的に展開されたものであり、かつ両者の矛盾や葛藤が表出されたこともまた、白居易文学に特有に花開いた世界と言い得る。そして白居易や元稹はその矛盾と葛藤、男女の情愛をめぐる抒情性と批判精神との相克を、詩と文とを非常に効果的に用いることで際立たせ、表現した。『源氏物語』もまた、男女の愛そのものを見つめるだけでも、社会や人生の総体の中で批判的にみるだけでも捉えることのできないその情愛の姿を、地の文と和歌、また和歌的な表現を盛り込んだ地の文を駆使して追求してゆくが、そのような『源氏物語』世界というのは、平安時代に伝わった中国の新しい文学、中唐白居易文学の特質と達成を受けとめて深まり得たものだったのではないかと考えるのである。

〔注〕

1　現存七十一巻（前集五十巻、後集二十巻、続後集五巻の計七十五巻だったが現在一部散逸）で、唐代の詩人で最大の約二千九百の詩と約七百の文を収める。

2　西郷信綱は「…たとえば白氏文集や史記に代表される中国文化への深い理解がなかったとしたら、紫式部はおそらく今あるような源氏物語をかけなかっただろうと考えざるをえない。…皮相な、筋立てや語句の上での影響の問題としてではなく、もっと根本的に作品の文学的な質や構想力そのものの問題としてそうだと思うのである。」（「新古今の世界」『岩波講座日本文学史　第六巻中世』岩波書店、一九五九年）と述べる。川口久雄「『源氏物語』の世界と外国文学」（『西域の虎―平安朝比較文学論集』吉川弘文館、一九七四年）など川口氏の諸論、また阿部秋生「楽府といふ書二巻」（『国語と国文学』一九八九年、三月）、丸山キヨ子「源氏物語と白居易―物語論にかかわっての考察―」（『源氏物語講座九　近代の享受と海外との交流』、勉誠社、一九九三年）など。

3　後世、唐詩に対する評価のありかたが変化するため、白居易については、中唐から宋初にかけてとそれ以降において、詩人としての評価が大きく異なることに注意する必要がある。日本でも同様であり、明の李攀竜『唐詩選』（李白・杜甫の盛唐詩を重んじ白居易詩を収録していない）は近世におおいに流行した。静永健「十三世紀の『白氏文集』―藤原定家と高麗文人李奎報とにおける書誌的考察―」（『漢籍伝来　白楽天の詩歌と日本』勉誠出版、二〇〇九年）等参照。

4　榎本淳一『唐王朝と古代日本』（吉川弘文館、二〇〇八年）。氏は本書「文化受容における朝貢と貿易」において、遣唐使の頃は中国文物の移入があくまでも支配の手段として限定されたことで、それに直接結びつかないような文化の導入が阻害されており、『日本国見在書目録』（九世紀末の漢籍の目録）をみても「支配体制維持に関連しない書、たとえば伝奇小説の類などはほとんどといって良いほど見られない」が、九世紀以降、特に唐が滅亡に瀕した十世紀前後に急増した中国商船の日本来航により、書籍をはじめ、唐代には輸出禁制品ないしは入手困難であったものが多くもたらされ、中国の文物を享受できる階層を受領層にまで広げたと論じる。平安時代中期には、個人的にもかなりの漢籍の入手・所有が行われ「支配に直接関連しない文学作品も個人的に入手できるようになったため、漢文学のみならず、国文学の発展をもうながすことになった」のであり、「「国風文化」においては、中国文化の影響は強まりこそすれ、弱まることはなかった。むしろ、唐代では入手困難であったさまざまな中国の文物を大量に摂取できるようになったことで「国風文化」が形成された」と述べる。

5　なお本稿前半は、拙稿「中唐白居易の文学と『源氏物語』―諷諭詩と感傷詩の受容について」（『国語と国文学』二〇〇九年五月）の内容と重複することをお断りしておく。

6 二宮俊博「白居易の恋愛体験とその文学」(『岡村繁教授退官記念論集 中国詩人論』汲古書院、一九八六年)、斉藤茂「士人と妓女―唐代の贈妓詩を中心に―」(『中唐文学の視角』創文社、一九九八年)、諸田龍美「中唐における艶詩の流行と女性」(『白居易恋情文学論―長恨歌と中唐の美意識』勉誠出版、二〇一一年。初出は『中国文学論集』一九九五年十二月)参照。白居易の恋愛詩及び妻や家妓等女性を詠った詩に関しては、山本和義「元稹の艶詩及び悼亡詩について」(『中国文学報』一九五八年十月)、入谷仙介「白居易と女性たち」(『中国文化論叢』一九九三年四月)、林文月「白居易と女性」(『白居易研究講座』第一巻、勉誠社、一九九三年)、橘英範「白居易と樊素」(『広島大学文学部紀要』一九九四年十二月)、下定雅弘「女性」(『白楽天の愉悦―生きる叡智の輝き』勉誠出版、二〇〇六年)等がある。

7 『白氏文集』前集は『白氏長慶集』とも呼ばれ、五十巻で成り、うち前半二十巻に詩を、後半三十巻に文を集めている。詩二十巻は、諷諭(巻一～四)・閑適(巻五～八)・感傷(巻九～十二)・雑律(巻十三～二十)に分類される。

8 元九は、親友元稹(字は微之)のこと。「元九に与ふる書」は、元和十年(八一五年)、白居易が左遷の地江州から元稹へ宛てた手紙。白居易が自身の文学史観を語り、自らの詩を四つ(諷諭・閑適・感傷・雑律)に分類し価値判断を行っている。白居易の詩文を考える上で重要な書であり、『古今和歌集』真名序などにも影響を与えている。

9 『白氏文集』の篇目番号は、花房英樹『白氏文集の批判的研究』(朋友書店、一九六〇年)に拠り、本文と巻数は那波本に拠る。ただし神田本・金澤本の本文を確認できる作品については、それら古鈔本本文に拠る。

10 「李夫人」本文について、神田本は固有名詞の箇所に明らかな誤写「重壁」「秦陵」があり、改めた(太田次男・小林芳規『神田本白氏文集の研究』勉誠社、一九八二年)。

11 なお明の馬元調本は「長恨歌」の後に「長恨歌伝」を付す形をとる。

12 宋末元初成立。編者は不明。漢から宋に至る古詩と文を収める。

13 袴田光康「金沢文庫本「長恨歌」の本文と訓読」(『白居易研究年報』第十一号、勉誠出版、二〇一一年)は「日本における「長恨歌」の享受に関しては、従来、白氏の「長恨歌」の詩の方を偏重する傾向がみられるが、『白氏文集』の形態から言っても、陳鴻の「長恨歌傳」と併せて読まれたことは確実である。「漢皇」(漢の武帝)に託された「長恨歌」の玄宗と楊貴妃の歴史的背景については、「長恨歌傳」を併せて読むことによって知ることができたわけである。その意味では、「長恨歌」の詩句が人口に膾炙したことは確かであるが、「傳」と「歌」が一体となって初めて「長恨歌」の世界が人々に享受されたという面も決して軽視することはできない」と述べる。太田次男「長恨歌伝・長恨歌の本文について―旧鈔本を中心にして」（『斯道文庫論集』十八号、一九八一年。『旧鈔本を中心とする白氏文集本文の研究』勉誠出版、一九九七年に所収）も参照。

14　後掲15下定論文は「「歌」の意図を語ったかに見える（陳鴻はそう言っている）言葉は、実は「伝」の主旨を正確に語っているのである」と述べる。

15　下定雅弘「「長恨歌伝」をどう読むか？―楊貴妃像の検討を中心に―」（『岡山大学文学部紀要』二〇〇九年十二月）。同「長恨歌の現在―「李夫人」との異同に着目しつつ―」（『岡山大学文学部紀要』四七、二〇〇七年七月）も参照。

16　前掲15下定論文は「「長恨歌」は、玄宗の楊貴妃に対する愛の深さを描き、また貴妃を失った痛恨を詠じ、これによって人をとらえて離さない、愛の無限に深い力に対する感嘆を表明した作品である。これに対して「伝」は、「歌」と同じく玄宗の貴妃への愛の耽溺を描きつつも、天子を惑わした「尤物」貴妃をとがめ、同時に「尤物」に惑わされて王朝の混乱と衰微を招いた、天子たる玄宗を責め、世の乱れを招くことのないように将来への訓戒とすることを述べる作品」であって、「長恨歌」と「長恨歌伝」は、同一素材を扱って一見同じような表現でも、実は「歌」では愛の深さへの共感を歌い、「伝」では玄宗の貴妃への耽溺を批判して、筆致が異なると述べる。

17　なお前掲15下定論文は、白居易が「伝」を「歌」の前に置いた理由について、第一に「伝」が示す批判の視点は、諷諭詩「李夫人」にみるように白居易自身が持っていたものであり、白居易はこの任を「伝」に託したのだとする。また第二に「これは「歌」を多くの人に読んでもらうための一種の策略でもある。中国では、当時なお男女の恋愛を文学の素材や主題とすること自体が通常ではなく、それが始まろうとする時期に在った。まして、天子の恋愛を描くからには、歌の広汎な読者層を得ようとすれば、諷刺に意ありとする「伝」を歌の解説とすることが、それが一種のクッションとなって、「長恨歌」に接する多くの人々のとまどいを無くすと考えたのではないだろうか」と述べる。氏はまた、「表現の力学としての逸脱と規範―「閑情賦」「長恨歌」「鶯鶯伝」「河間伝」を素材として」（『揺らぎの中の日本文化―原像・怪異・日本美術―』岡山大学出版会、二〇〇九年）で、次のようにまとめている。陶淵明の「閑情賦」は『詩経』大序などが示す表現規範を守りつつ、その枠の中で官能的な情愛を描き出した。「長恨歌」の場合、自分自身の中にある批判の目を「伝」に託して、「歌」で白居易は愛情の描写に専念している。陶淵明も白居易も、情愛の表現にあたり、「諷諫」によって収束せねばならないという観念・規範意識を自身の内に持っていた。かつ、これらの作品を読むのは作者と同じ士人であったがゆえに、訓戒を置き「儒家正統の考えからすれば逸脱として批判されるしかない表現を、作品内部で規範を守る立場から批判しておくことで」批判をかわし受けいれられるよう配慮したのだ、と。

18 唐代伝奇は、文言、すなわち伝統的な書き言葉（古典的な文章語。文語体）で記されている。周以降の中国知識人が学び駆使した文言を、奈良以降の日本人は学び、これを読むための漢文訓読法を育てた。

19 近藤春雄『唐代小説の研究』（笠間書院、一九七八年）。

20 前掲19近藤書。

21 黒田真美子「唐代伝奇について」（『中国古典小説選5　枕中記・李娃傳・鶯鶯伝他（唐代Ⅱ）』解説、明治書院、二〇〇六年）。

22 黒田前掲21解説は、『鶯鶯伝』で鶯鶯が張生に贈る詩について、その詩が鶯鶯の心情と境遇とを雄弁に物語るものとなっていることを述べ、詩と本文とに「有機的関わり」があるとする。なお、文人たちが詩と文のいずれをも制作するようになるという中唐期の特徴については、川合康三「中国における詩と文―中唐を中心に」（『終南山の変容―中唐文学論集』研文出版、一九九九年）を参照。

23 新釈漢文大系『唐代伝奇』「鶯鶯伝」（明治書院、一九七一年）に拠る。

24 前掲21黒田解説は、伝奇中の詩作の殆どが絶句であることを考えれば、「「会真詩」の長さも、本文中の位置も不自然なものとなっている」と述べる。

25 下定雅弘「「鶯鶯伝」をどう読むか？―「情の賦」との関係を中心に―」（『岡山大学文学部紀要』二〇〇八年十二月）。下定氏は、『鶯鶯伝』は『文選』（巻十九・情）宋玉「高唐賦」をはじめとする「情の賦」の伝統を背景にして書かれたものであって、男の美女への耽溺と訣別とが描かれることが初めからほぼ約束されている作品であると論じる。

26 本文は新編日本古典文学全集『源氏物語』（小学館、一九九四年～一九九八年）に拠る。

27　ただし『源氏物語』の文（地の文）と歌の関係は、「長恨歌」「長恨歌伝」や『鶯鶯伝』における詩と文のように、単純ではない。この例をみても分かる通り、『源氏物語』の地の文は、時に和歌に寄り添って抒情性を帯びることがある。この点については今後の課題としたい。

舞曲《落蹲》をめぐって ―『源氏物語』を中心に―

磯　水絵

一　はじめに

平成十六（二〇〇四）年七月、「日本文学」誌上に、「舞楽における歌唱の終焉について―「詠」と「囀」の変容―」を発表して以来、十年の歳月が流れた。しかし、その間に、「詠《えい》」、「囀《さえずり》」、否、『源氏物語』の音楽研究に、大きな進展は認められなかった。「詠」については、植田恭代氏の『源氏物語の宮廷文化　後宮・雅楽・物語世界』[1]に、「舞楽で響きわたったはずの「詠」が光源氏の登場場面で強調される描き方に注目される」と指摘されるばかりである。管絃に関わる各論はそれなりに盛んであるが、相変わらずの論法で新味はない。はなはだ迂遠な考え方ではあるが、各論以前に音楽史の整備であろうというのが筆者の行き方である。

そこで、本稿においては、紫式部が『源氏物語』「若菜下」朱雀院五十賀の試楽条に、「右の大殿の三郎君、陵王、大将殿の太郎、落蹲」と、清少納言が『枕草子』二百二段末に、「落蹲は、二人して膝ふみて舞たる」としていることから、一人舞とも二人舞とも受け取られる舞曲《落蹲《らくそん》》について、『舞楽要録』を規矩に、番《つがい》（後述）である一人舞の《陵王《りようおう》》等と照らして、再度論じてみる。[2]

二　『源氏物語』中の《落蹲》

さて、『源氏物語』においては、「螢」、「若菜上・下」巻に《落蹲》への言及がある。その部分を抽出してみる。

【『源氏物語』の該当箇所】

〈新編日本古典文学全集本の巻・ページで記す。なお、舞楽は、左方と右方、二曲ひと組で奉仕されるのが恒例で、それを「番《つがい》」といい、組み合わされた舞を「番舞《つがいまい》」といった。論述の便宜上、Dに番舞である《陵王》を付す。曲名には《　》を付す。〉

A

25　螢　〔七〕六条院において、馬場の競射を催す

《打毬楽《たぎうらく》》、《落蹲《らくそん》》など遊びて、勝負《かちまけ》の乱声《らざう》どものしるも、夜に入りはてて、何ごとも見えずなりはてぬ。

（第三巻、二〇七ページ）

↓光源氏は、宮中における端午の節句の行事にならい、六条院の馬場に競射を行う。その折の音楽が、右のように描かれている。なお、新編古典全集の訳は以下の通り。「打毬楽《たぎゆうらく》、落蹲《らくそん》などの舞楽を奏して、勝負《かちまけ》の乱声など大騒ぎであるが、それも夜になってしまうと何もかも見えなくなった。」

B

34　若菜上〔一二〕紫の上の薬師仏供養と、精進落しの祝宴

未《ひつじ》の刻《とき》ばかりに楽人参る。《万歳楽《まんざいらく》》、《皇麞《わうじやう》》など舞ひて、日暮れかかるほどに、《高麗《こま》の乱声《らんじやう》》して、《落《らく》蹲《そん》》の舞ひ出でたるほど、なほ常の目馴れぬ舞のさまなれば、舞ひはつるほどに、権中納言、衛門督《ゑもんのかみ》おりて、

C

入《い》り綾《あや》をほのかに舞ひて、紅葉の蔭《かげ》に入りぬるなごり、飽かず興ありと人々思したり。いにしへの朱雀院の行幸に、《青海波《せいがいは》》のいみじかりし夕《ゆふべ》、思ひ出でたまふ人々は、権中納言、衛門督のまた劣らずたちつづきたまひにける、（後略）。
（第四巻、九五ページ）

↓十月、紫の上は源氏の四十の賀に長寿を祈って、薬師仏供養を挙行し、二十三日には精進落しの祝宴が張られる。右はその折の舞楽の様子。新編全集の訳は以下の通り。「未《ひつじ》の時刻ごろに楽人が参上する。万歳楽《まんざいらく》、皇麞《おうじょう》などを舞って、日が暮れかかるころに、高麗楽《こまがく》の乱声《らんじょう》を奏して、落蹲《らくそん》が舞い出た有様は、なんといってもつねにはめったに見られない舞のさまなので、舞い終る時分に、権中納言と衛門督とが庭に下り立ち、入《い》り綾《あや》を少しばかり舞って紅葉の陰に隠れていった、そのあとまで人々は興趣の名残《なごり》の尽きぬ思いでいらっしゃる。昔の朱雀院への行幸の折に、青海波《せいがいは》の舞のおみごとであった夕べの情景をお思い出しになる人々は、権中納言と衛門督《えもんのかみ》とが父君たちにやはり劣らず立派に跡をお継ぎになって」云々。

（34）若菜下〔三八〕御賀の試楽　柏木ようやく源氏のもとに参上

　右の大殿の四郎君、大将殿の三郎君、兵部卿宮の孫王《そんわう》の君たち二人《ふたり》は《万歳楽《まんざいらく》》、まだいと小さきほどにて、いとらうたげなり。四人ながらいづれとなく、高き家の子にて、容貌《かたち》をかしげにかしづき出でたる、思ひなしもやむごとなし。また、大将の御典侍腹の二郎君、式部卿宮の兵衛督といひし、今は源中納言の御子《皇麞《わうじやう》》、右の大殿《おほいどの》の三郎君《陵王《りようわう》》、大将殿の太郎《落蹲《らくそん》》、さては《太平楽《たいへいらく》》、《喜春楽《きしゅんらく》》などいふ舞どもをなむ、同じ御仲らひの君たち、大人《おとな》たちなど舞ひける。
（第四巻、二七九ページ）

↓十二月に朱雀院五十の御賀が挙行されることになり、試楽が行われる。右はその折の童舞の様子。新編全集の訳は以下の通り。「右大臣の四郎君、大将殿の三郎君、兵部卿宮の孫王の君たち二人は、万歳楽を舞うが、まだほんの幼いお年なので、まことにかわいらしく見える。四人が四人とも、いずれ劣らぬ高貴な家の子息なので、いかにも顔だちが美しく、立派に装いたてられているのは、そう思うせいもあってかすぐれた気品をただよわせている。また、大将の御子で御典侍腹《ないしのすけばら》の二郎君、式部卿宮の兵衛督といった方で今は源中納言になっている人の御子が皇麞《おうじよう》を、右大臣の三郎君は陵王を、大将殿の太郎は落蹲を、あるいは、太平楽、喜春楽などという舞の数々を、同じご一族のお子たちや大人たちが舞うのだった。

D

39 御法〔紫の上、法華経千部供養を二条殿で行う〕

百千鳥《ももちどり》の囀《さへづ》りも笛の音《ね》に劣らぬ心地して、もののあはれもおもしろさも残らぬほどに、《陵王《りようわう》》の舞ひて急《きふ》になるほどの末つ方の楽《がく》、はなやかににぎははしく聞こゆるに、皆人《みなひと》の脱ぎかけたる物のいろいろなども、もののをりからにをかしうのみ見ゆ。親王《みこ》たち、上達部《かむだちめ》の中にも、物の上手《じやうず》ども、手残さず遊びたまふ。

（第四巻、四九七ページ）

↓三月十日、紫の上発願の法華経千部供養に舞楽も行われる。新編全集の訳は以下の通り。「百千鳥《ももちどり》のさえずる声も笛の音に劣らぬ心地がして、あたりのしみじみした情趣も、明るく美しい感興もこれ以上のものはないと思われる折から、陵王《りようおう》を舞って急の調べになるときの終り近い楽の音が、はなやかににぎやかに聞えてくると、一座の方々が脱いで与える衣のさまざまな色なども、あたりの情景は折が折だけに、ただすばらしいの一語に尽きる。親王方や上達部《かんだちめ》のなかでも上手といわれる人々が、秘術を尽して演奏なさる。

右のA～C、三条の内、Aは一見すると、殿上人が管絃で遊ぶ様子を描いているように見えて、舞楽ではないようである。

三「螢」中に描かれる《落蹲》

しかし、Aの描写は、競射の次第が理解できなければよくわからない。そこで、村上天皇（九二六〜九六七年）時代を記録する『西宮記』[3]に、五月の端午の節句に関わるそれの記録を見ると、競射の様子は、巻三「五月」六日、武徳殿における競馬の条に次のようにあり、それは競馬後の雑芸に位置付けられる（あるいはその中心の競馬の部分に競射を位置付けることもできようが、今は『西宮記』の記録を尊重する）。

【『西宮記』に見る五月六日武徳殿競馬の次第】

1　競馬（勝負の標を建てる→雅楽允が大鼓や鉦を用意する→競馬→馳了し、雅楽寮官人、埒東に、《龍王》、《納蘇利》の類を奏する→勝方の王卿拝舞→雅楽官人、勝負の標を撤する）

2　競射（四府奏を奏する→四府の射手、雑戯→左近衛府の射手、五寸、六寸を射る→種々雑芸→三府、射る）

3　打毬（掃部寮、箒を穴にし、木工寮官人球門を立てる→主殿寮の下司、打水して球子を置く→打球者三十人整列→雅楽寮、幡を挙げ奏楽）

その記録を粗々まとめると、次第は右のように集約される。注目されるのは、第1項の競馬、第3項の打球の折の奏楽で、第1項の、「《龍王》、《納蘇利《なそり》》の類」、第3項の、「雅楽寮、幡を挙げ奏楽」は、後述する勝負楽に当たると読める。第2項の競射にそれが見えないのは気になるが、すると、Aは第2、第3項を約《つづ》めた表現であるのかも知れない。

ちなみに、一月の「賭弓」における勝負楽は、『江家次第』[4]巻第三（賭弓）に拠ると、

勝方乱声《らんじょう》、／奏二勝負舞一、／左羅陵王《らりょうおう》、／右納蘇利、

とあって、左の《羅陵王》の双行注には、「必舞二広（荒）序一、又乱声」とあるから、勝った方が、まず《乱声》を奏して、左方が勝ちなら《（羅）陵王》の荒序《こうじょ》（後述）、右方が勝ちなら《納蘇利》を舞うと見える。競射と賭弓で、勝負楽は果たして異なったものかどうか、それは不明であるが、この記述によって、舞を舞っていることはわかる。

さて、『西宮記』の第3項末、「奏楽」下にも双行注があり、そこには、「天暦九（九五五）年」の記録が、次のように記されている。

雅楽出幄、相分列立埒東馳通南北、見幡挙奏楽、唐在南、狛在北、球子南走、則奏打球楽、北走則奏玉音声、入球門、則各乱声（訓読……雅楽、幄ヲ出デ相分カレテ埒ノ東、馳通ノ南北ニ列立シ、幡ノ挙グルヲ見テハ楽ヲ奏ス。唐ハ南ニ在リ、狛ハ北ニ在リ。球子南ニ走レバ、則チ《打球楽》ヲ奏シ、北ニ走スレバ則チ玉ノ音声ヲ奏ス。球門ニ入ラバ、則チ各々乱声ス）。

内裏武徳殿のこれと、『源氏』六条殿のそれを一緒にしてよいかどうかはわからない。しかし、それが宮中に準じて行われたものであれば、そうは異ならなかったはずで、すると、式部の描写はこの部分に照応するように見える。この記載に拠れば、《打毬楽》は、この打球の折に、雅楽寮の唐（左方）楽人によって馳通の埒の東南において奏されたものと解釈される。Aのそれは、その折を彷彿とするような様子で殿上人が管絃に興じていると解釈するのがよかろうか。

さらに『同書』同巻裏書冒頭近くの康保二（九六五）年六月七日条を見てみる。

（前略）次左右馬競走、左勝奏二陵王一（小童舞レ之、）舞了、勝方念人藤原朝臣以下、進拝舞、了御厨子所以二酒肴一給二太子及公卿一、左右雑伎、小童騎馬、南上一々馳下、次作物所立二毬門一、打毬童（歩行）、進列立、藤原朝臣投二

毬子一、惣十度、右勝左、右楽人随レ勝奏ニ乱声一、了各退入之、

右の文は、「競馬に勝った左方の楽人が《陵王》を奏すると小童が舞い、応援の人々が拝舞する。内裏後涼殿西廂にある御厨子所の酒肴を太子や公卿に出すと、左右が軽業や曲技を披露。小童は騎馬して庭を南北に馳せ下る。次に作物所《つくもどころ》が毬を打ち込む孔を開けた衝立《ついたて》を立てると、打毬を披露する童たちが進み出て整列、藤原朝臣の毬の投下で試合開始、十度右が勝つ。右の楽人が勝つたびに乱声を奏する」と、このような内容で、「競馬」部分を「競射」に置き換えると、舞曲は異なるが、これの約まった表現が、やはり、『源氏』のそれのようにも考えられ、そうであったとすると、《打毬楽》と《落蹲》は、奏するだけでなく、舞われている可能性は捨てきれず、童舞であった可能性も考えられる。

ちなみに、『図説　雅楽入門事典』5には、勝負に関わる音楽を次のように記している。

また、武技《ぶぎ》を試《ため》す勝負《しょうぶ》における負態《まけわざ》（負《ま》けた側《がわ》の罰《ばつ》ゲーム）としての奏楽《そうがく》もさかんに行《おこ》なわれました。この負《まけ》態《わざ》は、時代《じだい》が下《くだ》ると本来《ほんらい》の意味《いみ》が薄《うす》れていき、勝《か》った方《ほう》が勝利《しょうり》の楽舞《がくぶ》を奏《そう》するというかたちに変化《へんか》していきました。そして、しだいに一定《いってい》の規則《きそく》が作《つく》られ、勝《か》ったほうが乱声《らんじょう》を奏《そう》したあと、左《ひだり》が勝《か》った場合《ばあい》には〈陵王《りょうおう》（蘭陵王《らんりょうおう》）〉、右《みぎ》が勝《か》った場合《ばあい》には〈納曽《なそ》（蘇《そ》）利《り》〉などといった形式《けいしき》が整《ととの》えられました。こうした勝負舞《しょうぶまい》が行《おこ》なわれる機会《きかい》には、2騎《き》の馬《うま》を走《はし》らせ、その速《はや》さを争《あらそ》う競馬《くらべうま》、弓《ゆみ》を射《い》る勝負《しょうぶ》を争《あらそ》う賭弓《のりゆみ》、相撲《すまい》などがありました。

つまり、当時のいわゆる負態というか、勝負楽については、このように経年変化があってよくわからない。が、康保二年次においては、競馬の折に、勝った左方が《陵王》を奏し、小童が舞っている。したがって、Aについても舞曲である可能性は消えないが、現時点においては、『源氏』の描写はそれに準じたものと理解し、競射からの一連の

競技を式部が約めて表現したものと見、さらに、ここは敢えて舞ってはいないと理解しておく。

なお、『源氏物語注釈 六』の【注釈】には、第五項に、「「打球楽」は唐楽（左楽）。四人舞があり、唐人の衣装で、毬を打木で掻きながら舞う。騎射・競馬・相撲などの際に行われる。「落蹲」は高麗楽（右楽）。二人または一人の舞で、それぞれが面を付け、桴を持って舞う。「打球楽」とほぼ同様の折に奏せられた。」[6]云々と記すから、四人舞であったことを疑っていない。また、「落蹲」は「「打球楽」とほぼ同様の折に奏せられた」という解説は、意味が分からない。後述する『舞楽要録』に拠れば、《打毬楽》は《埴破《はんなり》》あるいは《狛桙《こまぼこ》》と番われ、《落蹲》は《陵王》と番われることになっている。ただ、いく番《つがい》あっても、最後は《陵王》と《落蹲》という番で終わるから、そういうことから言えば、《打球楽》と《落蹲》は、「ほぼ同様の折に奏せられた」ということにはなる。しかし、四人舞の《打球楽》が、《落蹲》と番われることはなく、当時の例では、もっぱら《狛桙》と番われている。注記の表現としては首肯できない。

付 《打球楽》考

《落蹲》と共に名の挙がる《打球楽》について付記しておく。

まず、その楽書における記載を例示する。舞楽曲《打球楽》は、大神基政（一〇七八～一一三八年）の『龍鳴抄』[7]上「大食調曲」項に、次のように記される。

打毬楽（たうきうら／くといふへし）

拍子十。七反すへし。舞人四人。左のくらへ馬のさうすくににたり。たちをもちたり。たまあり。そのたま、したての一のつらのまへにをく。次第にかいて、上らうのかきいつるなり。たしかならす。たつぬへし。はてのきりに拍子あくへし。新楽。

（括弧内は双行。群書類従版本―温故学会―により、私に句読点を付す。）

続く狛近真（一一七七〜一二四二年）の『教訓抄』（天福元―一二三三―年成）には、巻第三「嫡家相伝舞曲物語　中曲等」[8]に、次のように見える。

8　打球楽《たぎうらく》　中曲　新楽

有二七帖一、拍子各十一。別装束舞（打木持、印造。）向立舞。四人舞レ之。

此曲、黄帝所レ作也。依二兵勢一作レ之。（唐ニハ童舞。）被レ行二小五月節会一時者、競馬装束ノ楽人四十人立テ、木ノサキカヾマレルヲモチテ、玉ヲ係《カク》。件ノ玉ハ、一ノ上ノ下シ給ト云々。件玉ニハ、大甘子《ダイカウジ》ヲ紙ニツ、ミテ、ナゲクダシ給也。舞終ヌレバ、舞人懐中シテ罷入ナリ。（是ハ宇治殿御物語ナリ。）

古記云、件舞人八十人、馬《ムマ》ニ乗云々。件節時、太鼓ヲ百被レ立、打ケレバ、武徳殿ノ瓦、ヒヾキテ地ニ落ルト云々。件舞所ハ車ノドウノ躰ナル物ヲ立。（何事可レ尋。）

―後略―

また、豊原統秋（一四五〇〜一五二四年）が永正六（一五〇九）年に撰した舞楽曲略解書、『舞曲口伝』には、『教訓抄』を引く体で、次のように記されている（・点は『教訓抄』との異同を示す）。

打毬楽　中曲　新楽

此曲、黄帝所作也。依兵勢作之。被行小五月節会時者、競馬装束シテ楽人四十人立テ、木ノサキカ々マレルヲ持テ、玉ヲ係クナリ。

狛犬

此ハ打毬之時、右方、為勝負楽。当代コレモナシ。（群書類従版本―温故学会―により、私に句読点を付す。）

参考に、『同書』「高麗曲」項に見える《狛犬《こまいぬ》》曲について付記したが、これに拠ると、打球における勝負楽は、左方が《打球楽》である（天暦九年の記録により知られる）のに対して、右方のそれが《狛犬》であったことが知られる。ところで、これらの記録を勘案すると、舞楽として奏される場合の《打球楽》と、小五月節会に行われる宮廷行事の「打球」の折の《打球楽》は異なることが理解され、こちらは四人どころか、その十倍、二十倍の人数で行われる集団演技のように見える。しかし、実際の打球競技における勝負楽の《打球楽》、《狛犬》は、その集団競技とは別物なはずで、実態はわからない。

ただし、A、『源氏』「螢」帖の《打球楽》は、たとえば、それは管絃であったとしても、競技の折を彷彿とさせる効果のあるものであればそれでよかったのであろうと考える。

四　「若菜上・下」中の舞楽曲《落蹲（納蘇利）》について

さて、本章には以前の稿と重なる引用も見えるが、立論上お許し願いたい。

舞楽曲《落蹲（納蘇利とも書く）》は、『龍鳴抄』上「狛楽目録」三十二番目、末尾《林歌《りんが》》の直前に、

　納蘇利（らくそんと／いふへし）

　陵王の合なり。

とだけ記される舞曲である。が、そこに、《納蘇利》と書いて「らくそん」と訓むとあり、《陵王》に番われるものだとあるのは簡明にして要を得ている。そうであるならば、式部も、また清女も、同じものを称していたことになる。

前掲した『教訓抄』巻第五「高麗曲物語―壱越調曲」に、《納蘇利》は次のようにある。

19　納蘇利《ナムソリ》　別装束舞　有二面二様一（紺青色 緑青色）　小曲

『落蹲』謂レ之。破、拍子十二。急、唐拍子物。先欲二此曲吹一時、吹二小乱声一。但、競馬相撲之時者、頗ル長吹ク。（如二『陵王』一。）カクハ申タレドモ、近来不レ吹。如何。（タヅヌベシ。）―中略―

『双竜舞《サウレウブ》』有二異名一。可レ謂二一人舞時一云々。双竜王故也。入道左大臣説ニ、納蘇利三文字ヲ落尊《ラクソム》トヨムベシ。

其外ノ異名ハ不レ可レ然也。

此曲ニ、荒序ニ対スル日、秘事アルベシ。多氏ニ申ハ、戸渡手《トワタルテ》、更居突《サラヰツキ》ト申。又膝打手《ヒザウツテ》（尤為二秘事一也。）常ニハ二人舞レ之。一人『落蹲』、スコシ事《ト》アル時ニ舞ナリ。興福寺ニ緑青色ノ面一枚アリ。是ハ対二荒序一日、一者一人着二是面一、舞ベシ。―後略―

この解説によると、狛氏においては、一人舞を《双竜舞《そうりゆうぶ》》、あるいは《落蹲》と称し、二人舞を《納蘇利》と書いて《ラクソン》と訓じていたことが理解される。

Bの「若菜上」のそれは、「権中納言、衛門督《ゑもんのかみ》おりて、入《い》り綾《あや》をほのかに舞ひて」と、権中納言と衛門督の二人が庭上に降りているから、二人舞である。この説に倣うなら、「《納蘇利《らくそん》》」とあるべきところか。

対してC「「若菜下」のそれは、次のようにあって、ここでの《落蹲》は、③の一人舞の《陵王》の番であるから、表記のとおり、「大将殿の太郎」の一人舞のはずである。したがって、式部は二人舞、一人舞、どちらをも《落蹲》と称していたことになる。それが今日別々に表記されるについては、あるいは、式部の咎ではなくて、長い書写過程のうちに、平仮名「らくそん（む）」が、漢字に置きかえられる時点で、「落蹲」に統一変換されたということになるのかも知れない。一人舞、二人舞、いずれもが仮名で表記すれば、「らくそん」であった。

①《万歳楽》……右大臣の四郎君、大将殿の三郎君、兵部卿宮の孫王の君達二人、つまり、幼い四人の貴公子。

②《皇麞》………今は源中納言である人の御子。

③《陵王》………右大臣の三郎君。
④《落蹲》………大将殿の太郎。
⑤《太平楽》……同じご一族のお子たち、あるいは大人たち四人。
⑥《喜春楽》……同じご一族のお子たち、あるいは大人たち四人。

ところで、先ほど「《落蹲》は、③の一人舞の《陵王》の番である」と指摘したが、AからDに挙がる舞曲を論ずる時、舞は、「番《つがい》」、つまり左右の二曲ひと組で奉仕されるのが恒例であったはずである。したがって、そこに省略された舞曲をも想定して考える必要があるのではないか。そこで、試みに当時の舞番《まいつがい》、及び奏演記録を、安元二（一一七六）年三月の記録を最終とする雅楽古記録、『舞楽要録』に拠って次に示す。

・『舞楽要録』上巻「番舞目録」より

舞番　（舞曲の読み・書入は『龍鳴抄』による）

左	右
《喜春楽《きすんらく》》	《白濱《はうひん》》或《地久》
《万歳楽《まんさいらく》》	《延喜楽《えんきらく》》或《地久》
《皇麞《わうさう》》天王寺舞之	「新楽わらはまひなり。」
《太平楽》	《狛桙《こまほこ》》
《打毬楽《たうきうらく》》	《埴破《はんわり》》或《狛桙》
《輪台青海波《りんたい。せかいいは》》	《敷手《しきて》》
《陵王《れう王》》	《落蹲》「納蘇利。（らくそんといふべし。）陵王の合なり。」

右のように、『同書』「舞番」項には、《落蹲》として《陵王》に番えるが、後掲する「同例」中には、《納蘇利》として《陵王》に番える。一人舞である《陵王》の番舞は、当然一人舞のはずで、《納蘇利》もまた一人舞を言っていたと理解される。したがって、ここでも「《納蘇利》＝《落蹲》」ということができる。

ちなみに、後掲するⅠ、Ⅱの表を通観するに、《落蹲（納蘇利）》は、大法会に二十三回、朝覲行幸に八回、相撲節に九回、合計四十回と、最多の演奏例が計測される。これは、番である《陵王》の三十二回を大きく上回るが、その理由は相撲の召合に《落蹲（納蘇利）》が用いられるという事情があるからで、その六回をはずすと、誤差は二回となり、大差はなくなる。換言すると、両曲は、大法会、朝覲行幸の掉尾を飾る舞曲として、大法会、朝覲行幸、併せて三十三例中、実に二十九例に番われているから、いかに親しまれていたかということである。そうしてみると、式部が「若菜上」に、《落蹲》を、「なほ常の目馴れぬ舞のさまなれば」云々とするのは、実は疑問である。

付　相撲節における《落蹲（納蘇利）》について

「《打球楽》考」に言及したが、打球における勝負楽は、左方が《打球楽》、右方が《狛犬》であった。相撲節のそれについては、廣瀬千晃氏の「相撲節会の勝負楽」[9]に詳しく、そこには、『御堂関白記』等を例に、「召合の日に奏される楽舞はとくに『勝負楽』と呼ばれ」たとあって、その『勝負楽』は、左方が《抜頭》、右方が《納蘇利》であると解説される。しかし、『教訓抄』巻第五「高麗曲物語－無レ舞曲」には、「29　狛犬《コマイヌ》」に、「相撲用レ之」とも見えるから、勝負楽全体に対して、なお、考察を加えていく必要があろう。諸々の試合における勝負楽は、それぞれ異なっていたことが想定される。

ともあれ、相撲節の勝負楽の右方に《納蘇利》があり、それは対する《抜頭《ばとう》》が一人走舞であるからして、《納蘇利》もやはり一人舞であったということができる。

そこで、『舞楽要録』の後掲表に確認すると、《抜頭》と異名同曲とされる《抹兜》が十世紀の記録中には《抜頭》と併存して記されているのが気になるところで、あるいはこの二曲は異なる曲かとも考えられるが、これについては後稿を俟つとして、《落蹲（納蘇利）》は、右方の勝負楽として、第Ⅱ表の２・４・10・11・18・39（相撲節十八例中の六例）に見出せる。

五　《皇麞》考―『教訓抄』巻第四に見る雅楽の歴史―

『舞楽要録』の記録にしたがうと、もう一つ問題が生まれる。

式部は、「若菜上」に、なぜ、「《万歳楽》、《皇麞》など舞ひて」としたのか。《万歳楽》は、《延喜楽》、あるいは《地久》と番えられる曲で、後掲第Ⅰ表から見て、《落蹲（納蘇利）》に次ぐ演奏回数を有するから、書くのは理解できる。しかし、そこに、なぜ《皇麞》を加えたのかである。

《皇麞》は、「番舞目録」において、左方に位置し、下注に、「天王寺舞之（天王寺、コレヲ舞フ）」と見えるもので、番は記されていない。《皇麞》は、もっぱら難波四天王寺で舞われ、南都興福寺（奈良方）や京都大内（京方）においては、あまり舞われない特殊な曲であった。当時、儀式音楽の中心は、南都、京都大内にあって、四天王寺楽所は両所とは一線を引かれていた。

加えて《皇麞》は、先の『舞楽要録』に拠って一千年代までの各舞曲の奏演回数を計測してみても、後掲第Ⅱ表にあるとおり、天慶七（九四四）年七月三十日の相撲節の抜出、つまり翌日の選抜相撲の際の舞楽に一度、《弄槍《ろうそう》》と番えて奏演されただけの曲である。珍しい曲といって差し支えなかろう。ちなみに、番えられた《弄槍》も、承平五

（九三五）年同月二十九日の抜出のそれに、《秦王《しんのう》》（抜出には三例あり）と番えられただけの曲である。天慶のそれは、新奇を敢えて配した番組であったのかも知れない。その曲を、あえて「若菜」に配した式部の意図は那辺にあったか。

そこで、《皇麞》についても、楽書によって基本的情報を記しておく。

《皇麞》は、『龍鳴抄』下「平調曲」の第二項に、次のように記されている。

皇麞（わうさう）

ゆせいありけれともたえたり。いまの世きうをすこししつかにして、それにまひハいつるなり。序ありけれとも絶たり。破なきゝり一帖より七帖までハおなし事を返さす。八帖に喚頭あり。九帖ハひとつにかはる。拍子をの〳〵十。きうの拍子二十．十一反すへしとそしるしたれとも、このよたゝまひにしたかひてするなり。入時にハまたきうをす。新楽わらはまひなり。すわへをもちてまうなり。ひむつらのうへにかふとをす。このまひハこまのいゑにしりたりといへとも、三郎将曹高季かすそのまうへきなり。父のりたかゝゆいこんとそきこゆる。

この記録に拠ると、《皇麞》は童舞で、左舞を主業とする狛氏においては、則高の遺言により、傍流の辻子が奉仕することになっていたという。したがって、位の高い曲ではなかった。

琵琶西流の当主藤原孝道（一一六六～一二三七年）が、娘のために編んだ舞楽口伝書、『雑秘別録』には、次のように記されている。

皇麞

破の楽拍子つねなれとも、天王寺まふものにてあり。九帖をはやくふく。公賢といひし舞人は、妙音院《師長》のおほせにてならひと、めたり。急ハこれらにひく。はやき様は院禅りうはかりふく。ほかにはしらす。天王寺のまひにするやうをそ、太神氏笛もふきあいたんめる。清上楽おなし。舞にもかふとをす。

この記録は、主に笛の吹き様を中心に記していて理解しにくいが、やはり、「天王寺まふものにてあり」と見えて、京都等の中央で舞われるものではなかったように推察される。

また、『教訓抄』巻第四「他家相伝舞曲物語　中曲等」には、次のように見える。

10　皇麞　有レ甲　中曲　新楽

破九帖、拍子各十。急、拍子二十。吹二十一反一。又七反。近代五反歟。

此曲者、黄麞（谷名ナリ）。於二件谷一作二此曲一云々。（作者不レ見。）

—中略—

此舞於二光季・則季一雖レ伝、依二父則高之命一不レ舞。三郎将曹（高季）舞レ之。今ハ大神右舞人ゾ舞伝ケル。抑祖父（光近）妓女令レ習料ニ、是光習ハシテ侍ケル。

—中略—

此舞、天王寺ニ舞様、大神氏舞ノ様、以外相違シタリ。

《皇麞》は、正和二（一三一三）年に頼成によって注進された『舞楽小録』には、ついに、「已上左舞三十二。皇麞略之」と、省略される運命にあって、現行においても、舞は廃絶とあるが、『教訓抄』には、前の『龍鳴抄』に見えた記事のその後が書き継がれ、狛氏においては野田流は舞わず、もっぱら辻子流が舞っていたそれを、現在は大神氏の右舞人が伝承していると記す。そして、そうなったについては、狛光近（一一一八〜八二年）が大神是光（〜一一七一年）に、内教坊の妓女に教えさせるために伝授したからであるとする。しかし、この引用末によると、その天王寺と大神氏の舞い様は、『教訓抄』現在、十三世紀中葉にして、とんでもなく「相違」していたという。

ともあれ、この記録によって、それが妓女に伝習される曲になったことを了解すると、女舞と童舞は一脈通じるから、『龍鳴抄』にいうところの、《皇麞》は「童舞」であるという説が容認されることになる。

ただし、ここで注意すべきは、「若菜」において「童舞」とされているそれが、後代に影響した可能性である。『源氏』は作り物語でありながら、後代にあたかも歴史的事実を描いているように扱われ、とうとう夕顔の墓までが出現する。そして、『舞曲口伝』は、やはり『教訓抄』と同工の記事に終始するが、『音律具類抄』に至ると、《皇麞》は《三台塩《さんだいえん》》と番えられて右方に置かれることになる。それは、伝承者が狛氏から右舞人の大神氏に移った結果であろう。

事ほど左様に、雅楽も変化する。『教訓抄』巻第四の序には、そのような雅楽の歴史が近真によって、次のように著わされている。

> 昔ハ、笛工《ふき》モ、横笛吹、狛笛吹トテ、各別ニ侍ケレバ、雅楽允古部ノ正近ガ時ヨリ、左右相兼タリ。笙ノ笛吹モ、調子吹、楽吹トテ、各ベツニ侍ケレドモ、市佐豊原時光ガ時、楽ノ調子相兼テ侍トカヤ。（可レ尋之。）舞人モ、昔ハ左右ヲ相兼テ侍ケルニヤ。昔多氏ニモ、『蘇合』『青海波』舞ケルト申タリ。今ハ『胡飲酒』『採桑老』許ゾ多氏侍也。光高ガ時ヨリ、左一者定メ置侍也。然者、此道ヲコノモシト思ハム輩者、何ノ曲ト云トモ、便宜ヲエタランハ、習写シテ置ベキナリ。マシテ上臈ノ御中ヨリ下給ハ、古今其例幾《いくばく》ゾヤ。他家ニモ我家ニモ、シラザル事ヲウカヾヒ習タリ。楽人ノ中ニモ、楽ドモ様々替成テ侍タリ。小々申侍ベシ。
>
> —中略—
>
> 又、狛光近ガ、妓女ノ舞ノ料ニ、大神是光ニ『皇麞』『五常楽』習タリシ也。多好方ガ、央集近元ト申シ物ニ、『還城楽』ヲ習タルト申サレキ。—後略—

この冒頭にいう「昔」は、果たしていつまで遡るものか。それが知りたいところであるが、これによると、式部の生きた、十、十一世紀初頭において、楽人は一つの楽器を専門として兼帯はしないでおり、一方、舞人は左右を兼ねていたという。試みに、右にあるところを箇条書きにすると、次のようにまとめられる。

① 昔は、笛吹きも、龍笛を吹く者、狛笛を吹く者と、分化していた。

② それが左右を兼ねるようになったのは、雅楽允古部正近（生没年不詳）の時からである。なお、正近は大神是季（一〇二六～九四年）の師。

③ 笙の笛吹も、調子吹・楽吹と、別にいたが、市佐豊原時光の時に、一緒になった。なお、時光の子に時忠（一〇五四～一一一七年）・時元（一〇五八～一一二三年）らがいる。

④ 舞人も、昔は左右を兼ねていたようで、今は《胡飲酒》《採桑老》ばかりの右舞の多氏も、昔は《蘇合》や《青海波》を舞ったという。

⑤ 寛弘七（一〇一〇）年、狛光高（九五九～一〇四八年）の時に、左方一者が定められた。

⑥ 左方一者、野田判官狛光近が、南都右方人大神是光に、大神氏が妓女にその舞を教習するために、《皇麞》と《五常楽》を伝授した（先述）。

つまり、『源氏』の時代において、管楽器はそれぞれ楽人が専従していた。しかし、舞人は左右の舞曲、どちらをも奉仕していたということである。その場合、絃楽器についてはどうであったのか。琵琶の演奏者は箏もまた能くしたと考えてきたが、果たして、それは誤った考えではないのだろうか。専従は管楽器だけ、あるいは楽人だけにいうことで、上流の管絃者についてはそれを除外してもよいものか、確認が必要である。

また、それはそれとして、狛氏が大神氏に《皇麞》を伝えたのは十二世紀のことである。したがって、『源氏』に登場するそれは、当時、どの家の舞人も奉仕できたことになろうが、演奏記録は相撲節の抜出に一度しか見られない。

式部はそれと知っていて、「若菜」にそれを配したのか、疑問である。あるいは、童舞としてそれはよく舞われていたと解するべきか。

六　番舞《陵王》について

最後に、《落蹲》の番舞である《陵王》について抄記して稿を閉じたい。[10] Cの「若菜下」には、③に右大臣の三郎君が《陵王》を舞っているが、Dの「御法」のそれは、まさに大法会における舞楽の終わりを告げる舞曲として描かれており、そこから被物《かずけもの》の場面へと推移していく。その意味では、《陵王》は左方の舞であるから、この後には右方の《落蹲（納蘇利）》が舞われたという心で読まなくてはなるまいが、さて、Dには、「《陵王》の舞ひて急になるほどの末つ方の楽、はなやかににぎはしく聞こゆる」と見える。

そこで、《陵王》の曲全体について概観し、その後、「急になるほどの末つ方の楽」云々について見ていく。さて、《陵王》曲は、「小乱声、乱序、囀、乱序、囀、乱序、嗔序、音取、荒序、破」で構成され、入る時は《安摩》が奏されたという。

藤原師長（一一三八〜九二年）撰の箏の楽譜集成、『仁智要録』には、その「囀《さえずり》」という声を用いる箇所に、左の詞章が用いられたと伝わるが、果たして、当時、それは行われていたものか。

我等胡児　吐気如雷　我採頂雷　踏石如泥
右得士力　左得鞭廻　日光西没　東西若月

先の『龍鳴抄』上「一越調曲」の二十三曲目に、《陵王》は次のようにある（便宜上、私に①〜④を付した）。

陵王（羅陵王とかいたれとも／た、れう王といふへし）

① まつ、乱声をす。新楽乱声也。舞楽のはてにする時ハ、すこしをすへし。競馬、すまいなんとのはてにする時ハ、なかうするなり。うちまかせてハ、すまひにハ、はとうをす。もし陵王をもせん時のれう也。競馬には、はてのつかひのはしりのほるにはしめて、いるまてすへし。すまひにハ、ほていてゝかゝるにはしめて、いりはつるまてすへし。

乱序

② これに、おほひさまき、こひさまきある也。真序といふことあり。あるひとにたつねしかは、さえつりのゝち、すこしまうをいふとそ申候。ひけとるところハ、そこにあるなり。

荒序

③ この荒序せんとてハ、こゑをとる。まつ笙、つきにひちりき、つきに笛おゐすかひにはしめ、されと一とにはつへし。八拍子なり。すなはち、八きれ也。はやきものなり。きたよりはしめて、にしにいたるまて、四方に二反つゝまうなり。

破

④ 荒序ある時には、こゑもとらすしてふくへし。拍子十六。二反すへし。つきのきりよりあくへし。ふるき譜に三度としるしたり。よて、ある人、光則宿禰にたつねられしかは、いかゝ候らむ。二度よりほかにならはすと申き。いる時、安摩をふく。これもとハ沙陀調。ゝ子をふきけるか、女帝高野姫天皇《称徳》の御時、安摩になされたるとそいひつたへたる。

記録の②に、真序は、「さえづりのゝち、すこしまうをいふとぞ申候」と見える。したがって、「囀」は、どのような形にせよ、あったとおぼしい。しかし、この記録には、序破急のうち、〈破〉までの記載はあるものの〈急〉は見えない。さらに、『教訓抄』巻第一「嫡家相伝舞曲物語 公事曲」に拠っても、次のようにあって、「囀」への言及はあるが、〈急〉の記載はない。

5　羅陵王《られうわう》　別装束舞　通大曲《ツウタイ》　古楽

乱序一帖。囀二度。嗔序《シムジョ》。荒序《くわうじょ》八帖、拍子八。入破二帖、拍子各十六。

面《オモテ》（省略）

—中略—

乱序一帖。此内有㆓各別名㆒。日搔返手《ひをかきかへすて》。桴飛手《バチヲヒルガヘステ》。青蛉《トンボウ》返手。角走手。遊返手。大膝巻《をひざまき》。小膝巻《こひざまき》。囀《さへづり》三度。

昔七度アリケレドモ、今世ニハモチヰズ。三度囀手舞事、狛光時之流外、他舞人不㆑知㆑之。

—後略—

《陵王》には、当初から〈急〉はなかったものか。④に、「いる時、安摩をふく（入る時、《安摩》を吹く）」とあるのは、〈破（入破）〉に続く部分を補ってのことと考えるが、すると、やはり〈急〉は存在しなかったようである。ここに至って考えるべきは、紫式部の当時には、それがあったものか、どうかである。それとも、「急になるほどの末つ方の楽」云々は、《安摩》の前後の部分を指して評したものかである。

《陵王》は、《落蹲（納蘇利）》と番われ、後掲表に拠っても、十世紀以来、よく舞楽の折には組まれた舞曲である。式部がそれを知らなかったはずはない。ただ、《陵王》について、それほどの知識を持たなかった彼女の筆が、つい滑ってしまったことは考えられる。にわかに疑念が沸いてきたが、いかがなものであろうか。後稿を俟つ。

〔注〕

1　二〇〇九年、笠間書院。七ページ参照。

2　拙稿「『源氏物語』の音楽―当時の舞楽について―」(『説話と音楽伝承』二〇〇〇年、和泉書院)に詠・囀については詳述した。そちらを参照されたい。また、「落蹲」についてのこれまでの解釈は、その二五六ページに次のように記した。
(前略)「落蹲」は現在、楽部・四天王寺で二人舞の「納蘇利」を一人舞で演ずる折の名称で、春日神社では逆に二人舞を「落蹲」、一人舞を「納蘇利」といっているのだが、南都系の『教訓抄』に一人舞の「陵王」の番舞を「納蘇利」といっているところをみると、現行の説はそのまま当時に当てはまり、(紫)式部は大内楽所の表現を踏襲しているといってよいかと考える。『源氏物語辞典』では、「『枕草子』「舞は」に「落蹲は二人して膝踏みて舞ひたる」とあり、異称とも考えられる」とするが、清少納言は春日神社、つまり南都系楽所の説によっているとしたら、それはそれで説明はつく。

3　新訂増補故実叢書本(一九三一年、吉川弘文館)一〇〇ページ。なお、『古事類苑』には「観射事附競馬」と見出しする。また、この条は遠藤徹著『雅楽を知る事典』(二〇一三年、東京堂出版)第4章「雅楽の原風景」一八二ページにも言及する。

4　新訂増補故実叢書本(一九五一年、明治図書出版)九二ページ。

5　芝祐靖監修、遠藤徹・笹本武志・宮丸直子著(二〇〇六年、柏書房株式会社)五二ページ。

6　山崎良幸他著(二〇〇六年、風間書房)三二ページ。

7　長承二(一一三三)年五月成立。楽書としては成立が古く、簡明ながら一二〇余曲について当時の状況を伝えている。

8　『教訓抄』は、便宜上『古代中世芸術論』(日本思想大系23　一九七三年、岩波書店)所収本を使用するが、宮内庁書陵部蔵本(二松学舎大学21世紀プログラム　中世日本漢文班　編『雅楽資料集』第二～四輯に所収)も参照されたい。

9　『古代文化』第56巻第6号(二〇〇四年六月、財団法人古代学協会)二二一～二三三ページ。

10　《陵王》についても、注2にすでに言及しているから、本稿に必要な箇所のみを適宜述べることとする。

付載Ⅰ『舞楽要録』に見る一〇〇〇年代までの各舞曲演奏回数表（アイウエオ順）

番号	舞曲名	大法会	朝覲行幸	召合	抜出	総数
1	綾切	1	2		5	8
[2]	延喜楽				1	1
[3]	皇麞				1	1
[4]	皇帝				3	3
5	皇仁		1		2	3
6	酣酔楽	1			1	2
7	喜春楽	1				1
[8]	桔桿（乞寒）				14	14
9	貴徳（侯）	15	1	1	15	32
10	玉樹	1				1
11	泔州		1			1
[12]	剣気褌脱				1	1
[13]	見蛇楽				4	4
14	還城楽	1			11	12
15	胡飲酒	4	1			5
16	五常楽		1			1
17	古鳥蘇	3	3	2	16	24
[18]	狛犬				13	13
19	狛桙	13	5		7	25
20	崑崙	5	1		2	8
21	散手	15	1	1	14	31
22	採桑老		2			2
23	三台	1	2		2	5
24	敷手	3			3	6
25	秋風楽	1				1
26	春鶯囀	8	6			14
27	進宿徳		1			1
28	新鳥蘇	15	4		2	21
29	秦王	4	1		3	8
30	新靺鞨	5	3		6	14
31	青海波		3		5	8
32	蘇合	9	4	2	15	30
33	蘇莫者	2				2
34	太平楽	13	3		10	26
35	退宿徳	1	2			3
36	打毬楽	2	2			4
37	地久	19	9			28
38	長保楽	1	2			3
39	団乱旋		1			1
40	納蘇利	23	8	6	3	40
41	抜頭（抹兜）			16		16
[42]	不祥楽				1	1
[43]	渤海楽				1	1
44	万歳楽	20	9		7	36
45	万秋楽		1		1	2
46	陵王	21	8		3	32
47	林哥	2	4			6
48	輪台	4			1	5
[49]	弄槍				2	2
[50]	猿楽				9	9
[51]	散更				2	2
[52]	雑芸				2	2

□で番号を囲んだ曲は、相撲の抜出の時のみに奏演されたもの。

付載Ⅱ 『舞楽要録』上より「同例」（一〇〇〇年代迄の大法会・朝覲行幸・相撲節の例を挙行順に示す）

1 延長六（九二八）年 相撲節
召合 7月 左 蘇合 散手
27日 右 古鳥蘇 貴徳
抜出 同 左 皇帝 万歳楽 秦王 三台 太平楽 陵王 見蛇楽
28日 右 新鳥蘇 綾切 狛桙 皇仁 渤海楽 納蘇利 狛犬

2 承平三（九三三）年 相撲節
召合 7月 左 抹兜 ／抜出 同 左 蘇合 万歳楽 不祥楽 見蛇楽
24日 右 納蘇利 25日 右 古鳥蘇 皇仁 新靺鞨 崐崘 狛犬

3 承平四（九三四）年 相撲節
召合 7月 左 抹兜 ／抜出 同 左 蘇合 万歳楽
29日 右 30日 右 古鳥蘇 阿那支利

4 承平五（九三五）年 相撲節
召合 7月 左 抜頭 ／抜出 同 左 皇帝 秦王 太平楽 見蛇楽
28日 右 納蘇利 29日 右 古鳥蘇 弄槍 酣酔楽 貴徳

5 承平六（九三六）年 相撲節
召合 7月 左 抹兜
28日 右
抜出 同 左 蘇合 万歳楽 万秋楽 散手 太平楽 陵王 猿楽
29日 右 古鳥蘇 綾切 敷手 貴徳 新靺鞨 納蘇利 桔槹

6 天慶六（九四三）年 相撲節
抜出 同 左 蘇合 万歳楽 散手 太平楽 陵王 雑芸

28日　右　古鳥蘇　綾切　貴徳　酣酔楽　狛犬　乞寒

7　天慶七（九四四）年　相撲節
召合7月　左　抜頭　蘇合
29日　右　古鳥蘇
抜出　同　左　皇帝　万歳楽　散手　皇麞　還城楽　猿楽
30日　右　新鳥蘇　敷手　貴徳　弄槍　納蘇利　乞寒

8　応和三（九六三）年3月19日　雲林院塔供養
左　春鶯囀　万歳楽　秦王　玉樹　散手　喜春楽　太平楽　陵王
右　古鳥蘇　新鳥蘇　狛桙　綾切　帰徳　地久　酣酔楽　納蘇利

9　天元六（九八三）年3月22日　円融寺供養
左　春鶯囀　散手　輪台
右　古鳥蘇　帰徳　納蘇利

10　寛弘二（一〇〇五）年　相撲節
召合7月　左　抜頭／抜出　同　左　蘇合　散手　青海波　還城楽　猿楽
28日　右　納蘇利　29日　右　古鳥蘇　貴徳　狛桙　桔槹

11　寛仁三（一〇一九）年　相撲節
召合7月　左　抜頭／抜出　同　左　蘇合　万歳楽　散手　還城楽　猿楽
27日　右　納蘇利　28日　右　古鳥蘇　綾切　貴徳　狛犬　桔槹

12　寛仁四（一〇二〇）年3月22日　無量寿院供養
左　春鶯囀　万歳楽　散手　輪台　秦王　蘇莫者　陵王
右　新鳥蘇　地久　貴徳　敷手　狛桙　崑崙　納蘇利

13　治安三（一〇二三）年　相撲節

召合7月　左　抜頭／抜出　同　左　蘇合　散手　青海波　見蛇楽　雑芸
27日　右　28日　右　古鳥蘇　貴徳　崐崘　狛犬　桔槹

14　治安四（一〇二四）年6月26日　法成寺薬師堂供養
左　春鶯囀　万歳楽　散手　輪台　秦王　蘇莫者　陵王
右　新鳥蘇　地久　貴徳　敷手　狛桙　崑崙　納蘇利

15　長元元（一〇二八）年　相撲節
召合7月　左　抜頭／抜出　同　左　蘇合　散手　三台　還城楽　剣気褌脱
28日　右　30日　右　古鳥蘇　貴徳　新靺鞨　狛犬　桔槹

16　長元三（一〇三〇）年8月21日　上東門院御塔供養
左　蘇合　輪台　散手　太平楽　陵王
右　古鳥蘇　敷手　貴徳　狛桙　納蘇利

17　長元四（一〇三一）年10月20日　興福寺塔供養
左　蘇合　万歳楽　散手　太平楽　陵王
右　新鳥蘇　長保楽　帰徳　狛桙　納蘇利

18　長暦二（一〇三八）年　相撲節
召合7月　左　抜頭／抜出　同　左　蘇合　太平楽　散手　還城楽　猿楽
28日　右　納蘇利　29日　右　古鳥蘇　狛桙　貴徳　狛犬　桔槹

19　長元七（一〇四三）年10月17日　円教寺供養
左　蘇合　太平楽　陵王
右　新鳥蘇　崑崙　納蘇利

20　永承五（一〇五〇）年3月15日　法成寺講堂供養
左　春鶯囀　万歳楽　太平楽　胡飲酒　還城楽

右　新鳥蘇　地久　狛桙　新靺鞨　納蘇利

21　永承六（一〇五一）年　相撲節
召合7月　左　抜頭／抜出　同　左　蘇合　散手　青海波　還城楽　猿楽
29日　右
30日　右　古鳥蘇　貴徳　新靺鞨　狛犬　桔槹

22　永承七（一〇五二）年3月28日　平等院供養
左　万歳楽　春鶯囀　散手　三台　太平楽　陵王
右　地久　新鳥蘇　貴徳　新靺鞨　狛桙　納蘇利

23　天喜元（一〇五三）年3月4日　平等院阿弥陀堂供養
左　万歳楽　春鶯囀　陵王
右　地久　新鳥蘇　納蘇利

24　天喜三（一〇五五）年10月25日　円乗寺供養
左　万歳楽　蘇合　太平楽　陵王
右　地久　新鳥蘇　崑崙　納蘇利

25　康平三（一〇六〇）年3月25日　朝覲行幸
左　春鶯囀　青海波　採桑老　陵王
右　新鳥蘇　狛桙　新靺鞨　納蘇利

26　康平五（一〇六二）年　相撲節
召合7月　左　抜頭
27日　右
抜出　同　左　蘇合　太平楽　散手　青海波　還城楽　猿楽
28日　右　古鳥蘇　狛桙　貴徳　新靺鞨　狛犬　桔槹

27　治暦元（一〇六五）年10月18日　法成寺金堂供養

左　万歳楽　蘇合　秋風楽　太平楽　陵王
右　地久　新鳥蘇　退宿徳　狛桙　納蘇利

28　延久二（一〇七〇）年2月26日　朝覲行幸
左　万歳楽　蘇合　青海波　胡飲酒　太平楽
右　地久　新鳥蘇　狛桙　新靺鞨　進宿徳

29　延久二（一〇七〇）年12月26日　円宗寺供養
左　万歳楽　太平楽　陵王
右　地久　崑崙　納蘇利

30　延久三（一〇七一）年6月29日　同寺常行堂供養
左　万歳楽　蘇合　散手　太平楽　陵王
右　地久　新鳥蘇　貴徳　狛桙　納蘇利

31　承保二（一〇七五）年　相撲節
召合　7月　左　抜頭
27日　右
抜出　同　左　蘇合　太平楽　散手　還城楽　猿楽
28日　右　古鳥蘇　狛桙　貴徳　狛犬　桔槹

32　承暦元（一〇七七）年12月18日　法勝寺供養
左　万歳楽　秦王　胡飲酒　打毬楽　陵王
右　地久　林哥　新靺鞨　狛桙　納蘇利

33　承暦二（一〇七八）年正月27日　興福寺塔供養
左　万歳楽　春鶯囀　散手　太平楽　陵王
右　地久　新鳥蘇　貴徳侯　狛桙　納蘇利

34　承暦三（一〇七九）年正月5日　法成寺塔供養
左　蘇合　万歳楽　散手　太平楽　陵王
右　新鳥蘇　地久　帰徳　狛桙　納蘇利

35　承暦三（一〇七九）年　相撲節
召合7月　左　抜頭
27日　右
抜出　同　左　蘇合　秦王　太平楽　散手　還城楽　猿楽
28日　右　古鳥蘇　新靺鞨　狛桙　貴徳　狛犬　桔槔

36　永保三（一〇八三）年10月1日　法勝寺御塔供養
左　万歳楽　蘇合　散手　太平楽　打毬楽　陵王
右　地久　新鳥蘇　帰徳　林哥　狛桙　納蘇利

37　寛治二（一〇八八）年正月17日　朝覲行幸
左　万歳楽　蘇合　青海波　秦王　打毬楽　散手
右　地久　新鳥蘇　林哥　新靺鞨　狛桙　貴徳

38　寛治二（一〇八八）年正月19日　朝覲行幸
左　万歳楽　蘇合　陵王
右　地久　林哥　納蘇利

39　寛治二（一〇八八）年　相撲節
召合7月　左　抜頭
26日　右　納蘇利
抜出　同　左　蘇合　太平楽　散手　輪台　還城楽　散更
27日　右　古鳥蘇　狛桙　貴徳　敷手　狛犬　桔槔

40 寛治四（一〇九〇）年正月3日　朝覲行幸
左　万歳楽　春鶯囀　蘇合　太平楽　陵王
右　地久　新鳥蘇　林哥　崑崙　納蘇利

41 寛治五（一〇九一）年正月13日　朝覲行幸
左　万歳楽　春鶯囀　陵王
右　地久　退宿徳　納蘇利

42 寛治五（一〇九一）年　相撲節
召合7月　左　抜頭
29日　右
抜出　同　左　蘇合　太平楽　青海波　散手　還城楽　散更
30日　右　延喜楽　古鳥蘇　貴徳　狛犬　桔槹

43 寛治六（一〇九二）年正月19日　北円堂供養
左　万歳楽　散手　陵王
右　地久　貴徳　納蘇利

44 寛治六（一〇九二）年2月29日　朝覲行幸
左　万歳楽　春鶯囀　五常楽　泔州　陵王
右　地久　古鳥蘇　長保楽　林哥　納蘇利

45 寛治七（一〇九三）年正月3日　朝覲行幸
左　万歳楽　春鶯囀　採桑老　打毬楽　陵王
右　地久　古鳥蘇　綾切　狛桙　納蘇利

46 嘉保二（一〇九五）年正月2日　朝覲行幸
左　万歳楽　団乱旋　万秋楽　三台　陵王

右　地久　古鳥蘇　長保楽　綾切　納蘇利

47　嘉保二（一〇九五）年3月14日　皇太后宮小野御塔供養

左　万歳楽　散手　陵王

右　地久　貴徳　納蘇利

48　嘉保二（一〇九五）年6月18日　京極殿北政所堂供養

左　万歳楽　胡飲酒　陵王

右　地久　新靺鞨　納蘇利

49　嘉保三（一〇九六）年正月11日　朝覲行幸

左　万歳楽　春鶯囀　太平楽　三台　陵王

右　地久　退宿徳　狛桙　皇仁　納蘇利

50　永長元（一〇九六）年12月26日　京極大殿北政所堂供養

左　万歳楽　蘇合　散手　胡飲酒　陵王

右　地久　新鳥蘇　貴徳　新靺鞨　納蘇利

51　永長二（一〇九七）年10月17日　法成寺新堂供養

左　万歳楽　散手　陵王

右　地久　貴徳　納蘇利

『源氏物語』における催馬楽詞章の引用
―エロスとユーモアの表現法として―

スティーヴン・G・ネルソン

催馬楽とは、平安時代の宮廷儀礼および貴族の私的な儀礼における饗宴の場で、あるいは貴族の私的な娯楽の場で歌われた宮廷歌謡である。現行の演奏様式では、琵琶・箏（弾き物）、竜笛・篳篥・笙（吹き物）、笏拍子（打ち物）という雅楽器の伴奏で歌われるが、古くは和琴や琴（七弦琴）が加わることもあった。平安中期以降、催馬楽は音階の異なる二つの調――呂《りょ》（長調）と律《りつ》（短調）―に分類され、天皇や貴人を中心に催された管絃の遊び、御遊《ぎょゆう》で盛んに演奏され、また源家《げんけ》と藤家《とうけ》の二流に分かれて伝承された。最も盛んだったころ、それが正に『源氏物語』が書かれた時代に当たるが、約六〇曲あった。武家の世になっても催馬楽の伝承は続いたが、室町時代、一六世紀には宮廷の衰退とともに一旦廃絶し、約一世紀の空白の後、江戸時代以降には「想像豊かな」復興が行われ、現在では約一〇曲が伝承されている。[1]

このように、盛衰の歴史が激しい催馬楽だが、今日伝承されている催馬楽をそのまま平安時代のものと錯覚する傾向があり、それによるさまざまな誤解が生じているようである。幸いなことに、平安時代の催馬楽の音楽について考えるためには多くの史料（歌唱譜や伴奏楽器の楽譜）が残っており、その音楽的諸特徴（形式・旋律・リズムなど）を実証的に研究することが可能である。日本の音楽史を専門とする筆者が特に催馬楽に注目する所以はここにあるが、[2]本稿ではそうした音楽史的視点ではなく、『源氏物語』の中で催馬楽の詞章が効果的に用いられている場面をいくつか取り上げ、催馬楽が『源氏物語』に果たす文学的役割を考える端緒としたい。

一　催馬楽とその詞章

催馬楽という名称の由来についても、歌謡のジャンルとしての成立についても、不明な点がまだ多く、全面的な解明が待たれるところだが、その詞章を眺めると、実にさまざまに違った系統の歌謡が含まれていることがわかる。まず、「催馬楽」という名称の文献上の初出は、一〇世紀初頭に編纂された『日本三代実録』の貞観元年（八五九）一〇月二三日条、若いころ「特《こと》に催馬楽歌を善く」した尚侍従三位広井女王が八〇余歳で薨じた記録である。[3]広井女王の年齢から考えると、九世紀の始め頃までに催馬楽がすでに歌われていたという計算になるであろうが、『日本三代実録』の用例そのものが後世の編纂者による時代錯誤的な使い方ではないかと疑問視する意見もある。同時代の例がないことから傾聴するべきであろう。[4]

ところが、後に催馬楽となった歌の原型と思われるものは、より古い文献に見出すことができる。例えば、奈良時代半ば、『続日本紀』聖武天皇天平一四年（七四二）正月一六日条によれば、恭仁京の大安殿で行われた宴で、五節田舞・踏歌とともに、琴（和琴）の伴奏で「新年始迩　何久志社　供奉良米　万代摩提丹」（アラタシキ　トシノハジメニ　カクシコソ　ツカヘマツラメ　ヨロズヨマデニ）という詞章を持った歌が奏された。この「琴歌」の詞章はつまり後の催

馬楽呂歌《新年》の詞章「新しき　年の始めにヤ　かくしこそ　ハレ　かくしこそ　仕へまつらめヤ　万代までに
アハレ　ソコヨシヤ　万代までに」の原型と判断される。[5]

一方、催馬楽の詞章の中に多くの地名が現れるのも目立った特徴の一つである。地図1は、催馬楽の詞章に現れる地名を国単位で示したものである。東は三河、西は吉備（備後）、南は紀伊、北は越前、という地理的な広がりである。この現象には、アジア大陸、特に中国からの思想的な影響という、大きな文化的背景がある。中国には古代から礼楽思想、つまり行いを慎ませる儀礼の中で人心を和らげる楽舞を行うことにより社会の秩序を保とうとする考え方があった。その一環として、例えば『詩経』の「国風」諸編にみられるように、地方の歌を集めて社会情勢の判断材料とするとともに、歌や音楽、芸能の上手な者を中央に集めて、服属を表す行為として儀礼の中でそれを奏させていた。七世紀後半の大和朝廷に、この考え方からの影響が顕著にみられる。まず、『日本書紀』天武天皇四年（六七五）二月九日条には勅命があり、大和朝廷の影響が及んでいたとおぼしい諸国（大倭、河内、摂津、山背、播磨、淡路、丹波、但馬、近江、若狭、伊勢、美濃、尾張）からの「能く歌ふ男女」など芸達者の献上が命じられている。勅令の地理的な広がりは地図2の通りである。

また、同じく天武天皇の大嘗祭（天武天皇二年［六七三］）から、諸国のうちの二国を悠紀国と主基国に定めて、大嘗祭の神事を行うようになった。米・粟などの耕作・献上に加えて、大嘗祭の際に悠紀・主基風俗歌も献上された。八世紀の末から、悠紀は東国から、主基は西国から選ばれることが恒例となった。歌は、もともと地方のものが都へもたらされていたが、次第に宮廷人が代わって都に居ながら作成に携わるようになり、和歌（短歌）の形式を取るようになった。『古今和歌集』巻二〇に催馬楽の囃詞や反復を省いた短歌形式の歌群が存在する（一〇八一～八三番歌）。地図3には、催馬楽への影響関係が考えられる時代、すなわち七から一〇世紀の間に悠紀国・主基国となった国々を示した。やはり地図1との地理的な重なりが注目される。

他に催馬楽の原型となった歌謡の早い例としては、『続日本紀』光仁天皇即位前紀（即位は宝亀元年［七七〇］）にある催馬楽呂歌《葛城》に類似した童謡（「葛城寺～」）、また『古今和歌集』「仮名序」の催馬楽《此殿》と近似した「いはひ歌」として挙げられている和歌がある。[6] 一方、こうした祝い歌、国褒め歌などの目出たい歌とは全く異なる内容をもった歌も催馬楽の中に多く存在し、庶民の日常生活や恋愛事情などが窺い知れるものから、性的な表現が極めて露骨なものまで、いろいろある。催馬楽の定義として、「本来民謡であったものが貴族社会の歌謡として定着したもの」[7] といった表現が散見されるが、催馬楽はそう断言していいほど起源が一元的なものであろうか。筆者はそう

地図１　催馬楽に現れる地名（国単位）

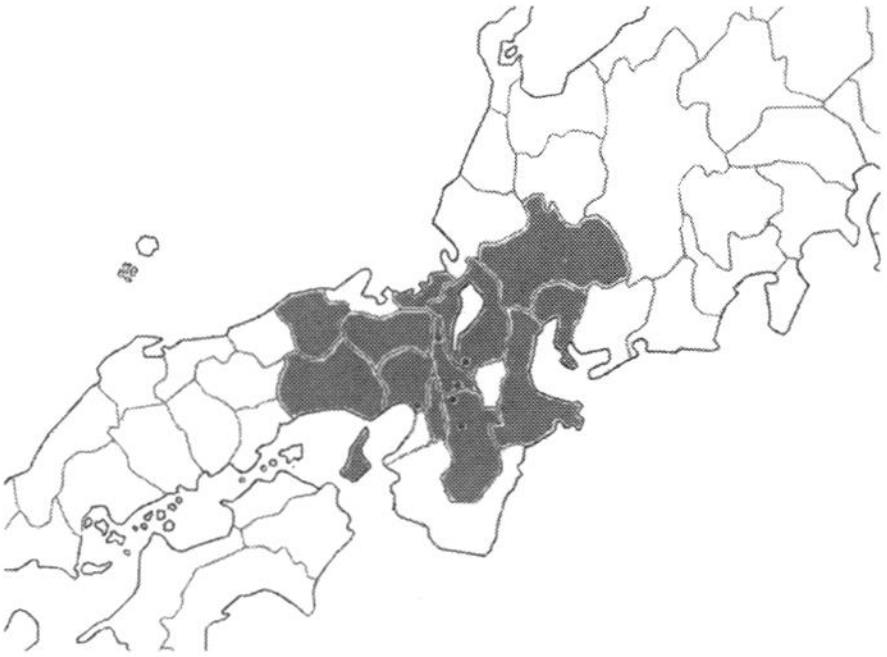

地図２　675年勅令の諸国の範囲

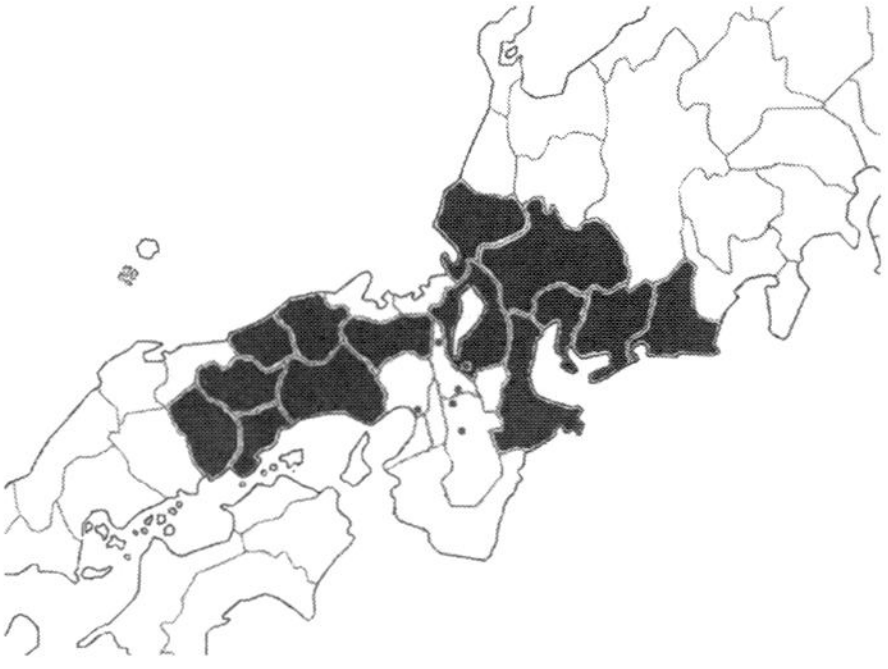

地図３　悠紀・主基の諸国（７～10世紀）

地図上の点は都が置かれた主な場所（７～10世紀）：飛鳥（浄御原宮、藤原京）、難波宮、平城京（奈良）、恭仁京、紫香楽宮、京都（長岡京、平安京）

は思わない。

二 『源氏物語』の中の催馬楽

山田孝雄の『源氏物語之音楽』（一九三四）の調査研究以来たびたび指摘されてきたように、『源氏物語』には数多くの催馬楽が登場する。「催馬楽」という単語そのものは現れないが、曲名や詞章の引用という形で現れる催馬楽は二三曲（律八曲、呂一五曲）ある。そこで、『源氏物語』に現れた催馬楽を**ゴシック体**で示した催馬楽の曲目一覧を掲げよう。

催馬楽の曲目一覧

律　我駒《あがこま》、沢田河《さはだがは》、**高砂**《たかさご》、夏引《なつひき》、**貫河**《ぬきかは》、**東屋**《あづまや》、走井《はしりゐ》、**飛鳥井**《あすかゐ》、**青柳**《あをやぎ》、**伊勢海**《いせのうみ》、庭生《にはにおふる》、我門《わがかどに》、大芹《おほぜり》、浅水《あさむづ》、大路《おほぢ》、我門乎《わがかどを》、鶏鳴《とりはなきぬ》、挿櫛《さしぐし》、逢路《あふみぢ》、**更衣**《ころもがへ》、何為《いかにせむ》、陰名《くぼのな》、鷹子《たかのこ》、**道口**《みちのくち》、老鼠《おいねずみ》

呂　**安名尊**《あなたふと》、新年《あらたしきとし》、**梅枝**《むめがえ》、**桜人**《さくらびと》、**葦垣**《あしがき》、真金吹《まがねふく》、**山城**《やましろ》、**竹河**《たけかは》、**河口**《かはぐち》、美作《みまさか》、藤生野《ふぢふの》、**妹与我**《いもとあれ》、奥山《おくやま》、奥山尓《おくやまに》、鷹山《たかやま》、紀伊国《きのくに》、**石川**《いしかは》、**葛城**《かづら》、**此殿者**《このとのは》（**此殿**《このとの》）、此殿西《このとののにし》、此殿奥《このとののおく》、**我家**《わいへ》、青馬《あをのま》、浅緑《あさみどり》、**妹之門**《いもがかど》、**席田**《むしろだ》、鈴《すず》之川《かがは》、酒飲《さけをたうべて》、田中《たなか》、美濃山《みのやま》、大宮《おほみや》、**角総**《あげまき》、本滋《もとしげき》、眉止自女《まゆとじめ》、無力蝦《ちからなきかへる》、難波海《なむばのうみ》

二三曲というのは他の中古の文学作品より遥かに大きい数字である。堀淳一の調査によれば、他の王朝文学に登場する催馬楽の曲数は、『枕草子』八曲、『狭衣物語』六曲、『うつほ物語』五曲、『紫式部日記』四曲、『讃岐典侍日記』三曲、『夜の寝覚』三曲、『栄花物語』二曲、『浜松中納言物語』『堤中納言物語』『蜻蛉日記』『大鏡』各一曲である。[8]

また、よく指摘されているように、曲名がそのまま『源氏物語』の巻名に使われているのは四曲、巻名としては「梅

枝」「竹河」「総角」「東屋」である。『源氏物語』において催馬楽の曲名や詞章が登場する場面を分類すると、次のように大きく分けることができる。[9]

1a　宮廷儀礼や貴族の私的な儀礼の饗宴や御遊びで歌われる。歌い手は上流貴族の男性とその子弟であり、女性が歌う例はない。

賢木　《高砂》曲名・詞章（②一四一～四二、負態の御遊）
少女　《安名尊》曲名・《桜人》曲名（③七四、放島試の御遊）
初音　《此殿》曲名・詞章（③一五三、臨時客の御遊）
初音　《竹河》曲名（③一五九、男踏歌）
胡蝶　《安名尊》曲名・《青柳》曲名（③一六八～六九、船楽遊宴の御遊）
真木柱　《竹河》曲名（③三八二、男踏歌）
梅枝　《梅枝》曲名・詞章（③四一〇、御遊の予行演習）
藤裏葉　《葦垣》曲名・詞章（③四三九、婚姻の饗宴）
若菜上　《青柳》曲名・詞章（④四〇、四十賀）
若菜下　《葛城》曲名（④二〇〇、女楽）
竹河　《竹河》曲名（⑤九七、男踏歌）
竹河　《此殿》曲名（⑤九九、院での御遊）
宿木　《安名尊》曲名（⑤四八五、藤花宴の御遊）
浮舟　《梅枝》曲名（⑥一四六、作文会の御遊）

1b　場合によっては、催馬楽の演奏の後、その詞章をモチーフにした和歌の唱和が行われる。
賢木　《高砂》曲名・詞章（②一四二、負態の御遊）
梅枝　《梅枝》曲名・詞章（③四一〇〜一一、御遊の予行演習）
竹河　《竹河》曲名（⑤九八、男踏歌）

2a　貴族の私的な娯楽や日常生活の中で歌われる。女性が歌う場合もある。
帚木　《飛鳥井》詞章（①七八〜七九、左馬頭の体験談）
若紫　《葛城》詞章（①二二三、滝のほとりにて）
紅葉賀　《山城》詞章・《東屋》曲名・詞章（①三三九〜四〇、源氏と源典侍）
花宴　《貫河》詞章（①三六一、葵上の冷淡さを嘆く源氏）
須磨　《飛鳥井》曲名（②二一四、源氏を訪問する頭中将）
明石　《伊勢海》曲名・詞章（②二四三〜四四、明石にて）
薄雲　《桜人》詞章（②四三九、源氏の大堰訪問の前）
少女　《更衣》詞章（③三八、内大臣の夕霧への態度）
常夏　《貫河》曲名、詞章（③二三二、源氏の玉鬘への訴え）
横笛　《妹与我》詞章（④三五八、雲居雁に対する夕霧のご機嫌取り）
竹河　《梅枝》曲名・《此殿》詞章・《竹河》曲名（⑤七一〜七二、薫が玉鬘邸を訪ねる）
椎本　《桜人》曲名（⑤一七三、宇治八の宮邸での合奏）
宿木　《伊勢海》曲名（⑤四六八、匂宮の歌唱）

手習　《道口》詞章か（⑥三二一、母尼君の興ざめな和琴演奏）

2b　やはり和歌の贈答が続く場合もある。

紅葉賀　《東屋》曲名・詞章（①三四〇、源氏と源典侍）

薄雲　《桜人》詞章（②四三九、源氏の大堰訪問の前）

3　和歌の贈答や独詠歌で催馬楽の語句が用いられる。

若紫　《妹之門》曲名・詞章（①二四六、忍び所の門の前）

紅葉賀　《石川》詞章（①三四五、取られた帯をめぐって）

藤裏葉　《河口》曲名・詞章（③四四二、雲居雁と夕霧のなじり合い）

竹河　《竹河》曲名・詞章（⑤七四、姫君をめぐる薫と藤侍従のやりとり）

総角　《角総》曲名・詞章（⑤二二四、薫の大君への訴え）

東屋　《東屋》曲名・詞章（⑥九一、浮舟の隠れ家を薫が訪問）

4　会話・心中語の中で催馬楽の詞章や語句が用いられる。わざと言い換える場合もある。

帚木　《我家》詞章（①九五、源氏と紀伊守の会話）

末摘花　《妹之門》詞章（①二七六、末摘花をめぐる源氏と命婦の会話）

末摘花　《妹之門》詞章（①二八六、末摘花との関係に消極的な源氏の心情）

花宴　《石川》詞章（①三六五、源氏と事情を知らない女性の会話）

常夏　《我家》詞章（③二二八、夕霧の結婚をめぐる源氏と玉鬘の会話）

常夏　《我家》詞章（③二三三、玉鬘への感情に堪えかねて口ずさむ源氏［後述の考察参照］）

藤裏葉《葦垣》曲名・《河口》曲名（③四四一、弁少将の歌った《葦垣》への夕霧の反発）
総角《角総》曲名・詞章（⑤二四一、薫の訴えに対する大君の心情）
浮舟《道口》詞章（⑥一六九、浮舟を案じる母中将君の会話）

5　催馬楽の情景に似た状況の場合、地の文に詞章や語句が引用される。

須磨《妹之門》詞章（②二一八、にわか雨）
蓬生《東屋》詞章（②三四八、雨の中の女性訪問）
若菜上《我家》詞章（④六二、源氏と女三宮との異例な縁組）
若菜上《席田》詞章（④九六、長寿を寿ぐ算賀にふさわしい情景）
早蕨《此殿》詞章（⑤三六四、二条院の豪壮な様子）
東屋《東屋》詞章（⑥九〇～九二、雨の中の隠れ家）
浮舟《葦垣》曲名（⑥一一九、匂宮が葦垣を壊して入る様子）
浮舟《葦垣》曲名（⑥一八八、厳戒が厳重な宇治）

6　人物造型の一部として現れる。

子供のころ《高砂》を歌った美声の紅梅大納言（頭中将次男）　賢木（②一四一）、澪標（②二八三）、梅枝（③四一〇～一一）、竹河（⑤六五）
和琴が得意で《梅枝》の伴奏に加わった女房　竹河（⑤九六）

次節以降、以上の中から、催馬楽がエロスやユーモアを表現するために用いられている場面を四つ考察する。どの例にも男女間の和歌の贈答があり、多くの場合、特定の催馬楽曲がいわば「引歌」としてそれを導き出す役割を果たしている。催馬楽詞章の使い方に、どんな特徴があるであろうか。

三 「紅葉賀」巻の《山城》・《東屋》 光源氏と源典侍

まず、よく知られた場面からみてみよう。「紅葉賀」巻の最後の三分の一ほどを占めるのは、一九歳の光源氏、同年輩のライバル頭中将、および五〇代後半の好色の老婆源典侍《げんのないしのすけ》を登場人物とした、三角関係の笑劇である。その中に催馬楽が三曲（《山城》《東屋》《石川》）現れるが、ここでは最初の二曲が現れる場面を検討しよう。

源典侍は身分も高く、男性貴族主体の御遊びにも参加するほど琵琶が上手で、才能も上品さもあるが、何といっても老齢になってもひどく色好みであるという、笑いを誘う「おこ」つまり「滑稽」な登場人物である。すでに頭中将と密かに関係を持った典侍は、それでは足りないのか、源氏にも恋心を抱くが、源氏はなかなか相手にしてくれないので、諦めようかと思い悩む。以下に本文を引用する。なお、『源氏物語』本文中、催馬楽詞章の引用は**ゴシック体**で、曲名は**ゴシック体**で表す[10]。［ ］内は筆者による注釈である。

夕立して、なごり涼しき宵《よひ》のまぎれに、温明殿《うんめいでん》のわたりをたたずみ歩《あり》きたまへば、この内侍《ないし》、琵琶《びは》をいとをかしう弾《ひ》きゐたり。御前《おまへ》などにても、男方《をとこがた》の御遊びにまじりなどして、ことにまさる人なき上手《じやうず》なれば、もの恨めしうおぼえけるをりから、いとあはれに聞こゆ。典侍「瓜作《うりつく》りになりやしなまし」と、声はいとをかしうてうたふぞ、すこし心づきなき。鄂州《がくしう》にありけむ昔の人もかくやをかしかりけむと、耳とまりて聞きたまふ。弾《ひ》きやみて、いといたう思ひ乱れたるけはひなり。（紅葉賀、①三三九〜四〇）

典侍と頭中将の関係を知らない源氏が、ある夕方温明殿のあたりを歩いていると、琵琶を弾きながら催馬楽呂歌

《山城》を、白楽天の詩に出てくる琵琶の名手を思わせるほど上手に弾き歌いする典侍に出くわす。「瓜作りになりやしなまし」（瓜作り（の妻）になってしまおうかしら）とは、源氏を諦めて頭中将だけにしようか、との心の表れと解されるが、ここで注目したいのは、《山城》からの引用が、実は詞章そのままではないことである。催馬楽の詞章を挙げよう。

《山城》（三段　拍子各十　合拍子三十）

一段　山城の　狛《こま》のわたりの　**瓜作り**　ナヨヤ　ライシナヤ　サイシナヤ　**瓜作り**　**瓜作り**　ハレ

二段　**瓜作り**　我を欲しと言ふ　いかにせむ　ナヨヤ　ライシナヤ　サイシナヤ　いかにせむ　いかにせむ　ハレ

三段　いかにせむ　**なりやしなまし**　瓜たつまでにヤ　ライシナヤ　サイシナヤ　瓜たつま　瓜たつまでに

《山城》は、平安時代の楽譜史料でも確認できるように、基本的に同じ音楽から成る段を三つ重ねる形式である。片仮名で表記した囃詞や語句の繰返しを省略すると詞章は次のように、音数律五七五八五七七の形をとる。

山城の　狛のわたりの　瓜つくり　我を欲しと言ふ　いかにせむ　なりやしなまし　瓜たつまでに

「山城の狛の里の辺りの瓜作り、私を欲しいと言う。どうしよう。なってしまおうかしら、瓜が熟するまでに。」

『源氏物語』の本文の形「瓜作りになりやしなまし」は、《山城》の一段の「瓜作り」と、三段の「なりやしなまし」とを組み合わせた表現であり、実際の演奏においてはまずありえない形ではあるが、物語文脈に必要な内容を端的に表した言い回しであるといえよう。解釈のやや難しい「瓜たつまでに」をとりあえず「瓜が熟するまでに」と訳してみた。ただ、催馬楽の三段の詞章に注目すると、「瓜たつま　瓜たつまでに」という、途中で切られた形が現れる。ここに「瓜た妻」、「妊娠して瓜のような腹になった妻」という言葉遊びを感じ取ってはいけないであろうか。「破瓜」つまり一六歳くらいの若い娘ならともかく、ここ「紅葉賀」巻では五〇代後半の老婆が歌っているので、ますます滑稽になりはしないか[11]。

ともあれ、夕立のあと、という状況を受けて、源氏は当意即妙に反応する。

君、**東屋**《あづまや》を忍びやかにうたひて寄りたまへるに、典侍「**おし開**《ひら》**いて来ませ**」とうち添へたるも、例に違《たが》ひたる心地ぞする。

典侍　**立ち濡**《ぬ》るる人しもあらじ**東屋**にうたてもかかる**雨**《あま》**そそき**かな

とうち嘆くを、我ひとりしも聞きおふまじけれど、疎《うと》ましや、何ごとをかくまでは、とおぼゆ。

源氏　**人妻**はあなわづらはし**東屋の真屋**《まや》**のあまり**も馴《な》れじとぞ思ふ

とてうち過ぎなまほしけれど、あまりはしたなくやと思ひかへして、人に従へば、すこしはやりかなる戯《たはぶ》れ言《ごと》など言ひかはして、これもめづらしき心地ぞしたまふ。（紅葉賀、①三四〇）

源氏は《東屋》を静かに歌いながら近づくと、典侍は曲の末尾を歌い添えて源氏を露骨に誘っておいて、《東屋》の表現を借りた和歌で自らを憐れむ。源氏は「人妻」（典侍の多くの男達をほのめかすか）だから馴れ馴れしく近づくつもりはないと誘いを断るが、そのまま立ち去るのも冷淡なようなので、しばらくは相手をしてやろうと戯れる気にはなる。

催馬楽律歌《東屋》は、通い婚の習俗を背景とした男女の問答歌である。『源氏物語』の和歌の贈答では、冒頭と末尾を中心に表現が新たに組み合わされながらほぼそのまま借りられている。

《東屋》（二段　拍子各九　合拍子十八）

一段　**東屋の**　**真屋**《まや》**のあまり**の　その**雨**《あま》**そそき**　我**立ち濡**れぬ　殿戸《とのど》開《ひら》かせ

二段　鎹《かすがひ》も　錠《とざし》もあらばこそ　その殿戸　我鎖《さ》さめ　**おし開いて来ませ**　我や**人妻**

【男】「東屋の軒先の、真屋の軒先の、軒端の雨だれに、待っている私は立ち濡れてしまった。家の戸を開けてください。」
【女】「掛けがねも錠も、あるならばその家の戸に私はさしましょう。押し開いていらっしゃい。私が人妻だとでも言うのですか。」

《東屋》は冒頭部の旋律のみ異なり、それ以下は同じ音楽から成る二段構成の催馬楽だが、音楽の視点から気になるところを指摘するならば、典侍が歌った《山城》が呂歌であり、源氏が歌った《東屋》が律歌であるということであろうか。呂から律への転調は大掛かりな御遊びであれば「返り声」といって、『源氏物語』でも三箇所ほど起きる現象である[12]。絃楽器の調絃を変えたりする必要があるので、時間がかかるが、「紅葉賀」巻のこうした極めて私的な演奏の場面では、まず考えなくてもいいことであろうし、所詮琵琶を《東屋》の伴奏に弾いたとも言っていない。

さて、返歌で典侍の誘いを一旦断った源氏ではあったが、やがて老婆と夜を共にすることになる。それを疑った頭中将が二人が寝ている部屋へ入ると、帯や端袖を奪い合いながらのドタバタ劇になり、その帯に因んで催馬楽呂歌《石川》の詞章が和歌の贈答のモチーフになる。この後も笑劇は続くが、今回は詳述を省く。

四 「藤裏葉」巻の《葦垣》・《河口》 夕霧と雲居雁

物語世界で二〇年ほど経ったところであろうか、一八歳になった源氏の息子夕霧と、内大臣（往年の頭中将）の娘、二〇歳になった雲居雁が、漸く結婚することになる場面を次に取り上げたい。子供のころから二人は睦まじい仲であったが、間違いが起こることを恐れて二人を引き離し、さらに夕霧の昇進の遅さに不満を持っていた内大臣の反対に遭い、七年間もの長きにわたり結婚できなかったのである。婚姻の饗宴で、雲居雁の異母兄弟、美声で知られる弁少将は催馬楽呂歌《葦垣》を歌う。内大臣は歌の内容にこだわりを持ちつつ、自らも詞章を少し変えて歌うことによって場を和ませて、丸く収める。

　例の弁《べんの》少将、声いとなつかしくて**葦垣**《あしがき》をうたふ。大臣《おとど》、「いとけやけうも仕うまつるかな」とうち乱れたまひて、「年経《へ》**にけるこの家の**」とうち加へたまへる、御声いとおもしろし。をかしきほどに乱りがはしき御遊びにて、もの思ひ残らずなりぬめり。　（藤裏葉、③四三九～四〇）

弁少将の選曲を内大臣が「実に妙な歌」と考えた理由は、その詞章内容、特にその前半の内容にかかわる。

《葦垣》（五段　拍子各七　合拍子三十五）

一段　**葦垣**　籬《まがき》　籬掻き分け　てふ越すと　負ひ越すと　ハレ
二段　てふ越すと　誰《たれ》か誰か　このことを　親に申《まう》よこし申しし
三段　とどろ**ける**　**この家**　**この家の**　弟嫁《おとよめ》　親に申よこしけらしも
四段　天地《あめつち》の　神も神も　証《そう》したべ　我は申よこし申さず
五段　菅《すが》の根の　すがな　すがなきことを　我は聞く　我は聞くかな

【男（求婚者）】「あの娘《こ》の家の葦垣、籬。その籬を掻き分けて、跳び越したと、あの娘を背負って越したと。跳び越したと、誰が、誰がこのことを親に告げ口したのか。」
【家の者（であろうか）】「評判のあるこの家の、この家の弟嫁が親に告げ口したらしいよ。」
【女（弟嫁）】「天地の神も、神も、ご証明ください。私は告げ口をしていません。（菅の根の）スガしくない、おもしろくないことを、私は聞いた、私は聞いたのですよ。」

《葦垣》は同じ音楽から成る段を五つ重ねる形式の催馬楽である。一段～三段の詞章内容からわかるように、この催馬楽は告げ口のために男性（求婚者）が女性（家の娘）の連れ出しに失敗した、という内容である。昔から仲睦まじかった二人だったのに、なかなか結婚できなかったことへの当てつけに、弁少将がこれを選んだのであろうか。内大臣は、結婚が漸く成り立つ場には妙な選曲だといいながら、三段の冒頭「とどろける　この家　この家の」を、「年経にけるこの家（この家）の」に歌い替えているのは、自分の家をさして「とどろける」（広く名を知られている、名声がある）と歌うわけにもいかなかったからであろう。あるいは「とどろける」を「（娘連れ出し事件で）物騒がしくなっている」という意味に解釈しても、やはりこの場にふさわしくなく、歌い替えることにしたとも考えられよう。なお、平安中期の演唱形式については確実なことはわからないが、各段の冒頭部分が独唱であったからこそ、こうした歌い替えが可能であったとも考えられる。

しばらくして雲居雁と二人きりになった夕霧は、《河口》を歌ってやりたかったという。

夕霧「少将の進み出だしつる**葦垣**《あしがき》のおもむきは、耳とどめたまひつや。いたき主《ぬし》かなな。『**河口の**』とこそ、さし答《いら》へまほしかりつれ」とのたまへば、女いと聞きぐるしと思して、

雲居雁「あさき名をいひ流しける**河口**はいかがもらしし**関のあらがき**

あさまし」とのたまふさま、いと児《こ》めきたり。すこしうち笑ひて、

夕霧「もりにけるくきだの**関**を**河口の**あさきにのみはおほせざらなん

年月の積もりも、いとわりなくて悩ましきに、ものおぼえず」と、酔《ゑ》ひにかこちて苦しげにもてなして、明くるも知らず顔なり。

（藤裏葉、③四四一～四四二）

《河口》は、親の目を盗んで外泊し、男と共寝した女が題材の催馬楽で、同じ音楽から成る段を二つ重ねる形式に

なっている。

《河口》（二段　拍子各七　合拍子十四）

一段　**河口の　関の荒垣《あらがき》ヤ　関の荒垣ヤ**　守《まも》れども　ハレ

二段　守《まも》れども　出でて我寝《われね》ぬヤ　出でて我寝ぬヤ　**関の荒垣**

囃詞や途中の語句の繰返しを省略すると、「関の荒垣」の句を繰り返す短歌形式の和歌が現れる。

河口の　関の荒垣　まもれども　出でて我寝ぬ　関の荒垣

男の立場から歌ったものと解すれば、現代語訳は次のようになるであろうか。

「河口の関の荒垣よ、めざす娘を親《こ》が見守っていても、彼女は抜け出て、私は（あの娘と）寝たよ、関の荒垣。」

夕霧の痛烈な発言に対して、恥ずかしさもあってか、雲居雁は和歌で、その昔浮き名を流したのは夕霧の口からだったのでは、となじる。返歌で夕霧は、漏れたのは雲居雁の守り役の父君の口からであって、私の至らなさばかり責めないで、と切り返す。「くきだの関」という珍しい表現を含んでおり、やや理解しがたく感じるが、和歌の贈答に用いられている《河口》の詞章は、冒頭部分のみである。

五　「総角」巻の《角総《あげまき》》　薫と大君

宇治十帖は、催馬楽由来の巻名が二つもあることが示しているように、物語世界の中心が都から離れても催馬楽が依然として物語世界の中で重要な役割を果たす。ここでは「総角」の例を検討する。

八月、八の宮の一周忌が近づき、娘の大君《おおいぎみ》と中の君が法要の準備をしていると、そのために宇治を訪れた薫は、お香などの糸結び「総角結び」の「縒り」によせて、催馬楽呂歌《角総《あげまき》》の「あげまき」と「寄り合ふ」をかける形で、大君と一緒になりたい気持ちを和歌で伝えようとする。しかし、これは大君の反発を招く。

御願文《ぐわんもん》つくり、経《きやう》、仏供養《ほとけくやう》せらるべき心ばへなど書き出でたまへる硯《すずり》のついでに、客人《まらうと》、

薫　**あげまき**に長き契りをむすびこめおなじ所に**より**も**あ**はなむ

と書きて、見せたてまつりたまへれば、例の、とうるさけれど、

大君　ぬきもあへずもろき涙の玉の緒に長き契りをいかがむすばん

とあれば、薫「あはずは何を」と、恨めしげにながめたまふ。（総角、⑤二二四）

大君の返歌は、薫の和歌の「長き契りを結ぶ」を承ける形で薫の求婚を拒んでいるが、より重要な表現の「あげまき」と「よりあふ」を避けている。[13] これが意識的であることは、後の展開でわかる。なお、薫の「あはずは何を」は古歌『古今集』恋一（読人しらず）の「片糸をこなたかなたによりかけてあはずはなにを玉の緒にせむ」を引いており、恋しい人に逢えないでは生きていかれない、と呟いたことになる。

催馬楽呂歌《角総》は全催馬楽の中でも短い部類に属し、また「トウトウ」という囃詞の繰り返しが特徴的で、とてもリズミカルな歌であったと推測される。

《角総》（拍子十）

角総《あげまき》や　トウトウ　尋《ひろ》ばかりや　トウトウ　離《さか》りて寝《ね》たれども　転《まろ》び合《あ》ひけり　トウトウ　か**寄**《よ》**り合**《あ》ひけり　トウトウ

「あげまきに結った（十六、七歳の）少年少女よ、一尋くらい離れて寝ていたけれども、転がり合ったよ、（こんなに）寄り添ったよ。」

「あげまき」とは、糸結びの他に、古代の少年の髪の結い方、またその髪を結った「年ごろ」の少年少女をも意味する。催馬楽《総角》はつまり、性を意識し出した年齢の男女が、両手を広げた時の両手先の間の距離ほど離れて寝ていた状態から、いつの間にか転がり合って「寄り合った」という、かなりエロチックな内容の歌である。一生独身で居ようと決心している大君の前で、また選りに選って八の宮の一周忌の準備をしている場で、このような歌の詞章を引用する薫の行為が「うるさ」く感じられるのも無理はないのではないか。

結局、懸命に愛の告白を拒む、喪服姿の大君の気持ちを尊重して、一夜共に過ごしながら薫は無理強いをせず、男女の関係を結ばない。それでも翌朝、大君はとても遣り切れない気持ちになる。一夜共に過ごしたから、妹の中の君や周りの女房たちに関係を結んだと思われてしまうし、薫の香りが自分の着ているものに移ってもいる。

総角を戯れにとりなししも、心もて「**尋ばかり**」の隔てにても対面しつるとや、この君［中の君］も思すらむといみじく恥づかしければ、心地あしとてなやみ暮らしたまひつ。（総角、⑤二四二）

薫が詠んだ「あげまき」の和歌を受け流したのは、自分にその気があって、たとえ「尋ばかり」の隔てはおいたにせよ、ともかくも逢ってしまったのだと、中の君もきっと思うから、恥ずかしくて、気分が悪いといって、一日中悩ましく過ごすことになる。

むろん、大君の心中表現に「尋ばかり」という催馬楽詞章からの引用があるのが、前日、催馬楽《角総》の内容を意識していた証拠になる。この催馬楽の性的なニュアンスに驚き、薫の真意を誤解したとも考えられようが、薫の行為はやはりあまりにも浅はかで不器用だったであろう。

六　「常夏」巻の《我家》・《貫河》光源氏と玉鬘

最後に、だいぶ遡って、光源氏三六歳の夏六月、「常夏」巻の一場面に催馬楽が一曲現れる例を、やや詳しくみてみたい。これまでの例よりもやや長いので、まず内容について場面の前後も含めて「常夏」巻前半の梗概を確認しておく。

炎暑のころ、東の釣殿《つりどの》で夕霧を相手に涼を取っていた源氏を、内大臣家の若い君達《きんだち》が訪れた。内大臣と感情的な対立の続いている源氏は、夕霧と雲居雁《くもいのかり》との一件をおもしろからず思うこともあって、最近内大臣が引き取った落胤《おとしだね》の娘（近江君）のことを話題にして、痛烈な皮肉の言葉を吐く。

夕刻、源氏は若人たちの恋心を煽《あお》り立てておいて、玉鬘《たまかずら》を訪れた。玉鬘は、源氏の口ぶりから養父と実父の不和を察知し、親子対面については悲観的にならざるをえないのだが、そんな玉鬘に和琴《わごん》を教えながら、源氏は昔の夕顔のことにもふれつつ、深い縁を思っていずれ内大臣に玉鬘を引き合せたいと語るのだった。

源氏の玉鬘への恋情はつのる一方である。彼女の将来を思えば、いっそのこと螢宮か鬚黒《ひげくろ》大将にと考えもするが、未練を断つことができない。玉鬘のほうでもいつしか源氏を好ましく思うようになっていた。

（常夏の概要、③二一二）

この梗概にはいっさい現れないが、源氏が玉鬘を訪ねる場面では、催馬楽《我家》・《貫河》だけではなく、他の音楽的な要素が、つのる一方の源氏の恋慕の情を表現する手段として、さまざまに用いられている。14 全体の流れにおける音楽や音の役割を確認しながら、催馬楽が特に重要であり、場面を構成する要素として、その構築に大きく関わっていることを指摘しておきたい。

夕方、玉鬘を訪れた源氏は、集まった若人を見せるために、少し外近くに彼女を連れ出す。若人の中で夕霧が目立って優美である。玉鬘の実父、内大臣がどうして不満なのか、皮肉を込めて、夕霧が「大君だつ筋」（王孫の血筋）だから嫌なのかと、嫌みを口にする。玉鬘は源氏の「大君」を承けて、催馬楽呂歌《我家》の表現で即妙に応ずる。源氏もまた同じ催馬楽の表現を用いるが、それに続く源氏の台詞から養父源氏と実父内大臣の不和が根深いものであり、実父に会うことがなかなか実現しそうにないことを玉鬘は切なく思う。

源氏「中将を厭ひたまふこそ、大臣《おとど》は本意《ほい》なけれ。まじりものなく、きらきらしかめる中に、**大君《おほきみ》**だつ筋にて、かたくなりとにや」とのたまへば、玉鬘「**来ま**さばといふ人もはべりけるを」と聞こえたまふ。源氏「いで、その**御肴《みさかな》**もてはやされんさまは願はしからず。ただ幼きどちの結《むす》びおきけん心も解けず、歳月《としつき》隔てたまふ心むけのつらきなり。（……）」など呻《うめ》きたまふ。（常夏、③二二八〜二二九）

太字で示した表現は催馬楽《我家》に由来する。玉鬘が用いた「来まさば」は《我家》の「大君来ませ」を応用した表現で、「王孫の血筋であれば婿として歓迎するはずなのに」の意と解せるが、光源氏の台詞は《我家》の後半からの、ややもすれば性的な連想のある表現である。《我家》の詞章内容を確認しよう。

《我家》（拍子十二）

我家《わいヘン》は　帷帳《とばりちょう》も　垂《た》れたるを　**大君来《おほきみき》ませ**　聟《むこ》にせむ　**御肴《みさかな》**に　何《なに》よけむ　鮑栄螺《あはびさだを》か　石陰子《かせ》よけむ　鮑栄螺か　石陰子よけむ

「我が家は、帷も帳も垂れているので、皇族さまでもおいでなさい。聟殿に迎えましょう。おもてなしには、何がよろしいでしょう。鮑か栄螺《さざえ》か、そう石陰子《うに》が良いでしょう。」

この催馬楽は後半の貝類の列挙の中に、性的な連想があるとされる。『源氏物語』には、源氏自身が《我家》の詞章を口にしたもう一つの例がある（帚木、①九五）。一〇代後半の源氏と紀伊守との会話で、源氏は《我家》の詞章を引用して間接的に「女性の用意はないのか」と尋ねるが、紀伊守は同じく《我家》の詞章を用いてうまくかわす。その夜、源氏は抑えがたい思いのままに、たまたま同じ紀伊守の別邸に来合わせていた空蝉の寝床に忍び、契りを結んでしまう。物語世界では二〇年近く経っている「常夏」巻とはいえ、これを口にした時に、源氏本人も読者もこの会話を思い出しはしないか。

　月もなきころなれば、灯籠《とうろ》に大殿油《おほとなぶら》まゐれり。源氏「なほけ近くて暑かはしや、篝火《かがりび》こそよけれ」とて、人召して、源氏「篝火の台《だい》一つ、こなたに」と召す。をかしげなる和琴《わごん》のある、引き寄せたまひて、掻《か》き鳴らしたまへば、律《りち》にいとよく調べられたり。音《ね》もいとよく鳴れば、すこし弾《ひ》きたまひて、（常夏、③二二九）

二人の側に和琴があって、源氏が掻き鳴らしてみると、見事に律に調絃してある。これは何を意味するであろうか。まず、続く台詞で源氏も感心するところだが、玉鬘本人が自分でしっかり楽器の調絃ができることは、音楽の素養があるということである。もう一つは「律」が持っているニュアンスであろう。男性的な「呂」に対して「律」は女性的である。時代的にはやや下るが、音楽を専門にしていた人物の証言がある。平安時代後期の楽人、大神《おおが》基政（一〇七八～一一三八）の楽書『龍鳴抄』（一一三三年成立）の序文である。[15]

　呂といふ声はおとこのこゑなり。律のこゑといふは、女のこゑなり。

『源氏物語』にも、和琴を演奏する女性について「律の調べは、女のものやはらかに掻き鳴らして、簾の内より聞こえたるも、いまめきたる物の声なれば、清く澄める月にをりつきならず」（帚木、①七八～七九）という記述があり、ここでも以下に続く源氏の和琴論の中で「秋の夜の月影」が言及される。つまり陰陽でいえば陰のものと並んで現れる傾向が強いのである。

和琴を発見した源氏はここで和琴論を始める。和琴論そのものの細かい検討を省くが、源氏は先ほどの悪口とは対照的に、当代の和琴は内大臣に肩を並べる人はいないと語り、玉鬘の関心を引きつける。

源氏「かやうのことは御心に入らぬ筋にやと、月ごろ思ひおとしきこえけるかな。秋の夜の月影涼しきほど、いと奥深くはあらで、虫の声に掻《か》き鳴らし合はせたるほど、け近く今めかしき物の音《ね》なり。ことごとしき調《しら》べ、もてなししどけなしや。この物よ、さながら多くの遊び物の音《ね》、拍子《はうし》をととのへとりたるなむいとかしこき。大和《やまと》琴《ごと》とはかなく見せて、際《きは》もなくしおきたることなり。広く異国《ことくに》のことを知らぬ女のためとなむおぼゆる。同じくは、心とどめて物などに掻き合はせてならひたまへ。深き心とて、何ばかりもあらずながら、またまことに弾きうることは難《かた》きにやあらん。ただ今はこの内大臣《うちのおとど》になずらふ人なしかし。ただはかなき同じすが掻《が》きの音《ね》に、よろづの物の音《ね》籠《こも》り通《かよ》ひて、いふ方もなくこそ響きのぼれ」と語りたまへば、（常夏、③二二九〜二三〇）

熱心に尋ねてくる玉鬘に対して、和琴論を続ける。内大臣にまた話が及ぶ。実父に教えてもらえたなら、格別に上達するだろうし、いずれは内大臣という名人の奥の手を聞くことになるだろうと、内大臣を褒めた上に、源氏も自ら少し演奏する。あまりにも素晴らしいので、それを越えると源氏が語る実父の演奏はどんなに素晴らしいだろうと、玉鬘はいつか聞けるようになることを想像に描く。

源氏「さかし。あづまとぞ名も立ち下《くだ》りたるやうなれど、御前《ごぜん》の御遊びにも、まづ書司《ふむのつかさ》を召すは、他《ひと》の国は知らず、ここにはこれを物の親としたるにこそあめれ。その中にも、親としつべき御手より弾《ひ》きとりたまへらむは、心ことなりなむかし。ここになども、さるべからむをりにはものしたまひなむを、この琴《こと》に、手惜《てを》しまずなど、あきらかに掻き鳴らしたまはむことや難からむ。物の上手は、いづれの道も心やすからずのみぞあめる。

（……）」とて、調べすこし弾きたまふ。ことつひいと二《に》なく、いまめかしくをかし。

（常夏、③二三一）

ここで、源氏の台詞の冒頭に、「あづまとぞ名も立ちくだりたるやうなれど」とあるところに注目したい。諸注にもある通り、「あづま」には和琴の別名（東琴《あづまごと》）の意も、都人にさげすまれる東国の意もあるが、それだけであろうか。当時ではやや古く響いたかもしれないが、「吾妻」（わが妻）にも聞こえたりはしなかったか。

次に、催馬楽律歌《貫河》が登場する。源氏の弾き歌いである。

源氏「**貫河《ぬきがは》の瀬々《せぜ》のやはらた**」と、いとなつかしくうたひたまふ。源氏「**親避《さ》くるつま**」は、すこしうち笑ひつつ、わざともなく掻《か》きなしたまひたるすが掻《が》きのほど、いひ知らずおもしろく聞こゆ。

（常夏、③二三二）

すばらしい演奏であることは物語の筋からして当然のこととして、ここで問題となるのは、選曲の意図、そして源氏が「すこしうち笑」う理由であろう。まずは《貫河》の詞章内容を確認しよう。

《貫河》（三段　拍子各九　合拍子二十七）

一段　**貫河の**　**瀬瀬《せぜ》の柔《やは》ら手**枕《たまくら》　柔らかに　寝《ぬ》る夜《よ》はなくて　**親離《さ》くる妻《つま》**

二段　**親離くる　妻は**　ましてるはし　しかさらば　矢作《やはぎ》の市《いち》に　沓《くつ》買ひにかむ

三段　沓買はば　線鞋《せんがい》の細底《ほそしき》を買へ　さし履《は》きて　上裳《うはも》とり着《き》て　宮路通《みやぢかよ》はむ

これが男女の問答歌であることには異論はなかろうが、現代語訳をするには、出だしが男か女かで、「つま」への漢字の当て方（妻か夫か）など、解釈が大きく違ってくるであろう。[16] 今回は、後述するように『源氏物語』では《貫河》は男（源氏）の歌としてしか登場しないので、とりあえず男→女のやりとりと解釈して、一段の「つま」に「妻」を当て、現代語訳を次のようにしてみた。

【男】「貫河の瀬々ではないが、逢瀬の柔らかな手枕で、安らかに寝る夜がなくて、親が遠ざける妻よ。親が遠ざける妻は、それだけかわいい。それなのだから、矢作の市に沓を買いに行こうよ。

【女】「沓を買うならば、線鞋の細底を買ってよ。それを履いて上裳をつけて、宮路を通いましょう。」

《貫河》は同じ音楽から成る段を三つ重ねる形式の催馬楽だが、内容は、好きな娘の親が自分を遠ざけて会わせてくれない男が、会いたさのあまり買い物に連れ出すことでせめて一緒に過ごす時間を作りたいといい、娘はそれならお洒落をして「宮路ぶら」しよう、とでも表現できるであろうか。「常夏」の場面で問題になるのは一段の内容のみだが、これまでの注釈の多くは、玉鬘、養父の源氏、実父の内大臣という三者の複雑な関係を背景に解釈を試みてきた。そして、多くの場合、「にやにや」「薄笑い」といった、複雑な状況に応じた、ある種の皮肉か自責の思いを込めた笑いを想定しているようだが、筆者はもう少し表面的な理解でもよいのではないかと思う。物語の中で、催馬楽《貫河》が現れるのはもう一箇所ある。「花宴」巻において、箏の琴を弾きながら「やはらかに寝《ぬ》る夜はなくて」と歌うことで、源氏は葵上のいつもの冷淡さを嘆く（花宴、①三六一）。モチーフとしては親が遠ざけているなどのニュアンスはなく、催馬楽の詞章の引用されている部分のみ理解すればよい文脈である。

さて、「常夏」の《貫河》詞章引用はどうであろうか。鍵は「つま」にあると筆者は考えたい。少し笑い、何ともいえず面白く和琴を掻き鳴らすのは「親避くるつま」であり、源氏の意図は、とにかく「つま」という単語を美しく聞かせたい、というところにあるのではないか。しいて言葉を補って考えるのなら、「（自分である）親（＝養父）を避ける、妻（になってほしいあなた）」ということであろうか。[17]

今度は、玉鬘に向かって「さあ、あなたもお弾きなさい」と勧めるが、言及する曲名がまた問題になろう。

源氏「いで弾きたまへ。才《ざえ》は人になむ恥ぢぬ。想夫恋《さうふれん》ばかりこそ、心の中《うち》に思ひて紛らはす人もありけめ、面《おも》なくて、かれこれに合はせつるなむよき」と切《せち》に聞こえたまへど、さる田舎《ゐなか》の隈《くま》にて、ほのかに京人《きやうひと》と名のりける古大君女《ふるおほきみをむな》の教へきこえければ、ひが事にもやとつつましくて手触れたまはず。しばしも弾きたまはなむ、聞きとることもや、と心もとなきに、この御ことによりぞ、近くゐざり寄りて、玉鬘「いかなる風《かぜ》の吹き添ひて、かくは響きはべるぞとよ」とてうち傾《かたぶ》きたまへるさま、灯影《ほかげ》にいとうつくしげなり。笑ひたまひて、源氏「耳固《かた》からぬ人のためには、身にしむ風も吹き添ふかし」とて押しやりたまふ。いと心やまし。（常夏、③二二一）

源氏が唐楽曲《想夫恋《そうふれん》》に触れる意図はもちろんその題名、「夫（＝自分）を想ひて恋す」にある。新編日本古典文学全集の頭注にある通り、本来は《相府蓮》と表記した曲で、晋の大臣王倹が官邸に蓮の花を賞美した曲といわれるが、『源氏物語』の時代の日本では《想夫恋》の表記が定着していたと考えられる。『新撰楽譜』（通称『博雅笛譜』、源博雅、康保三年［九六六］）の残存目次部分や、『口遊《くちずさみ》』（源為憲、天禄元年［九七〇］）の「音楽門」に、律の調子である平調の曲として《想夫恋》がすでに掲載されている。[18] なお、「つま」という表現は、結婚している男女間で互いに相手を呼ぶ称でもあるので、「夫」という字も「つま」と読める。

勧められても弾く自信がない玉鬘は、和琴をもっと聞きたくて源氏の側に居寄って、楽器を美しく響かせる「風」のことを口にするが、源氏は彼女の振る舞いをとても可憐と感じながらその感情に堪えかねて、「耳がいいのに、どうしていつも私の愛の言葉（「吾妻」「妻」「夫」）を聞こうとしないのか」とすねたような皮肉を言って、楽器を押しやってしまうのである。

人々近くさぶらへば、例の戯《たはぶ》れ言《ごと》もえ聞こえたまはで、源氏「撫子《なでしこ》を飽かでもこの人々の立ち去りぬるかな。いかで、大臣《おとど》にも、この花園《はなぞの》見せたてまつらむ。世もいと常なきをと思ふに。いにしへも、物のついでに語り出でたまへりしも、ただ今のこととぞおぼゆる」とて、すこしのたまひ出でたるにもいとあはれなり。

源氏「なでしこのとこなつかしき色を見ばもとの垣根《かきね》を人やたづねむ

このことのわづらはしさにこそ、繭《まゆ》ごもりも心苦しう思ひきこゆれ」とのたまふ。君うち泣きて、

玉鬘　山がつの垣ほに生ひしなでしこのもとの根ざしをたれかたづねん

はかなげに聞こえないたまへるさま、げにいとなつかしく若やかなり。源氏「来《こ》ざらましかば」とうち誦《ず》じたまひて、いとどしき御心は、苦しきまで、なほえ忍びはつまじく思さる。（常夏、③二三二～二三三）

玉鬘の亡き母夕顔に触れる和歌の贈答に続き、玉鬘のやさしく可憐な初々しさを感じながら、源氏は「来ざらましかば」と口ずさみ、場面が終わる。この表現は多くの場合、音数律の関係で和歌に由来すると考えられ、これまで「引歌未詳」とされてきたが、場面の冒頭近くに引用されている《我家》の詞章「大君来ませ」に由来すると考えるのも可能ではないか。「私がここへ来なければ（こんなに辛い思いをすることもなかったのに）」と解釈すれば、源氏が自分を《我家》の「大君」、玉鬘の「婿」候補であると考えていることになるが、この解釈は場面全体の趣旨に合っており、適切ではないかと思う[19]。

結びに代えて

もし最後に示した「常夏」巻の場面の解釈が当を得ているのであれば、この場面全体の構造についても示唆的ではないだろうか。源氏が玉鬘の居る西の対で和琴を弾き、和琴論を展開し、その中に音楽に託して求愛の言葉を鏤めていく場面全体が、その前後を催馬楽《我家》の詞章引用に括られ、さらにもう一曲の催馬楽《貫河》がその焦点を形成するという、催馬楽を主たる構成要素とした場面構造がみえてくる。

『源氏物語』は時折、長編の「歌物語」としての特徴を指摘されることがあるが、もしそういう捉え方が許される

のであれば、「催馬楽物語」的な場面の存在ももっと考えてもよいのではないか。催馬楽研究の進展に伴って、催馬楽の成立事情や、催馬楽が断絶・復興以前に持っていた音楽的な諸特徴の理解が進めば、それを前提とした、「引歌」ならず、「引催馬楽」の機能が考察の対象となる文学研究の可能性が開けてくるのではないだろうか。

〔注〕

1　拙論「催馬楽雑考」（法政大学国文学会編『日本文学誌要』七一、二〇〇五年三月）参照。明治九年（一八七六）、《伊勢海》、《更衣》、《安名尊》、《山城》、《席田》、《蓑山（美濃山）》の六曲が現行曲として『明治撰定譜』に加えられ、後にさらに四曲ほど復興されている。なお、以下、催馬楽の曲名に《　》を用いる。曲名の表記や読みは主に新編日本古典文学全集『神楽歌　催馬楽　梁塵秘抄　閑吟集』（催馬楽校注臼田甚五郎、小学館、二〇〇〇年）に拠ったが、鍋島報效会徴古館蔵『催馬楽』（源家流の歌唱譜）、東京国立博物館蔵『催馬楽抄』（通称『天治本催馬楽抄』）、藤家流の歌唱譜）、および琵琶譜『三五要録』巻第三（催馬楽律歌）・巻第四（催馬楽呂歌）も参照した。

2　催馬楽の成立事情を明らかにするためには、断絶・復興以前の催馬楽が持っていた二重の「同音性」（唐楽・高麗楽の楽曲との同音関係と、催馬楽レパートリー内の同音関係）の解明が最も重要な鍵となるであろう。前注の拙論で研究の方向性について論じた。しかし、今回取り上げる題材にはほとんど関わらないので、本稿では「同音性」に一切触れないことにした。なお、催馬楽に関する音楽史的研究の可能性については、本塚亘「催馬楽成立研究の可能性 ― 「二重の同音性」を手掛かりに―」（法政大学国文学会編『日本文学誌要』八八、二〇一三年七月）参照。

3　漢文を引用する場合、筆者による書き下しを用いる。

4　これについては、永池健二「広井女王「催馬楽歌」存疑――催馬楽歌考序説（一）」（日本歌謡学会編『日本歌謡研究――現在と展望』、和泉書院、一九九四年）参照。

5　以下、催馬楽の詞章は、鍋島報效会徴古館蔵『催馬楽』（詞章が万葉仮名で表記されている歌唱譜）の本文を元に、拍子記号など発唱に関わる情報を省き、私に漢字平仮名交じり文に改めた上、囃詞を片仮名で表記したものを使用する。なお、《新年》の成立事情、他の催馬楽との「同音」関係については、杉田真菜美「恭仁京と催馬楽 ―《沢田川》と《安名尊》グループの成立と解釈―」(法政大学国文学会編『日本文学誌要』九〇、二〇一四年七月)参照。

6 この二例については、堀部麻衣子「催馬楽《葛城》考」(法政大学国文学会編『日本文学誌要』八三、二〇一一年三月)、宮崎めぐみ「催馬楽《鷹山》・《此殿》グループと唐楽《西王楽》の成立について ―二重の同音性が語ること―」(法政大学国文学会編『日本文学誌要』八五、二〇一二年三月)参照。

7 倉田実「催馬楽」項、秋山虔・小町谷照彦編『源氏物語図典』(小学館、一九九七年)。

8 小町谷照彦・倉田実編『王朝文学文化歴史大事典』(笠間書院、二〇一一)四三一ページ参照。植田恭代『源氏物語の宮廷文化 ―後宮・雅楽・物語世界―』(笠間書院、二〇〇九年)にも同様の対照表がある。

9 以下の分類は、二〇〇六年度に指導した亀田昌枝の卒業論文「『源氏物語』の巻名と催馬楽」をはじめ、法政大学文学部日本文学科の学部ゼミナールの学生指導を行っていく中で得られた知見の他、二〇〇七年夏に個人研究用に取りまとめたデータベース「Music in *The Tale of Genji*/『源氏物語』の音楽」(仮称、未公表)に基づいている。なお、二〇一二年三月のパリ討論会の際には、『源氏物語』本文抜粋と備考等を充実させた「参考資料『源氏物語』の催馬楽 一覧表」を配付したが、今回は紙幅制限のため掲載できなかった。また、始めてこの分類を公表したのが二〇一二年三月のパリ討論会においてであったが、その後見直しを重ね、加筆訂正している。

10 『源氏物語』の引用は、新編日本古典文学全集⑳~㉕(小学館、一九九四~九八)を使用する。

11 ここではこれ以上の考察を控えるが、《山城》解釈の可能性については、山上彩「源典侍が歌う催馬楽をめぐって」(法政大学国文学会編『日本文学誌要』七八、二〇〇八年七月)参照。

12 「返り声」の例を挙げよう。なお、ルビを省略する。

胡蝶、③一六九。「返り声に喜春楽立ちそひて……」(呂の双調から律へ)

若菜上、④六〇。「すぐれたる声の限り出だして、返り声になる。」(呂から律へ)

若菜下、④二〇一。「返り声に、みな調べ変りて、律の掻き合はせども……」(呂から律へ)

このように、『源氏物語』における返り声は専ら呂から律へ移ることをいう。

13　大君の和歌の初句・二句は、薫が直前に口すさんだ「わが涙をば玉にぬかなん」（『伊勢集』「よりあはせて泣くなる声を糸にしてわが涙をば玉にぬかなむ」を承けている。

14　こうした梗概を批判することは容易いことだからこそ憚られるが、二段落目の「玉鬘に和琴を教えながら」という要約でよいか、大いに疑問に思う。以下に論じている通り、側に和琴があることを発見すると、源氏は楽器を弾いてみせながら、和琴論を展開する。しかしこれは見せかけで、実は求愛している。実際に玉鬘に和琴を教えているわけではない。『源氏物語』の音楽教習の場面、例えば源氏が紫の上に対して箏の琴の教授を行う場面（紅葉賀、第一巻、三三一～三三二ページ）では、教わっている方が楽器を手にしている。「玉鬘に和琴を教える」と表現するには、玉鬘が楽器に手を触れていなければならないのである。

15　『群書類従』第一九輯　管絃部（続群書類従完成会、一九三二）二六ページ。

16　これについては、本塚亘「催馬楽《貫河》考―詞章解釈の視点を定める―」（『法政大学 大学院紀要』七〇、二〇一三年三月）参照。

17　なお、源氏が催馬楽の冒頭「貫河の　瀬々の柔ら手枕」を「やわらた」と、単語の途中で切っていることについては、筆者はよくわからない。平安時代の楽譜史料を検討してみても、どの史料にもフレーズが続いており、そこで切る積極的な理由が見当たらない。本文の問題、あるいは読者に「枕」という単語を連想させようとしてあえて省略しているであろうか。

18　遠藤徹「『新選楽譜』の楽目録について―平成十四年の新出史料を中心に―」（神野藤昭夫・多忠輝監修『越境する雅楽文化』、書肆フローラ、二〇〇九年）、幼学の会編『口遊注解』（勉誠社、一九九七年）参照。

19　これについては、関根由佳「『源氏物語』と催馬楽《我家》―「来ざらましかば」の解釈をめぐって―」（法政大学国文学会編『日本文学誌要』八三、二〇一一年三月）参照。『源氏物語』研究者、立教大学教授の小嶋菜温子氏も関根論文について「歌謡引用の細やかな分析などが目を惹く」と評価する。小嶋菜温子「学会時評―中古」（『アナホリッシュ国文学』五、二〇一三年一二月）。

〔その他の参考文献〕
遠藤徹・ネルソン、スティーヴン・G．『《雅楽》映像解説2』（財団法人下中記念財団、二〇〇〇年）
岡田精司「ゆき・すき　悠紀・主基」（国史大辞典編集委員会編『国史大辞典』第一四巻、吉川弘文館、一九九三年）
亀田昌枝「催馬楽の視点から見た『源氏物語』」（法政大学国文学会編『日本文学誌要』七六、二〇〇七年七月）
神野藤昭夫「催馬楽の時代と『源氏物語』」（神野藤昭夫・多忠輝監修『越境する雅楽文化』、書肆フローラ、二〇〇九年）
ネルソン、スティーヴン・G．「蘇る平安の音」（神野藤昭夫・多忠輝監修『越境する雅楽文化』、書肆フローラ、二〇〇九年。

平安文学における想像と形見としての庭園

イフォ・スミッツ

はじめに

『源氏物語』において、いわゆる玉鬘十帖を通して源氏の栄華の頂点が描かれるが、このかなりの部分が六条の一角に位置する六条院と呼ばれる源氏の邸宅を舞台としている。六条院の四つの庭園は源氏の生涯において重要な女主人公たちに対応し、それぞれのアイデンティティを示し、彼女等を代替するのだということを『源氏物語』の読者たちは知っている筈である。この意味で、これら庭園は後宮をまねたものとも言われている。[1]

この四つの庭園構成が『古今和歌集』にコード化されている季節のサイクルを下敷にし、春（紫上の御殿）と秋（秋好中宮の御殿）に重点を置いたものであるということも、しばしば言われてきた。[2]「胡蝶」巻では、源氏と紫上は、六条院の西南に住まいを構える秋好中宮とそのお付きの女房達を、紫上が住む六条院の南の御殿に迎える。この紫上の庭園のテーマ、というよりアイデンティティーは春である。そして、この庭に中宮（実は訪れない）とそのお付きの女達（訪れる）が招かれた季節は春であった。ここには平安の庭園の常として池がある。源氏は大陸風（「唐の装い」）

の船を二つしつらえ、女房達を乗せて、貴族の庭園にあっては例外なく中核的要素である池をめぐらせる。この「胡蝶」巻の部分は、紫上の季節の庭を巡るという、あたかも仙境に入ったような経験にうっとりし、現実の六条院という物理的限界を超えてその向こうにある領域を眺める視線を庭が与えてくれるのだということを驚きのうちに悟る秋好中宮の女房達を描いている。

龍頭鷁首《りょうとうげきしゅ》を、唐《から》の装《よそ》ひにことごとしうしつらひて、梶《かぢ》とりの棹さす童《わらは》べ、みな角髪《みづら》結ひて、唐土《もろこし》だゝせて、さる大きなる池の中にさし出でたれば、まことの知らぬ国に来たらむ心地して、あはれにおもしろく、見ならはぬ女房などは思ふ。中島の入江の岩蔭にさし寄せて見れば、はかなき石のたゝずまひも、たゞ絵に描《か》いたらむやうなり。〈中略〉まして池の水に影をうつしたる山吹、岸よりこぼれていみじき盛りなり。水鳥どもの、つがひを離れず遊びつゝ、細き枝どもをくひて飛びちがふ、鴛鴦《をし》の波の綾《あや》に文《もん》をまじへたるなど、物の絵様《ゑやう》にも描《か》き取らまほしきに、まことに斧《をの》の柄《え》も朽《くた》いつべう思ひつゝ、日を暮らす。3

この部分には、ここで私が考えてみたい二つのテーマが現れている。

・平安文化において、庭園と絵画とは互換的な関係にあるが、それは両者とも基本的に表象《リプリゼンテーション》として機能しているからであり、またこれと関連して表象と現実の互換性という問題がある

・庭がある人、通常はその持ち主だが、その「思い出の品」、つまり形見として機能する

船の女達はその感激を二つの方法で述べているが、その第一は絵にたとえることである。

中島の入江の岩蔭にさし寄せて見れば、はかなき石のたゝずまひも、たゞ絵に描いたらむやうなり。

そして、

物の絵様にも描き取らまほしきに、まことに、斧の柄も朽いつべう思ひつゝ、日を暮らす。

「絵に描きたるやうなるに」、「絵の如し」などの表現は、『源氏物語』やその他の平安の物語に、限りなく美しい、現実よりも優れているということを述べるためによく使われる表現なのは確かである。しかし、我々は庭園と絵画の双方を表象と見なさなければならないのである。それに、現実に存在するものよりも絵画の方が優れているのは、景観というあるがままの現実よりも表象の方がいわゆる地勢《ちせい》というものの本質をうまくとらえることができるからなのである。風景は文化的行為として眺めることができるのだが、[4]表象は景観をどのように経験すべきかということを我々に教えてくれる。

その第二の方法は、遥か彼方に我々を運び去る動きに身を任せることだが、この彼方は全くの想像の世界ではない。

さる大きなる池の中にさし出でたれば、まことの知らぬ国に来たらむ心地して、あはれにおもしろく、見ならはぬ女房などは思ふ。

そして和歌においてこの方法が繰り返される。ある女房がこの庭園は近江国の山吹のみ崎という名所の景を彷彿とさせると詠うと、別の女房の和歌が蓬莱山（亀の上の山）などの仙人が住む素晴らしい想像上の島を呼び出そうとするのである。和歌においてしばしば使われるトポス、つまり特定のパターンとしての「取り違え」が、ここでは表象（庭）と現実の場所（名所）、そして空想の領域までも互換可能なものとしている。

風ふけば波の花さへいろ見えてこや名にたてる山ぶきの崎
亀の上の山もたづねじ舟のうちに老いせぬ名をばここに残さむ[5]

つまり、「取り違え」のトポスは移送の技法も含んでいるのだが、この技法は想像する行為なのである。平安の歌人たちはこのようにして全く空想の世界とは言えない別の世界に自らを移送するということをやすやすと行っていた。私がここで注目したいのは、女房達は庭園を見ながら、そしてそれを通してのみこの想像行為に入るということである。表象は想像を管制する回路なのである。

この引用部分で特にはっきり言われている訳ではないが、源氏と紫上の御殿の庭はそこを訪れた者達に記憶されたはずだし、既に述べたように、四つの庭はそこに住む人々の代役であり、符丁である。その意味で、庭園を形見と呼ぶのである。

一　想像としての庭園

平安の庭園は二つの要素、石と水によって規定される。この二つの要素、水と石が中国に古くからある言葉、我々が通常景観《ランドスケープ》と訳す、山水《せんずい》つまり「山」と「水」に対応しているのも偶然ではない。まず、水は池で、当時の庭園の中心であり、決まって海を表している。曲がりくねった水の流れがこの池に注いでいる。定型的な海の景色は平安のほとんどの庭園の中心的要素で、池とその真ん中にある中島と松とが描き出そうとしているものなのである。

第二の要素、石は、様々なやり方で庭の設計において基本的な意匠となるもので、庭園が再構成する景観のアウトラインを形作る。この新たな再創造の行為は石の群れをどう配置するかということで決まる。庭作りは「石を立つ」ことに尽きると言っても過言ではない。庭に石を用い、それをどのように立てるかが重要であったことは、この時代には造園者だけではなく、有風流者《ふうりうあるもの》、つまり奇巌怪石《きがんくわいせき》の取引を専門とする者が存在していたという事実からもわかる。[6]優れた鑑識眼を庭石の選択によって見せようとし、そのために非常な努力が払われた。そして当然のことながら同じ心を示す和歌に我々は出会うことになる。この事実は、現存の日本最古の造園書、『作庭記』の著者、橘俊綱（一〇二八〜一〇九四）を養父とする源俊頼（一〇五五？〜一一二九）の和歌に見ることができる。

石はさもたてける人のこころさへかたかと有りて見えもするかな

（『永久百首』雑、五一五）[7]

これに先立って、『伊勢物語』には既に、藤原常行《ふじわらのつねゆき》（八七五没）が、禅師親王《ぜんしのみこ》に、親王の山科宮のために贈った、こうした風流の石の話を見出すことができる。この石は「紀国の千里の浜にありける、いとおもしろき石」であった。

この石、きゝしよりは見るはまされり。これをたゞに奉らばすゞろなるべしとて、人〴〵に歌をよませ給ふ。右のむまの頭なりける人のをなむ、あおき苔をきざみて、蒔絵のかたにこの歌をつけて奉りける。

あかねども岩にぞかふる色見えぬ心を見せむよしのなければ

となむよめりける。[8]

石には言葉が添えられなければならない。常行は石に歌を刻み禅師親王への忠誠を強調すると同時に、山科宮から常行が姿を消した後も禅師親王が彼を思い出すよすがとするために、石を自分自身の形見に変換したのである。ここに、特別に美しい風景を現前させるという役割ばかりではなく、既にいない人の代役を勤めるという庭園の役割を見出すことができる。

注目すべきことがある。一二世紀の初頭まで、歌人たちは一般に「岩《いは》」という言葉を使っていたが、それ以降は歌語として「石《いし》」という言葉を使うようになった。これは和歌が現実の、あるいは実物の風景ではなく、庭園について詠うようになったということを意味する。つまり、一二世紀の和歌における「石」が、主に「庭石」なのであれば、和歌は景観の表象についての歌となったということである。[9]

平安時代においては絵の制作と造園とは、同一もしくは少なくとも密接な関係にある専門分野であった。日本最古の造園書、『作庭記』は、造園師でもあり、有名な絵師でもあった延円《えんえん》阿闍梨（?～一〇四〇）の名を挙げている。彼は絵《ゑ》阿《あ》闍梨《じゃり》という肩書きを持ち、石の立て方についての伝授を受けていた。[10]『今昔物語』においても、百済から来た絵師、川成《かわなり》という名が見えるが、彼は滝殿の庭を設計し、御堂の壁の絵も描いている。絵画と造園が共通して持っていたものは風景を表象する際に行使される同一の構造原理であったということであろう[11]。

平安の王朝文化においては、絵画はしばしば屏風の形を取った。これら屏風絵の殆どは、何らかのかたちの風景画を描いていたようである。平安時代においては、現実の風景よりも理想化された表象を好む態度があり、このため、風景を言葉にする場合は、絵画の語彙で表現しようとする描写が多いのではないかと思う。かくして表象化された形象間の互換性が存在したため、庭園と絵画との違いは重要ではないと感じられていたのであると思う。次の紀貫之《きのつらゆき》(九四五没)の和歌が示すように、この互換性を元とした歌さえある。

斎院の屏風に　　つらゆき

よるならば月とぞ見ましわがやどの庭しろたへにふれるしらゆき

(『拾遺和歌集』巻第四、冬、二四六)[12]

これらの屏風歌は、屏風の絵に添えられ、絵をコメントし、時には再解釈するものであった。また、絵を生み出す屏風歌もあった。ここで強調したいことは、屏風絵についての議論で重要なのは、描かれた場面が、自分は他の場所にいるのだと歌人が想像することを助け、あるいは強制する、つまり、屏風歌と画中人物の同一化の問題だということである。これに関して、庭園が同じ様に使われていたという興味深い例がある。『今鏡』の一節で、『作庭記』の著者が、伏見の自邸の庭をこのように使っていたという事実を記している部分だが、歌人達は伏見に集って歌を詠み、現実の人間を理想化された庭の風景の一部として配置していたというのである。

伏見には、山みちをつくりて、然るべき折ふしには、たび人をしたてて、通されければ、さる面白きことなかりけり[13]。

現実にある名所の「面白き所々」に倣って庭園を設計するよう、『作庭記』はその名高い冒頭部で述べている[14]。しかしながら、著者の橘俊綱は、庭園を創造するにあたってはそれを「やはらげたつ」ことを求めている。その意味するところは必ずしも明瞭ではないが、「素直に立てる」という意味で理解されることもある。しかし俊綱が庭園設計に名所の理想化をめざしたという可能性も考慮するべきだと思われる。別の言い方をすれば、名所は設計の出発点ではあるが、庭園は必ずしも現在の我々の意味での純然たるコピーではないだろうということである。また、この時代の表象の類型的性格、つまり一般に、特定の表現単位の集合体から成る標準的レパートリーを使って表象行為が行われていたということも考えておかなければならない（ちなみに、これは平安時代の庭園の縮小モデルが皆なぜ似通ってしまうのかということの説明にもなろう）。この表象に対する類型的アプローチが、一つの絵画によって異なった複数の場所を表象することを可能にしていた。

歌合の折りの州浜など、同様のことが他の形態の表象化についても言える。例えば寛平年間の歌合において、州浜が吹上を表していると菅原道真（八四五〜九〇三）が認定できたと思われるのは、この場合は吹上を表すその理想化された場所としての州浜に、吹上であると記したものが付いていたからである。そして、これによって歌人は紀伊国の浜に自分が移送されていると想像することができたのである。

おなじ御時せられけるきくあはせに、すはまをつくりて菊の花うゑたりけるにくはへたりけるうた、ふきあげのはまのかたにきくうゑたりけるをよめる　すがはらの朝臣［道真］

秋風の吹きあげにたてる白菊は花かあらぬか浪のよするか

（『古今和歌集』巻第五、秋歌下、二七二）

二　形見としての庭園

想像行為は、具体的で触知《しょくち》できるものを基盤《ベース》としている。これらのものが風景とし存在することも可能である。絵画や州浜が想像行為を支えるのと同じあり方で、平安時代の記憶行為は具体的な物に支えられていると考えることを、私は提案したい。それは亡くなった人、または別れてしまった人の思い出の場合、非常にはっきりと出て来る。この種の思い出を呼び起こす物は形見である。そして、そのようなものの一つの種類が庭園であった。なぜなら、庭園は、その持ち主、あるいは、その庭園で多くのときを過ごした人を思い出させる種であり、従ってその代理なのである。こうして庭園は、過去の、そして失われた友の、失われた恋人の形見のように機能することになる。

ぬしなきやどを　　　　恵慶法師
いにしへを思ひやりてぞこひわたるあれたるやどの苔の石はし　（『新古今和歌集』巻第十七、雑歌中、一六八五）

『土佐日記』の最後の行においては、自分の庭は死んだ子供の思い出の種ともなるということがさらに繊細に語られている。

さて、池めいて窪まり、水つけるところあり。ほとりに松もありき。五年六年《いつとせむとせ》のうちに、千歳や過ぎにけむ、かたへはなくなりにけり。今生《お》ひたるぞまじれる。おほかたの、みな荒れにたれば、「あはれ」とぞ、人々いふ。思ひ出でぬことなく、思ひ恋しきがうちに、この家にて生まれし女子《をむなご》の、もろともに帰らねば、いかがは恋しき。船人《ふなびと》も、みな子たかりてののしる。かかるうちに、なほ、恋しきに堪へずして、ひそかに心知れる人といへりける歌、

生まれしも帰らぬものをわが宿に小松のあるを見るが悲しさ

とぞいへる。なほ、飽かずやあらむ、また、かくなむ、

見し人の松の千歳に見ましかば遠く悲しき別れせましや

忘れがたく、口惜《くちを》しきこと多かれど、え尽くさず。とまれかうまれ、とく破《や》りてむ。[15]

ついでに言えば、かつての持ち主の形象化は漢詩にも認められる。

藤原敦光江帥の旧宅を過ぐとて秀句を作る事

敦光朝臣、江帥の旧宅をすぐとて、

往事渺茫トシテ共ニカレ誰ト語ラン　閑庭唯有リ二不言ノ花一

と作りたりける、いとあはれにこそ侍れ。後京極殿、詩の十体を撰ばせ給けるに、此詩をば、幽玄の部入させ給たりける。[16]

自分自身の意識化が極めて先鋭化すると、庭園のイメージを作者自身の代理として使う和歌も出て来る。例えば、源《みなもとの》宗于《むねゆき》（九三九没）は、自分の死後人々が自分の庭を見て、自分を思い出すときには庭が既に自分の形見の役割を果たすだろうと思って庭を見る。

［秋の歌とてよめる］　むねゆきの朝臣

わがやどの庭の秋はぎちりぬめりのちみん人やくやしと思はむ　（『後撰和歌集』第六、秋中、二九九）

同じような自照の在り方が、長いときを経て自分の庭を見た歌に認められる。ここでは庭園はほとんど鏡と呼んでもいいものになっている。

ひさしくすまず侍りけるところに、秋のころまかりわたりてよみ侍りける　前大納言公任

時しもあれ秋ふるさとにきてみれば庭は野べともなにけるかな　（『千載和歌集』第四、秋歌上、二六九）

庭が人に自分自身を思い出させることができるように、恋の歌においては、庭園はまだ生きている、恋い慕っている人の形見ともなる。

むかしみし庭の雪とはおもはねどたがためならぬ宿ぞ恋しき[17]

似通った風景の形象化を行っている絵画と庭園の互換性は、陸奥国の塩釜という歌枕を絵画化したものに触発されて紫式部が詠んだ歌に明瞭に表れている。この和歌は彼女の夫、藤原宣孝《ふじわらののぶたか》（?〜一〇〇一）の死後まもなくに詠まれたもので、冒頭の「見し人」は宣孝を指すものと思われる。

よのはかなきことをなげくころ、みちのくに名あるところどころかきたるゑを見侍てよめる　紫式部

みし人の煙になりし夕よりなぞむつまじきしほがまの浦　（『新古今和歌集』巻八、哀傷歌、八二〇）

「煙」は塩釜の縁語で、火葬の煙を暗示し、なぜ塩釜が嘆きに結びつけられているかを理解させる助けになっている。このイメージを式部は「夕顔」巻で、夕顔の死後源氏が彼女のことを記す場面で使っているが（見し人の煙を雲とながむれば夕べの空もむつましきかな）、彼女自身の歌では塩釜が嘆きに結びつけられ、彼女自身の嘆きと重ねられているのである。

三　形見と想像としての河原院

紫式部の亡夫についての歌は、実は、塩釜のイメージを死者への愛惜と結びつける、これよりも古い歌と響き合っている。

河原の左のおほいまうちぎみの身まかりてのちかの家にまかりてありけるに、しほがまといふ所のさまをつくれりけるを見てよめる

君まさで煙たえにししほがまの浦さびしくも見え渡るかな　紀貫之

（『古今和歌集』第十六、哀傷歌、八五二）

この和歌は偉大な人物がこの世を去ってしまったということを実感したときの（真率な、あるいは単に儀礼的な）悲しみを表している。塩釜（塩と釜）という地名は、うら（浦／うら寂しい）と結びついて、掛詞の機能を果たしているが、塩釜を模した庭が悲しく寂しいものとなったのは、この場所の持ち主が死んでしまったからである。換言すれば、彼がまだ生きていたときには、生き生きとした場所だったのである。ほぼ同時代の『伊勢物語』第八一段には、この庭園が塩釜をともかくも再現したものとして出てくる[18]。その効果は非常に強かったので、歌人達は自分たちが平安京ではなく陸奥国にいるかのように想像している。だから在原業平は、遠い彼方の、しかし全く想像の世界とは言えない所にいると自分にも思わせるような和歌を詠むことができたのである。

塩釜にいつか来にけむ朝なぎに釣する舟はこゝに寄らなん

貫之の「君まさで」の和歌の詞書に記され、そして伊勢物語にも出てくる大臣は源融《みなもとのとおる》（八二二～八九五）で、河原の左大臣という別称は、彼の邸宅が平安京の六条の辺りの鴨川の西の堤にあったことによる。彼の庭園好きは有名で、六条の河原院に塩釜の浜辺を再現させ、それが評判となった[19]。三次元の再現とは言っても、勿論縮小されたものであったろうが、後代の注釈を信じれば、かなり広大で、逍遙するだけの広さはあったようである。

モデルとなった塩釜は日本北部の陸奥、松島湾にあるところだが、融自身は恐らく実際には見ていなかったようである。貫之が歌に詠むようになった時点では、文学的表現力のある言葉、歌枕に慎重に作り上げられ、悲しさと寂しさに結びつけられた地名となった。一般に思われていることとは違って、塩釜は早くから詩的言語のレパートリーに

入っている言葉ではなかった。『古今集』には実際の塩釜についての歌は二首しかなく、貫之のものを加えて三つになる。平安初期、中期には河原院と関係がない塩釜についての歌はほとんど見られず、平安後期になって、塩釜そのものが固有の歌枕として流行するようである。[20]したがって、塩釜が有名だったから融が選んだという事は疑わしい。九世紀の日本の状況に合わないのである。

融の死後は、過去も河原院において回想されるようになる。貫之の和歌はそれを証している。「君なくて」は、北辺の地域を再構成したものに対するのみならず、平安京の幸せだった日々の思い出ともなっている。河原院の庭園は、遥か彼方のほとんど不思議の国に近いものの表象であるとともに、その持ち主、そして失われた過去の形見でもあった。

終わりに

一四世紀の『源氏物語』の注釈書、『河海抄』は、初期のこの物語の読者達に源氏の六条院には歴史的な典拠があり、九世紀の源融の河原院がそれであると述べている。これが六条院が融の邸宅をモデルとしているという説の根拠となっている。

此六条院は河原院を模する歟御記に見えたり一世源氏作られたるも其例相似たる歟[21]

同じ『河海抄』は、同じ河原院が、荒れ果てた邸宅、源氏の悲劇的な恋のヒロイン、夕顔を連れて行った「なにがしの院」のモデルだったということも明らかにしている。そして、彼女の記憶は、源氏が他の女達を住まわせる六条院の造営にもつきまとうのである。

なにがしの院　河原院歟（中略）彼院左大臣融公旧宅也又号六条院後宇多院御跡也、延喜御記曰此日参入六条院此院是故左大臣源融朝臣宅也大納言源朝臣奉進於院[22]

このように同一視することにより、形見というテーマが浮き彫りになる。融の河原院のように、源氏の六条院は、「見知らぬ国」の洗練された人工的な表象として造営された所に住んだ人々の憂愁に満ちた記憶に捧げられたものなのである。

〔注〕

1　Norma Field『*The Splendor of Longing in The Tale of Genji*』（Princeton University Press、一九八七年、一一二ページ、廣田收の説に従う論）。六条院のもう一つの位置づけは、それまでの『源氏物語』のサマリーとしてみるという考え方である。それについてはノルマ・フィールドとハルオ・シラネの論を参照（同上、九一ページ、Haruo Shirane『*The Bridge of Dreams: A Poetics of 'The Tale of Genji'*』（Stanford University Press、一九八七年、一二九ページ）。

2　野村精一「六条院の季節的時空のもつ意味はなにか」（『国文学』二五巻六号、一九八〇年）を参照。

3　『源氏物語』胡蝶巻（『新編日本古典文学全集二二』、小学館）、一六六～一六七ページ。

4　W.J.T. Mitchell 編『*Landscape and Power*』第二版（University of Chicago Press、二〇〇二年）、一ページ。

5　『源氏物語』胡蝶巻、一六七ページ。

6　『江談抄』巻三の二四（『新日本古典文学大系三二』、岩波書店）、八〇～八一、五〇〇ページ。

7　『新編国歌大観』による。

8　『伊勢物語』第七八段（『日本古典文学大系九』、岩波書店）、一五六～一五七ページ。

9　内藤まりこ「和歌と作庭―石をめぐる叙景歌について―」（『言語情報科学』二号　二〇〇四年）。片桐洋一編『歌枕歌ことば辞典』（角川書店、一九八三年）、九〇ページ。
10 『作庭記』（『日本思想体系二三』、岩波書店）、二四三ページ。森蘊『「作庭記」の世界―平安朝の庭園美―』（日本放送出版協会、一九八六年）、二〇二～二〇三ページも参照。
11 『今昔物語集』巻二十四の五（『日本古典文学全集二三』、小学館）、二七七ページ。片桐洋一『古今和歌集の研究』（明治書院、一九九一年）、五〇～七一ページも参照。
12 勅撰和歌集の歌は『新編国歌大観』による。
13 『今鏡』巻四の三（『日本文学大系一二』国民図書社、一九二六年）、四三四ページ。
14 「国々の名所をおもひめぐらして、おもしろき所々を。わがものになして、おほすがたを、そのところになずらへて、やハらげたつべき也。」『作庭記』、同上、二二四ページ。森『「作庭記」の世界』、四三ページも参照。
15 『土佐日記』二月十六日（『新編日本古典文学全集一三』、小学館）、五五～五六ページ。
16 『古今著聞集』巻十三　哀傷　四五七（『岩波日本古典文学大系八四』）三六六ページ。
17 『古今著聞集』、巻十四　遊覧　四七八、同上、三八二ページ。
18 『伊勢物語』第八一段（『日本古典文学大系九』、岩波書店）、一五八ページ。
19 実際には増田繁夫によれば、この庭園を作らせたのが融かどうかはわからないとのことである（「伊勢物語―河原院と塩釜説話〈第八十段〉―」『国文学』三一巻一三号、一九八六年）二六ページ。
20 西村聡「河原院幻想の構造―〈融〉像処理論―」（徳江元正編『室町文学纂集第二輯　古今和歌集三條抄』、三弥井書店、一九九〇年）、二四八～五二ページ。片桐『歌枕歌ことば辞典』二〇八～二〇九ページも参照。融の邸宅になぜ塩釜が作られたかということについての最近の説として、貞観十一年（八六九）の大津波で壊滅した塩釜（清水婦久子『源氏物語の巻名と和歌』所収、「コラム２《塩釜の浦》」、和泉書院、二〇一四年、三三〇～三三一ページ）を挙げることができる。
21 『河海抄』（『国文註釈全書』第三巻、国学院大学出版部、一九〇八年）、二二〇ページ。
22 『河海抄』、六三ページ。

『古事記』の歌謡 ―雄略における笑いと暴力―

フランソワ・マセ

最古のテクストを前にすると、我々はついうやうやしくなりがちである。そうした態度は、このようなテクストに対する考察をゆがめてしまう数多くの先入観の一つだが、比較しようにも他の文書が不在なため、過大評価に陥って、ユニークで素晴らしいものだと考えがちである。しかし、これらのテクストがユニークなものとなったのは、その内在的な価値のおかげではなく、歴史の偶然による場合が多い。

そして、これらテクストが神々や初期の天皇について語る場合は、真面目にアプローチし、内容的にも真面目なものを扱わなければならないという暗黙の前提がある。古代伝承は、博学・博識的学究とうやうやしい崇敬に満たされていて、笑いが割り込む余地はほとんどない。

古代詩歌の場合、この崇敬の念に神秘の輝きが加わる。多くの人々にとって、最古の歌は、極めて深淵な、神秘の躍動を伝えるもので、恋の歌が歓喜を謳い上げたりすると、それを古代の慣習についての解釈で覆い隠そうとしたりもする。

この論文において筆者が述べたいのは、最古のテクストにおいてもコミックが存在しうること、そして作品の中のバランス、ハーモニー、構造に重要な役割を果たしているということである。さらに言えば、特定の部分における詩歌の存在は、その前後のコンテクストとの矛盾を引き起しているどころか、状況の滑稽さを強めるという効果を生んでいるのである。

一　古代歌謡とそのコンテクスト

文学史の専門家は現存最古の日本の作品、主に『古事記』（七一二年）、『日本書紀』（七二〇年）、『風土記』（七四〇年頃）、そして『続日本紀』（七九七年）に含まれている詩歌を歌謡と名付け、和歌と区別している。ただし、これらの作品自体において使われているのは、一般的な「歌」という言葉である。

これらの歌は完璧に表音表記であるため、言語学者にとっては、記録に残った最古層の日本語をうかがう重要かつ貴重な資料である。もっとも、漢字を表意文字として使っていないため時には理解が困難だが、ここで問題にしたいのは、そういった点ではない。

歌謡は直接日本語で書かれているため、多くの研究者から大陸の影響が大幅に入って来る前の日本文化にアクセスする材料であると思われていて、儀式的側面が強調される傾向が強い。マルセル・グラネ（一八八四〜一九四〇）がその著書『中国古代の舞踏と伝説』[1]において『詩経』を通じて古代中国の再現を計ったのと同様に、歌謡を通じて古代の習俗を知り、古代社会、そして原初の日本人の世界観を知ることができるという立場に立つこれら研究において、歌謡の中にグラネが関心を寄せた掛け合いで歌う歌垣があることも注目された。

このような取り組みに根拠があることは確かで、彼らの古代世界の再構築の中には疑問に思われる点もあり、儀式に傾きすぎた面もあるのだが、土橋寛（一九〇九〜一九九八）[2]等の研究者の存在は非常に貴重である。しかし、このようなアプローチにおいては、全く単純な意味でのコンテクスト、つまり、歌の前後にあるテクストは、無視されないまでも、多くの場合付随的なものとしか考えられていない。それは、あたかもギリシャのモチーフを表すパッチワークを研究するために各断片を一つ一つ取り上げ、それが何に由来するか、何を意味するかを調べはしても、モチーフ全体を見ようとしない態度に似ている。しかし『古事記』のようなテクストにとっては、全体的なレベルで表われるモチーフが最も重要なのであって、そうでなければ、小さな話が雑然とつなぎ合わされ、語られる話とは直接的な関係のない歌がかなり稚拙にあちらこちらにばらまかれているだけということになってしまう。しかし、この全体的なレベルでのモチーフの問題は、「下巻」の研究のためには特に決定的に重要で、物語が何度か中断され、歌を伴う断片的なエピソードや歌とその散文バージョンが組になったものが、次々に現れるこの巻を理解する鍵となっている。

もしこれら古代のテクストあるいはその元になったものの作者について、より好意的な見方をすることが許され、本居宣長のように神の啓示を受けたとは言い難いから、歌も散文も書き写したのだと想定するというのであれば、その時代に知られていた大量の歌の中から表現したいことに最も適した歌を彼らが選んだと考えることもできるのではないだろうか。彼らが本当に歌を作ることができなかったと考えるのであれば、だが。いずれにせよ、これらのテクストがどのようにして書かれたか、そのプロセスを知ることは恐らくできないであろうが、『古事記』は特に、散文部分と歌の部分が組んだものとして構成されているという特質を示している。こうした形で現存の最も古い歌が記録され、またおそらくは同時期に、歌の一定の独立性を持つ『人麻呂集』などの、最も古い歌集が現れたのだろうと思われる。そしてまた、この散文と和歌との組み合わせは平安時代の物語にも見いだされるのである。

二 『古事記』の歌謡

散文のテクスト『古事記』は、私見によれば叙事詩のような構成で、三〇巻、一一二六首の構成の同時代の『日本書紀』に比較しても明らかなように、三巻、一一二首と、歌の比重はこの最古の書においては非常に高い。これは、公的な編年史である『日本書紀』とは違う、文学により近い『古事記』という作品においては、特段驚くべきことではない。発音通りに書かれた歌の部分を別とすれば、『日本書紀』が中国語で書かれているのとは違って、『古事記』は日本語で読まれることを念頭において書かれてはいるが、日本語と中国語の中間の書記方式をとっている。『日本書紀』と同様に歌は発音通りに記されていて、半分弱の歌（五一）が記紀双方に載っているのだが、奇妙なことに、常に同じコンテクストに置かれているわけではない。利用可能な歌のストックがあって、作者の必要に応じて使われたのだという仮説が説得力を持って来るゆえんである。後ほど一例を挙げよう。[3]

『古事記』の歌は三巻に均等に入っているわけでは決してなく、また各巻の中においても均等に配置されている訳ではない。神代を扱う「上巻」には、ヤチホコ（八千矛、大国主）を主人公とする部分に四つの長い歌の大グループがあるが、歌は八つしかない。そしてこれらの歌はエピソードの最後に集中している。イザナキ（伊耶那岐）とイザナミ（伊耶那美）の出会いを祝する歌も、アマテラス（天照）が天の岩戸から出て光が戻ったことを寿ぐ歌もないが、それは偶然ではなく、私見によれば、スサノオ（須佐之男）が妻のために作った、かの有名な「八雲立つ」の歌は、地上で作られたものとして、この神の冒険の最後にだけではなく、国生みと高天原という二つの連続する重要な神話を結論づける位置に置かれている。そして、人間の世界と海という別世界との分離を記録するトヨタマビメ（豊玉昆売）

とホオリ（火遠理、山幸彦）との最後の対話で詠われる二つの歌が、「上巻」を結論づける位置に置かれているのである。

「中巻」は四二首で、三つの大きなグループに分かれる。神武の治世（一二）、ヤマトタケル（倭建）の叙事詩（一四）、応神の治世（一二）である。垂仁に関する不可思議な物語に歌が一つもないことも注目される。「下巻」には六〇の歌があり、ここにも三つの大グループがある。即ち、仁徳の治世（一二）、軽太子の劇的な物語（一二）、雄略の治世（一三）である。この配置は、「上巻」の構成に対応すると思われる。歌は最後に、結論部として現れ、ほとんどのエピソードにおいてもこの位置が選ばれている。

歌が集中している「下巻」は、平安時代の歌物語の先駆的なものとして位置づけることもできるが、ここで忘れてはいけないのは、「下巻」が全体の一部をなしているということであろう。ある部分に歌が集中するということの意味は、『古事記』の全体構成において、歌がない部分、または、ほとんどない部分との対比において、また「下巻」そのものの中において考察されなければならない。

この歌の分布を『日本書紀』のそれと比較すると、『古事記』三巻に対応する部分は、六、三六、四二の歌をそれぞれ含んでいて、分布は同様だがはるかに長いテクスト、つまり、三巻、八巻、五巻の中におかれていることが分かる。それ以外の『日本書紀』の巻（一六〜三〇巻）には四二の歌謡しかない。また最後の三巻が歌謡を全く含まないという点も注目される。天武と持統の治世の歌を知るためには『万葉集』をひも解くしかないのである。

中国の史書をモデルとして中国語で書かれたテクストの中に原語の歌謡が置かれているという事実は、必然的にこれらの歌のステータスを問わせることになるが、これら歌の多くが記紀の著述に利用された物語の中にあったものだろうと考えるのは、それほど大胆な仮説ではないであろう。換言すれば、記紀以前に存在していた、物語と歌を分離する事ができない性質の文学ジャンルが想定できるということになる。さらにこの仮説を押し進め、これらの歌は、必要不可欠な休止部、ある程度の長さの話におかれる休止符《フェルマータ》の役割を果たしていたと考えることもできよう。

三　下巻の歌謡

この仮説に基づけば、宇宙と人間社会のつつがない運行に必要な全ての要素を配置した長い物語の最後に休止部を置くという役割を『古事記』の「下巻」が果たしているということができる。この最後の休止部がどのように構成されているかを見てみよう。

「下巻」には三つの大きな歌群があるが、その先頭を占める仁徳の治世は『古事記』の殆ど全ての治世と同様の構成である。すなわち、仁徳の治世は、天皇の名、オオサザキ（大雀）、その宮廷の名、難波の高津、その妃たち、イワノヒメ（石之日売）、カミナガヒメ（髪長比売）、ヤタノワカイラツメ（八田若郎女）、ウジノワカイラツメ（宇遅能若郎女）と天皇の子孫を並べた導入部から始まり、最後に八三歳で亡くなったこと、御陵のある場所の名、毛受《もず》の耳原を記述する短い記録で終っていて、丁卯年《ひのとうのとし》（西暦四二七年に対応）に崩御と注に記されている。[4]

この導入部の後、民のかまどに立つ煙という有名なエピソードに次いで、天皇の愛情生活を語る長い一連の歌があるが、それはヴォードヴィル喜劇のように始まり、王に従うことを拒否し、命を賭して王の弟のハヤブサワケ（速総別）を選んだ、メドリノオウキミ（女鳥王）の悲劇で終わる。そして、一見突飛で不可解な雁の卵の逸話と、巨木が木の船となりそして琴となるという逸話が続き、筋の連続性は見いだせない。民に対しては慈悲深く、しかし妻の嫉妬に手を焼いているこの天皇について、何も知ることができない。『古事記』を単純に読んでいると、一夫多妻による問題に悩まされているこの天皇は偉大さとはほど遠く、なぜ古代最大の古墳がこの天皇のものとされるのか全く不可解に思われるのである。

軽太子の話は、はるかにまとまっていて、近親相姦とその必然としての恋人たちの死を中心に展開され、悲恋の主人公たちの歌がこの話の大半を占めている。これらの歌と、『万葉集』の浦島伝説（高橋虫麻呂作、巻九、一七四〇〜一七四二）[5]や、比較がさらにふさわしい山上憶良の七夕伝説に取材する歌（巻八、一五一八〜一五二九）との親近性を考えることもできる。しかし、軽太子の物語にある歌そのものには物語性はない。彼の悲劇は允恭天皇と安康天皇についての短い記述の間に挟まれている非常に短い物語だが、ここにおいても、その物語の休止部として位置しているのである。

四　オオハツセ・雄略の治世

ここでは第三歌群、雄略の治世の歌謡について考えてみたい。これも仁徳同様に系図で枠づけられている。オオハツセノワカタケル（大長谷若建、雄略）は長谷の朝倉に宮廷を置き、妃は二人、ワカクサカベ（若日下）王《みこ》と、二人の子を産んだカラヒメ（韓比売）であることが記され、一二四歳で死亡し、それは己巳年《つちのとのみのとし》の八月九日であったと死の日まで詳しく注記されている。御陵は河内国の多治比の高鸇《たかわし》であったとある。この記述の仕方は、時系列に沿って組み立てられてはいない物語の方とは対照的だが、こうした構成はどの治世の記述にも、そして特に仁徳の治世の記述に見いだせる。この書き方は『日本書紀』の記述法とは実に対照的で、オオハツセの場合は差異が特に顕著である。オオハツセは、治世の二三年間、全ての年について順次記述がある初めての天皇であった。

各天皇の一代記というコンセプトで初めから書かれている『日本書紀』では、治世の最初の部分は各天皇の即位以前の記述に割かれていて、オオハツセの場合は、『古事記』では安康と雄略の間で語られる事柄が、この冒頭部で語られている。

『古事記』では従って、オオハツセ（雄略）は安康の治世における長い物語の中にまず登場する。天皇が弟のオオハツセとワカクサカベとの結婚を求めるこの話から、オオハツセの墓の破壊をヲケ（意祁）命が拒否する物語にまで出て来る、つまり『古事記』の最後の物語まで登場する人物なのである。その後『古事記』は、何ら物語的要素のない、長い系図的な記録で幕を閉じている。

罪、復讐など波乱に富んだこの長い物語の中でオオハツセ（雄略）は中心的な役割を果たし、激しく暴力的な若者として、彼の目から見れば臆病すぎる兄たちを殺し、しかも二人目の兄の殺戮に際しては、ある種の「洗練」すら見せてもいる。

其の衿《ころものくびと》握りて引き率て来て、小治田《をはりだ》に到りて、穴を掘りて、立て随《なが》ら埋みしかば、腰を埋む時に至りて、両つの目、走り抜けて、死にき。[6]（三三一ページ）

彼はまた王位に就きうる従兄弟、イチベノオシハ（市辺之忍歯）王も殺すだけでは足りずに、バラバラにした死体を飼い葉桶に押し込んだ。つまり彼は、戦士の暴虐的イメージのプロトタイプであるヤマトタケルのより暗黒的な再来ということができる。ヤマトタケルはと言えば、朝敵以外は自分の兄を除き殺したことはなかった。兄の手足を引きちぎったのではあったが。

オオハツセの治世は、物語の中の休止符的な位置を占めていて、語るに足ることは何も起こらない。『日本書紀』

は、大凡同じ事柄を語っているが、他に多くのこと、特に朝鮮半島との関係が加わっている。またこの治世に、浦島太郎の物語の最初のバージョンが記録されている。

それに対して、『古事記』の記述法は時系列的順序とは無縁で、筋の進行は停滞し、話の続きは息子の清寧の治世になってから再開される。オオハツセの治世部においては、その姿はその前に書かれていることに比べると呆れるほどの違いがある。確かに激しく激情にかられやすい人物ではあるが、その治世で非業の死を遂げる者は出てこない。雰囲気は全体的に穏やかで、天皇は何度か場違いな、滑稽でさえある状況に置かれることになる。

五　オオハツセ・雄略の治世の歌謡

追って述べて行くが、この治世は、仁徳の治世に似通った点が複数ある。物語は仁徳の場合と同様、広く見晴らすパノラマ的景、国見から始まる。国見は土地を見ることでそれをいわば支配するという行為だが、雄略が見晴らすのは将来の妃の土地である。しかしこれは天皇の慈しみを示すエピソードではなく、はじめの部分を読み始めた読者は、雄略の暴虐性を示す展開となるのではないかと想像するかもしれない。宮殿にしか認められない鰹木の飾りを自邸の屋根につけていた大県主の家に火をつけるよう、雄略は命じるが、それまでの振舞いに比べれば穏やかな処置と言ってもよく、読者は無礼者を家ごと焼き殺すという展開を予測してしまうのである。

ところがここで、物語は意外な展開を遂げる。礼儀知らずの不届きものと罵られた大県主がしきたりを知らない馬鹿者でございますと平身低頭して布と鈴を付けた白い犬を献上すると、怒りっぽいこの天皇はすぐに機嫌を直してしまう。このときオオハツセは妃になるワカクサカベを迎えに行く途中であった。ワカクサカベは今まで続けて語られて来た長い劇的な話の出発点となった人であったが、オオハツセは彼女に、これを利用して、犬をプレゼントする。

ここで今の読者はかなりコミックな場面を想像するかもしれない。例えば、首に白いリボンを巻いた小犬が天皇の怒りをときほぐす場面、そして小犬をプレゼントするクレマン・マロのマドリガル、「私の愛するお姫様、あなたにふさわしい贈り物、小さな犬の初物です……」のような甘ったるい場面を。幸い注釈があって、こうしたアナクロニズムを防いでくれる。確かにこの作品が書かれた八世紀初頭、またそれよりも昔の雄略が生きていたと思われる時代はなおのこと、ペットとして犬を育てるのはあり得ないことであった。腰佩《こしはき》という者が縄を握っている犬はモロス（大型の番犬）だった可能性が強い。鈴は、猫の首に付けるような鈴ではなく、埴輪に見られる馬の首に付けられている鈴のようなものと考えた方がいいだろう。また犬の大きさも、甘い恋の心にふさわしいものではなかったであろう。いずれにせよ、ここで重要なのは犬と布と鈴の価値だったのだろうが、上代の番犬の価値がわからないので、大県主がこの取引で得をし婚約者は大した価値のない贈物を受けたのか、または逆に、犬は館と同じくらい価値がある高価なワカクサカベへの贈り物であったのかどうかは分からない。天皇は犬を「奇《あや》しきもの」、つまり、珍しいものと言っているが、なぜ珍しいのかも分からない。

姫がこの贈り物を喜んだかどうかも分からない。しかし、彼女の反応には不可思議なところがあり、「日に背を向けてお出でになったことはたいへん恐れ多いことでございます。私は直ぐに参上しまして、お仕え致しましょう」と述べている。

オオハツセはワカクサカベへの恋の歌を詠み、使者を遣わして姫に送り、この歌をもってエピソードは締めくくられている。

①くさかべの　こちのやまと　たたみこも　へぐりのやまの　こちごちの　やまのかひに　たちさかゆる　はびろ

くまかし　もとには　いくみだけおひ　すゑへには　たしみだけおひ　いくみだけ　いくみはねず　たしみだけ
たしにはゐねず　のちもくみねむ　そのおもひづま　あはれ　7

日下部の　こちらの山と〈畳薦〉平群の山の　あちこちの谷に　生え茂る　葉広熊樫　根元には　竹がぎっしり生え　梢には　竹が繁り生え〈い茂み竹〉隠れては寝ず〈た繁竹〉たしかには寝ず　のちにも隠り寝よう
そのいとしい妻よ　ああ　（歌謡九〇、三四〇～三四一ページ）

この歌は神武天皇が初夜の後にイスケヨリヒメ（伊須気余理比売）に贈った次の歌と比べてもいいだろう。

②あしはらの　しげしきをやに　すがたたみ　いやさやしきて　わがふたりねし

葦原の　きたない小屋に　菅筵を　増々さやかに敷き　私は二人で寝たことだ　（歌謡一九、一六〇ページ）

この二つの歌は夫婦の親密さを寿ぐ歌である。ワカクサカベはその後物語から姿を消し、治世の最後になってまた現れるだけである。

その次の物語は、それぞれが独立した、かなり軽い一連の話の先頭に位置している。最初の話は、河で衣を洗っていたアカイコ（赤猪子）という若い娘の話である。その美しさに心を惹かれたオオハツセは、宮に呼び寄せるから誰とも結婚しないようにと言う。この発端は、プリンスが羊飼いの娘と結婚する話に似ている。しかし、その後オオハツセはアカイコをすっかり忘れてしまい、彼女は八〇歳になったときに、自分の方から天皇に会いに行く。しかし勿論のこと、天皇はアカイコを覚えてはいない。天皇が死ぬのは一二四歳だが、だからと言ってこの年齢の女性と結婚するのは無理である。しかし、彼女に対する情を示そうと天皇は二つの歌を贈り（③と④）、彼女の方も二つの歌を返す（⑤と⑥）。イロニーが感じられるこの物語は、かくして次の歌群で締めくくられる。

③みもろの　いつかしがもと　かしがもと　ゆゆしきかも　かしはらをとめ

御諸の　近寄り難く神々しい樫の木　樫の木　恐れ多いよ　樫原乙女
④ひけたの　わかくるすばら　わかくへに　ゐねてましもの　おいにけるかも
引田の　若栗林　若いとき　誘って寝ればよかったになあ　老いてしまって
⑤みもろに　つくやたまかき　つきあまし　たにかもよらむ　かみのみやひと
御諸に　玉垣を築き　仕え過ごして　誰によりましょう　神の巫女は
⑥くさかえの　いりえのはちす　はなばちす　みのさかりびと　ともしきろかも[8]
日下江の　入江の蓮　花蓮　若い盛りが　うらやましいこと
（歌謡九一～九四、三四二～三四三ページ）

始めの歌は、乙女を御諸（三輪）の神に捧げられた娘として提示するが、話の筋との関係はよく分からない。二つ目は、年取ってしまったのがだれかという疑念は残るが、関連はよりはっきりとしている。二つの答歌において、アカイコはまず、神に捧げられた者という始めの歌を引き取ってしかし誰を頼ったらいいかわからないと嘆く。二つ目の歌は日下江の美しい花に託してつくられているが、このコンテクストでは后のワカクサカベを間接的に讃える歌となっている。恨みや嫉妬があるべきところに、模範的な振舞いが詠われていて、仁徳の后とは実に対照的である。

八〇歳というのが、非常に年をとっていることを言うための修辞であるとしても、このエピソードは歴史的事実を云々するのではなく、滑稽なアネクドートを語るものと言えよう。

二つ目の短い物語も筋は殆どない。吉野への旅のお陰でオオハツセはもう一人の若い娘と川辺で出会うことになるが、今度はその場で関係を結び、宮に帰還する。そして、また新たに旅をしたときに、乙女が捧げた舞を寿ぐ。

⑦あぐらゐの　かみのみてもち　ひくことに　まひするをみな　とこよにもがも[9]
あぐらにます　神の御手で　弾く琴に　舞する女　永久に若かれ
（歌謡九五、三四四～三四五ページ）

天皇はこの折りに、「つつましく」自ら神の如く舞台に姿を現し、琴を奏でる。

次の場面は、くつろぎに満ちてあたかもヴァカンスにいるような雰囲気である。オオハツセは猪を待ち伏せて、あぐら（特別な椅子）に座っているとアブにさされるが、そのアブをトンボが食べてしまう。これをいわば口実にして、トンボの別名、アキツ（蜻蛉）、そして大和（日本）の別名、アキツシマにちなむ歌を詠む。この物語は、この名称の起源、そして吉野の地名の起源譚となっているようである。

⑧みえしのの　をむろがたけに　ししふすと　たれぞ　おほまへにまをす　やすみしし　わがおほきみの　ししま
つと　あぐらにいまし　しろたへの　そできそなふ　たこむらに　あむかきつき　そのあむを　あきづはやくひ
かくのごと　なにおはむと　そらみつ　やまとのくにを　あきづしまとふ[10]
み吉野の　小室が岳に　猪鹿がいると　だれが　大君の御前に申し上げたのか　〈やすみしし〉　我が大君が　猪
鹿待つと　あぐらにおられ　〈白栲の〉　袖をまとった　腕の肉に　アブが食いつき　そのアブを　アキヅがすぐ
食い　このように　名にふさわしくと　〈そらみつ〉　大和国を　アキヅ島と言う

（歌謡九六、三四四〜三四六ページ）

この歌は、直前の散文部で使われている要素を全て組み込んでいる。むしろ、かなり不可思議なこの歌の要素を元にテクストを書いたのではないかと考えてみたい気がする。実り豊かな蜻蛉島という名称の起源は、『日本書紀』では蜻蛉（アキツ、トンボ）と言葉を掛けて、神武天皇が南葛城群のホホマの丘に登って国見をした時、国の形がトンボの交尾の形に似ていると思ったのであると説明されている[11]。いずれの場合も、国を寿ぐ言葉をもって名付けているが、オオハツセの方にかなり無理がある。まるで、極めて巧妙な説明を探しまわっている起源譚の専門家のようにも見える。

次のエピソードでは猪狩りは違った展開を見せる。場面は葛城山で、オオハツセが猪に矢を射ると、猪はうなり声を上げて突っ込んで来る。天皇はあわてて木に攀じ上り、歌を詠む。これはどう見ても堂々とした姿とは言えない。

⑨やすみしし　わがおほきみの　あそばしし　ししの　やみししの　うたきかしこみ　わがにげのぼりし　ありをの　はりのきのえだ[12]

〈やすみしし〉我が大君が　狩りなさる　猪の　病む猪の　唸りを恐れ　私が逃げ登った　榛の木の枝

（歌謡九七、三四六～三四七ページ）

他でも見受けられるように、天皇は「三人称」で自分を語り、次いで「一人称」に移って災難を詠い、命を救ってくれた木を讃えて終わる。『日本書紀』では、物語はより深刻な展開を見せ、オオハツセに手負いの猪を殺せと命じられた家来も木に逃げ登ってしまい、天皇は窮地に陥る。猛り狂う猪を自ら退治せざるをえなかった天皇はこの家来を殺そうとするが、家来はその場で詠んだ歌のおかげで死なずに済む[13]。この家来の歌が『古事記』では天皇の歌となっているのである。両者を単に比較しただけでも、『古事記』がオオハツセを立派な人物に描こうとはしていないことがわかる。

このエピソードはもう一つのよく似た状況を想起させる。日本に帰還した後、オキナガタラシヒメ（息長帯比売、神功）は、息子のホムダワケ（品陀和気、応神）の腹違いの兄二人の反乱に直面した。しかし、神意を占うための狩りの場で、怒り狂った猪が兄の一人カグサカ（香坂）王が登っていた木を倒し、この皇子を食殺してしまったという話である[14]。

オオハツセはまた別の日に、同じ葛城山で自分の行列と全く同じ行列に出会うという不思議な経験をする。自分の真似をして行くのは誰かと、攻撃の矢を射かけようとしたとき、それが全てを一言で決める神、一言主だと知り、供の人々の武器と衣を神に捧げる。物語は天皇自身も衣を脱いで捧げたかどうかは述べていないが、好戦的なオオハツセの姿はここには全くなく、彼は珍妙な行列をなして神に従って下山するのである。

この部分を真面目に解釈して神に対する信仰の深さを読むことも勿論可能だろう。しかし、『日本書紀』のバージョンに較べればはるかにはっきりと天皇が神に比肩する存在だということを示しているとはいえ、ここに流れる雰囲気は軽やかで、猪狩りと同じようなコミックな効果が認められる。神聖なものとの出会いがコミックであってはならないという理由はないのである。

次に、オオハツセが新しい妃を求めて出向く途中で、当の娘、オドヒメ（袁杼比売）に偶然出会い、娘は天皇を見て逃げてしまうという話に移る。これはまた新しい歌を導入するきっかけとなり、金鋤《かなすき》の丘という地名の起源譚となっている。

⑩をとめの　いかくるをかを　かなすきも　いほちもがも　すきはぬるもの[15]
　乙女が　かくれている岡をなあ　金鋤の　五百も欲しい　掘り散らしてしまうものを
（歌謡九八、三四八～三四九ページ）

こうした若い娘との出逢い、特にこの最後の出逢いは、オオハツセの歌として『万葉集』巻頭を飾っている次の歌を思わせる。これを『古事記』に入れたとしても、全く違和感はないであろう。

⑩'泊瀬《はつせの》　朝倉宮御宇天皇代《あさくらのみやにみよしらしめししすめらみことのみよ》　大泊瀬稚武天皇
　天皇御製歌
　籠もよ　美籠《みこ》もち　ふくしもよ　美ぶくし持　此岳《をか》に　菜採《つま》す児　家きかな　名告《のら》さね　虚《そら》みつ　山跡《やまと》の国は
おしなべて　吾こそ居《をれ》　しきなべて　吾こそ座《ませ》　我こそは　告め　家をも名をも[16]
（『万葉集』巻一、一）

最後の場面は大きなケヤキの木の下で繰り広げられる宴の場面である。三重出身の采女は、天皇に捧げた酒の盃に木の葉が入っていることに気づかなかった。それに激怒したオオハツセは、采女の首を切ろうとするが、采女は申し上げたいことがあるので殺さないで欲しいと哀願し、長い歌を詠んで、罪を許される。

バロックオペラの終幕を見ているような印象を受けるこの部分では、后が次に歌を詠み、そして次にオオハツセ自身が歌を詠むのである。そして、彼から逃げて丘に隠れてしまった姫が盃を捧げ、天皇と姫との唱和になる。この姫の歌がこの治世最後の歌謡である。

⑪まきむくの　ひしろのみやは　あさひの　ひでるみや　ゆふひの　ひがけるみや　たけのねの　ねだるみや　このねの　ねばふみや　やほによし　いきづきのみや　まきさく　ひのみかど　にひなへに　おひだてる　ももだる　つきがえは　ほつえは　あめをおへり　なかつえは　あづまをおへり　しづえは　ひなをおへり　ほつえのえのうらばは　なかつえに　おちふらばへ　なかつえの　えのうらばは　しもつえに　おちふらばへ　しづえのえのうらばは　ありきぬの　みへのこが　ささがせる　みづたまうきに　うきしあぶら　おちなづさひ　みなこをろこをろこに　こしも　あやにかしこし　たかひかる　ひのみこ　ことの　かたりごとも　こをば[17]

纒向の日代の宮は　朝日の　日照る宮　夕日の　日輝く宮　竹の根の　満ち足りた根の宮　木の根の　根這える宮〈八百土良し〉突き固めた宮〈真木栄く〉檜の御殿　新穀の儀式の殿に　生え立つ　枝も多くの　槻の枝は　上の枝は　天を覆っている　中枝は　東を覆っている　下枝は　鄙を覆っている　上の枝の　枝の末葉は　中の枝に　落ちて触れ　中の枝の　枝の末葉は　下の枝に　落ちて触れ　下枝の　枝の末葉は〈在り衣の〉三重の子が　御捧げになる　麗しい盃に　浮いた脂の如く　落ちて漂い　水をこおろこおろと［ひびかして、島のように浮かぶ］これぞまことに　恐れ多いこと〈高光る〉日の御子よ　事の　語り伝えは　このごとく

（歌謡九九、三五〇～三五一ページ）

宮殿の賛美の後、采女は国土を覆う巨大な樹木を讃え、枝から枝へと歌い継ぎ、天皇の盃に落ち彼女の不運のもとになった葉まで辿って行く。トンボの歌と同様に、この歌は前にある散文のテーマを引き継いでいる。そして歌は、日の御子である天皇への最終の賛美で終わる。

すると、后が再登場してこのめでたい場を祝い、椿の花のように光り輝いている天皇に、どうぞ酒を飲んで下さいと詠う。

⑫やまとの　このたけちに　こだかる　いちのつかさ　にひなへやに　おひだてる　はびろ　ゆつまつばき　そがはの　ひろりいまし　そのはなの　てりいます　たかひかる　ひのみこに　とよみき　たてまつらせ　ことのかたりごとも　こをば[18]

倭の　此の高市に　小高い　市の丘に　新穀の儀式の殿に　生え立つ　葉広の　神聖な椿　その葉のごとくゆったりとなさって　その花のごとく　輝いていられる　〈高光る〉　日の御子に　豊御酒を　差し上げて下さいませ　語り伝えは　このごとく

（歌謡一〇〇、三五二～三五三ページ）

そして天皇は、ウズラ、まなばしら（セキレイ）や庭雀に宮廷の男や女を喩え、皆宴に加わるようにと詠う。

⑬ももしきの　おほみやひとは　うづらとり　ひれとりかけて　まなばしら　をゆきあへ　にはすずめ　うずすまりゐて　けふもかも　さかみづくらし　たかひかる　ひのみやひと　ことの　かたりごとも　こをば[19]

〈百石城の〉　大宮人は　鶉鳥［の模様のような］　領巾取り掛けて　鶺鴒の　尾を振り歩き　庭雀　群れて集まり　今日もまた　酒盛りらしい　事の　語り伝えは　このごとく

（歌謡一〇一、三五二～三五三ページ）

このように鳥に喩えることは『古事記』では頻繁にあることで、多くの人々が鳥の名を持っていたため、やり易いことでもあった。例えば女鳥王はこの比喩を使ってサザキ、即ちミソサザイ（仁徳）ではなく、彼の腹違いの弟のハヤブサワケ（速総別、隼）王の方を選ぶと言う。誰の服のために織る布かと仁徳に聞かれて、女鳥王ははっきりと答え、反逆すら示唆するのである。

⑭たかゆくや　はやぶさわけの　みおすひがね
〈高行くや〉速総別の　上着のため
⑮ひばりは　あめにかける　たかゆくや　はやぶさわけ　さざきとらさね
雲雀でも　天に翔る　高く飛ぶ　隼わけ　鷦鷯など　取ってしまいなさいな
（歌謡六七～六八、三〇〇～三〇一ページ）

次いで前掲の歌謡⑩においては逃げ去ったオドヒメが、この宴では天皇に酒を奉り、天皇と唱和し、いつもおそばで仕えたいと詠う。

⑯みなそそく　おみのをとめ　ほだりとらすも　ほだりとり　かたくとらせ　したがたく　やかたくとらせ　ほだりとらすこ
〈水が飛び散り流れる〉臣下の乙女は　甕を手に持たれ　甕を持ち　しっかりお持ちなさい　きっちりと　もっとぎゅっとお持ちなさい　甕をお持ちの子よ[20]
⑰やすみしし　わがおほきみの　あさとには　いよりだたし　ゆふとには　いよりだたす　わきづきがしたの　いたにもが　あせを[21]
〈やすみしし〉わが大君が　朝には　お寄りかかられ　夕べには　御寄りかかられる　脇息の板になりたいのです　あなた
（歌謡一〇二～一〇三、三五二～三五五ページ）

六　連環の論理

雄略がワカクサカベに贈った歌を起点として、その他の歌や、歌が彩る物語が続いているが、一見すると単に並置されているだけに見え、相互を結びつけるものは何も見当たらない。八〇歳まで放っておかれるアカイコの話が典型的に物語っているように、時間的順序すら見出せないのである。

しかし、リニアな論理を放棄して考えてみると、歌謡が紡ぎ出す関係によってこれら物語が整然と結びつけられていることがわかる。連続性は、前の物語の一要素を次が取り上げるという方法によって組み立てられているのである。河辺で洗い物をしているアカイコから、川辺にいる吉野の乙女に移り、吉野の猪狩の話から、猪狩の話が続くが、葛城での狩に移り、そして葛城の神の出現へと続く。アカイコが赤猪という意味だということもこの連環に加える事ができよう。更に、未来の后をその土地、日下に訪れるという冒頭のエピソードは、最終場面の直前の出会い、春日に住むオドヒメとの連環を生んでいる。地名が響き合うというだけではなく、前者は西にあり後者は東に位置するという対照性の他に、一方は直ちに天皇について宮に参ることを決め、他方は逃げてしまうという、ヒロイン二人の対照的な反応によっても呼応しているのである。しかも二人は、最終場面において共に登場している。これら連環は、多くの場合、歌謡が担う詩的言語のレベルによってのみ理解できるのである。

妃を求めての旅に始まり、希望に満ちた歌で終わる、この天皇の治世の物語は陽気な宴とめでたい歌群で締めくくられる。不運の元になった樹について歌う三重の采女の歌は治世のはじめに掲げられた植物のイメージ豊かな歌に呼応するが、特に仁徳の治世の最後の不思議な樹の話に繋がって行く。「この御世に、菟寸河《とのき》の西に、一つの高き樹有り。その樹の影、旦日《あさひ》に当れば、淡道島《あはじ》にいたり、夕日に当れば、高安山を超えき」[22]とある。どちらの話でも縁起が良い樹である。

オオサザキ（仁徳）とオオハツセ（雄略）の物語は、最初の国見の場面において呼応し合っているということを既に見た。最後の場面についても同じことが言える。さらにこの比較を続けることができると私は考える。オオサザキの治世が、男女関係の問題が数々あったとは言え平和で繁栄していたという印象を与えるとするならば、オオハツセの場合、このイメージは更に強い。彼は三重の采女の首を切りかけたが、事件は前よりも一層楽しい宴となって終わる。それに対して、慈悲深いオオサザキは弟のハヤブサワケと女鳥を死に追いやったのである。

この二つの治世の物語は、ほとんど女たちとの出逢いに尽きると言ってもよい。オオサザキは第二夫人たちを引き止めておくのに苦労しているが、乱暴だとされるオオハツセは最初に出逢った女を忘れてしまうほど女性関係には恵まれているのである。オオサザキが最後に求めた女は、彼を軽蔑して逃げて行き、恋人と死んでしまう。オオハツセの最後の出逢いとなるオドヒメはまず逃げるが、最後の宴に戻ってきて酒を捧げ、人々の顔を酔いで赤らめさせる。

オオサザキの后は誇りを傷つけられて宮殿を去るが、オオハツセの后は自分からやって来て第二夫人たちとともに最後の宴に加わる。鳥のモチーフ（歌謡⑬と⑭、⑮）においても同様のコントラストが認められる。オオハツセのイメージはかくて、その犯した罪にもかかわらずオオサザキよりもポジティブなので、整合性の問題が生じるが、これは「下巻」全体を俯瞰しなければ解決できない。

オオサザキは「下巻」を開始する位置にあり、それに続く治世はいわば普通の、人間的なものである。オオハツセは物語の最後に現れ、父の殺害者であるオオハツセの御陵の破壊をオケが拒否するという語りをもって、穏やかなトーンの中に『古事記』の物語を締めくくるのである。

オオハツセが単に暴虐な殺人者というイメージだけだったならば、この最後のトーンを導き出すのは不可能だっただろう。彼の治世においては、彼は天皇の権威が侵される時、つまり冒頭の鰹木のエピソードと木の葉の落ちた盃のエピソードの時にしか暴力をふるわない。しかしその怒りも、風変わりな馬具風の飾りをつけた白い犬の贈り物と、盃に落ちた一枚のちっぽけな葉がイザナキとイザナミの矛がかき鳴らしたコオロコオロという原初の海の音と同じくらいの音を立てると歌う歌によって鎮められてしまう。

より一般的に言えば、オオハツセの治世は和やかな雰囲気にあふれている。天皇の威信を強調することは何度かあるが、それで滑稽に陥らないという訳にはいかない。コミックは、この人物の暴力性に対する解毒剤なのである。

神聖な書物は滑稽な部分を含みうるし、文学の優れた古典であるからと言って、自動的に真面目の固まりとなる訳ではない。現存最古のテクストは、最も古い書物たらんとして書かれたのではない。あるテクストが最初のものであり、従って他とは違うということがどうして言えるだろうか。『古事記』は聖典ではなく、この書物が一種の古典になるためには長い年月を要したのである。現存最古のテクストであるのは事実だが、だからと言ってコミックを排除する理由はない。

私は自分が見たいものだけ見ているのかもしれない。それが研究に最も多くつきまとうリスクのうちの一つであるのも確かなので、問題の提示の仕方を変え、私はここで実験をしてみたのだと言った方が正しいのかもしれない。つまりオオハツセの治世を滑稽という観点から読んだ場合に、テクストの理解を前進させることが出来るだろうかという問いを立て、そして、それが可能だということを示そうとしたのである、と。

〔注〕

1　Marcel Granet, *Fête et chansons anciennes de la Chine*, Paris Albin Michel, 1982（初版1919年）. 邦訳、『中国古代の舞踏と伝説』（せりか書房、一九九七年）。

2　土橋寛『古代歌謡論』（三一書房、一九六〇年）、また特に『古代歌謡全注釈　古事記篇』（角川書店、一九七二年）。

3　François Macé, « *Le Kojiki*, une *Enéide* longtemps oubliée ? », *Ebisu* 2013.

4　系図・年代を正確に記そうという記述部と物語部が対比的に並んでいるこの書き方は、恐らく『古事記』の序において触れられている二つのソース、『帝皇日継《すめろきのひつぎ》』と『先代旧辞《さきつよのふること》』との間の違いによるものであろう。

5　小島憲之・木下正俊・佐竹明広校注『萬葉集二』（日本古典文学全集、一九七二年）、長歌⑩以外は、以下同。

6　山口佳紀・神野志隆光校注『古事記』（新編日本古典文学全集、小学館、一九九七年）。歌謡の現代語訳は訳者による。歌謡③と⑫は解が若干この版と違う。

7　土橋『評釈』の九一番（三二〇〜三二四ページ）。土橋は国見の儀式、見ることによる支配という観点から註釈している。

8　土橋『評釈』の九二〜九五番（三二五〜三三四ページ）。土橋は歌垣の掛け合いの歌をやや無理に組み込んだものだと考えている。

9　土橋『評釈』の九六番（三三五〜三三八ページ）。土橋は中国の神仙譚と比較し、非常に興味深い議論を展開している。

10　土橋『評釈』の九七番（三三九〜三四二ページ）。

11　『日本書紀上』、神武紀、三十一年、二一四〜二一五ページ（日本古典文学大系、岩波書店、一九六七年）。

12　土橋『評釈』の九八番（三四三〜三四六ページ）。土橋はコミックな状況である事は認めるものの、天皇を助けた木を讃える歌だと解釈している（三四六ページ）。この解釈はあまり説得力がないように思われる。

13　『日本書紀上』、雄略紀、五年二月、同四六八〜四六九ページ

14　『古事記』、仲哀天皇、同二四九〜二五〇ページ

15　土橋『評釈』の九九番（三四七〜三五〇ページ）。土橋は、このエピソードを、妻になる娘が隠れ、夫と、なる男が探し出

さなければならないというある種の風習に関連させて解釈している。

16 沢瀉久孝『万葉集注釈』、第一巻、一〇～三五ページ、特に三四ページを参照されたい（中央公論社、一九八二年［初版一九五七年］）。私に訓独表記の語のみ漢字を残した（訳者注記）。

17 土橋『評釈』の一〇〇番（三五一～三五九ページ）。土橋はこの歌謡を儀礼歌、寿歌の再利用の例と見て、ヤマトタケルの熊襲征伐の一節との興味深い比較を行っている。

18 土橋『評釈』の一〇一番（三五九～三六一ページ）。

19 土橋『評釈』の一〇二番（三六一～三六四ページ）。古事記の作者達が、歌謡の起源を物語から説くというよりは、宮廷の儀式歌としての歌謡そのものに重点を置いていたと土橋は強く主張している。

20 土橋『評釈』の一〇三番（三六五～三六六ページ）。物語を閉じるために酒宴の歌が使われたという釈である。『古事記』の本文には、「宇岐《うき》歌」であると書かれていて、献酒歌という意味だと解されている。

21 土橋『評釈』の一〇四番（三六七～三六八ページ）。この歌謡は雅楽寮で神楽のために作られた歌に類するとのことである。

22 『古事記』仁徳天皇、同三〇四～三〇五ページ。

西行和歌の作者像

渡部　泰明

はじめに

西行の和歌の解釈は難しい。本文を確定しがたい、特異な表現で単純に意味が取りにくいなどといった例も少なくない。ただとくに西行の場合は、意味はさほど難解ではなくても、作者自身が意図したところをつかみ取りにくいケースがしばしば見られる。一首に西行が何を託しているのか、考えさせられる例である。西行の歌は、現実感が強い。いかにも実際の作者の思想・心情を示していると思わせる。そうすると作者西行の姿が浮かんできて、その作者像が作品の解釈にも働きかけ始める。こういう作者なら、こんな思いでいたはずだ、それが作品にも託されていたはずだ、という具合に。それも西行を読む醍醐味には違いないだろうが、作品から作者像を抽出し、それを再び作品に当てはめるとなると、循環論法に陥る危険性もある。西行の和歌がおのずと作者像を浮かばせてくるというなら、なされるべきは、その仕組みを明らかにすることだろう。作品と現実の西行とをいったんは切り離し、作品の中に描かれた主体の在り方とその働きを分析することである。作者が一首に何を託したかったかは、その後に考えられてよい。

和歌はそれ自体自立した機能をもつ言葉であり、そこから作者の思いを探ることは、一筋縄ではいかない作業だからである。なお、『山家集』の引用は陽明文庫本により、適宜表記を改めた。

一　述懐的発想と対話性

西行和歌と西行像とが分かちがたく結びついている歌といえば、なにより次の一首が挙げられるだろう。ここをまず発端としたい。

しらざりき雲居のよそに見し月の影を袂にやどすべしとは　（六一七、千載集・恋四・八七五）

『山家集』中巻の恋部のうち、「月」と題する三十七首の歌群の二首目に収められている。『山家集』のほか、『西行法師家集』『山家心中集』『御裳濯河歌合』に入り、『千載集』入集歌でもある。自他共に認める西行の代表作の一つである。それだけではない。西行の伝記とも密接に結びつけられて読まれてもきた。「雲居のよそ云々は禁中に居られる高貴な女性のことである」[1]などとする見解もある。これは上臈女房への懸想が西行出家の原因となったという『源平盛衰記』の語る発心譚にもつながる読解である。「雲居」を禁中に限定せず、「月にも比すべき高貴な女性」[2]「相手の女性が手の届かない高貴な存在であることを強調するが、宮中とは限定しない」[3]などとする読みもある。

一方で、「月に寄せる恋の心の一般的な表現と見て、特殊なものと考えない」方が、「恋愛のさまざまな心理を、さまざまな場において、きわめて自由に歌っている」この歌群全体を考えればふさわしいともされる。[4]最新の注釈である、久保田淳・吉野朋美校注『西行全歌集』（岩波書店、二〇一三）も「恋人の暗喩」と注するのみである。おそらく校注者の一人である久保田氏の、「高貴な女性と恋をして一度は逢うことができたという」『源平盛衰記』等の語るような小説的な状況を想起する必要はなく、「恋に陥って未だそれを成就していない男にとって、恋人は「雲居のよそ」の月であり、高嶺の花であるのだろう」5とする見解に基づいているのだろう。

「雲居のよそに見し月」という表現は、たしかにいわくありげである。ただ月のことを言うだけだとしたら、「雲居のよそに」など、賞翫すべき月に対して文字通りよそよそしすぎる感がある。「雲居の上に」とか「雲居の空に」などとすることもできたはずである。ここはやはり恋の相手を含意していると見てよいだろう。

問題は下句の解釈である。月影を袂に宿す、とは何を意味するだろうか。もとより恋の思いゆえに泣き濡れ、その涙に月が映じていることを指すのは言うまでもない。その涙は、手の届かない人に恋をしたからだろうか。しかし、それでは「よそに見し」の「し」という過去の助動詞が生きないだろう。「雲居のよそに」見たのは過去のことで、「袂に宿す」、つまり恋に苦しんで涙しているのは現在の状態のはずである。初句で「知らざりき」と言っている以上、過去と現在との間には、大きな状況の変化が内包されていなければならない。

とすれば、「雲居のよそに見し月」とは、恋をする以前の、自分とはまったく無関係で無縁だと思っていた人、と考えるのが自然であろう。つとに「これまで第三者に見てゐた彼女が、此頃ではたゞ人ではなくなつて、然し思ひが遂げられぬから、涙ばかりが繁である」6とする解釈などがそれに当たろう。恋をするなど予想もしない相手ということである。例えば、和泉式部に、

かく恋ひば堪へず死ぬべしよそに見し人こそおのが命なりけれ　（和泉式部集、九二）

の例がある。下句は「関わりないと思っていた人こそが、私の命・生きる力なのであった」（久保木寿子『和泉式部百首全釈』（風間書房、二〇〇四）などと訳される。西行の「よそに見し」も、これと同様の意味だと思われる。「雲居のよそに」見た段階では、恋をしていなかったと見るのである。理屈にこだわるようだが、「雲居のよそに」見た時す

でに恋心が萌していたのであれば、やはりすでに袂も濡れていておかしくない。少なくとも第二・三句と下句とが繋がり過ぎていて、「見し」という過去の助動詞が十分機能しないと思われる。ほのかに、あるいはちらりと相手を見た、という解釈もあるが、そういう行為を「よそに見る」とは言いがたい。恋をしたせいで自分が劇的に変化させられてしまったこと、それこそが一首の主題というべきだろう。

しかしまた、すぐに反論も予想される。「雲居の月」とは讃嘆すべき対象であり、それに人がよそえられているとすれば、その相手を称賛する含意があり、単なる無関係な人では物足りない、と。たしかにそうなのだが、ここで強調したいのは、相手への称賛と同時に、自分を卑下する気持ちが含まれていることである。次のような述懐歌との表現の重なりを重視したいからである。

殿上申しけるころせざりければよめる　平忠盛朝臣
おもひきやくもゐの月をよそに見てこころのやみにまどふべしとは　（金葉集、雑上、五七一）

殿上まうしける時、月を見てよめる　寂念
すみのぼる心はおなじ空ながらよそに雲ゐの月をみるかな　（玄玉集、二〇六）

どちらも、昇殿できぬ歎きを、「雲居の月」を「よそに見る」ことに託している。時代の近接するこういう述懐的発想が、この歌の表現の背景にあると思われる。「雲居の月」に宮中の高貴な女性が託されているとする見方も、実はこれら述懐歌との共通性を重んじて生まれた解釈ともいえるだろう。しかし、宮女とみる必要はない。ただ自らを卑下していると見るだけで十分である。相手にふさわしいとはとても思えぬ自分、という含意である。それは西行の和歌にしばしば見られる、ある感情や状況が自分にふさわしくない、とする発想に通じるからである。この述懐的発想は、歌を詠む時の西行の基本的なスタンスの一つ、と見ることができる。あらためて現代語訳すれば、「思いもしなかったよ。大空の月のように遠い無関係な人と思っていたあなたを、そう思うほかなかった自分が恋い慕い、こうして泣き濡れた袖にその月を宿すようになろうとは」となる。

ここで『山家集』「恋百十首」の、

しらざりき身にあまりたる歎きしてひまなく袖をしぼるべしとは　（一三三四）

の歌に注意しておきたい。「雲居のよそに見し月」の歌は、あたかもをこれに月を加えて改訂したかのような趣がある。一応そう見なしておく。もちろん改作云々はより慎重に考えなければならないが、趣旨としては同一と見てよいだろう。この場合の「身にあまる」は、「身のほどを超えた」と「我が身に潜めておけぬ」の意をかねているのであろう。述懐的発想を基盤として、恋をするに値しないような自分が、恋することによって変貌して行くさまを歌っている、と捉えたい。

では、当該の「知らざりき」の歌が述懐的発想をもつとするならば、それは一首の表現にどのような効果をもたらすだろうか。『金葉集』に、永縁の次の歌がある。

多聞といへる童を呼びにつかはしけるに見えざりければ、月の明かかりける夜よめる

権僧正永縁

待つ人の大空わたる月ならば濡るる袂に影は見てまし　（金葉集、恋下、四五三）

という衆道を詠んだらしき歌である。とくに下句など、この歌からの影響がありそうである。もとよりそれは表現上の摂取であって、西行が男色を詠んでいるというわけではない。月を恋の相手によそえるというのは、王朝和歌にしばしば見られるけれども、いま勅撰八代集のレベルでこれを調査すると、永縁歌同様、相手とのやりとりで用いられることが多い。題知らず歌を除き、かつ月に自分をたとえた用例を除外すると、ほぼすべてが実際の贈答歌の中に見

られるのである。相手を月にたとえることは、いささか表現としては大げさでもあり、現実の訴えかけの中で生彩を放つ物言いだ、ということなのだろう。

なにも西行の「知らざりき雲居のよそに」の歌が、実は贈答歌だった、と言いたいわけではない。これを収めたどの歌集を見ても詞書はないわけだから、むしろ贈答ではなかったと考えるのが穏当にちがいない。題詠歌だった可能性が高いとの指摘[7]すらある。もとより題詠歌だったとも限定できないわけで、我々は歌の表現を注視するほかない。歌ことばの機能という点で大事なのは、この歌が、相手に訴えかける力を持つということである。少なからぬ哀訴の響きがあるである。その哀訴の響きは、述懐と相性が良い。述懐的表現をともなうことで、相手に働きかける訴求力は格段に増す。とても自分など相手にできるかたではない、とはわかっていたのですが、こうして私を涙におぼれさせる存在となってしまったのです、自分が自分でなくなった、こんな私の心をぜひともわかってほしい、と強く訴える。そういう対話性を持つ歌であり、それが読者を揺さぶり続ける作品の魅力の源泉となっている。

こうして見ると、西行が和歌的な表現を活用しながら、いかにも実在感あふれるように恋をしている人物を作り上げようと腐心していることがわかる。高貴な人物に恋をして挫折する「小説的人物」を読み取りたくなるのも理由のないことではない。その登場人物にリアリティを付与している鍵は、変貌を詠んでいることである。静的な一時の心情を歌うだけであれば、これほどの現実感は与えなかったであろう。自ら制御しようもない、劇的な変化に襲われるからこそ、述懐的発想も生かされ、贈答歌的表現も活用されて、哀訴する声が強く響くのである。

二 自己の変貌を詠む

花に染む心のいかでのこりけん捨てはててきと思ふ我が身に　（山家集、上、春、七六）

『山家集』春部、「花の歌あまたよみけるに」の詞書の付された歌群中の一首である。『西行法師家集』『山家心中集』『御裳濯河歌合』『千載集』にも収められた西行の秀歌である。秀歌というだけではない。花への深い愛着、花への執着をついに脱却できないと吐露する自省、心身分離の形をとる歌いぶりなど、いかにも西行らしさをにじませる。この歌については、かつて相手に訴えかける対話性を重視したことがある。8 下句の由来となった、

同じころ、尼にならむと思ひてよみ侍りける　和泉式部

捨て果てむと思ふさへこそかなしけれ君になれにし我が身と思へば　（後拾遺集、哀傷、五七四）

世の中を歎きけるころ、人の問へりければ　三条大宮式部

捨て果ててなきになしぬる憂き身をば世にありとてや人の問ふらん　（続詞花集、雑下、八八一）

など、人に訴えかける情念の強い歌の表現との共通性を重視したからである。しかも、「花に染む」のような身と心の分裂を歌う詠みぶりが、そもそも別れの歌によって育てられた対話性を有すると考えたこともその理由である。

ここではまた別に、次の歌に注目してみたい。

賀陽院の花盛りに、忍びて東面の山の花見にまかりありきければ、宇治前太政大臣聞きつけて、「このほどいかなる歌か詠みたる」など問はせてはべりければ、「久しく田舎にはべりて、さるべき歌なども詠みはべらず、今日かくなむおぼゆる」とて、詠みてはべりける　能因法師

世の中を思ひ捨ててし身なれども心よわしと花に見えぬる

（後拾遺集、春上、一一七）

これを聞きて、太政大臣「いとあはれなり」と言ひて、被物などして侍けりとなん言ひ伝へたる

能因は、頼通邸賀陽院（高陽院）の花盛りのころ、密かにその東面の築山の桜を見に出向いた。それを聞きつけた頼通は、能因にめぼしい近作の歌を尋ねた。久しい田舎住まいで碌な歌はないが、今日の思いを示せば、として能因は一首の歌を詠んだ。俗世を思い捨てた我が身であるが、桜の花には意志薄弱だと見てとられてしまった、と。さらに左注は、歌に感じた頼通が褒美を与えたと伝えている。

能因全般の西行への影響の大きさからしても、一首が西行歌に影を落としていると認めてよいだろう。俗世を捨てたはずの自分ながら、花への執着は断ち切れないでいると自省する点が等しい。花に対し、それにふさわしくない自己を対置するという共通点があるのである。広い意味で、ともに自己を述懐する心情を抱え込んでいる。藤原頼通が「あはれ」と感じて纏頭の褒美を取らせたというのも、その述懐的な心情が主たる対象なのであろう。「花に染む」の歌も、述懐的心情を孕むことによって、同様に相手に訴える対話性を有するのだと思われる。

その上で能因歌との違いを見てみると、西行の歌の大きな特色は、上句にあることがわかる。「捨て果ててきと思ふ」身から、花に染まってしまう今の我が心への、大きな変貌である。一首には、俗世を捨てきったと思う自分から、花に執着する弱い自分への、自己像の転換がある。「捨て果ててきと思ふ」という自分を追い詰めて行く言い方は激しく強い。「いかで残りけん」という自問もけっして弱いものではない。「身」という言葉を接着剤として、二つが直接に向き合わされている。我が身の上に起きたドラマが、強度の高い文体で描かれている。

一首には、強さから弱さへの変貌がある。しかし弱さに流れてはいない。弱さを支える強い文体がある。強さから弱さへの変貌が、花という焦点に向けての激しい劇として演出されている。弱さを吐露できる強さを、むしろ読み手

は無言のうちに感じ取ることになる。

三　弱さから強さへの変貌

前節では、恋の月の歌に述懐の心を見た。恋という限定を外した、月に述懐を寄せた歌は、西行に少なくない。次の六首は、「寄月述懐」の題をもつ歌群である。

寄月述懐

世の中のうきをもしらですむ月のかげはわが身のここちこそすれ　（四〇一）
世の中はくもりはてぬる月なれやさりともと見しかげもまたれず　（四〇二）
いとふ世も月すむ秋になりぬればながらへずはと思ふなるかな　（四〇三）
さらぬだにうかれてものをおもふ身の心をさそふ秋の夜の月　（四〇四）
捨てていにしうき世に月のすまであれなさらば心のとまらざらまし　（四〇五）
あながちに山にのみすむ心かなたれかは月の入るををしまぬ　（四〇六）

このうち、第一首目の「世の中の」の歌は、『西行法師家集』『山家心中集』『宮河歌合』などにも収められ、『玉葉集』にも入集しているが、解釈に問題を残す。月光が我が身と感じられるとは、どういうことだろうか。「この世の中の憂きことも知らないで澄んでいる月の光は、あたかも憂き世を捨てて心をすましているわが身であるような思いがすることだ」[9]と読むのがおおかたの基調で、「澄む月に対する深い親愛の思い」[10]、「自分の理想とする境地が澄んだ月と同じような心地がする」（『古典集成』）、「世の中と月との距離感が、憂き世は捨てた、という出家直後の気負った心情に対応するか」（『和歌文学大系』）など、ニュアンスの違いはあれ、おおむねその方向で一致する解が多い。その中で「「うきをも知らで」とはいうものの、少くともわれは世の憂さを知っているはずである。知っていながら知らないそぶりをしているのである。そのことを自省している歌なのではないか。」とする久保田淳氏の解釈（『西行山家集入門』）は、際立った特色を見せている。とくに「自省」を見据えるこの解釈には、強く惹かれるものがある。「憂きをも知らで」は、月に関しては憂き世を超絶して、の意になり、我に関しては、世の憂さを感じ取る情もなく、の意となる、掛詞的な働きをしているのだろう。憂き世を超絶する月は、

　めにおくれて侍りけるころ、月を見侍りて　　大江為基
ながむるに物思ふ事のなぐさむは月はうき世の外よりやゆく　　（拾遺集、四三四）

などと詠まれる時の月のあり方を継承していると考える。

一方「自省」を読みたいのは、この歌群の歌すべてが、月を契機にしつつ、何らかの意味で自分の心を省みているからである。四〇二番歌は、そうはいってもこの世の闇に迷うままではいまい、とはかない期待を持っていた心を、四〇三番歌は、世を厭ってはいたが、生きながらえていたからこそ、月に感動することができるのだ、と気づいた心を、四〇四番歌は、月ゆえに漂泊へと誘われやすい自らの資質に気づき、月ゆえにその思いが増大することを、四〇五番歌は、月のせいで俗世に執着してしまう心を、四〇六番歌は、月に惹かれて山住みを求める気持ちが度を越していることを、[11] それぞれ自省している。わが心を制御できない自分を省みている。

結局四〇一番歌は、「憂き世を知ら」ぬ、憂き世を超越するかのような月に憧れ、慰められていたが、思えば自分も世の憂さを厚顔にも感じ取らぬかのように、「憂き世を知らで」長生きしていた、そう気づいてみれば、月は私自身だったのだ、という歌だと思われる。「憂き世を知らで」の二重性を生かした、自虐的なユーモアを込めた歌なの

であろう。

さて、以上のように四〇一番が捉えられるとすると、その構造は、前節で考えた「知らざりき雲居のよそに」（六一七）の歌の構造に類似していることになるだろう。どちらも、自分からは遠い存在だと思っていた月が、わが身に深い関わりを持っていたことに気づく、という構成になっているのである。気づいた対象は、自分の中の制御できない部分である。自分が分裂するような形で、自己のどうにもならない部分を歌に表している。しかも、歌の形で明確に表されているのだから、最終的に歌を支えている主体は、その心を支配下に収めているといいうる。自虐にせよユーモアにせよ、自分をしっかり捉えている証しであろう。制御できない心を表現しつつ、最終的にはそれを統御しているのである。弱さから強さへ。四〇一番をはじめ、この「寄月述懐」の一連の六首は、やはり広い意味での変貌を歌っているのである。

四　自己変貌と他者意識

西行の和歌には、自己の変貌に対する強いこだわりがあると思われる。そのことを、端的に心の変貌を示している歌から探ってみよう。

世をのがれて東山に侍りけるころ、白川の花ざかりに人さそひければまかりて、帰りて昔思ひ出でて
散るを見でかへるこころやさくらばな昔にかはるしるしなるらん　（一〇四）

『西行法師家集』の詞書は、「白川の花のさかりに、人のいざなひ侍りしかば、見にまかりてかへりしに」と、もう少し簡略である。遁世後、おそらくは間もない時期であろう、東山の某寺に住んでいた西行は、花の名所白河の花見

に誘われた。帰って来てから昔を思い出して詠んだ歌という。初句には、「散るを見て」か「散るを見で」か、解釈の対立があるが[12]、ここは「散るを見で」がよいであろう。詞書の「まかりて、帰りて」という言い方には、中座して、というニュアンスが感じ取られる。同じ『山家集』に、

　五月つごもりに、山ざとにまかりて、たちかへりけるを、郭公もすげなく聞き捨てて帰りし事など、人の申しつかはしたりける返事に

ほととぎすなごりあらせて帰りしが聞き捨つるにもなりにけるかな　（二〇〇）

等の例もあるからである。また、おそらくこの歌は、源俊頼の、

　落花留客

たちかへる心ぞつらき桜花ちるをば見じと思ひしものを　（散木奇歌集、一三三）

に影響されるところがあるのであろう。この例を参考にして憶測すれば、詞書には明記されていないながら、これは二〇〇番歌と同様、中座を責められたことへの返事、もしくは責められはせずとも、弁明の歌だったのかもしれない。散るのを見もしないで帰るのは無風流な心に違いないが、それこそが遁世して自分が変わった証しとなる。情しらずの身となったことを卑下する体裁をとりながら、そういう述懐を梃子にして自己変貌への自負をこめる。変わった自分をわかってほしいと訴えかける、対話性を持った歌なのだろう。第五句の「しるしなるらん」の「らん」に注意したい。寺澤行忠氏の校本[13]を参照するに、『山家集』『西行法師家集』『山家心中集』いずれにおいても、「らん」に関する異文はない。遁世を果たし、花への執着を克服したと自負するなら、「しるしなりけり」などと嘆じてもよかったはずである。自らの心の変貌は、あくまで婉曲的に表明されている。相手に向けての弁明の気持ちの表れであると見たい。

その点で、

国々めぐりまはりて、春かへりて、吉野のかたへまゐらんとしけるに、人の、このほどはいづくにか跡とむべきと申しければ

花を見し昔の心あらためて吉野の里にすまんとぞ思ふ　（一〇七〇）

なども似たところがあるのではないだろうか。花を見に出かけた昔の心を改めて、吉野へ行こうというのである。自己を意志的に変貌させることが示されている。ただし、この歌の「あらためて」に関しては、「昔の心を思い出し、改めて」（『古典集成』）「在俗時代の初心に立ち帰って」（『和歌文学大系』）とする解釈もある。が、やはり「新しいものに変えて」の意であり、「昔」よりは「今」をよしとするニュアンスがあると思う。

さしきつる窓のいり日をあらためて光をかふる夕づくよかな　（一一五三）

などの『山家集』中の用例を見ても、そのように解される。

ゆかりなくなりて、住みうかれにける古郷へかへりゐける人のもとへ

住み捨てしその古郷をあらためて昔にかへる心ちもやする　（八〇一）

この「あらためて」は「古」郷を新しいものに変えつつ、しかも昔に帰る、という言葉の興が中心なのであろう。

捨てしをりの心をさらにあらためて見る世の人に別れはてなん　（一四一八）

も、遁世の時の心を、まだ不十分なものと見て、人との絆しを断つより徹したものに改めようと言うのだと思われる。

もっとも、「花を見し」（一〇七〇）の場合、「今回はどこに住まおうとするのか」という問いへの答えであることに注意したい。吉野、といえば花を見に、と思うかも知れない、昔は確かにそういう気持ちもあったが、今度は違うのです、という意図を伝えようとしている。相手の思惑をくみ取りながら、変貌する自己を伝えることに、西行はこだ

わるのである。心の変貌を歌う西行の歌には、他者への意識を伴いがちだ、ということは少なくとも言えるのではないだろうか。

五 「うかる」の自己批評

さらぬだにうかれてものをおもふ身の心をさそふ秋の夜の月　（四〇四）

前々節「寄月述懐」中の一首として取り上げた歌を再掲した。この歌に用いられる動詞「うかる」については、久保田淳「西行の「うかれ出る心」について」[14]が、西行の精神性を考える上で重要な語であることを看破していた。例えば、松屋本『山家集』のみに見える、「思ひを述ぶる心五首、人々よみけるに」なる詞書の付された歌群の冒頭の一首、

さてもあらじいま見よ心思ひとりて我身は身かと我もうかれむ

について、

かくして西行は心を思い定めて、我が身は嘗ての我が身と同じであろうかと自ら疑われるほどうって変って、世間の外へうかれ出ようというのである。現在の自己の在り方を否定し、大きな自己の変貌を試みることによって、これから蟬脱しようというのである。

と論じる。まことに玩味するに足る読みである。たしかに西行は、自己の変貌にこだわっている。ここで注意したいのは、「うかる」の語には負のイメージが伴いがちであることである。本来の居るべき場所をさまよい出ることを表すこの語は、拠りどころがなく、正当ではない、少なくともしかるべき常態ではない、という含意を持つことが多い

だろう。あえて自分に用いれば、自分を戯画化するような、自己批評を伴う表現となる。西行の用例はまさしくそれに当たり、「さまよい出る私」と訳すくらいなら、いっそ「フラフラどこかへ行っちまうオイラ」とでも訳したくなる。真正面からの自己主張ではなく、なにがしか斜に構えているのである。

さて、今取り上げた「さてもあらじ」歌は、松屋本『山家集』では「思ひを述ぶる」心を人々と詠んだ五首であるとの詞書を持っていた。四〇四番歌は、『山家集』では「寄月述懐」の詞書をもつ六首中の一首であり、これも単独で詠んだと考えるよりは、同時に複数の人間とともに詠じたと見なす方が蓋然性に富むだろう。西行の家集中の動詞「うかる」を含む歌の詞書を見てみると、『聞書集』・一三四番歌の「花の歌十首人々よみけるに」の詞書はいうまでもなく、『山家集』・一四九番「花歌十五首よみけるに」、同・九一二番「五首述懐」にも、集団での詠歌の場を想定したくなる。その上、『山家集』・一〇八三番は「秋、遠く修行し侍りけるに、ほどへけるところより、侍従大納言成通のもとへ申し送りける」の詞書をもつ贈答歌である。同・一三五九番、

いほりの前に、松の立てりけるをみて

ここをまたわれすみうくてうかれなば松はひとりにならんとすらん

は、草庵の前の松を擬人化しており、擬似的にではあれ、松に呼び掛けた歌と見ることができる。「うかる」には、他者への意識がまつわりつくのではないか。もとより「月歌あまたよみけるに」など漠とした詞書もあり（三四九・三六五番歌）、巻末百首の歌（一五〇七・一五五〇番歌）もあって、ひとしなみにそう規定するわけにもいかないが、すくなくとも「うかる」は他者意識を伴いやすい、ということは言えるであろう。そしてそのことは、「うかる」に自己を戯画化するごとき自己批評が見られることと無縁ではない。自己批評とは、他者意識の所産であり、また他者に向けて演じられる時、生彩を放つ物言いだからである。

そして、自己戯画化は、述懐的発想とも隣り合わせだろう。自分を卑下する表現法だという点で共通するのである。また、「うかる」は、あえて自己を分裂させる発想だといいうる。自分では制御できないもう一人の自分を、出現させる。そういう弱い自分をさらけ出す。しかし、和歌として歌い収められた時、その分裂した弱い自分は、歌の中にしっかりと位置づけることができる。分裂する弱い自分から、それを統合する強い自己への変貌が、和歌において実現するのである。

以上、西行の和歌の「作者像」の様相につき、

・自己を卑下する述懐的発想が見られる。
・他者を意識し、他者に訴えかける対話性をもつ。
・自己の変貌を和歌において実現しようとする。

といった特性を考えた。西行という人物の実像は、そういう「作者像」の仕掛けをふまえてなされても遅くはあるまい。右の「作者像」を生み出したこと自体の文学的意義も、さらに多くの歌を読んだうえで計測される必要がある。

〔注〕

1 古典日本文学全集『実朝集 西行集 良寛集』(筑摩書房、一九六〇)所収川田順評釈「西行集」。
2 後藤重郎校注新潮日本古典集成『山家集』(新潮社、一九八二)。以下、『古典集成』と略記。
3 和歌文学大系『山家集・聞書集・残集』(明治書院、二〇〇三)所収西澤美仁校注「山家集」。以下、『和歌文学大系』と略記。
4 窪田章一郎『西行の研究』(東京堂出版、一九六一)。

5　『西行山家集入門』（有斐閣、一九七八）。
6　尾崎久彌『類聚西行法師歌集新釈』（修文館、一九二三）。
7　鑑賞日本古典文学『新古今和歌集・山家集・金槐和歌集』（角川書店、一九七七）所収松野陽一校注「山家集」。
8　拙稿「西行と桜」『国文学』二〇〇一・四。
9　安田章生『西行』彌生書房、一九七三。
10　安田注（9）書。
11　一首の解釈には、「月」を主語と見るなど種々あるが、いまは固浄『増補山家集抄』の解に従う。
12　西澤美仁「西行歌「散るを見て帰る心や」試注」（『実践女子大学文学部紀要』26、一九八四・三）に、研究史を丁寧に通覧したうえでの論がある。
13　『山家集の校本と研究』（笠間書院、一九九三）、『西行集の校本と研究』（笠間書院、二〇〇五）。
14　『新古今歌人の研究』（東京大学出版会、一九七三）。また氏には「「うかれ出づる心」再論」（『中世和歌史の研究』明治書院、一九九三）もある。

Ⅲ　しるべとしての源氏物語

『無名草子』における『源氏物語』の和歌

田渕 句美子

一 はじめに

中世和歌における『源氏物語』享受を論じるとき、まず俊成の「源氏見ざる歌よみは遺恨のことなり。」という言が掲げられることが多い。これは『六百番歌合』で歌人たちに向けて放たれた言葉である。しかし歌壇と無縁な宮廷女房たちにとっても、『源氏物語』は持つべき教養・知識であった。たとえば安嘉門院四条（阿仏尼）が娘に女房の心得を説いた『阿仏の文』の中に、このような一節がある。

さるべき物語ども、源氏覚えさせ給はざらん、むげなる事にて候。書きあつめて参らせて候へば、ことさら形見とも覚しめして、よくよく御覧じて、源氏をば、難儀・目録などまで、こまかに沙汰すべき物にて候へば、おぼめかしからぬ程に御らんじあきらめ候へ。難義・目録、同じく小唐櫃に入れて参らせ候。古今・新古今など、上下の歌、空に覚えたき事にて候。もしや覚えさせおはしますとて、おしてすすめまいらせ候へども、よに心に入らず、ものぐさ気に思し召して候し、返々ほひなく候。[1]

著名な物語や『源氏物語』をよく覚えておくようにと説く。『源氏物語』は「難義」「目録」もしっかり見て勉強しなさい、『古今集』『新古今集』も覚えなさいと指示し、娘が熱心ではないことをたしなめている。当時の教養ある女房の会話、詠歌、生活には、『源氏物語』が、『古今集』などと並んで必要とされていたことが窺われる。たとえば阿仏尼作の物語的な日記『うたたね』にも、『源氏物語』の表現の断片がぎっしりとちりばめられている。『源氏物語』の知識がなくてはその重層・交錯のありようがわからないのである。

女房たちの『源氏物語』享受には、さまざまな担い手、方法、意図がみられる。ある一人の歌人の『源氏物語』受容の方法もさまざまである。たとえば、一つの例を挙げれば、『実材卿母集』は文学史では殆ど無名の女性の家集である。実材卿母（一二一三年ごろ生、一二九〇年ごろ没）はもとは白拍子で、受領である平親清と結婚し、その後、太政大臣西園寺公経の最晩年の側室となり、権中納言実材らを生んだ。『実材卿母集』には『源氏物語』『浜松中納言物語』などからの享受が多く見られる。その歌では、我が身を物語中の人物に重ねることもある一方で、[2]『源氏物語』を語彙レベルで尊重しつつ読者の立場でコメント（注釈や批評）を加える手法が強く見られる。[3]『実材卿母集』には全体に、『源氏物語』を誠実に辿り直す態度があり、『源氏物語』の文脈をたどって要約し、言葉を拾いあげ、自分の解釈や視点を入れて、内側や外側から再構成している。

こうした中世女房たちの『源氏物語』享受の中でも、重要な資料の一つが『無名草子』である。『無名草子』は、女房たちの語りの形により、『源氏物語』をはじめとする物語、和歌、宮廷女性などについて論じている作品である。『無名草子』はこれまでは歌人俊成卿女の作の可能性が高いとされてきたが、それは疑わしく、歌壇で活躍する専門歌人ではない、御子左家周辺にいた宮廷女房の作であろうと考える。[4]物語評論書とされているが、実は、最初は説話・歴史物語のように始まり、前半は物語論・物語人物論、歌集論などであり、後半は説話的な部分で、歴史上の宮廷に実在した女性たちを論ずる宮廷女性評論である。[5] 全体のこれらの内容から、『無名草子』は、宮廷女性へ向けた教養書、教訓的・教育的テクストであり、物語評論の部分は、物語の案内書としての機能をもち、物語と女性教育とを繋ぐような執筆内容があると考えられる。[6] そして『無名草子』には『源氏物語』の和歌の引用・論評も多く、中世の女房たちが、それも必ずしも歌壇の専門的歌人ではないふつうの宮廷女房たちが、どのように『源氏物語』の和歌を読んだかをはっきりと示している。こうした点では、『実材卿母集』にみられるような女たちの『源氏物語』享受の態度とも重層する部分がある。もちろん『無名草子』には『源氏物語』以外の物語の和歌もあるが、本稿では『源氏物語』の和歌について考察していく。

『無名草子』の『源氏物語』評の構成は、「巻々」の論からはじまり、作中の女性論として「めでたき女」「いみじき女」「好もしき人」「いとほしき人」、そして「男」の論があり、その後、「ふしぶし」の論（場面論）として、「あはれなること」「いみじきこと」「いとほしきこと」「心やましきこと」「あさましきこと」という構成になっている。和歌は計四十首が引用されていて、そのうち三十六首が「ふしぶし」の論で引用され、うち二十三首が「あはれなること」で引用されている。つまり『無名草子』の『源氏物語』和歌引用は、その半数以上が「あはれなること」にあり、この「あはれなること」は桐壺更衣、夕顔、葵上、柏木、紫上、大君らの死と哀傷の場面、および須磨の惜別と流離の場面を扱っている。[7]「あはれなること」は『無名草子』の中で本文も分量的に多く、和歌も多くなっているのだが、このように「あはれなること」が重く扱われているのは、『源氏物語』の哀傷歌と離別・羇旅歌が高く評価されて、歌人にも非歌人にも広く受容されたことの反映であろう。そして、こうした「〜こと」というまとめ方は、作品へのある評価や位置づけ、享受の視点をあらわすものであり、短いがコメントが加えられる部分もある。

一方、藤原定家が編纂した『物語二百番歌合』は、物語の作中和歌を左右に番えた物語歌合である。これは『無名草子』とほぼ同時代の成立であることから、この二書における『源氏物語』からの撰歌が、撰者不明の物語歌集『風葉和歌集』の撰歌も含めて比較され、論じられている。[8] その場合、『無名草子』『物語二百番歌合』『風葉集』にある『源氏物語』和歌が、つまりその撰歌のあり方だけが比較されることが多い。けれども『無名草子』には、前述のようにその『源氏物語』和歌に関する批評・コメントがあることは決して無視できないし、重要であろう。『無名草子』は複数の女房たちの語りの形を取ることで、複眼的な視点をも保っており、必ずしも唯一の価値観を示しているわけではないが、そのコメントや取り上げ方は『無名草子』の特質をあらわすものである。本稿では、『無名草子』の記述にも注意を払いながら、『無名草子』がどのように『源氏物語』の和歌を受容し位置づけているか、その視点の特質について考えていきたい。

二　新古今時代に源氏取りされる歌

寺本直彦[9]は、『無名草子』の『源氏物語』歌の過半数が当代歌人によって本歌取りされている歌であると述べ、「無名草子の源語観であげた歌や場面を当代歌人が踏まえて作った本歌取りが多いことは否定しがた」いとし、『無名草子』は歌論的性格を有する、と結論している。しかし寺本があげた例には巻名歌や後の例も含まれるし、また中世には『源氏物語』のある部分をほのかに背景としたりかすめたりしている歌は多く、『無名草子』の四十首を調査すれば源氏取りの歌が何か見つかるということは考えられる。そうではなくて、当代歌人たちに本歌・参考歌としてよく知られ共有されていた『源氏物語』歌の側から、『無名草子』の特質を位置づけなければならない。そこで改めて別の観点から、『無名草子』に採られた『源氏物語』和歌を、『物語二百番歌合』撰入歌とも比較対照しつつ、源氏取りの歌という視点で見直してみる。[10]

新古今時代前後の和歌をすべて調査することは困難なので、簡略ではあるが、新古今時代を象徴する勅撰集『新古今和歌集』で、新古今時代の歌人たちにより、本歌・参考歌として意識的に受容された（あるいは念頭におかれた）『源氏物語』和歌を概観してみよう。おおまかに俯瞰するため、現代における『新古今集』の注釈書から、『新古今和歌集全注釈』一～六（久保田淳、角川学芸出版）、『新日本古典文学大系』（田中裕・赤瀬信吾、岩波書店）、『新編日本古典文学全集』（峯村文人、小学館）の三書において、本歌・参考歌として指摘されている『源氏物語』歌を、巻順に列挙した。新古今時代の前の院政期の歌人の和歌も含めて掲げた。本説取りされている『源氏物語』の地の文はあげなかった。また、参考歌としてあげられていても単にある歌語の説明のための歌は省くなど、適宜私意により加除した場合がある。恐らく単なる見落としもあると思われるが、これでおよその傾向は把握できよう。

（　）内は、『源氏物語』の巻名・詠者である。その下に記したのは、その歌を受容した『新古今集』の部立・歌番号・作者である。歌頭に付した記号は以下のことをあらわす。

A『無名草子』にあり『物語二百番歌合』にない歌　B『無名草子』『物語二百番歌合』両方にある歌
C『無名草子』になく『物語二百番歌合』にある歌　D両方にない歌

C宮城野の露吹きむすぶ風の音に小萩がもとを思ひこそやれ（桐壺・桐壺帝）　秋上・三〇〇・西行、同・三九三・良経ほか
C鈴虫の声の限りを尽しても長き夜あかずふる涙かな（桐壺・靫負命婦）　秋上・四三一・後鳥羽院、秋下・四七三・家隆
Dうち払ふ袖も露けきとこなつに嵐吹きそふ秋も来にけり（帚木・夕顔）　秋下・五一五・俊成卿女
C空蝉の羽におく露の木がくれてしのびしのびにぬるる袖かな（空蝉・空蝉）　恋一・一〇三一・良経

C心あてにそれかとぞ見る白露の光そへたる夕顔の花（夕顔・夕顔）　夏・二七六・頼実
D寄りてこそそれかとも見めたそかれにほのぼの見つる花の夕顔（夕顔・光源氏）　夏・二七五・高倉院、二七六・頼実
A見し人の煙を雲とながむれば夕べの空もむつましきかな（夕顔・光源氏）　夏・二四七・定家、哀傷・八〇三・後鳥羽院
Cほのかにも軒端の荻を結ばずは露のかごとを何にかけまし（夕顔・光源氏）　恋四・一三八八・通光
C吹き迷ふ深山おろしに夢さめて涙もよほす滝の音かな（若紫・光源氏）　雑中・一六〇四・家隆
D宮人にゆきて語らむ山桜風より先に来ても見るべく（若紫・光源氏）　春下・一三七・式子内親王
C奥山の松のとぼそをまれにあけてまだ見ぬ花のかほを見るかな（若紫・北山聖）　釈教・一九三八・寂蓮
C見ても又あふ夜稀なる夢の中にやがてまぎるる我身ともがな（若紫・光源氏）　哀傷・八二九・良経
C世がたりに人や伝へんたぐひなくうき身を醒めぬ夢になしても（若紫・藤壺中宮）　恋三・一三三三・定家母
D里分かぬかげをば見れど行く月のいるさの山を誰かたづぬる（末摘花・光源氏）　冬・五九九・寂蓮
Dいはぬをもいふにまさると知りながらおしこめたるは苦しかりけり（末摘花・光源氏）　雑下・一八三六・俊頼
C袖ぬるる露のゆかりと思ふにもなほうとまれぬやまとなでしこ（紅葉賀・藤壺中宮）　秋下・四七一・後鳥羽院
C憂き身世にやがて消えなば尋ねても草の原をばとはじとや思ふ（花宴・朧月夜）　冬・六一七・俊成卿女
Cいづれぞと露のやどりをわかむまに小笹が原に風もこそ吹け（花宴・光源氏）　雑下・一八二三・俊成
C世に知らぬ心地こそすれ有明の月のゆくへを空にまがへて（花宴・光源氏）　雑上・一五二一・慈円
C梓弓いるさの山にまどふかなほの見し月の影や見ゆると（花宴・光源氏）　春下・一五六・公経
C雨となりしぐるる空の浮雲をいづれの方とわきてながめむ（葵・頭中将）　夏・二四七・定家、哀傷・八〇三・後鳥羽院
A見し人の雨となりにし雲ゐさへいとど時雨にかきくらすころ（葵・光源氏）　哀傷・八〇三・後鳥羽院

C鈴鹿川八十瀬の波にぬれぬれず伊勢まで誰か思ひおこせむ（賢木・六条御息所）　羇旅・九四四・丹後
Cあさぢふの露のやどりに君をおきて四方のあらしぞ静心なき（賢木・光源氏）　冬・六一〇・雅経
Dをち返りえぞ忍ばれぬほととぎすほの語らひし宿の垣根に（花散里・光源氏）　雑上・一四八六・式子内親王
C橘の香をなつかしみ郭公花散る里をたづねてぞとふ（花散里・光源氏）　夏・二四一・忠良
D人目なく荒れたる宿は橘の花こそ軒のつまとなりけれ（花散里・麗景殿女御）　夏・二四一・忠良
C松島のあまの苫屋もいかならむ須磨の浦人しほたるるころ（須磨・光源氏）　羇旅・九三三・俊成
C浦にたくあまだにつつむ恋なればくゆる煙よ行く方ぞなき（須磨・朧月夜）　恋二・一〇八二・定家
C伊勢島や潮干の潟にあさりてもいふかひなきはわが身なりけり（須磨・六条御息所）　恋四・一三三三・定家
B恋ひわびてなく音にまがふ浦波は思ふかたより風や吹くらん（須磨・光源氏）　羇旅・九八〇・定家
C山がつのいほりに焚けるしばしばもこと問ひ来なん恋ふる里人（須磨・光源氏）　秋下・四七七・公経、ほか
Cひとり寝は君も知りぬやつれづれと思ひあかしのうらさびしさを（明石・明石入道）　恋四・一三三一・公経
Cむつごとを語りあはせむ人もがなうき世の夢もなかばさむやと（明石・光源氏）　冬・六九九・慈円
C年へつる苫屋も荒れてうき波のかへるかたにや身をたぐへまし（明石・明石君）　羇旅・九三三・俊成
Dたゆまじき筋を頼みし玉かづら思ひのほかにかけはなれぬる（蓬生・末摘花）　雑下・一七七八・長明
Bたづねても我こそとはめ道もなく深き蓬のもとの心を（蓬生・光源氏）　恋四・一二八八・通光
C身をかへてひとりかへれる山里に聞きしに似たる松風ぞ吹く（松風・明石尼君）　秋下・四七三・家隆
D氷とぢ石間の水はゆきなやみ空すむ月のかげぞながるる（朝顔・紫上）　冬・六三一・俊成
Cとけて寝ぬ寝覚めさびしき冬の夜に結ぼほれつる夢のみじかさ（朝顔・光源氏）　冬・六三五・良経

D声はせで身をのみこがす螢こそいふよりまさる思ひなるらめ（螢・玉鬘）　夏・二七三・良経

B風さわぎむら雲まがふ夕べにもわするる間なく忘られぬ君（野分・夕霧）　夏・二七八・慈円

D今はとて宿離れぬとも馴れきつる真木の柱は我を忘るな（真木柱・真木柱姫君）　春上・五三・式子内親王

D何とかや今日のかざしよかつ見つつおぼめくまでもなりにけるかな（藤裏葉・夕霧）　雑下・一七八九・皇嘉門院

D目に近く移ればかはる世の中を行く末とほくたのみけるかな（若菜上・紫上）　恋四・一三三三・後鳥羽院

C身にちかく秋や来ぬらん見るままに青葉の山もうつろひにけり（若菜上・紫上）
冬・六三八・式子内親王、恋五・一三五二・六条右大臣室

Cあけぐれの空にうき身は消えななん夢なりけりと見てもやむべく（若菜下・女三宮）　恋二・一一二六・良経

Dあまの世をよそに聞かめや須磨の浦に藻塩たれしも誰ならなくに（若菜下・光源氏）　雑上・一五五七・定家

Dつれなくてすぐる月日をかぞへつつ物うらめしきくれの春かな（竹河・薫）　春下・一〇一・式子内親王

C山おろしにたへぬ木の葉の露よりもあやなくもろきわが涙かな（橋姫・薫）　冬・五六〇・通具、雑下・一八〇三・俊成

C色かはる袖をばつゆのやどりにてわが身ぞさらにおきどころなき（椎本・大君）　秋下・五一六・俊成卿女 11

C里の名も昔ながらに見し人のおもがはりせるねやの月かげ（東屋・薫）　恋四・一二七四・公経

C峰の雪みぎはのこほり踏みわけて君にぞまどふ道はまどはず（浮舟・匂宮）　雑上・一五七八・通親

B波こゆる頃とも知らず末の松待つらむとのみ思ひけるかな（浮舟・薫）　羇旅・九七〇・家隆、釈教・一九五九・寂然

C身を投げし涙の川のはやき瀬をしがらみかけてたれかとどめし（手習・浮舟）　恋二・一一二〇・讃岐

以上五十五首のうち、『無名草子』が採入する『源氏物語』歌（AとB）は、わずか六首である。しかもそのうちの一

首「波こゆる頃とも知らず末の松待つらむとのみ思ひけるかな」（浮舟・薫）は、浮舟が「ところ違へならむ」と言ってこの歌を薫に返したという行動が、『無名草子』で「心まさりすれ」と批評される部分である。引用しているものの薫の歌は特に問題としていないので、これを除くと、実質的には五首である。もちろん『新古今集』歌のほかにも、新古今歌人たちが『源氏物語』を本歌取りした歌は多くあるが、『新古今集』はひとつの指標にはなると言えよう。

『無名草子』中の『源氏物語』歌は四十首なので、五首というのは非常に少ない。

これに比べると『物語二百番歌合』の方はかなり関係性がみられ、五十五首のうち三十八首（BとC）を採入しており、特に後鳥羽院、良経、慈円、家隆などの歌人が本歌取りした『源氏物語』歌は多い。『物語二百番歌合』は構造的な制約・意図をもつため[12]、定家が『物語二百番歌合』に源氏取りの対象となる歌を中心に採入しているとは必ずしも言えないが、それでもそうした歌が入っている傾向は『無名草子』よりも強い。

この五十五首を本歌（参考歌）として取る歌は前掲の『新古今集』所収歌に限らないが[13]、中でも「宮城野の露吹きむすぶ風の音に小萩がもとを思ひこそやれ」（桐壺・桐壺帝）、「鈴虫の声の限りを尽しても長き夜あかずふる涙かな」（桐壺・靫負命婦）、「空蟬の羽におく露の木がくれてしのびしのびにぬるる袖かな」（空蟬・空蟬）、「とけて寝ぬ寝覚めさびしき冬の夜に結ぼほれつる夢のみじかさ」（朝顔・光源氏）、「山おろしにたへぬ木の葉の露よりもあやなくもろきわが涙かな」（橋姫・薫）などは、ひときわ新古今歌人たちに大きな影響を与え、多数本歌取りされた歌であるが、いずれも『無名草子』は採らず、『物語二百番歌合』は採っている。「恋ひわびて泣くねにまがふ浦波は思ふかたより風や吹くらむ」（須磨・光源氏）、「たづねても我こそとはめ道もなく深き蓬のもとの心を」（蓬生・光源氏）も多いが、これらは『無名草子』『物語二百番歌合』共に採入している。

また「袖ぬるる露のゆかりと思ふにもなほうとまれぬやまとなでしこ」（紅葉賀・藤壺中宮）については、歌論書

『夜の鶴』で阿仏尼は賞讃すべき本歌取の例として「咲けば散る花のうき世と思ふにも猶うとまれぬ山桜かな」（『続後撰集』春下・俊成卿女）をあげ、「句ごとにかはりめなく候へども、上手の仕事は難なくわざと面白くきこえ候」と絶讃するが、この本歌である「袖ぬるる…」を、『無名草子』は採らず、『物語二百番歌合』は採っている。また、源氏と藤壺が密通した緊迫の場面で詠まれた「見ても又あふ夜稀なる夢の中にやがてまぎるる我身ともがな」（若紫・光源氏）と「世がたりに人や伝へむたぐひなくうき身を醒めぬ夢になしても」（同・藤壺中宮）の二首は、悲劇的な運命を交響させる贈答歌で、影響歌が多いが、この二首とも定家は『物語二百番歌合』に入れ、しかも光源氏の歌を歌合の巻頭に置くが、『無名草子』は二首とも採入していないのである。

このほか、前掲の『新古今集』以外の例を少しあげると、本歌取りが多い「尋ねゆく幻もがなつてにても魂のありかをそこと知るべく」（桐壺・桐壺帝）は、『無名草子』も『物語二百番歌合』も採入している。一方、「峰の雪みぎはのこほり踏みわけて君にぞまどふ道はまどはず」（浮舟・匂宮）、「里の名を我が身に知れば山城の宇治のわたりぞいと ど住み憂き」（浮舟・浮舟）などは、『無名草子』は入れず、『物語二百番歌合』は入れている。

ところで、『六百番歌合』の判詞に注目しておきたい。『無名草子』は、歌集論の部分で題詠歌について少し触れていて、そこで「近くは九条殿の左大将と申しはべりし折の百首など侍るは。」と述べており、これは『六百番歌合』のことなので、『六百番歌合』を知っていたことがわかる。では、その判詞（藤原俊成）で言及されている『源氏物語』歌と、『無名草子』の『源氏物語』歌との関係はどうだろうか。有名な「源氏見ざる歌よみは遺恨のことなり」（冬・十三番判詞）は、「憂き身世にやがて消えなば尋ねても草の原をばとはじとや思ふ」（花宴・朧月夜）を念頭におく言であり、定家も『千五百番歌合』八百番判詞でこの歌に言及するなど、この歌の影響は多大であったが、この歌すらも『無名草子』は採らず、『物語二百番歌合』は採っている。また『六百番歌合』夏下・十三番判詞は、「夕露に紐とく花は玉鉾のたよりに見えしえにこそありけれ」（夕顔・光源氏）との関係の強さを述べるが、この歌をも『無名草子』は採入せず、『物語二百番歌合』は採入している。一方、秋上・二十六番判詞は「吹きみだる風のけしきに女郎花しをれしぬべき心地こそすれ」（野分・玉鬘）からの影響を述べて、艶であると判ずるが、この歌は『無名草子』も『物語二百番歌合』も採っていない。このように『六百番歌合』判詞で特に言及され歌人たちに共有された『源氏物語』歌に、『無名草子』作者はまったく注意を払っていないのである。

ほかの歌合ではたとえば、定家は『水無瀬恋十五首歌合』三十三番判詞で、「左、朝たつ月を空にまがへてと侍る心姿、源氏物語の花の宴の歌など思ひ出でられていみじく艶に見え侍り」と言い、「世に知らぬ心地こそすれ有明の月のゆくへを空にまがへて」（花宴・光源氏）の影響を指摘しており、これも影響歌が多い歌だが、『無名草子』は採らず、『物語二百番歌合』は採っている。『千五百番歌合』判詞でも、判者たちは多くの『源氏物語』歌に言及しており、それは前掲の『源氏物語』五十五首と重複する歌も多いが、『無名草子』採入歌は少ない。

つまり、『無名草子』作者は『源氏物語』和歌の選択に際して、『新古今集』入集歌などで新古今歌人たちが頻繁に本歌・参考歌として用いる歌や、歌合の判詞に引かれたり話題となった歌に注目してそれらを採入するような意図は、全く持っていないとみられる。「歌論的性格を有する」と言う寺本直彦説は肯定できないのである。14

以下に述べていくが、先んじて言えば、『無名草子』の和歌の選択には、その歌のあわれさや美しさだけではなく、その和歌の詠者への人間的・社会的な視点からの評価や、風雅や機知への賛嘆、あるいは同情や共感などが大きく作用している。新古今時代の源氏取りでは、物語の場面を背景に広げたり、物語の情趣や心情を吸収・重層したり、物語の展開をふまえたり、作中人物に成り代わるようにして没入し詠むこと等はあるが、その人物の社会的ふるまいや機知などへの現実的評価は、基本的に関係がない。そこには大きな乖離があると言えよう。

三　一度だけ物語に登場する女たちの歌

『無名草子』の中で取り上げられる『源氏物語』歌の詠者は、やはり多いのは光源氏、そして紫上、頭中将、薫、夕霧などであるが、これら主要人物のほかに、『源氏物語』の中で一度しか登場しない人物の歌を取り上げている部分がある。そこには『無名草子』が現れているのではないかと思われるので、どのような視点が見られるかを考えたい。『無名草子』の「いみじきこと」から、連続する箇所を取り上げる。下の（　）内に詠者を示す。

いみじきこと。六条わたりの御忍びありきの暁出でたまふ、見送りきこえに中将の君参るを、隅の間の高欄のもとにしばしひき据えたまひて、

咲く花に移るてふ名をつつめども折らで過ぎ憂き今朝の朝顔　（①光源氏）

「いかがはすべき」とて、手をとらへたまへるに、

朝霧の晴れ間も待たぬ気色にて花に心をとめぬとぞ見る　（②中将の君）

おほやけごとに聞こえなしたるほど、いみじくおぼゆ。

『無名草子』の①②は『源氏物語』の「夕顔」巻の贈答歌である。源氏が六条御息所を訪れ、翌朝帰る源氏を、御息所に仕える女房の中将が見送る役をつとめた時の場面である。歩み出た源氏は振り返って、お供する中将の美しさに目をとめ、おそらく御息所からは見えない隅の間の高欄に中将をすわらせて、①「咲く花のようなあなたに心を移したという評判が立つのは困るが、折らずには素通りできない、朝顔のように美しい今朝のあなたの顔よ。」と詠みかけ、中将の手を取って言い寄った。中将はすぐに、②「朝霧が晴れるのも待たずにお帰りになるご様子ですから、

美しい花のような御息所様にもお心をとめない、冷淡なお方とお見受けいたします。」と返歌する。②の解釈に「とめぬ」を完了ととる説もあるが疑問であり、打消でこのように解釈すべきと思う[15]。

これは男性の歌に対して女性が切り返す歌だが、源氏の歌では「花」は中将であり、言い寄られたのは中将自身である。けれども中将はそれに気づかぬふりをし、「花」を御息所をさすものと故意に読み変えて返歌した。言い寄られた自分の存在を消し、「おほやけごとに聞こえなしたる」、女主人のことにすぐさま転換して、女主人のもとから早く帰る源氏を非難する歌に仕立てている。『無名草子』は、中将が女房としての立場をわきまえ、実に配慮ある、しかも機知的な返歌をしたことを「いみじきこと」とし、「おほやけごとに聞こえなしたるほど、いみじくおぼゆ。」と賞讃する。「公事」とは『源氏物語』にもあるが女房の職務・立場をさす。さらに『無名草子』の別の箇所でも「六条御息所の中将こそ宮仕へ人の中にいみじけれ。」と、女房の模範であると重ねて強調するのである。『無名草子』の中の「いみじ」とは、知的な、意志的な精神の働きへの評価、社会的評価であることを、安達敬子が明らかにしている[16]。『源氏物語』全編でここだけにちらりと登場する中将とその和歌を、女房としてすばらしいと何度も賞讃する姿勢には、宮廷女房の価値観と職掌意識が強く流れているであろう。

この場面で光源氏は「折らで過ぎ憂き今朝の朝顔」①と詠みかけているが、『無名草子』で続いて、『源氏物語』でまったく別の場面で光源氏が女に「過ぎ憂かりける妹が門」③と詠みかける場面が取り上げられている。いずれも女は男の熱愛の対象ではないことが「過ぎ憂き」にあらわされているのである。

また、忍びて通ひたまふところの門の前を渡るとて、声ある随身して、

　朝ぼらけ霧立つ空の迷ひにも過ぎ憂かりける妹が門かな　　　　（③光源氏）

と二声ばかり歌はせたまへるに、よしある下仕へを出だして、

立ちとまり霧のまがきの過ぎ憂くは草のとざしに障りしもせじ　（④女）

③④は「若紫」巻の贈答歌である。『無名草子』は詳しく記していないが、『源氏物語』での流れを述べると、源氏は少女若紫を訪れて一夜を過ごすが、契りを結ぶはずもなく、「さうざうしう思ひおはす」、つまり満たされない気分の男が帰路で、これは前にひそかに通った女の家がある道だと思い出した。その家の門を叩かせたが応答がないので、声のよい供の者（『源氏物語』では「御供に声ある人」、『無名草子』では「声ある随身」）に、③の歌を二回ばかり歌わせる。「明け方の霧が立つ空に立ち迷ってあたりの見分けがつかないが、それでも（見覚えがあって）素通りしかねるあなたの家の門であるよ。」という歌意であり、通り過ぎるのは残念だから門を開けてくれるなら逢いましょうという意志表示をした。するとその女は、家の中から下仕えの侍女を出して、④の歌を言わせた後、誰も姿を見せなくなった。④の歌は「言ふからにつらさぞまさる秋の夜の草のとざしにさはるべしやは」（『後撰集』恋五）をふまえる。「立ち止まって霧が立つ籬を通り過ぎるのがつらいならば、荒れて草が閉ざしている戸などは障害にならないでしょう。」という歌意だが、あなたのお気持ちがそれほど深いはずはありませんという皮肉であり、開けるのを拒否する。ほとんど彼女のことを忘れていたような、しかも愛が薄れたことを隠すのでもない高慢な貴公子に対して、女のプライドを見せた切り返しである。これも、『源氏物語』でここにしか登場しない、誰ともわからない女の歌なのである。『源氏物語』でこの前に位置する、風が吹き荒れた夜に源氏が若紫に付き添って過ごした場面は詳しく描かれるが、この女との贈答歌はその付けたりのように語られる小さな断章に過ぎない。けれども『無名草子』作者はそれを見逃さず、「いみじ」と評価している。

『無名草子』が深く『源氏物語』を読み込んだ上で、こうした女性の歌にも注目し評価していることは、注目すべき姿勢であろう。それに対して『物語二百番歌合』では、①②③④の四首とも、定家は採入していない。

このように『無名草子』は、物語の場面を支える人物の性格・行為を現実的な視点でとらえ、その評価と密着した形で歌を取り上げて評している。そこでは極めてマイナーな人物や場面をも積極的に取り上げていることに、『無名草子』の特質のひとつを見て取ることができる。

四　批判される破調的な歌

また、出でたまふ暁、紫の上、

惜しからぬ命にかへて目の前の別れをしばしとどめてしかな　（⑤紫上）

とのたまへるこそ、いと人わろけれ。何の人数なるまじき花散里だに、

月影の宿れる袖は狭くともとめても見ばや飽かぬ光を　（⑥花散里）

とこそ聞こえたまふめれ。

これは『無名草子』の「あはれなること」であり、ここで論じられる『源氏物語』は「須磨」巻、源氏が出発する間際の紫上との最後の別れの場面である。源氏が「生ける世の別れを知らでちぎりつつ命を人に限りけるかな」、命ある限りはこの世で別れることはないと思っていたのにと述べ、直接的に別れを嘆くのではなく、愛の永遠と世の無常を歌うことで、間接的に別れのつらさを詠じた。それを「あさはかに聞こえなしたまへば」、つまりわざと大したこともないような抑制的な態度で、紫上に詠みかけた。それへの返歌が⑤である。紫上は、「惜しくもない私の命とひき換えに、眼前の別れを暫くでも留めたいと願います。」と、死に換えてでももうしばらくの時間を、と悲痛に訴える。源氏が歌った「命」を自らに引き受け、「目の前の別れ」に対する悲嘆を、景の喩もないままに歌う。それを

聞いた源氏は「げにさぞ思すらむ」と離れがたく思うが、やむを得ず須磨へ向けて旅立つ。

しかし『無名草子』では、この⑤の紫上の歌に対して、厳しい批判の言辞「いと人わろけれ」（大変みっともない）と述べているのに驚かされる。『無名草子』には紫上への共感や同情が多いが、ここでは花散里の歌と比較して、紫上の歌を厳しく批判している。対照されている⑥の花散里の歌は、やはり都を去る源氏との別れの場面であり、花散里の濃い色の衣に月影が宿り、それを見て詠んだ歌である。自らを「袖はせばくとも」と卑下し、源氏を月の光にたとえてその輝かしさを歌い上げつつ、月の光に託して、「月光の宿る私の袖は狭くとも、お引きとめして、飽かぬ光を見ていたいのです。」と、引き留めたい自分の心情を抑制的に景に託して詠ずる。

つまり、『無名草子』がここで主張しているのは、痛切な別れの場面の歌であっても、貴族女性として、感情のむきだしな流露、直情的な表現は抑え、心情を風雅な景に託して重層的に、間接的に心深くあわれに詠むことが求められる、ということではないだろうか。宮廷に生きる女性の価値観をうかがうことができる。

『無名草子』で「人わろし」は、どのようなことに対して用いられているのかを確認しておこう。

柏木の衛門督、はじめよりいと良き人なり。……女三宮の御事のさしも命にかふばかり思ひ入りけむぞもどかしき。もろともに見奉り給へりしかど、まめ人はいでやと心劣りしてこそ思へりしに、さしも心に染めけむぞ、いと心劣りする。紫上はつかに見て、野分の朝眺め入りけむまめ人こそ、いといみじけれ。失せのほど、いとあはれにいとほしけれど、そも余り身のほど思ひくんじ、人わろげなるぞ、さしもあるべきことかはとぞおぼゆる。

これは男性論にある柏木への批評である。柏木は良い人だと賞められているが、女三宮との一件以後は、このように糾弾されている。未成熟な女三宮に対しても『無名草子』は大変批判的であるが、その女三宮にひかれる柏木に対しても厳しい筆致である。蹴鞠の日に女三宮の姿が見えてしまった時、夕霧は女三宮のはしたなさを感じて幻滅するのに対して、柏木は女三宮に惑溺してゆくのが本当に失望してしまう、柏木が逝去するあたりは大変あわれで心がゆさぶられるが、それもあまりに我が身のほどを悲観して思いつめて、みっともない様子であり、何もそこまで思いつめることはないと、『無名草子』は実に現実的に、冷めた視線で述べるのである。逆に夕霧は、野分の日に紫上を垣間見て深く憧憬するようになり、けれどもその思いを自分の中に封じ込めて一切表に出さない。『無名草子』はそれを「いといみじけれ」と賞讃している。宮廷社会に生きる貴族として、自分を抑制し、立場に即して適切にふるまい、破綻せず、その言葉も調和的に表現することができる人のことを、『無名草子』は一貫して高く評価しており、これは『無名草子』の人物論全体に流れている価値観である。[17]

浅田徹[18]は、『源氏物語』の和歌では本人の心情を打ち出す抒情の機能が後退していることを指摘し、この頃には『古今集』などの古歌が次第に違和感を感じさせるものとなり、「古雅にして純朴な美しさとして、他方では単純率直に過ぎる洗練の欠如として、捉え返されていった」推移の中における人々の感覚の片鱗を『源氏物語』は伝えていると述べ、「源氏物語作者にとっては、和歌を詠むことはもっとソフィスティケートされた行為となっていて、人前で自分の情を露わに言うことは何となく避けるべきだと感じられていたのだろう」と述べている。『無名草子』作者が「いと人わろけれ」と批判するのは、これと共通する感覚ではないだろうか。

実はこうした視点は、『源氏物語』自身もその中に含み持っている。浅田徹は前掲の論で光源氏の歌が「思すままに、あまり若々しうぞあるや」と草子地の語りでコメントされている例をあげ、物語作者が、「胸に迫る感情をコントロールできていない、場にそぐわない表現と見る評価軸を有していた」と述べる。ここだけではなく、『源氏物語』は草子地の形でしばしば作中人物の和歌を批判しており、こうした振幅をわざと持たせるのも、人物造型の一つの手法であろう。『無名草子』で批判されている紫上の歌⑤では、今生の別れとなるかもしれないという悲しみの余り、感情をむきだしにした破調的な歌を紫上に詠ませ、しかも『源氏物語』では源氏の「あさはかに聞こえなしたまへば」という抑制的な態度を対照させることで、紫上のぼろぼろな心を浮き立たせている。紫上の歌は『源氏物語』では特に草子地でコメントされていないが、『無名草子』はその破調を見逃さなかったのである。それは題詠ではない、宮廷生活における詠歌という視点を強固にもつゆえであろう。

一方藤原定家は、『物語二百番歌合』にこの⑤の歌を入れており、また自身でもこの歌を参考歌としている恋歌を詠作し、「ひさしくかき絶えたる人に」送った（『拾遺愚草』二六七二）。物語中の女の破調的な叫びを生かし、詠歌主体は男に変え、惜しくない命だが恋人がいる同じ世に生き長らえることを望む内容に逆転させて、絶えて久しい恋人の心に訴えかけようとした。この歌は後に『玉葉集』恋五・一七八一に採られている。

惜しからぬ命も今はながらへておなじ世をだにわかれずもがな

五　共感され寄り添われる歌

けれども『無名草子』は、常にこのように女房・宮廷人として持つべき態度やあり方と関連させてすべての和歌を論じているわけではない。『無名草子』の「心やましきこと」から掲げよう。

須磨の絵二巻、日ごろ隠して、絵合の折取り出だしたること。

独りゐて眺めしよりは海人の住むかたをかくてぞ見るべかりける　（⑦紫上）

とて、「おぼつかなさは慰みなましものを」などあるところよ。これは「いとほしきこと」にも入れつべし。

これは『源氏物語』の「絵合」巻である。源氏が須磨で書いた絵日記を、帰京して二年半もたってから、源氏は初めて紫上に見せた。紫上はそれまで絵日記の存在を知らずにいて衝撃を受け、⑦の歌を詠んだ。「私は都で孤独に物思いに沈んでいましたが、そうしているよりも、海人の住む海辺のありさまをお書きになったこの絵を、このように拝見していたかったと思います。」という意と思われる。『源氏物語』の注釈書では「私も須磨に行って、ご一緒にこの景を見ていられたら良かったのに」などとする解が殆どだが、それでは『源氏物語』の前後の文脈と噛み合わない。[19]この絵日記は「絵合」に「おはしけむありさま、御心におぼししことども、ただ今のやうに見え、所のさま、おぼつかなき浦々、磯の隠れなく描きあらはしたまへり」とあり、須磨の海浜のさまが詳細に描かれた絵であった。⑦とその後文は、遠く離れていた時に、そのように精細に描写されている絵の日記を須磨から都の私に送って下されば、ご様子がわかって心細さが慰められたのに、と解するべきと思われる。

この歌は、「かた」（絵）に「潟」をかけ、「見る」に「海松」を響かせ、「海人」「潟」「海松」を縁語でつらね、須磨の絵にふさわしい枠取りに整えられていて、紫上が過去を思い返して「かくてぞ見るべかりける」と沈潜し、深く詠嘆する心情が流れている。紫上は源氏を恨むが、鋭い非難の響きはない。この絵日記は絵合の後に藤壺に献上されており、これは紫上のために作られたものではなかったとみられ、紫上はそれを察して傷ついたのであろう。『無名草子』は紫上の心情に寄り添い、この静かな悲しみの歌をあげ、「心やましきこと」（不愉快なこと）の中に入れている。一方、定家はこの⑦の歌を、『物語二百番歌合』に入れていない。

『無名草子』の「心やましきこと」であげられている事柄は、このように誰かを深く傷つける行為、自己中心的な行為、調和を乱す逸脱した行為などであり、紫上を苦悩させる光源氏の行動が多くあげられている。

そして、これとは逆の例だが、「あはれなること」の中で、薫に限りなく追慕される大君について、『無名草子』作者は「いみじくあはれにうらやましけれ」と羨望する。紫上にせよ、大君にせよ、和歌とそれが詠まれる状況を現実的視点でとらえ、そこで悲しみ嘆く人に心を重ねあわせたり、時には自分に引きつけて「うらやまし」と我が身に重ねたりする回路を示している。

『無名草子』は、大君の妹中君について、紫上と同様に同情的である。「いとほしきこと」で次のように語る。

……兵部卿宮渡りたまひて、御匂ひの染めたるを咎めたまひて、ともかくもいらへぬさへ心やましくて、

また人も馴れける袖の移り香を我が身にしめて恨みつるかな　（⑧匂宮）

とのたまへば、女君、

み馴れぬる中の衣と頼めしをかばかりにてやかけ離れなむ　（⑨中君）

とて、うち泣きたるほどこそ、返す返すいとほしけれ。

『源氏物語』「宿木」巻で中君は、衣に薫の香が深く染みついているのを匂宮に疑われて、ひどく非難される。匂宮が⑧であなたは他の男に「馴れける」と非難した言葉を、中君は⑨で「見馴れぬる」仲と転じ、夫婦の仲に転換することで他者の影を振り払い、「かばかり」と「香ばかり」を掛け、「か」を連続させてリズムを作りながら、夫が離れていく不安を「かけ離れなむ」と悲しみ歌う。その中君の歌を聞いて匂宮は心動かされ、非難の言葉をおさめて、中君への愛を確認する。⑨の歌は無実でありながら夫を失うかもしれない、ぎりぎりの状態での妻の哀切な歌である。『無名草子』の「いとほし」には、こうした状況への深い理解と同情がある。『無名草子』は「いとほしき人」でも中君に筆を費やしており、⑨の歌にも重ねて言及して「かばかりにてもかけ離れなむ、と言へるところは、見るたびに涙もとまらずこそおぼゆれ」と、高く評価している。

物語の歌は、その人物（詠者）の声、心の声にほかならず、『無名草子』ではその人物の声に共感するところで引用されることが多い（非難のために引用する部分も若干ある）。権力者の象徴である光源氏が『源氏物語』で時々詠む傲

慢な歌は、①③のように贈答歌の片方としてはあげられるが、共感されて称揚されることはない。

『源氏物語』正編は光源氏が栄華を極めながら次々に愛する人に先立たれてゆく喪失の物語であり、最も絶望的な喪失――紫上の死――ののちに幕を下ろす。『無名草子』はその喪失という物語の根幹を受け止め、「あはれなること」では主要人物が逝去する場面を「桐壺の更衣の失せのほど」「夕顔の失せのほど」のように次々に列挙して、その場面を代表するような和歌を掲げている。引用された『源氏物語』歌の半数近くを占める光源氏の歌十九首のうち、哀傷・離別・羇旅・懐旧の歌が十三首に及ぶ。『無名草子』の『源氏物語』歌全体でも、このような死と哀傷の歌、別れや流離の悲傷、懐旧、愛の移ろいを嘆く歌が多くを占め、それに①②③④のような歌などがいくばくか加わる。純粋に人を恋う恋歌は少ししか採歌されていない。

六　和歌の詠者への視線

『無名草子』は『物語二百番歌合』に比べて、『源氏物語』中のどのような人物の歌を多く採っているのだろうか。物語を動かす基軸である光源氏は物語内で圧倒的に歌数が多いのでこれは別として、『無名草子』と『物語二百番歌合』とで、採られた和歌を人物ごとに数え、もとの歌数が違うのでその割合を勘案して見渡してみると、『物語二百番歌合』に比べて『無名草子』が多めに採っているのは、紫上、頭中将、薫、夕霧などである。彼らは『無名草子』が人物評で大変好意的に評価している人物であり、和歌の採入は人物評と直結していることが明らかとなる。反対に少ないのは柏木と匂宮で、いずれも一首である。柏木の破綻、匂宮の軽薄に対して、『無名草子』は人物評で極めて批判的に述べていることと符合する。中でも少ないのは浮舟で、『無名草子』は『源氏物語』の浮舟歌二十六首から一首しか採っていない。『物語二百番歌合』では十四首が採られている。匂宮と薫との間で揺れ動き入水に至る浮舟は、『無名草子』の人物論で酷評されており、「これこそ憎きものとも言ひつべき人」「ひたぶるに身を投げたらばよしや、ものにとられて、初瀬詣での人に見つけられたるほどなどこそ、いとむくつけけれ」と、手厳しい評価を受けている。これも宮廷女性として異様な、逸脱したあり方が批判されているとみられる。浮舟のはかなくあはれな物語は中世を通して愛好され、中世王朝物語では浮舟のような女主人公が繰り返し再生されていて、浮舟の和歌も影響歌が多いが、『無名草子』は一首をあげるのみでほとんど関心を示していないのである。むしろ浮舟ではなく、悲しみと孤独の中で苦しみつつも思慮深く身を処して結果的に幸い人となる中君に、『無名草子』は強く注目しており、前述のように中君の同じ歌を二度にわたって取り上げている。これは特徴的な視点と言えよう。

『無名草子』で歌がゼロなのは、六条御息所、藤壺、秋好中宮、明石君、朧月夜、玉鬘、朱雀帝、冷泉帝などである。いずれも物語の主要な人物であって、『物語二百番歌合』は当然入れているが、『無名草子』は彼らの歌を入れておらず、その一方で、主人公とまでは言えない中君のような女性の歌や、極めてマイナーな無名の女房・女性の歌をも積極的に入れていることに、『無名草子』作者の姿勢を見て取ることができる。

『無名草子』の歌の取り上げ方には、宮廷女性が詠むべき和歌という、教育的なメディアとして捉える視点があるようだ。宮廷人の生活と風雅の中で、その時と場と立場に応じていかに詠まれたか、また詠むべきなのかが絶えず念頭にあると思われる。そもそも物語とは教育メディアにほかならない。玉上琢弥[20]は次のように端的に言う。

歌を詠む時、もっとも心せねばならぬことは時と場合である。……どんな時に詠むか、生活に即した歌の詠み方を教え、実際の恋の手管を教えるものは物語であった。歌を教えることはその場その場の、いわば空間的な女の生き方を教えることである。物語を鑑賞させることは、この世に在る限りの、時間的な女の生き方を教えることになるとも言えようか。

『無名草子』は物語を、もっともその本来の生成目的に沿った形で享受していると言えよう。そこには、中世以降『源氏物語』が宮廷和歌の公的世界に転移して歌道家歌人などによって新たな衣を纏わされ再生されていく方向とはまったく異なった、女房による物語享受、物語利用のありようが鮮明に浮かび上がるのである。

教育メディアといっても、『無名草子』は、和歌を言語芸術的な観点から論じることはなく、分析的な表現論は見られない。歌語・歌枕の用法とか、『古今集』のこの歌を下敷きとするとか、通常、歌学書や古注釈で論じられるようなことは一切見られず、歌学・歌論的なスタンスからは乖離しており、寺本直彦がいうような「歌論的」な書物と見ることはできず、前述のように新古今時代に本歌取りされる『源氏物語』歌を採入する傾向も特に見られない。『無名草子』の和歌の採入は、その詠者である人物への評価と一体であり、そこには宮廷女房の意識と価値観が強く底流する。その上で、物語中の人物の心情に寄り添い、その心の声である和歌に対して「心に染みて」[21]共感できることを希求しており、詠者の心情を共有しながら引用する場合が多い。だからこそ「あはれなること」「いみじきこと」「いとほしきこと」「心やましきこと」「あさましきこと」のような、当人の感情や意識を主体とする列挙の仕方をとり、また「うらやまし」というような自己に重ねる心情表現が生まれるのだろう。

宮廷社会に生きる女房の立場に立ちつつ、虚構の物語世界に生きる人々をこの世へ引き寄せて、彼らが味わう人生の移ろいや喪失の悲哀に深く共鳴しながら、この世で人が、その時と場、立場に即して、どのような歌を詠むか、詠むべきかを、さらに言えばどのようにふるまい、生きるべきかを、『源氏物語』から読み取って見せている作品、それが『無名草子』なのである。『無名草子』こそは、歌壇の専門歌人ではない、物語を読む女房たちが、どのように

『源氏物語』とその歌を読んだのかを、実に鮮やかに語っている稀な作品と言えよう。

〔参考文献〕
久保木哲夫校注『無名草子』（新編日本古典文学全集40『松浦宮物語　無名草子』所収　小学館、一九九九年）
阿部秋生ほか校注『源氏物語』一〜六（新編日本古典文学全集20〜25　小学館、一九九四年〜一九九八年）

〔注〕

1　『阿仏の文』は陽明文庫蔵本による。『阿仏の文』と陽明文庫蔵本については、田渕句美子『阿仏尼とその時代―『うたたね』が語る中世―』（臨川書店、二〇〇〇年）、同『十六夜日記　阿仏の文』（勉誠出版、二〇〇九年）参照。

2　高谷美恵子「実材卿母集序説―源氏物語との関係〈その一〉―」（『広島女子大学文学部紀要』四、一九六九年三月）。

3　尾上美紀「『権中納言実材卿母集』の『源氏物語』巻名続歌について」（『源氏物語と王朝世界』武蔵野書院、二〇〇〇年）、同「『権中納言実材卿母集』の物語の人物名の続歌について」（『平安文学の風貌』武蔵野書院、二〇〇三年）。

4　田渕句美子「『無名草子』の作者像」（『国語と国文学』二〇一二年五月）参照。また最近田中洋己「『無名草子』の一面」（『国語と国文学』二〇一五年一月）が出され、さらに研究が進展している。

5　田渕句美子「『無名草子』の宮廷女性評論」（中世文学と隣接諸学10『中世の随筆―成立・展開と文体―』（竹林舎、二〇一四年）参照。

6　田渕句美子「『無名草子』の視座」（『中世文学』五七、二〇一二年六月）参照。

7　「あはれなること」は、部立で言えば哀傷・離別・羇旅にあたると指摘されている。松田武夫「源氏物語の和歌―無名草子のふしぶしの論を中心に―」（『源氏物語と和歌　研究と資料』（古代文学論叢4，武蔵野書院、一九七四年）参照。

8　樋口芳麻呂「『物語二百番歌合』と『風葉和歌集』―『源氏物語』作中人物の和歌を中心に―（上）（下）」（『文学』一九八四年五月・七月）、大槻修「「物語二百番歌合」「無名草子」から「風葉和歌集」へ」（『文学・語学』一九九五年二月）、高

橋亭『源氏物語の詩学』（名古屋大学出版会、二〇〇七年）、田仲洋己「藤原定家の『源氏物語』―『無名草子』を通して見た『物語二百番歌合』―」（『国文学解釈と鑑賞』九五三、二〇一〇年一〇月）など。

9 『源氏物語受容史論考　正編』（風間書房、再版一九八四年）。

10 以下、歌集・歌合等の本文と歌番号は『新編国歌大観』によったが、表記等は私意に依る。

11 渡邉裕美子『新古今時代の表現方法』（笠間書院、二〇一〇年）によりこの歌の本歌取りであると指摘されており、ここに加える。

12 田渕句美子「『物語二百番歌合』の成立と構造」（『国語と国文学』二〇〇四年五月）参照。

13 以下の新古今時代の『源氏物語』摂取については、渡部泰明「源氏物語と新古今和歌」（『源氏物語とその享受　研究と資料』古代文学論叢16、武蔵野書院、二〇〇五年）、松村雄二「『源氏物語』と中世和歌」（『鎌倉・室町時代の源氏物語』講座源氏物語研究4、おうふう、二〇〇七年）、寺島恒世「新古今時代の源氏物語受容」（『国語と国文学』二〇一一年四月）ほか数多いが、ここではそれぞれの論述について触れるのは割愛した。

14 さらに、『無名草子』は『源氏物語』以外の諸物語からも多くの和歌を載せているが、『源氏物語』『狭衣物語』以外の物語は殆ど本歌取りの対象ではない。これらをなぜ取り上げているのか、寺本論では説明できない。

15 この贈答歌については、上野英子「夕顔巻における源氏と中将の君との贈答歌をめぐる考察」（『むらさき』一九、一九八二年七月）、吉見健夫「源氏物語における女房の和歌―夕顔巻の源氏と中将の君との贈答歌をめぐって―」（『源氏物語と平安文学』第四集　早稲田大学大学院中古文学研究会、一九九五年五月）、安道百合子「夕顔巻における中将の君の「いみじき」返歌―『無名草子』の人物評を手がかりにして―」（『日本文学研究』（梅光学院大学）四二、二〇〇七年一月）があり、上野・安道が打消説、吉見は新解釈を加えるが完了説である。

16 「『無名草子』の「いみじ」」（『説話論集　第十七集　説話と旅』（清文堂出版、二〇〇八年）。

17 田渕句美子「『無名草子』の視座」（前掲）において述べた。

18 「源氏物語と和歌史―古歌の様式はどう扱われているか―」（『武蔵野文学』六〇、二〇一三年）。

19 本稿で底本とした久保木哲夫校注『無名草子』では、「海人の住む海辺の様子を描いたこの絵を、こうして見ているべきでした」と、私見と同様に解釈する。

20 『物語文学』（塙選書7、塙書房、一九六〇年）。

21 『無名草子』の中で、『源氏物語』の巻々の論は「いづれかすぐれて心に染みてめでたくおぼゆる」という問いから始まり、「ふしぶし」の論も「あはれにも、めでたくも、心に染みておぼえさせたまふらむふしぶしおほせられよ」という問いから始まっており、「心に染む」が重要な評価軸であったことが知られる。

伝定家詠の源氏物語巻名和歌について
―祐倫著『山頂湖面抄』を読んで―

ミシェル・ヴィエイヤール＝バロン

ここでは、かなり風変わりなコーパスについて考えてみたい。源氏物語全五十四帖の各帖について詠んだ和歌の一群で、源氏物語巻名和歌と呼ばれ、歌人として名高い藤原定家（一一六二〜一二四一）の作であるとされている。しかし、源氏物語巻名和歌は定家の歌集に漏れた定家作品集である『拾遺愚草員外之外』に収められていて、この集は存疑作・偽作も含むから、定家が作者ではない可能性がある。[1] しかしそれは重要なことではなく、この機会を利用して考えてみたいのは、これらの和歌がどのように機能していたか、いかなる目的でどのように作られたかということである。まず読んでみると、謎めいていて意味が分からない。理解を助けてくれるものとして、祐倫という女性が書いた古い注釈書、『山頂湖面抄』という書がある。[2] 祐倫には、他にも『源氏物語』についての著作があるとのことである。[3]

祐倫についての資料は殆どなく、室町時代の外記局の官人、中原康富の日記、『康富記』（一四〇八〜一四五五年をカバー）に、源氏読比丘尼の祐倫が、一四五四年三月から一四五五年四月にかけて数度、康富宅に来て『源氏物語』を読み講釈したとあるのが現存唯一の記録である。[4] 序文が事実とすれば、祐倫は『山頂湖面抄』（以下、湖面抄）を一四四九年に書いている。つまり十五世紀後半が活動期間だったと考えることができよう。

頁制約のため、全ての巻名歌を検討することはできないので、ここでは、この論文集で取り上げられている巻の中から、「蓬生」、「朝顔」、「梅枝」、「幻」、そして「紅梅」に絞って検討したい。

まず、「蓬生」の巻名歌とそれについての祐倫の解説を挙げ、解説に対応する原作の部分を添えた。[5] 読みやすさのために、各巻名和歌の『湖面抄』の注釈項目にアルファベット（A、B、Cなど）を付け、それに対応する原作の部分にA'、B'、C'を付けた。

一　蓬生の巻名和歌とその解釈

十一、并蓬生　五種　定家

□　蓬生の野分の時雨あまそゝきみ笠と申せ袂せばくは

A　一、蓬生とは、彼の末摘花の御すみかの事也。源氏須磨・明石に三年御座せしほど、又京に帰り給ても、忘て久しく音信たまはざりしほどに、夘月に源氏たちより給ひし時、蓬生の露深くて、惟光馬鞭にて蓬生の露を払ひて入奉りし故也。源氏、

尋ても我こそとはめみちもなくふかき蓬のもとの心を

と詠み給し故也。蓬生の宿に梟の声を耳ならし、狐のすみかとなりて朝夕の煙絶え、とまる人もすくなかりし事を、さびしくあれたる例しに言へり。又総角の心さへとあるは、［めぐりは］めぐりの築地崩れがちなれ

ば、春夏になればよそより馬牛を放ち飼う、あげまきの心也。〔略〕

A’ 祐倫の解説は以下の原作の部分による。

1. 惟光も、「さらにえ分けさせ給ふまじき蓬の露けさになむはべる。露すこし払はせてなむ入らせ給ふべき」と聞こゆれば、

たづねてもわれこそとはめ道もなく深き蓬のもとの心を

とひとりごちて、猶をり給へば、御さきの露を馬の鞭して払ひつゝ入れたてまつる。雨そゝきも、猶秋のしぐれめきてうちそそけば、「御傘さぶらふ。げに木の下露は雨にまさりて」と聞こゆ。（蓬生、第二巻、一四九頁）

2. もとより荒れたりし宮のうち、いとゞ狐の住みかになりて、うとましうけどをき木立に、ふくろうの声を朝夕に耳馴らしつゝ、〔略〕ものわびしき事のみ数知らぬに、まれ〳〵残りてさぶらふ人は、「猶いとわりなし〔略〕」（蓬生、第二巻、一三三～一三四頁）

3.葎は西東の御門を閉ぢこめたるぞ頼もしけれど、崩れがちなるめぐりの垣を馬牛などの踏みならしたる道にて、春夏になれば、放ち飼う総角の心さへぞめざましき。（蓬生、第二巻、一三五頁）

B 一、野分とは一年の野分あらかりし年、いづくも吹たをし、門などもあさましくなりて、三ツの道たえたりと有。

B’ この解説は以下の原作の部分による。

八月、野分荒かりし年、廊どももたうれふし、下の屋どものはかなき板葺きなりしなどは、骨のみわづかに残りて、立ちとまる下種だになし。（蓬生、第二巻、一三五頁）

C 一、あまそゝきも秋の時雨めきて、木の下露は雨にまされりとあり。源氏車よりおり給ひし時の事也。

C’ 祐倫の解説は既に引用した部分（A—1. 蓬生、第二巻、一四九頁）による。

D　一、みかさと申せとは、同心也。引歌、
みさぶらひみかさと申せみやぎ野の木の下露は雨にまされり
　　といふ歌の心なり。
D’　祐倫の解説に引用されている和歌は『古今和歌集』、東歌、よみ人しらず（一〇九一）である。
E　一、袂せばくはとは、源氏よりの御音信をいかめしき御心にこそ物の数とも思されね、末摘花の待つけ給ふ袂のせばきには、大空の月の光りをたらいの水にうつしたらむ心地してと有。
E’　祐倫の解説は以下の部分による。

常陸の宮の君は、〔略〕いかめしき御いきをいにこそ、ことにもあらずはかなきほどの御なさけばかりとおぼしたりしかど、待ち受け給ふ袂のせばきに、大空の星の光をたらいの水に映したる心ちして過ぐし給しほどに〔略〕

（蓬生、第二巻、一三二頁）

巻名和歌とその解説を調べると、和歌の言葉がいずれも「蓬生」巻から取られていることが分かる。四句目まではこの巻の中心的エピソードの一つ、源氏が長い間会っていなかった末摘花の邸を訪れ、彼女の心が変わらなかったことを確かめる場面で、巻名歌は雨後のしずくとその及ぼす情景的効果に集中している。五句目では視点が急に転換し、末摘花のことになる。和歌ではこのような急激な転換はありえないが、十五〜十六世紀にかけて全盛だった連歌には特有の組み立てである。そして祐倫はこの時代に属していたのである。

連歌寄合関係の書を調べてみると、『山頂湖面抄』について明らかになることがある。そのために使ったのは、四種で、連歌の歴史においては重要な二条良基（一三二〇〜一三八八）とその周辺の人々の選になる『光源氏一部連歌寄合』、同じ人々による『光源氏一部連歌寄合之事』、室町時代初期（十四世紀末）に成立したと考えられている、作者

不明の『源氏小鏡』、一四七六年に成立した一条兼良（一四〇二～一四八一）の編になる『連珠合壁集』である。[6]

定家仮託の和歌の中の言葉五つ、すなわち、「蓬生」、「野分」、「雨そそき」、「笠」、「たもとせばき」が、「蓬生巻」と結びつけられてこれら寄合書の少なくともいずれかに収録されている。また、この巻名歌は、『光源氏一部連歌寄合之事』の「蓬生」の冒頭部に傍記されている。古野優子が証明したようにこの巻名和歌は後から補入されたものだが、この巻名歌が連歌の世界と深いつながりを持っていたことはこれによって明らかである。[7]

さて、今度は「朝顔」巻の歌を見てみよう。

二　朝顔の巻名和歌とその解釈

十五、槿　五種　定家

□　あさがほの花を夢かとみそぎせんしなどの風の有かなきかに

A　一、朝顔とは、源氏の御叔父に桃園式部卿宮と聞ゆるが御女に賀茂の斎院まします。此巻におり居給へり。昔より源氏御心にかけしかど、心つよくて過給ひし人也。秋の末つかた朝顔に付て、源氏、見し折の露わすられぬあさがほの花のさかりは過やしぬらん

A'　この和歌は朝顔巻（第二巻、二五七頁）にある。

B　一、夢かとは、斎院へ源氏おはしたりし時の斎院の御詞に、その世の事は皆夢になして、いまなん覚めて侍るとのたまひし事也。

B'　祐倫の解説は以下の部分による。

C　「ありし世はみな夢に見なして、いまなむ覚めてはかなきにやと思たまへ定めがたくはべるに、労などは静かにやと定めきこえさすべうはべらむ」と聞こえ出だし給へり。（朝顔、第二巻、二五五頁）

C' 一、みそぎせんとは、その夜の源氏の御詞に、みそぎも神はいかゝ侍りけんとのたまひし心は、引歌に、恋せじとみたらし川にせしみそぎ神はうけずも成りにける哉

　　といふ歌の心なり。

D　祐倫の解説は「御祓を神はいかがはべりけん」という取り次ぎの女房、宣旨の言葉（朝顔、第二巻、二五六頁）と引用された歌を含む伊勢物語の六十五段による。

D' 一、科戸の風とは大かた大風也。斎院にて源氏の御詞にある〔ママ〕心憂、その世の罪はみな科戸の風にたぐへてし物をとのたまひし事あり。祓の言葉に、科戸の風の天の八重雲を払ふがごとしという事也。

E　祐倫の解説は次の部分による。

　「あな心う。その世の罪はみな科戸の風にたぐへてき」（朝顔、第二巻、二五六頁）

E' 一、あるかなきかにとは、朝顔に付給ひし源氏よりの御返しに、前斎院、秋はて、霧のまがきにむすぼほれあるかなきかにうつる朝がほ

　祐倫の解説に引用された歌は朝顔、第二巻、二五七頁にある。

　ここでも和歌の全ての言葉が「朝顔」巻によっていることがわかる。さらに、寄合書で調べると、四つの言葉、「朝顔」、「夢」、「科戸の風」、「あるかなきか」が、「朝顔」巻と結びつけられて収録されている。

　ここでも和歌は二部構成となっていて、初めの二句が、朝顔斎院の立場から、過去は夢のようにはかないものだったと語られ、残りの三句は源氏の立場から、朝顔の姫君の抵抗を乗り越え、恋の成就を求めたものである。

それでは、次に「梅枝」はどうであろうか。

三　梅枝の巻名和歌とその解釈

十八、梅が枝　四種　定家

□ 梅が枝もみかはの水もくもる日の空たき物のかをやとがめん

A 一、梅が枝とは、薫き物合此巻にせられし時、前斎院より朝顔黒ぼうと云ふ薫を合てまいられせらしに、散りすきたる梅の枝に御文付て源氏まいらせらるゝ、其御かへしに、源氏、

花の枝にいとゞ心をしむる哉ひとのとがめん香をばつゝめど

此歌の花の枝則梅枝也。又薫の心みの夜の御あそびにも、弁少将梅が枝をうたひ給ふなり。

A’ 祐倫の解説は梅枝の次の三つの部分による。

1. 〔源氏と兵部卿の宮〕花をめでつゝおはするほどに、前斎院よりとて、散りすきたる梅の枝につけたる御文持てまひれり。〔略〕「艶あるもののさまかな」とて、御目とめ給へるに、

花の香は散りにし枝にとまらねどうつらむ袖にあさくしまめや

ほのかなるを御覧じつけて、宮は、こと〳〵しう誦じ給。（梅枝、第三巻、一五三～一五四頁）

2. さらにいづれともなきなかに、斎院の御黒ぼう、さ言へども、心にくゝしづやかなる匂ひことなり。（梅枝、第三巻、一五六頁）

3. 弁の少将、拍子取りて、梅枝出だしたるほどいとおかし。（梅枝、第三巻、一五七頁）

B　一、御溝水とは、源氏のおとどの合はせ給ひし薫は侍従方也。大内にて合らる、時は、右近の陣の御溝水の辺に埋まる、と見えたり。是は六条院にて合給へば、御溝水になずらへて、六条院の西の渡殿の下よりいづる汀近く埋まれたり。正月つごもり螢兵部卿宮わたり給ひし時、よきおりかなとて、惟光の朝臣嫡子兵衛丞掘りて参たるを、やがて心み給ひし也。前斎院よりの散すきたる梅に付たる御文の薫もこの時の事也。薫の色々

［以下、四季に対応する女君達の香の説明とその評価が続く］

B'　大島本『源氏物語』によれば螢兵部卿宮が訪れたのは、正月つごもりではなく、二月の十日である。ただし、梅枝の初めのところには「正月のつごもりなれば、公私のどやかなるころをひに、薫物合はせ給。」（梅枝、第三巻、一五二頁）という文章があるので、祐倫は光源氏が薫物を調合した日と螢兵部卿宮が訪問して薫物合わせが行われた日とを混同したものと考えられる。

祐倫の解釈は次の部分による。

1. かのわが御二種のは、いまぞ取うでさせ給。右近の陣の御溝水のほとりになずらへて、西の渡殿の下より出づる、汀近う埋ませ給へるを、惟光の宰相の子の兵衛の尉掘りてまひれり。〔略〕（梅枝、第三巻、一五五頁）

C　一、くもり日とは、薫合の日のどかに曇りつゝ、梅の匂ひも又御簾のうちの薫りも一つに合ひて、まことの極楽思ひやらると也。

C'　梅枝には対応する部分は見いだせなかったが、初音巻の冒頭には「春のおとどの御前、とり分て、梅の香も御簾のうちの匂ひに吹まがひ、生ける仏の御国とおぼゆ。」（初音、第二巻、三七八頁）という文章があるので、祐倫の間違いと考えられる。

D　一、香をやとがめんとは、夜に入りて御土器まいり、御あそびとり〳〵也。暁に成りて螢の宮帰り給ふに、源氏

の御料の装束一くだり、手ふれ給はぬ薫のつぼ二、御車にたてまつり給へば、兵部卿宮、

花の香をえならぬ袖にうつしもてことあやまちと妹やとがめん

このこゝろなり。

D' 祐倫の解釈は次の二つの部分による。

1. 童にて韻塞のおり、高砂うたひし君なり。宮もおとゞもさしいらへし給て、こと〳〵しからぬものから、おかしき夜の御遊びなり。御土器まいるに、宮、〔歌を詠む〕　（梅枝、第三巻、一五七頁）

2. まことに明け方になりてぞ、宮帰り給ふ。御をくり物に、身づからの御料の御なをしの御装ひ一くだり、手触れ給はぬ薫物二壺添へて、御車にたてまつらせ給。宮、〔歌を詠む〕　（梅枝、第三巻、一五八頁）

ここでも、和歌は「梅枝」巻から主な表現を拾っている。連歌寄合書にこの巻に結びつけられて収録されている言葉は、「梅枝（うめがえ）」、「御溝水（みかはみづ）」、「曇る日」そして「薫物（たきもの）」である。この巻名歌は、薫物のこの上ない香りを、梅枝の歌と溝の水のせせらぐ音とがとがめるという趣向である。[8] すなわち、『梅枝』のこの部分で語られる、袖に染みた香りを妻にとがめられないだろうかという螢兵部卿の道化た心配を、『梅枝』のメロディーと溝を流れる水とが一緒になって、香りすぎると薫物をとがめている構図に転調したものである。

それでは、四つ目の巻名和歌を調べてみよう。

四　幻の巻名和歌とその解釈

廿五、幻　五種　定家

□ まぼろしのよるべの水のうつみ火や窓うつ雨の螢なるらん

A　一、まぼろしとは、紫上うせ給ふて後、源氏人にも対面し給はず、御簾の内に籠もりおはしけり。初雁のなきわたるにも、つらをはなれぬはうらやましくて[9]

大空にかよふまぼろしゆめにだに見えこぬ玉の行ゑ尋よ

この巻の歌なり。

A'　祐倫の解釈は原作の次の部分による。

神無月には、大方も時雨がちなる比、いとゞながめ給て、〔略〕。雲居を渡る雁の翼もうらやましくまぼられ給ふ。〔歌〕（幻、第四巻、二〇三頁）

B　一、よるべの水とは、賀茂のまつりの日、御思ひ人の中将の君がそばにをきたるあふひを源氏見給ふて、何とかやこの名こそわすれにけれとの給へば、中将、

〔……〕

さもこそはよるべの水にみ草ゐめけふのかざしに名さへ忘るゝ

B'　祐倫の解釈は次の部分による。

中将の君の、東面にうたゝねしたるを、歩みをはして見給へば、いとさゝやかにおかしきさまして起き上がりたり。〔略〕葵をかたはらにをきたりけるを、〔源氏は〕よりて取り給て、「いかにとかや、この名こそ忘れにけれ」との給へば、〔歌〕（幻、第四巻、一九八頁）

C　一、埋火とは春の雪つもりたる暁、源氏例の御おこなひに御手水めしたれば、埋みたる火おこして御火をけまいらするとあり。

C'　祐倫の解釈は次の部分による。

例のまぎらはしには、御手水召してをこなひし給。埋みたる火起こし出でて、御火おけまいらす。

（幻、第四巻、一八八頁）

D　一、窓うつ雨とは、五月十四日差し出でたるに、あやにくにむら雲たちて頓に降くる雨を、源氏窓うつ雨と口ずさみて、いとゞ空をのみ眺め給ふとあり。

D'　この解釈は次の部分による。

さみだれはいとゞながめ暮らし給よりほかのことなく、さう〴〵しきに、十余日の月はなやかにさし出でたる雲間のめづらしきに、大将の君、御前にさぶらひ給。〔略〕千世を馴らせる声もせなんと侍たるゝ程に、にはかにたち出づるむら雲のけしきいとあやにくにて、いとおどろ〳〵しう降りくる雨に添ひて、さと吹く風に灯籠も吹きまどはして空暗き心ちするに「窓を打つ声」など、めづらしからぬ古言をうち誦じ給へるも〔略〕。

（幻、第四巻、一九九頁）

E　一、螢を御覧じて、源氏、
夜を知る螢を見てもかなしきは時ぞともなき思ひ成けり
とよみ給ひし事なり。

E'　解釈に挙げられた和歌は「幻」巻、（第四巻、二〇二頁）にある。
ここでも、全ての表現が「幻」巻から取られているが、連歌寄合書に収録されているのは、「幻」のみである。ここでは、巻のあちらこちらから言葉を選んで歌を組み立てている。初めの句は巻名、二つ目は中将の君が詠んだ和歌、この第二句は第三句と組み合わされて二重の意味を帯び（水草に埋もれた水と埋み火）、神前に放置された水は、最愛の紫上と再会することができず、葵（逢う日）という名前さえ忘れてしまった源氏の心を映している。後半では、螢が紫上への源氏の変わらない愛を象徴している。水と火・光のテーマが組み合わされていることにも注目したい（水のイメージは神前の神が依りつくという瓶の水と雨、それに対して火は、埋み火と螢の火）。ここでも、急激な転換があり、連歌的な組み立てが見える。

最後の巻「紅梅」を見てみよう。

五　紅梅の巻名和歌とその解釈

廿七、并紅梅　四種　定家

□　紅梅の色におとらぬ花の香は白き梅かやふところの紙

A　一、紅梅と名付事は、按察の大納言の東の臺の端なる紅梅、すぐれておもしろければ、一枝折らせて御子の童の懐紙に包み添へて、匂ふ宮の御方へたてまつり給ひしゆへ也。御文も紅梅の薄様に、心ありて風のにほはす園の梅にまづ鴬の訪はずやあるべき

〔略〕

A’　祐倫の解釈は次の原作の部分による。

此東のつまに、軒近き紅梅のいとをもしろく匂ひたるを見給て、「御前の花、心ばへありて見ゆめり。兵部卿宮、内におはすなり。一枝おりてまいれ。知る人ぞ知る」とて〔略〕くれなひの紙に若やぎ書きて、この君の懐紙にとりまぜ、押したゝみて出だし立てたまふを〔略〕。

（紅梅、第四巻、二三八、二三九頁）

B　一、花の香とは、この御返しに、にほふ兵部卿、花の香をにほはす宿にとめゆかば色にめづとや人のとがめん

B'　この和歌は紅梅、第四巻、二四二頁にある。

C　一、白き梅は匂ひすぐれたる也。紅梅の色にとられて、香は白き梅におとる物なるを、この花は色も香もとりそへてめでたしと、匂宮此紅梅をとりはやし給ひし事なり。

C'　祐倫の解釈は次の部分による。

園に匂へる紅の、色にとられて香なん白き梅には劣れると言ふめるを、いとかしこくとり並べても咲きけるかなとて、御心とゞめ給ふ花なれば、かひありてもてはやし給。（紅梅、第四巻、二四〇頁）

D　一、ふところ紙とは、畳紙の事也。今ほどふところ紙の文など申は、包み添へたるなり。

D'　祐倫の説明はA'において引用した部分（紅梅、第四巻、二三九頁）による。つまり、このように和歌を書いた紙を畳紙に重ねたのである。

ここにおいても、和歌の言葉は「紅梅」巻から取られている。寄合書に取られているのは「懐紙」のみである。この巻の場合も、二条良基の『光源氏一部連歌寄合之事』のこの巻に関する項の冒頭部に、この巻名歌が傍書されていて、連歌において参照すべきものという考えがあったことが推定される。

この巻名歌は二つに分かれている。四句目までは、我が子中君を妻として迎えて頂きたいという思いをこめた紅梅大納言の歌が記されている紅の料紙を手に取っている匂宮の言葉として読むべきである。梅のイメージを使って、香りが特に優れている白梅に劣らないと言い中君のメリット（紅梅の匂い）を褒めているのだが、第五句は紅梅大納言が料紙を包むのに使った懐紙に急転している。中君との結婚は立ち消えとなるが、ここにも連歌的な組み立てがある

と思う。

六　巻名和歌の方法と目的

さて、最後に誰がこのような歌を作ろうと考えたのか、どのように、また何を目的に作られたのかという疑問に答えなければならない。検討した歌は全て同じ作り方で、まず巻名、そしてその巻に含まれる言葉が、ある場面を造り出すように並べられている。場面は巻で語られていることを反映し（内容に反することは全くない）、雰囲気を再現しようとしている。例えば、すでに『梅枝』の項で述べたが、袖に染みた香りを妻にとがめられないだろうかという螢兵部卿のおどけた心配は、『梅枝』の歌と溝を流れる水とが一緒になって、香りすぎると薫物をとがめる構図に転調し、テクストを繰り返すのではなく、この巻で描かれている香合せの雰囲気に移し替えているのである。

このように見てくると、巻名和歌は源氏受容史の面でも非常に興味深いコーパスだということが分かる。何故かと言うと、これらの和歌のおかげで中世において『源氏物語』の各々の巻のどの場面またはどの点が一番中心的なものと考えられていたか（あるいは詩的に一番有意義であったか）ということが窺えるからである。したがって「蓬生」の巻では源氏が末摘花の邸に着いた場面が最も代表的であったことがわかる。「朝顔」の場合、特別な場面よりも、主人公の思いが中心的であったと言える。すなわち、「朝顔」の巻名和歌では朝顔の姫君と恋愛関係が結べるだろうかという光源氏の想いが主なテーマなのである。「梅枝」の場合は、一番代表的な場面は薫物競べである。「幻」の場合、「朝顔」と同様に、特定の場面よりも主人公の思いに焦点が当てられ、この巻名和歌においては、紫上に先立たれた光源氏の悲哀が歌われている。最後に、巻名歌から「紅梅」を眺めると、代表的な場面は紅梅大納言が自分の娘、中君を匂宮にすすめるエピソードである。このように巻名歌は中世歌人が『源氏物語』の中で好んでいた場面・テーマを教えてくれる。

ここでは五つの巻について検討しただけだが、これらの巻名歌の言葉を調べると、その多くの言葉が『源氏物語』の文から引用されていて、『源氏物語』の和歌からの引用は少ないことが分かる。多くても二つだけで（朝顔・梅枝）、その他は一つだけである。

一方、寺本直彦が指摘しているように、[10]この巻名歌の多くの言葉が寄合書に収録されている。従って、源氏物語巻名和歌は源氏物語の各巻に属する言葉を覚え、連歌の座で使うための便宜を目的として作られたものだと思われる（歌そのものの文学的価値が低いのはそのためで、またそれもやむを得ないことでもあったのだろう）。そして、冒頭に巻名を置くことで、言葉がその巻に属することもはっきりとわかる組み立てとなっている。

それでは、これらの歌はだれのために作られたのだろうか。啓蒙的な内容であることから見て、連歌の初心者（練達した人々は『源氏物語』の各巻がどの言葉に結びつくかは知っていただろうから）のために作成されたものであろう。

序には次のことが書かれている。

定家卿作五十四首詠注之序

聞およぼす、定家卿作此五十四帖を一巻に一首づゝ詠じ給ふ。しかあるに、其巻の理をいつゝ、六詠入て卅一字とせり。歌の風情はつまびらかならね共、理を本とせり。自其源氏初心の人は何とも心得給ふ巻のかはりをも知給ふべからず。あら〳〵注侍る所也。或はこの五十四首を源氏の歌なりと心得事あり。あやまりなるべし。さるあひだ作者をあらはして注〔する〕なり。ゆめ〳〵ひか〳〵しき事はあるへからす。

祐倫が定家作としているこれらの和歌の作者にとって重要だったのは、理と述べられている、各巻の五つから六つの要点を、人々が連歌に利用できるようにすることだったということが了解される序である。祐倫はまた、自分の解説の目的は、皆が各巻を区別できるようになること、またこれらの和歌が『源氏物語』の中にあるという誤謬を正すことであったとも述べている。

静嘉堂文庫本『山頂湖面抄』の祐倫の序には、もう一つ興味深いことが書かれている[11]。

さはいへども、一首に余多品のことはりあるいはれを心え分給人まれなり。末代の連歌の付合のためあら〳〵しるす。

祐倫の解説書の目的は、下層の地下の連歌師に連なる者[12]として、それぞれの巻名歌に含まれる『源氏物語』に関わる言葉・事柄を人々が連歌の座で使えるようにすることであった。源氏物語巻名和歌の啓蒙的価値をよく認識し、使いやすくするためにこの解説書を書いたのであろう。

〔参考文献〕

伊井春樹（編）『源氏物語注釈書・受容史辞典』（東京堂出版、二〇〇一年）
今井源衛・古野優子『祐倫著　源語梗概・注釈書　山頂湖面抄諸本集成』（笠間書院、一一九九年）
岩坪健『源氏小鏡　諸本集成』（和泉書院、二〇〇五年）
岡見正雄（校）『良基連歌論集三』、（古典文庫、一九五五年）
木藤才蔵・重松裕己（校）『連歌論集一』（中世の文学、三弥井書店、一九七二年）
久保田淳『訳注　藤原定家全歌集　下』（河出書房新社、一九八六年）
辻本裕成「『源氏大鏡』成立試論―源氏読比丘尼祐倫に求められたもの―」（『調査研究報告』一八、一九九七年六月）
辻本裕成「『山頂湖面抄』成立論―異文は何故生じたか―」（『南山大学日本文化学科論集』二〇〇六年三月）

寺本直彦『源氏物語受容史論考　正編』（風間書房、一九七〇年、再版一九八四年）
原豊二「『山頂湖面抄』の諸本について」（『調査研究報告』三〇、二〇一〇年三月）
古野優子「『山頂湖面抄』と『光源氏一部謌』両本における性格の相違を中心として―」（『日本文学研究（梅光学院大学）』三三、一九九八年一月）
古野優子「『山頂湖面抄』にみられる連歌的側面について―二条良基『光源氏一部連歌寄合』・『光源氏一部連歌寄合之事』を中心に―」（『日本文学研究（梅光女学院大学）』三五、二〇〇〇年一月）
古野優子「『山頂湖面抄』伝本の本文系統について」（『中古文学』五九、一九九七年五月）
三田村雅子「源氏読み比丘尼祐倫」（『記憶の中の源氏物語』新潮社、二〇〇八年）

〔注〕

1　例えば、寺本直彦は、『源氏物語受容史論考　正編』（風間書房、一九七〇年、再版一九八四年、四三三〜四三六頁）において、源氏物語巻名和歌が元にしている巻の構成などから見て、おそらく定家が作者ではないと述べているが、定家作ではないという反論の余地のない証拠はまだ提出されていない。

2　源氏物語巻名和歌と『山頂湖面抄』の本文は、今井源衛・古野優子著『祐倫著　源語梗概・注釈書　山頂湖面抄諸本集成』（笠間書院、一九九九年）に翻刻されている神宮文庫本を使用する。読みやすさを考えて、漢字と濁点を加えた。

3　今井源衛・古野優子によれば、祐倫は、少なくともこの書とは別に、和歌と『源氏』に関係する『光源氏一部謌』を書いている（注2の前掲書三〇〇頁）。

4　今井源衛・古野優子（前掲書二九七頁）

5　『源氏物語』の引用は、岩波書店の新日本古典文学大系による。

6　『光源氏一部連歌寄合』と『光源氏一部連歌寄合之事』は岡見正雄（校）『良基連歌論集三』（古典文庫、一九五五年）によった。『源氏小鏡』は岩坪健『源氏小鏡　諸本集成』（和泉書院、二〇〇五年）により、『連珠合璧集』は木藤才蔵・重松裕己（校）『連歌論集一』（中世の文学、三弥井書店、一九七二年）によった。

7　古野優子「『山頂湖面抄』にみられる連歌的側面について—二条良基『光源氏一部連歌寄合』・『光源氏一部連歌寄合之事』を中心に—」（『日本文学研究（梅光女学院大学）』三五、二〇〇〇年一月）を参照のこと。

8　久保田淳の解釈による（『訳注　藤原定家全歌集　下』河出書房新社、一九八六年、二六八頁）。

9　雁は死者の住む常世へ渡り便りを伝えることができると言い伝えられていた。源氏がうらやんだのはその能力である。

10　注1の前掲書、四四四、四四八頁

11　序の全文は以下の通り。

聞及、定家卿此五十四帖を一巻に一首宛つらね給とて、しかあるに今此比丘尼祐倫、此光源氏に携て此歌を見るに、一首のうちに其巻の理非を五つ六つ読入て卅一字とせり。歌の風情は詳ならねども、理を本とせり。去りながら源氏初心の人は何とも心得給はで、連歌などの付合にも学び給之間、故をあら〳〵しるし侍る所、たゝ源氏の事と計聞人は或は此五十四首を源氏の歌なりと心得たり。努々ひがこと也。去間、作者を顕し申所也。是も唯伝へ聞事なれば如何と思へども、源氏の歌なりといふひが事をなをさんがため也。今程坂のひんがしには此五十四首を水原の肝要などと名付たる方あり。さはいへども、一首に余多品のことはりあるいはれを心え分給人まれなり。末代の連歌の付合のためあら〳〵しるす。他見あるべからず。

文安六年正月吉日　　比丘尼裕倫

12　今井源衛・古野優子の説（注2の前掲書、二九七頁）

中世の詩人と『源氏物語』

―心敬の『源氏』受容を中心に―

E．ラミレズ＝クリステンセン

一　中世詩学研究における源氏受容について

心敬の美学と連歌という詩の形式における仏教哲学の影響、そして、心敬の作品と自注に見られる『源氏物語』受容のあり方という二つの方面から、筆者は心敬の研究を続けてきた。一見かけ離れた二つの分野と思われるかもしれないが、中世詩を研究するに際して、仏教思想、特に禅の思想も、中世における平安文学の受容も、どちらも室町時代の二つの大きな文化史の流れを構成しているため、最終的には切り離すことのできない研究分野だと考えるからである。また、仏教哲学における心と事物の関係、あるいは言語と意味の関係は、西洋のそれとは全く違うため、連歌という独特の文芸を米国で十全に鑑賞してもらうためには、「縁起」や「空」という基本的概念の説明も要求される。そして、中世日本人の見方との違いを理解することにより、あたかも自然現象のように世界中で受け入れられ支配的になっている現在の西洋文化に対して、より批判的、内省的な態度を持つようになり、日本という他国の過去の文化を研究し教える意義も明らかになると思われるからでもある。

この優れた女流文学作品の読みが現在のそれとどう違うのか、心敬のような詩人たちが『源氏物語』の普及にどのような役割を果たしたのか等々、様々な興味深いテーマがあるが、筆者の興味を最も惹くのは、作品を読むという行為の哲学、英語でいうhermeneutics（解釈学）の問題、つまり例えば、正確で権威のある読みという考え方が、何に基づいているのか、日本の中世においてはこうした考え方が『源氏物語』に適用されたのか、あるいはそのように理解することが妥当であるかどうかといった問題である。また、連歌作品における『源氏』引用は、狭い意味での解釈とも言えないが、『源氏物語』が名作として受け継がれてきたことに大きな役割を果たしただけに、無視するわけにもいかない。また、連歌における『源氏』受容は、書かれた後の存在としての文学作品とその読みについての基本的な問題をも提供している。このような作品と読者のかかわりをどう評価すべきかという問題を解明する手がかりとして、中世詩人心敬の『源氏』受容のあり方に絞って、ささやかな一資料を提供したい。

二　『愚句芝草』内発句における『源氏物語』の引用

若い弟子の兼載が選んだ心敬の難解な句及び和歌に、文明二年（一四七〇）に心敬は自注を施した。『岩橋』という作品集であるが、その内連歌だけを扱っているのは『愚句芝草』あるいは『岩橋上』と呼ばれ、和歌を扱っているのは『岩橋下』と呼ばれている。『岩橋下』の源氏関係の和歌は四二首あるが、ここでは割愛し、連歌のみを扱う。まず、『愚句芝草』[1]に『源氏物語』を引用している句を取り上げ、発句一句について、次いで前句・付句との付合の上で検討し、さらに、『源氏』本文、[2]及び連歌師用の『源氏物語』の梗概書『源氏小鏡』[3]と比較して、その引用の性格を明らかにしたい。また、心敬と同時代の『源氏』古注釈『花鳥余情』、『細流抄』、『弄花抄』、連歌寄合集、『連珠合壁集』[4]にも随時言及する。まず、発句から始めよう。

①　あら玉の　枝おりえたる　ことしかな

此心は、蓬莱宮に、玉の枝とて、いみじき宝あり、あら玉の年を、待えたるにたとへて、折えたるといへり、光源氏の、絵合のところなどに、ひく事也　（四～五ページ）

『源氏』絵合（藤壺の御前で物語絵の優劣を争う）右は……車持《くらもち》の親王の、まことの蓬莱の深き心も知りながら、いつはりて玉の枝に疵をつけたるをあやまちとなす。（第二巻、三八〇～三八一ページ）

『小鏡』絵合（これらの語句についての記述なし）（三六七ページ）

また今年も新年を迎えることのできた喜びを、蓬莱の玉の枝を折り得たと表現し、これまで生きながらえたことをめでたく、希有に、ありがたく思う気持ちを十分に引き出している。めでたく、霊瑞を感じさせるこの喩えの使用ばかりでなく、言葉の続き具合も見事で、当座に集っている人たちへの新年の挨拶として、立派にその機能を果たしている句と言えよう。文正元年（一四六六）に心敬が纏めた句集、『心玉集』の春の発句の二番目に載っているので、心敬の京都東山時代、応仁の乱を逃れて関東品川に下る以前の時代に属する作品であることが分かる。さて自注に、「光源氏の、絵合のところなどに、ひく事也」と言っているのをどう捉えればいいのだろうか。『源氏』絵合の本文に「蓬莱」、「玉の枝」が出ているのは確かだが、この発句と源氏の文脈とはあまり関係がない。むしろ言葉の上だけの関連として、くらもちの親王が『竹取物語』において詠んだ歌、「いたづらに身はなしつとも玉の枝を手折らでただに帰らざらまし」に直接結びつけた方がいいと思われる。自注が『源氏』に言及しているのは、ただ単に『竹取物語』についての評価・批判が『源氏』絵合巻に出ているということを兼載に知らせるためであったのだろう。一条兼良の古注釈『花鳥余情』の「絵合」の注は、『竹取』の粗筋を長々と語っているが、高井家本の『小鏡』には、『竹取』の名さえ出てこない。このような知識を与えることも、連歌師が行っていた指導の一つではなかったかと思われる。

②　鶯を　松は五葉の　やどりかな

初音の春などに、五葉の松の枝に、鶯を作て、紫の上のかたへ、まいらせ給へる事など、侍れば、五葉の松に、よせ侍り　（六ページ）

『源氏』初音（正月子の日、明石の君から姫君へ歌が贈られ、源氏は生母の心をあわれに思い、姫君に返歌を書かせる）姫君の御方に渡りたまへれば、童、下仕へなど、御前の山の小松引き遊ぶ。若き人々の心地ども、おき所なく見ゆ。北の殿よりわざとがましくし集めたる鬚籠ども、破子など奉れたまへり。えならぬ五葉の枝に移る鶯も思ふ心あらんかし。

明石「年月をまつにひかれて経る人に今日鶯の初音きかせよ

音せぬ里の」と聞こえたまへるを、げにあはれと思し知る。　（第三巻、一四五～一四六ページ）

『小鏡』初音（巻名の説明として明石の君の状況を述べ、姫君に贈った歌を引用）

五葉の松の枝に、この歌を書きて参らせられたれば、

・五葉の松　・髭籠文にそへたり　・檜破子これも文にそへたり

などといふことを付くべし。この巻には、かための祝ひの餅、鏡のことあり……　（三七四ページ）

鶯を待っているのはその宿りとなる木、五葉の松なのだと、心敬は詠む。五葉の松とは枝が水平に出て、針状の葉が五本ずつ束になって生える種類の松で、『徒然草』一三九段は「家にありたき木は、松、桜。松は五葉もよし」と書いている。この発句が当座の文台に飾ってある手作りの五葉松を指しているのか、庭に見渡せる実際の松を詠った

ものかは分からないが、いずれにしてもそれをほめ、連歌会を興行する亭主のもてなしにお礼を申し上げる態の挨拶の句になっている。また「鶯を待つ」という表現は、そこに集って来た連衆を鶯にたとえて、これから始まる百韻の座で交わされて行く彼らの声を暗示しているとも想像される。

このように読めば、その場に大変ふさわしい発句だと言えるが、『源氏』初音巻の明石の君の歌なしには、この句の組み立てを心敬は着想しえなかっただろう。つまり、この句の場合は、『源氏』の言葉ばかりではなく、その場面（つまり五葉の松が鶯の初音を待っているという状況）までも連歌の場に取り入れていることが注目されるのである。

この歌は巻名の原点になっているだけに、『小鏡』の引用は広範囲に及んでいる。一方『花鳥余情』には、この部分の本文理解に役立つ説明もあるが、①の場合とは反対に、本歌を引用するにとどまり、歌の内容には踏み込んでいない。同じ兼良が編んだ寄合集の『連珠合璧集』に、この場面からの言葉が全くないのも不思議である。『細流抄』と『弄花抄』の方は、明石の君がこの歌で言わんとすることに説明を加えているが、心敬の発句はこうした境地までは及んでいない。

③　日にかざせ　青葉さくらの　三重かさね

桜の三重かさねとは、扇の事也、夏の日に、折かざせと、いへる計也、源氏にある事也　（一二ページ）

『源氏』花宴（源氏、従者を遣わして、朧月夜の君の素性を探らせる）かのしるしの扇は、桜の三重がさねにて、濃きかたに霞める月を描きて水にうつしたる心ばへ、目馴れたれど、ゆゑなつかしうもてならしたり。「草の原をば」と言ひしさまのみ心にかかりたまへば、

源氏　世に知らぬ心地こそすれ有明の月のゆくへを空にまがへて

と書きつけたまひて、置きたまへり。　（第一巻　三六〇ページ）

『小鏡』花宴　・三の口　・扇かたみに取り添ふる　・草の原　・露のゆかり　・小笹が原　これらは、ここにてよみし歌のことばなり。扇をば、しるしに取り交はし給ふなり。内侍のかみの扇は、桜の三重がさねに、雲に霞める空の月を水にうつしたる心得て付くべし　三の口なほあらじとてなどいふことはよし。この巻の花の宴にはかの扇のこと名句たり

（三五四ページ）

夏の照る日に青葉桜の三重かさねの扇をかざせ、あるいは桜木の三重かさねの青葉を扇としてかざせと読んでもいいのだろうか。陽気なやや戯れた言い方で、普通よりくつろいだ連歌会ではなかっただろうかなどと想像される。「青葉桜の」という中の句を軸に「日にかざせ」、「三重かさね」という上下の句が音韻的対照関係を構成しているのが、また一つのみせどころだろう。扇も青葉も夏の季語だが、しいて「桜の三重かさね」という本文の春の言葉を出すために「青葉の」と挟みこむ必要もあったと思われる。さらに考えれば、扇を差しているだけではなく、その折の、実際に桜木の葉が茂る中に花の跡がどこにも残っていないという思いを余情として漂わせる意図があったのではないか。すなわち「青葉の三重かさね」に「桜の三重かさね」をかけて言うことによって、「花宴」の優艶な雰囲気をかすかに暗示しているのだと思われるのである。

『小鏡』は「扇のこと名句たり」と注目し、『花鳥』もこの扇の様子について今案として推測しているほか、「手習」巻に、尼になった浮舟の髪の毛が少し短く切られているのを、「五重の扇をひろげたるやうなり」と描いている部分を参考に引用するなど、鋭い指摘もしている。『細流抄』、『弄花抄』もほぼ同様である。

兼良はこの辺りで「源氏をば詞も歌も取りて詠むべき事也」と述べ、「俊成卿も源氏みざらん歌よみは無念の事といへり。また花のえんの巻はことにすぐれて艶なる巻なりとも申し給へり」と俊成の有名な言葉を引用している。[6]心敬自身も『ささめごと』において、連歌の道の最も優れた境地に至るためには、どれほどの学問が必要だろうかとい

う問いに対する答の中で、「ふるまひの艶に言葉のけだかきは源氏・狭衣なり。此等を少しもうかがはざらん歌人は無下の事、と古人も申し侍り」と述べている。[7]心敬もしくは室町期の歌人・連歌師がこのような『源氏』に対する姿勢を作品の上でどう発揮しているかを考察するのは、十分意義があるのではないかと思う。「ふるまひの艶」なると言えば、次の四番目の句などがそれに当たる。

④　たち花に　はらひしほどの　雪もがな

蓬生の宿の橘には、つもりし雪を、随身にはらはせ侍しぞかし、此比の花の雪のうすき事を、無念といへり

（一三ページ）

『源氏』末摘花（源氏、雪の夜に末摘花を訪れ、翌朝荒廃した庭の雪景色を眺める）橘の木の埋もれたる、御随身召して払はせたまふ。うらやみ顔に、松の木のおのれ起きかへりてさとこぼるる雪も、名にたつ末のと見ゆるなどを、いと深からずとも、なだらかなるほどにあひしらはむ人もがなと見たまふ。

（第一巻、二九六ページ）

『小鏡』末摘花（この場面の記述なし）

（三五一～三五二ページ）

光源氏が随身に払わせた雪と同じほど、橘に花の雪がたわわであったらいいのに、と自注で言うように、この発句は、その折に橘の花が少なかったのを満たされない気持ちで詠んだものである。これはあくまでも句作上の願望で、『源氏物語』の文章が引き起した不満であると言っても誇張ではないだろう。更に言えば、心敬の注目するところはむしろ、美しい光源氏が雪に埋まっていた橘の木を随身に払わせるという、やさしく優雅で、いわば艶なるふるまいにあったのではないかと思うのである。「末摘花」の本文のこのすぐ次にある文章、つまり、「うらやみ顔に、松の木のおのれ起きかへりて、さとこぼるる雪も云々」の部分の「うらやみ顔」に傍線を引いたのは、これが心敬の発句の心に響いているように感じられるからである。花が少ない云々よりも、王朝の優雅であはれを重んずる心に憧れを感

じる心敬の詩的感覚がここに現れているのではないかと思われる。従ってこの発句の場合、『源氏』の言葉ばかりを取るのではなく、その心の在り方までに思いを致している訳で、それが『源氏』受容のあり方でもあった。また橘というイメージの使い方だが、周知の如く、橘と言えば、色よりもその香りの方が和歌世界では詠われてきた。つまり『源氏』の引用が、この句における比較的新しい取り扱いを引き起したとも言えるのである。

ここに引用された詞には名句もないために、寄合詞の典拠にはなっていないし、難解なところもないため、『花鳥』、『細流抄』、『弄花抄』にも記述がない。まったくの個的な興味によって、心敬の句に現れたというほかはない。

⑤　時雨けり　ことの葉うかぶ　秋の海　（一六ページ）

石山にての発句なれば、光源氏の巻、此湖水にうかびたるなど、いへる事に、よせ侍り　（三六五ページ）

『源氏』関屋（関連する引用箇所はなし）

『小鏡』関屋（特定の関連なし）

自注によって、石山で詠んだ発句だと理解した上で鑑賞すると、大凡の気分が伝わってくるが、その指摘がなければ、『源氏』との関連は出て来ない。その場合は、「言の葉浮かぶ」は、これから連衆の皆が詠む言葉を指しているように取っても差し支えはない。当座から見渡される琵琶湖の海には、時雨が降り、紅葉が浮かんで、吟詠を一層うながす風雅な景になりました、というほどの挨拶の句と言えよう。『源氏』との関係を考えると、初句「時雨けり」が懐旧の情を帯びて来て、「関屋」巻で源氏と空蟬が詠んだ歌などが漠然と浮かんでくるが、『岩橋下』所収の和歌と自注を参考に読むと、この句もやはり『源氏』石山寺執筆説に基づいていることは動かないと思われる。発句にはもちろん題はないが、和歌の方の題、「湖上眺望」に対応する句作りなのである。

和歌の初句、「くちせしな」は、この発句の「時雨けり」に対応するが、この和歌の初句から照射すると、明月の光の下に水上に浮かんできた言葉が、曇ってきてしまいました、あの遠い昔の言葉が難解になりました、世の人に忘れられてしまいました、などの意味も帯びてきて、当時の末法意識を『源氏』の上に持ち込んだ句という感じがないでもない。

なお、『岩橋下』にとられている和歌は以下の通りである。

　湖上眺望

くちせしなうつす硯の石山やうかびし海の遠きことのは　（二八七ページ）

　彼六十帖の、湖水の月にうかびし事を[8]

⑥　秋はいま　すゐつむ色の　下葉かな

紅といへる心を、末摘にて、ふくませ侍り、秋の末なれば、詞のえん、よろしくや　（一八ページ）

『源氏』末摘花　（この句、特定の場面を示さず）

『小鏡』末摘花　（特定の関連なし）　（三五一～三五二ページ）

これも特定の場面を喚起している訳ではない。本文から名句を取り発句に織り込んでいる程度の、前記の「桜の三重かさね」の場合と同様の引用である。折は晩秋、木々は下葉まで紅葉してきましたというまったくありふれた情趣に過ぎないが、「末摘む」という詞の巧みな配置によって、句の姿の面白さを得ている。自注で「詞の縁よろしくや」と述べているところが、この点を示しているのだろう。このような着想の先例として、例えば『古今集』に、守山のほとりで貫之が詠んだ秋の歌、「しらつゆも時雨もいたく守山は下葉残らず色づきにけり」があるが、特に下の句、「下葉残らず色づきにけり」の巧みさを、この心敬の発句は思わせるところがある。

末摘花は巻名であるだけに、『花鳥』や『小鏡』にも、その説明と拠り所の歌が出ている。「紅の花はすゐより咲けばやがて末より摘むによりてすゑつむ花といふ。常陸宮の姫君の鼻のあかきによりてたとへていへる也」と『花鳥』は記しているが、[9]特に「すゑより咲けばやがて末より摘む」と言っているところが、この発句に捉えられているようである。そして、秋の終わりを末と言い、その赤くなっているところを末摘むと言い、時間と空間を一点に重ねているところに、詞の働きにもっぱら依拠したこの発句の面白さがある。「末摘花」巻を連想しつつこの句を読めば滑稽な味も出てくるので、本格的な有心連歌というよりも、誹諧連歌に近い詠みぶりと言えよう。

⑦　色残す　かざしの荻の　かれ葉かな

神無月十日余の比、人の住吉法楽とて、興行し侍れば也、彼須磨よりの、かへりまうしに、住吉まうでして、神楽など、させ給し彼比しも、かんせひ［感情］ふかく、松の気色計、うち時雨などし侍れば、神楽のゝち、頭中将かなで給へとて、俄の事に侍れば、上の袖をほころばし、荻の古枝をかざして、舞給へる、えんふかき事を、思ひ出して申侍、発句は当座事外、あひにあへるとて、かんじ侍也、耳のある、連衆たちにて侍しかば、いか程か、面目がましく侍　（一九ページ）

『源氏』若菜下（源氏の参詣、住吉社頭に威儀を極める）求子《もとめご》はつる末に、若やかなる上達部は、肩ぬぎておりたまふ。にほひもなく黒き袍衣《うへのきぬ》に、蘇芳襲の、葡萄染の袖をにはかにひき綻したるに、紅深き衵《あこめ》の袂の、うちしぐれたるにけしきばかり濡れたる、松原をば忘れて、紅葉の散るに思ひわたさる。見るかひ多かる姿どもに、いと白く枯れたる荻を高やかにかざして、ただ一かへり舞ひて入りぬるは、いとおもしろく飽かずぞありける。

（第四巻、一七一～一七二ページ）

『小鏡』若菜下　さて、何事も、住吉の神のめぐみのありがたくおぼしめして、紫の上、明石の上の母尼上、女御殿など、おぼしめしさまざま、引き連れて参り給ひし。ころは十月二十日、枯れたる荻　住吉の枯れ荻かざして参

る　松原にはるばる立ち続けたる車、神宝《かみだから》、これは皆、神祇にて、住吉にて、昔の須磨、明石、難波の方ざまを見やりて、心知るどちは思ひ出す。心得て付くべし。　（三八二ページ）

この発句は、前のものとは違って、『源氏』引用の詞、「かざしの荻のかれ葉」をそのまま並べているだけで、詞そのものを遊ぶ精神が発揮されている訳ではない。従って、心敬の意図するところは、初句「色残す」にあり、この初句が内包しているものを自注は、殊に長く情熱を込めて語っている。つまり、「色残す」とは、その時住吉法楽の一部として連衆達の目の前で催された神楽の舞が、源氏のこの同じ住吉社で同じ頃に催された上達部の舞い等の、あの素晴らしい折をいかにも思い出させるということを表している。そして、「合ひに合へるとて、感じ侍」と、状況がぴったり合っていて感興がひとしお深かったと述べているのである。

「色残す」の色は、今この時のかざしの荻の枯れ枝が無色であっても、『源氏』のこの辺りの絶妙な描写が心にしみ込んでいる読者には、艶の深い表象として表れてくるであろう。心敬は晩年、品川からまた住まいを移して、神奈川県丹沢山地の東南にある太山に引き籠ったが、この太山時代の文明四年（一四七二年、つまりこの自注を書いた二年後）の秋の発句の中に、次の句がある。

すむ人を　色なる秋の　太山かな

紅葉する木が稀で、杉などの常緑樹ばかりが、しいんと暗い陰を覆う深い山の秋、そこに集って来た連衆の優艶の心だけが色のように輝く。この「色残す」と似たような姿の発句である。

自注と『源氏』本文を比較すると、心敬は記憶違いで、「澪標」と「若菜下」にある二つの住吉参詣を混同しているし、描写の細部も正確には覚えていないようだ。文明二年（一四七〇）奥州会津を旅行していたときに書いた注なので、源氏の写本等が手に入る状況ではなかったろう。しかし、全く参照せずに施した注釈にしては、よく『源氏』

本文を纏めていて、この部分の結びの「いとおもしろく飽かずぞありける」という感慨が、彼の句作に響いているようである。『小鏡』では、「若菜下」梗概のはじめに、この住吉参詣のことが語られ、最後に、「枯れたる荻」とか、「松原にはるばる立ち続けたる車」とか、この場に出てくる詞を三つ挙げているが、上達部の舞いの描写には及んでいない。また、これらの詞が本文の語りの中でどのような意義的・情趣的価値を担っているかは、記されていない。情趣にあふれた語りの修辞表現が心敬の読みを通して感じられるのとは違って、梗概版の『小鏡』はまったく実用的で、『源氏物語』の文学的様相が殆ど反映されていないのである。このような「概略図」に頼って連歌を詠んでもすぐれた作品ができるはずはないので、この道で練達して名を上げようという詩人達は、実際に本文を読み、その上で『小鏡』を参考として、また記憶の助けとして使っていたのではないかと思われる。例えば、心敬自注に言う「耳のある連衆たち」とは、そうした人々を指すのであろう。

⑧　雪晴て　かゞみをかけぬ　山もなし

宇治巻に、やまはきらめきて、鏡をかけたるが如くなど、雪を申侍れば也、此五文字、晴てと申、粉骨也　（二一ページ）

『源氏』浮舟　（匂宮再び忍んで浮舟を訪れ、対岸の家に籠る）雪の降り積もれるに、かのわが住む方を見やりたまへれば、霞のたえだえに梢ばかり見ゆ。山は鏡をかけたるやうにきらきらと夕日に輝きたるに、昨夜分け来し道のわりなさなど、あはれ多う添へて語りたまふ。

匂宮「峰の雪みぎはの氷踏みわけて君にぞまどふ道はまどはず

小幡の里に馬はあれど」など、あやしき硯召し出でて、手習ひたまふ。

浮舟　降りみだれみぎはにこほる雪よりも中空にてぞわれは消ぬべき

と書き消ちたり。

（第六巻、一五四ページ）

『小鏡』浮舟　たとしへなく長き日に、もろとも眺め出し給へば、雪いみじく積もりて、垣のもとなどには、友待つ雪消えがたく、木ずゑばかりぞ見ゆる。山は、鏡かけたるやうに、きらきらと夕日に輝きたるに、よく分け来し道のはかなさを、あはれおぼし添へて語り給ふ。

（四〇七ページ）

自注はこの発句において注目すべきことを全て尽くしている。⑦と同じように、中の句と結びの句は、もっぱら『源氏』本文から取ってきた句を並べるのみで、初句「雪晴れて」によって一つの纏まった詩的表現に至っている。つまりこの初句が、その後に続く風景をくっきりと浮かび上がらせる働きをし、雪がまだ降っている間の面影を呼び起こすことによって、晴れた瞬間がより鮮やかに迫ってくる訳である。

発句はここまでだが、これら『源氏』引用の発句についてどのような結論を引き出せばいいのだろうか。まず発句の詠み方について当時どのような規則もしくは要請があったかと言えば、例えば、宗祇は『吾妻問答』において、次のように書いている。

発句の事、先ず其の季の前後をたがへず、いかにも乱りなく、しかも花・鳥・月・雪によそへて幽玄の姿を心にかけ、人に難ぜられぬ様に、詞のくさりなど、いつもの事なりとも、下に置きかへ上に置きかへ案じてつかふまつるべきことなり。[10]

つまり先ずその折りの季節を時の流れを間違えずに正確に発句に詠むこと、花鳥月雪などその折りの風景に寄せて幽玄な句の姿を心がける事、そして、平凡なものでも詞の組立をなだらかにしかも面白く聞こえるように努力すべき事と述べているが、この三つを要約すると、その場・その折りへの適合性、心の用い方、そして言葉の熟練が求められている訳である。二条良基の『筑波問答』では、「先ず、発句のよきと申すは、深き心のこもり、詞やさしく、気高く新しく、当座の儀にかなひたるを、上品とは申すなり」と書いている。[11]

宗祇・良基のこのような発句の定義に基づいて心敬の『源氏』引用の発句を考察すると、次の事が言えるであろう。季節を句に織り込む規則から見ると、思いがけなくも、この総数八句は、春から冬までの四季を各季二句で詠んでいる。季語は春の「新玉の今年」と「鶯」、夏の「青葉」と「橘」、秋の「時雨」と「秋」という詞、そして冬の「枯れ葉」と「雪」で、各句の表現には詠まれる時とその前後についての繊細な意識が反映されている。夏の句、④「橘に払ひしほどの雪もがな」は冬の景物の「雪」を『源氏』導入のための面白い表現として使っているので、季節感を乱す恐れもあるが、これは連歌で言う「偽物」の雪なので問題がなかったのだろう。良基の言う「当座の儀にかなひたる」という点については、これら発句がその座の連衆たち、特に興行主に対する挨拶としての役割を果たしているのを既に確認した。最後になるが、発句を詠むときには、その折りの季節・その場の事情を詠む必要があるという制約による難しさに触れておきたい。題を詠むという要請に加えて、『源氏』から適切な引用をするということは非常に難しく、よほどの練達でなければ無理なのである。発句で和歌を暗示的に使うことはままあるが、『源氏』引用の発句は大変稀だと言わざるを得ない。『愚句芝草』発句の総数九一の内源氏引用の句が八句しかないということも、そうした事情を反映しているのであろう。

三　『愚句芝草』内付句における『源氏物語』の引用

さて付句だが、前句が題のようになっているので、難しさはあまり変わらないためか、付句総数一三二の内、八句が『源氏』引用で、発句と同様に限られた数しかない。これらの数字は、他の理由もあるだろうが、先ず『源氏』引用が珍しいことを物語っている。

⑨　露にあらそふ　身とぞなりぬる
涙をば　わがおしこむる　むな車

句の心は、葵上に、六条御息所、車の立所あらそひまけて、おしこめられ、うしろに立て、源氏の前渡をも見侍らず、車をば、人におしこめられて、我袖の涙をば、我おしこめて、たゞ、袖の露にのみあらそひ、車にはまけ侍る、なげきと也　（三三ページ）

『源氏』葵（葵上の一行、御息所の車に乱暴をする）斎宮の御母御息所、もの思し乱るる慰めにもやと、忍びて出でたまへるなりけり。（……）つひに、御車ども立てつづけつれば、副車《ひとだまひ》の奥に押しやられてものも見えず。心やましきをばさるものにて、かかるやつれをそれと知られぬるが、いみじうねたきこと限りなし。榻《しぢ》などもみな押し折られて、すずろなる車の筒《どう》にうちかけたれば、またなう人わろく、悔しう何に来つらんと思ふにかひなし。（……）大殿のは［葵上が乗る左大臣家の車］しるければ、［源氏は］まめだちて渡りたまふ。御供の人々うちかしこまり心ばへありつつ渡るを、おし消たれたるありさま、こよなう思さる。

御息所　影をのみみたらし川のつれなきに身のうきほどぞいとど知らるる

と、涙のこぼるるを人の見るもはしたなけれど、目もあやなる御さま容貌のいとどしう出でばえを見ざらましかばと思さる。　（第二巻、二三～二四ページ）

『小鏡』葵　北の方、そのころ、ただならぬ御心地にて［夕霧の大将をはらみ給ふ］わづらはしくおはしませば、御心地慰めにとて、出でて御覧ずるに、又、源氏の通ひ給ふ六条の御息所も、忍びて出で給ふ。車の立て所を、お供の人々争ひて、御息所の御車を、うち損ざしなどせしなり。車争ひ、これなり。賀茂の祭のことなれば、葵の巻とはいふなり。この恨み深くして、つひに、物のけになりて、この巻の八月に、葵の上を、とり殺し給ふ。

……

・争ふ車　・ねたむ　・数ならぬ

などといふは、この御息所のことなり。句によりて付くべし。（三五五ページ）

ここの前句はただ話者が身の上のはかなさを嘆くという述懐の題の範囲に属する句だが、心敬はこの嘆きに実体を与えて、「車争ひ」という詞を介して、六条御息所の身の上についての独白、その心理状態を付けている。自注で分かるように、この付句は、御息所の車が奥に押込められたこと、彼女が自らの涙を押し込めることを詠の対象として捉え、この対象化によって、前句の「ぞ」というかかりの助詞に内容を与えている。つまり、「争う」に「車」を寄せ、「露」と「涙」もしっかりと対応させているこの巧みな付け合いは、鮮やかに、運命的な侮辱を受けた六条御息所のわりなく惨めな心の内を呼び起こしている。『源氏物語』の心理描写を正確に読み、御息所の置き所のない苦しい立場を理解している点で、彼女の恨みやねたみを中心にエピソードを語る『小鏡』のような一般の読みとは一線を画していると思われる。

⑩　親のをしへの　まことをぞ知る

夢ゆへや　須磨のうらみを　忘るらん

光源氏、須磨の浦に、うつされ給へる事を、父の太上天皇かなしみ給て、あらたの夢のつげ共、侍しゆへに、二度都に、帰給へる事共の心也（四六ページ）

『源氏』明石（風雨静まり、父桐壺院源氏の夢に見える）終日《ひねもす》にいりもみつる雷《かみ》の騒ぎに、さこそいへ、いたう困じたまひにければ、心にもあらずうちまどろみたまふ。かたじけなき御座所《おましどころ》なれば、ただ寄りゐたまへるに、故院ただおはしまししさながら立ちたまひて、「などかくあやしき所にはものするぞ」とて、御手を取りて引き立てたまふ。院「住吉の神の導きたまふままに、はや舟出《ふなで》してこの浦を去りね」とのたまはす。いとうれしくて、源氏「かしこき御影に別れたてまつりにしこなた、さまざま悲しきことのみ多くはべれば、今はこの渚に身をや捨てはべりなまし」と聞こえたまへば、院「いとあるまじきこと。（……）いみじき愁へに沈むを見るにたへがたくて、海に入り、渚に上り、いたく困じにたれど、かかるついでに内裏に奏すべきことあるによりなむ急ぎ上りぬる」とて立ち去りたまひぬ。

（……）年ごろ、夢の中《うち》にも見たてまつらで、恋しうおぼつかなき御さまを、ほのかなれどさだかに見たてまつりつるのみ面影におぼえたまひて、我かく悲しびをきはめ、命尽きなんとしつるを助けに翔りたまへるとあはれに思すに、よくぞかかる騒ぎもありけると、なごり頼もしうれしうおぼえたまふこと限りなし。

（第二巻、二二八～二三〇ページ）

（明石入道舟で源氏を迎えに来る）今日かく命をきはめ、世にまたなき目の限りを見尽くしつ、さらに後のあとの名をはぶくとても、たけきこともあらじ、夢の中にも父帝《みかど》の御教えありつれば、また何ごとをか疑はむ、と思して……

（第二巻、二三二ページ）

『小鏡』須磨　一日より十三日までは、小止みなく降りて、十三日の暁、おはします廊に雷落ちかかり、あさましなどと言ふばかりなし。その時、住吉の神を深く祈念して、御心のうちに願などありしやらん、雨風静まり、雲消えて、空もみどりの色になりしかば、少しまどろみ給ひたる御夢に、告げあり。故院、御手をとりて、「この浦を去り給へ」と、のたまひしなり。さて、夢といふこと付くべし。

（三六一～三六二ページ）

『小鏡』明石　この君、夢現おぼしめし合はせて、左右《さう》なく、かの浦へ移ろひ給ひ、入道、喜びかしこまりて、限りなく斎きたてまつる。（三六二ページ）

この付句も本文の精密な読みを示している。「須磨の恨み」に対応するのは、例えば「かしこき御影に別れたてまつりにしこなた、さまざま悲しきことのみ多くはべれば、今はこの渚に身をや捨てはべりなまし」や、院から見た源氏の「いみじき愁へに沈む」状態などであろうか。そして、「夢ゆへや須磨のうらみを忘る」に当たるところに、「我かく悲しびをきはめ、命尽きなむとしつるを助けに翔りたまへるとあはれに思すに、よくぞかかる騒ぎもありけると、なごり頼もしう、うれしうおぼえたまふこと限りなし。」と、語り手が源氏の安堵した気持ちを描く部分であろう。ここで前句の「親の教へ」と付句の「夢」とが寄合関係になっていることは、入道の舟で明石に向う直前の場面の源氏の心内語「夢の中にも父帝の御教へありつれば、また何ごとをか疑はむ」で確認される。

周知のように、宗祇は『老のすさみ』でこの句を解釈・批評している。12「明石」巻の大凡同じ場面に基づく能阿の句と比較すると、能阿の取り方の方が心敬の付け方より「心ことの外まさりて侍るなり」と彼は言う。なぜかと言えば、心敬のこの句は、もっぱら「源氏の上」を言っているばかりで、作者自身が源氏自らの身の上となっていないからだと言うのである。この指摘は確かにその通りかもしれないが、ここで注意すべき点は、対応している前句の性格である。能阿が応答している前句は「心にはたえたる嶺も住みつべし」で、前句一句の上だけでも「たえたる嶺」という語句によって、明石入道が暗示されていることが分かるため、付句は、それを認めるだけで済む。したがって、「おもひあかしの夜な夜なの月」と能阿が詠んでいるような、朧げにほのめかした言い方でも、その付け合いの拠り所を捉えることができる。ところが、心敬が応答している前句は、一句だけで須磨の源氏がすぐに思い浮かぶようなものではない。しかもその表現も内容もはっきりしていて、多様な選択の余地はない。このため、心敬の句も少し理の露骨な句になっているのである。しかし、いずれにしても、宗祇はここで『源氏』引用に関して、『源氏』受容を考える上で注目すべきことを述べている。彼は、句の作者が『源氏物語』の作中人物と同化することを求めているのである。しかし、そのように、作中人物の置かれている事情や感情を自分の身の上から捉えて句を詠めば、その事情や人物の独自性が見失われ、次第に一般的、類型的なものに変化してしまう可能性があるのではないだろうか。『源氏物語』が普及して行く過程で免れ得ない運命であったとも言えるが、興味深いテーマなので、これからも追求して行きたい。

いささか問題があると思われる六条御息所の狂乱に取材した鬼拉躰《きらつ》の付句⑪と、柏木とその遺児薫に関わる付句⑫をここでは注に引くのみにとどめ、[13]引用の問題を考える格好の材料を与えてくれる付句⑬に移りたい。

⑬　おぼろ月夜に　袖ぞしほるゝ

露をだに　忘るなきえん　草の原

彼花のえんの夜、ほそ殿にて、内侍に、かたらひ侍し時の、歌のこゝろ計也　（六〇ページ）

『源氏』花宴　（宴後、弘徽殿の細殿で朧月夜の君に逢い、一夜を過ごす）ほどなく明けゆけば、心あわたたし。女は、まして、さまざまに思ひ乱れたる気色なり。源氏「なほ名のりしたまへ。いかでか聞こゆべき。かうてやみなむとは、さりとも思されじ」とのたまへば、

女　うき身世にやがて消えなば尋ねても草の原をば問はじとや思ふ

と言ふさま、艶になまめきたり。　（第一巻、三五七ページ）

『小鏡』花宴　（歌の引用なし）　（三五四〜三五五ページ）

「朧月夜に袖が濡れている」というまことにありふれた内容の前句に対して、付句は、朧月夜の君が源氏と一夜を

過ごした明け方、不安な気持ちの中で詠んだ歌を引用し、前句の涙を、女の懸念がもたらした涙に取りなしている。しかし、『源氏』の本文におけるこの歌は、悲しみを表現しているというよりも、「艶になまめきたり」と源氏が受け取っているように、言葉の上の気持ちとしては、半ばは恋の遊戯の情調を表し、男の心を確かめようとしてもいる。この面白さ、遊びの気分が連歌の付合では見失われて、不安ばかりの表現と捉えられている。このように、引用という行為は、言葉を原典の元々の文脈や前後関係から新しい文脈の中に置き換えるときに、少なくとも『源氏』の場合は、その言葉の多義性や含みが無視され単純化されたり、場合によっては全く新しい解釈の付合が提供されることになる。この歌の場合、『花鳥』において兼良がかなり細かい読みを与えているので、それとの違いが目立つのである。[14]

⑭　心よ後の　罪なまねきそ
　扇こそ　からきめをみる　形見なれ

同夜の事也、扇をかた見にとられ、からきめを見るなど、口すさび給へば也、此事ゆへに、罪せられて、須磨にうつり給へり、扇はまねく物也　（六〇ページ）

『源氏』花宴　（源氏、右大臣家の藤の宴で扇の持ち主を探し出す）さしもあるまじきことなれど、さすがにをかしう思ほされて、いづれならむと、胸うちつぶれて、源氏「扇を取られてからきめを見る」と、うちおほどけたる声に言ひなして、寄りゐたまへり。　（第一巻、三六五ページ）

『小鏡』花宴　（この場面の記述なし）

前句は「心よ、後に罪を犯してしまうようなことをやめよ」と自分を戒め、警告している。付句では、あたかもこの警告を無視したかのように、源氏が罪を犯して流刑になったという取り上げ方をして、前句を展開させている。詞の上では自注が言うように、前句の「まねき」が付句の「扇」と寄り合い、「罪」と「からき目を見る」が対応関係になっているわけである。ここで見られる『源氏』引用の方法は、⑬と同様に、付合、および百韻全体の流れによって『源氏』本文における詞の元々の意味が変化することを、はっきりと示しているのである。物語におけるこの場面では、「からき目を見る」というのは、源氏が扇の持ち主を探し当てるために言い出した、恋に向う言葉であるから、この付合の読みは、言説の方向が全く逆なのである。本文と付合とのこの矛盾は、あるいは一種の解釈と言った方が正確なのかもしれない。つまり、ここで付合と本文の間に生じる「ずれ」と見えるのは、結局、本文の表面に現れないながらも、そこに潜在している可能性としての解釈が表面化したのであって、物語の深層構造に横たわる数多くの可能性が、付合を機縁として活性化してくる過程なのだということができる。かくして、元々はその持ち主と優艶な一夜を過ごしたしるしだった恋の形見の扇が、罪の形見の扇に変化するのである。こうした引用が引き起すプロセスは、付合が構築する関係と似ている。例えばこの場合、前句一句の上で言っている「後の罪」は、釈教題の領域に属す、後の世において罪として裁かれるようなことがらを意味している訳だが、付句の詠みにおいては、現世の罪と裁きに変化した訳である。

最後の二つの付合[15]についての分析は割愛し、心敬及び連歌詩人達の『源氏』受容を簡単に纏めておきたい。彼らにとって『源氏』が一つのまことに豊富な詩的言語の資源であったということは、言うまでもない。そしてまた、『源氏』からの詞を引用するということは、とりもなおさず、発句・付句が現在とそれとは別のもう一つの世界からなる二重構造を構築することを意味するものであった。つまり、現在が王朝世界の優美を芳しく匂わせ、また一方、紫式部の描いた世界が遠い昔から蘇ってくるという、こうした創作上の相互依存関係は、解釈という行為の一種だと言うこともできるだろう。正確な解釈を行う、あるテキストを理解するというのはどういうことなのかという問題はさて措き、肝要な事は彼ら詩人は権威的解釈を求めて『源氏』を読んだのではなく、作品を読みその理解を実際の詠作の場に応用し続けたということである。そして、その実践によって『源氏』を日本の文化生活に永く生き生きと織り込ませ、古代のある女の作品を国民の、そして世界の遺産として保存してきたのである。

〔注〕

1 横山重、野口英一共編、『心敬集 論集』(吉昌社、一九四八年)。表記には濁点を加え、一部の仮名は漢字表記に、旧漢字は現行のものに改めた。
2 阿部秋生ほか校註『源氏物語』一〜六(新編日本古典文学全集、小学館、一九九四〜一九九八年)一部、説明を[ ]内に加えた。
3 『源氏小鏡 高井家本』(武田孝、教育出版センター、一九七八年)底本との違いを示す表記は全て省略した。
4 『花鳥余情』(中野幸一編、『源氏物語古註釈叢刊』第二巻所収、武蔵野書院、一九七八年)、『細流抄』(伊井春樹編、『源氏物語古注集成』、第七巻、桜楓社、一九八〇年)、『弄花抄』(伊井春樹編、『源氏物語古注集成』、第八巻、桜楓社、一九九三年)、『連珠合璧集』(木藤才蔵、重松裕己校註、『連歌論集一』所収、三弥井書店、一九八五年)。
5 『徒然草』一三九段、二二九ページ(久保田淳校註、『方丈記徒然草』所収、新日本古典文学大系、一九八九年)。
6 『花鳥余情』、七三ページ。
7 『ささめごと』、一三二ページ(木藤才蔵校注、『連歌論集俳論集』所収、日本古典文学大系、岩波書店、一九五一年)。
8 『岩橋 下』(『心敬集 論集』所収)。
9 『花鳥余情』、五四ページ。
10 『吾妻問答』、二一八ページ(木藤才蔵校注、『連歌論集俳論集』所収)。
11 『筑波問答』、八八ページ(木藤才蔵校注、『連歌論集俳論集』所収)。
12 『老のすさみ』、一三二ページ(奥田勲校注、『連歌論集能楽論集俳論集』所収、新日本古典文学全集、小学館、二〇〇一年）。なお、この本では「親の教へ」ではなく「親のいさめ」である。古典文庫の『連歌論新集三』所収の『老のすさみ』も「親のいさめ」で、校異として「親のをしへ」を挙げている。

13　⑪　いで、河べに　はらへする人
　　うらめしな　そなたにむくへ　いきす玉

六条御息所、車あらそひの、うらめしさに、賀茂の河辺に夜な夜な出て、葵上をなやます、其いきす玉、つゐに葵上を、取給し事也、霊《イキス》字也　（四七ページ）

⑫　恋しなば　跡につらさや残らまし
　　岩根の小松　色もかくれず

是は、柏木衛門督、二品内親王に、忍に通て、かほる大将を、うめる事也、いかゞ岩ねの松などいへる、恋死に侍らん跡に、うめる御子の、かくれなからんかなしさ、岩ねの小松にそへて、読侍し事共也　（四七ページ）

14　『花鳥余情』　（七二ページ）

15　⑮　めぐるもさびし　やつす小車
　　旅人の　ふるき関屋を　過やらで

長月のすゑ、石山へ参給へるに、うつせみ、東よりのぼり給に、逢坂の関にて合給て、関屋などへ、源氏、立かくれ給し事のさま也。　（六〇ページ）

⑯　榊とる　たもとやふかく　匂ふらん
　　なさけのほどを　むすぶたまづさ

朧月夜のかたへ、榊の枝に、文をむすびて、つかはし侍し事などの心　（六一〜六二ページ）

（朧月夜は六条御息所の記憶違い。「賢木」巻の、御息所伊勢へ出立のエピソード）

「零度の読み」としての源氏物語巻名歌

ジョシュア・S・モストウ

一　源氏物語巻名和歌への道

本論は、「源氏物語巻名和歌」と呼ばれる歌群、つまり各巻の巻名の元になった『源氏物語』中の和歌について考察する。ミシェル・ヴィエイヤール＝バロン氏が本書において扱う『源氏物語』五四帖、各帖について創作された歌群、「源氏巻名歌」とは違うものだということをまずお断りしておきたい。特に考えてみたいのは、これらの和歌についての知識が、どのような過程を辿って『源氏物語』の「零度の読み」と私が名付ける、特に女性にとって最小限必要だとされる「知識」となったかということである。源氏物語巻名和歌の大要のようなものがあれば大変便利だということは言うまでもないと思われるかもしれないが、こうした試みが始まるのは、実は時代が下ってからのことであった。

現在知り得ている限りでは、巻名のリストは、『源氏の目録』（一一九九頃）に遡るが、G・Gローリー氏によれば、それは、これより大部の『簾中抄』（一一五一〜一一五六）の一部であった。『簾中抄』は鳥羽院の愛娘八条院のために藤原資隆が書いたもので、戦後の二次資料によれば、「簾の後ろにいる人」、即ち貴族の女性に必要な基礎知識を与えるための百科事典的なものだった。これには宮中の年中行事、歴代の天皇、皇后、賀茂斎院および伊勢斎宮、政府百官その他これに類した情報の他に、養生、音楽、和歌についての説明的な項目から成っていた。『簾中抄』の流布本は『源氏の目録』を含んでいないが、一二世紀の末には源氏の巻名リストが追加された。この異本は『白造子』（入門書）という名で知られている。[1]

稲賀敬二氏はこの種のリストの成立について、物語が巻毎に別々の装丁で作られ、それを箱に収納していたため、順序が分からなくなってしまうという問題があった時代に作られたものではないかという説を提起している。[2]

ヴィエイヤール＝バロン氏は、藤原定家に仮託された巻名のみならず巻中の言葉を集めて詠み込んだ五四の和歌について述べているが、[3]これとはまた異なる、巻名を詠み込んだ和歌という意味での巻名和歌がある。巻名の全てを詠み込んだ歌群の最も早い例、『詠源氏物語巻々名和歌』は、定家の息子、藤原為家（一一九八〜一二七五）の作とされているが、さらに遡るかもしれない。[4]

源氏物語の巻名をもとに詠まれた和歌は、安居院の僧、聖覚作であると言われている『源氏物語表白』にも含まれており、作者についてのこの説に根拠はないが、作品の成立は鎌倉時代だと考えられている。また、簡略化されたものが能の『源氏供養』の中にあり、記録上のその初演は一四六四年に遡る。[5]また恐らくは南北朝時代に成ったと思われる『源氏供養草子』の中にもこれが入っている。[6]そして最後に、室町時代物語の一つで、十四世紀前半の花園天皇の時代を舞台として、京の南西に位置する葉室中納言（葉室長隆、一二八五〜一三四四）の邸宅で行われた風雅の遊び、扇合の際に起こった争いについて語る作品、『花鳥風月』がある。ある扇に描かれた絵が、伊勢物語の主人公とされる九世紀の歌人、在原業平なのか、光源氏なのかで争いになり、決着がつかなかったため、葉室中納言は評判の二人の巫女、花鳥と風月を屋敷に参上させ、業平、源氏、さらに「末摘花」の巻で笑い者になっている、長くて赤い鼻の優雅とはほど遠い女君、末摘花の霊を呼び出させたという設定である。能の『源氏供養』の場合と同様、『花鳥風月』も最後の部分に『源氏物語』の巻名を詠み込んだ長歌があり、この作品の成立年代は不明だが、『山科家礼記』には、家令であった大沢久守が（一四三九年生）『花鳥風月』を一四五七年の十月八日に書写したとの記録がある。その他中世の注釈書と同様、『花鳥風月』は和歌のほかにも、その啓蒙的な部分において問答形式が採用されており、テーマについても中世の注釈書に特徴的な、歴史的、伝記的「事実」（この場合は『伊勢』と『源氏』）についての関心が強く、またこれらの作品に登場する人物たちにも関心が向けられている。[7]

ヴィジュアルの分野では、桃山時代から（十六世紀後半）『源氏物語』の場面を描いた屏風や画帖が好まれるようになったが、このような作品においては、各巻毎に一つの場面を選び、それで各巻を代表させることが多かった。造型上強い印象を与え、劇的な効果を持ち、最も特徴的な絵は、殆どの場合、巻名歌を含む場面ではないのではないかと容易に想像されるが、事実巻名歌の場面ではないことが多かった。初期の源氏絵屏風の例としては、広島県浄土寺の扇面の『源氏絵屏風』（室町時代初期）を挙げることができる。この作品の絵の選択はかなり特殊で、四十巻だけしかなく、全くない巻が一四あるのに、「浮舟」などは四つの場面がある。[8] また、場面のすべてが巻名和歌に対応する訳ではなく、例えば、巻二の「帚木」では、巻名の元になった和歌が詠まれた場面ではなく、有名な雨夜の品定めの場面が選ばれている。もう一つの初期の例として一五一〇年に作製されたハーヴァード大学蔵の土佐光信の作品を挙げることができるが、これは『源氏物語』を全巻集めた最古の画帖で、「橋姫」については、一二世紀の『源氏物語絵巻』と同じ場面、つまり巻名の元になった場面ではないものが選ばれている。[9] 十五世紀の絵の指示書、『源氏物語絵

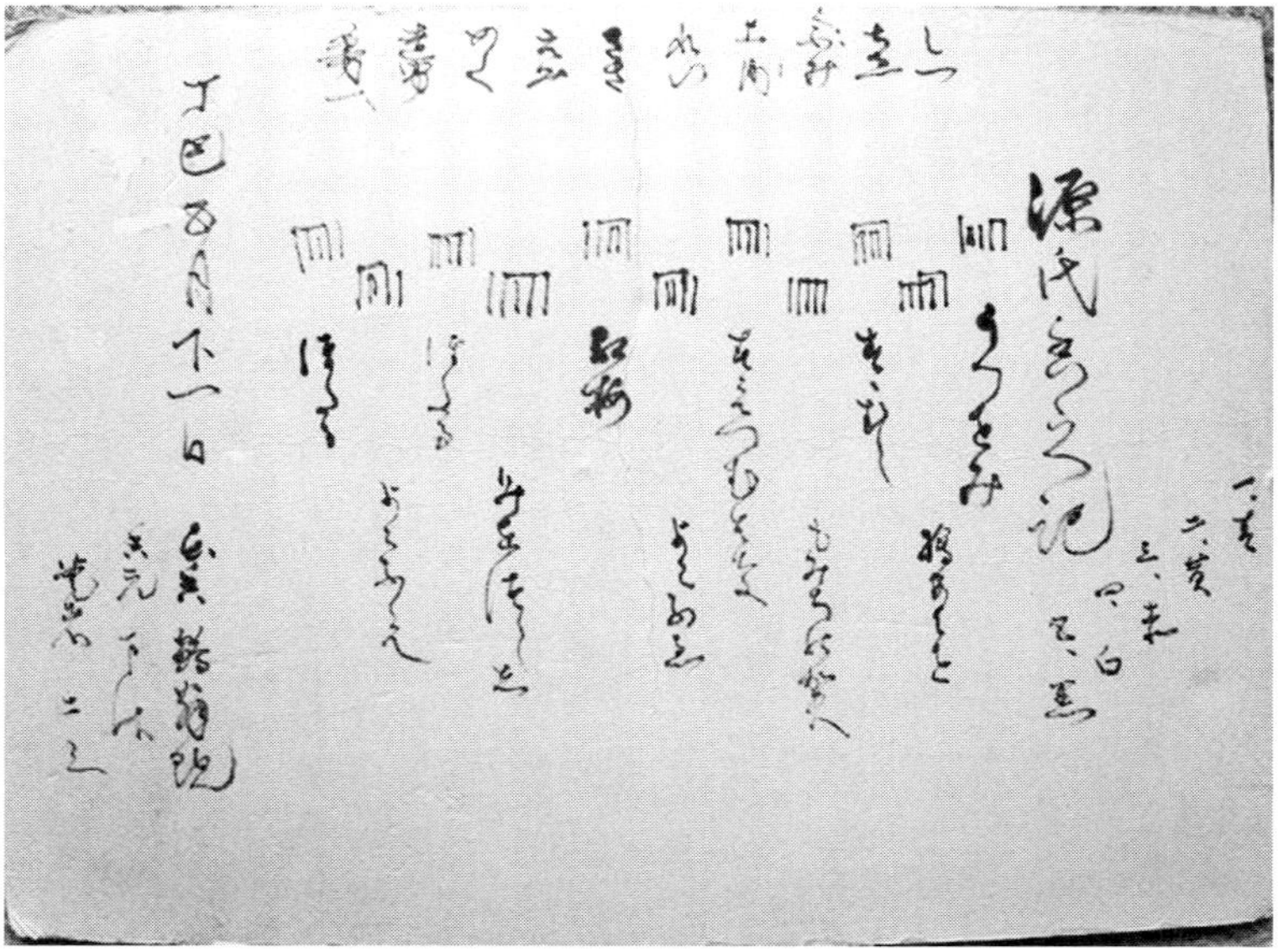

図１　香合せの記録、増上寺、東京、1977年５月、個人蔵

詞』の場合も、この巻のために選ばれた三つの場面中に巻名の場面は含まれていない。[10]

実は、巻名和歌を絵にするということは、香の種類を当てる遊び、香合せのために源氏の各巻を示す図を使う『源氏香の図』が江戸時代から広まって行ったことをきっかけとしたものだったのである。香り比べをする薫物合せは『源氏物語』にも出て来るが、ゲームとしての源氏香は十七世紀以前には見られない。

源氏香においては、五種類の香木を各五包み、全二五包み用意し、そこから無作為に五包み選び、一定の順序で薫らせて行く。参加者は、包み一つごとに線を縦に五つ引いて行き（右から左の順）、同じ包みと思われる線同士を横線でつなぐ。そうすると五二の組み合わせができるが、それぞれに『源氏』の各巻の巻名が宛てられている（巻一「桐壺」と最後の巻の「夢の浮橋」は除外される）。[11]それが『源氏香の図』と呼ばれるものである。

図1は一九七七年五月に東京の増上寺で行われた香合

せの記録で、[12]参加者の名前が上部に書かれ、名前の下にそれぞれの判断がまず源氏香の図で示され、その下に対応する巻名が書かれている。例えば、一番目の人は「空蟬」で、これは一番目と二番目が同じで他は全部違う組み合わせだと判断したということである。全員の答が出揃うと、答えが明かされる。この回は全部違う組み合わせというのが正しい答だったので、参加者一〇名全員が間違えてしまったのである。

二　女訓書と巻名歌―始発としての『伊勢物語改成』―

江戸初期には、『源氏物語』や『伊勢物語』は女が読んでも構わない書物なのかどうかという議論があった。山崎闇斎（一六一八〜一六八二）、山鹿素行（一六二二〜一六八五）、貝原益軒（一六三〇〜一七一四）は三者ともに、これら書物は女に淫らな振舞を教えることになるので女の読み物には適していないと述べている。[13]また十七世紀の同じ時期には、挿絵入りの『源氏物語』の簡略版が複数出版された。一六五〇年には、山本春正が『絵入源氏物語』を、また同年の後半には野々口立圃がダイジェスト版『十帖源氏』を、さらに『おさな源氏』を出版した。[14]『おさな源氏』といった題名は、これらが子供のために書かれたことを思わせるし、その他の『伊勢物語ひら詞』や『百人一首大成』などのような、俗語による平安時代の古典文学作品の訳本は、後書きにおいて「児女」のために執筆したのだと主張し、また挿絵がそうした目的のものだということを示している。しかし実際は、和歌を詠むため、また多くの場合は誹諧の座に参加するに必要な古典の基礎知識を得るためのもので、教養に欠ける町人の男子や、知識を補足しようとする下級武士を読者対象としていた。[15]女の読者よりも男の読者のためにこれらの書が出版されるという状況は一七世紀の末まで続くが、既に一六六〇年には、『女式目』などに、女、特に商家の妻は読み書きが重要だということを強

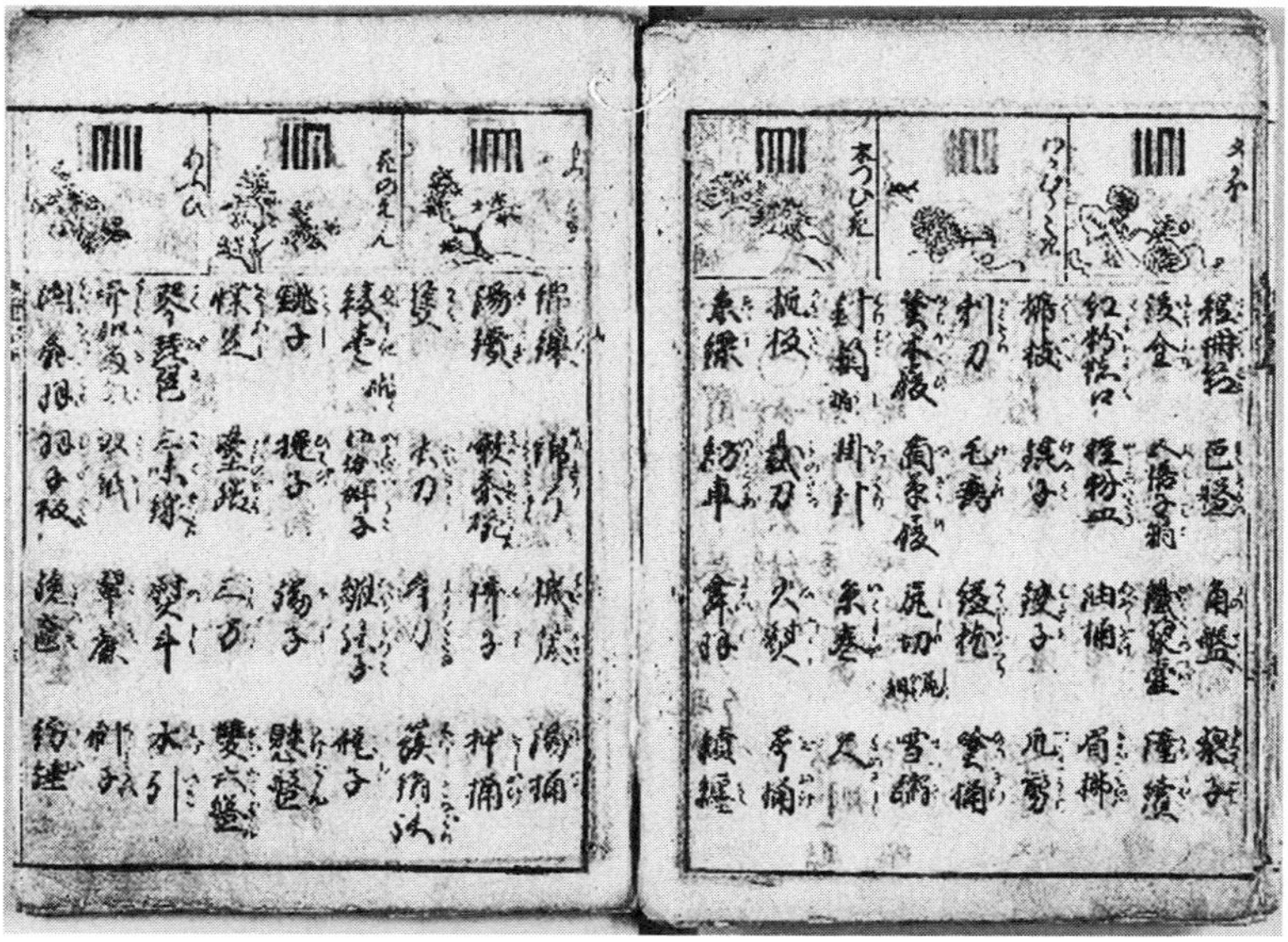

図２　『女重宝記』「源氏香の図」（ページ上部）、国立国会図書館蔵

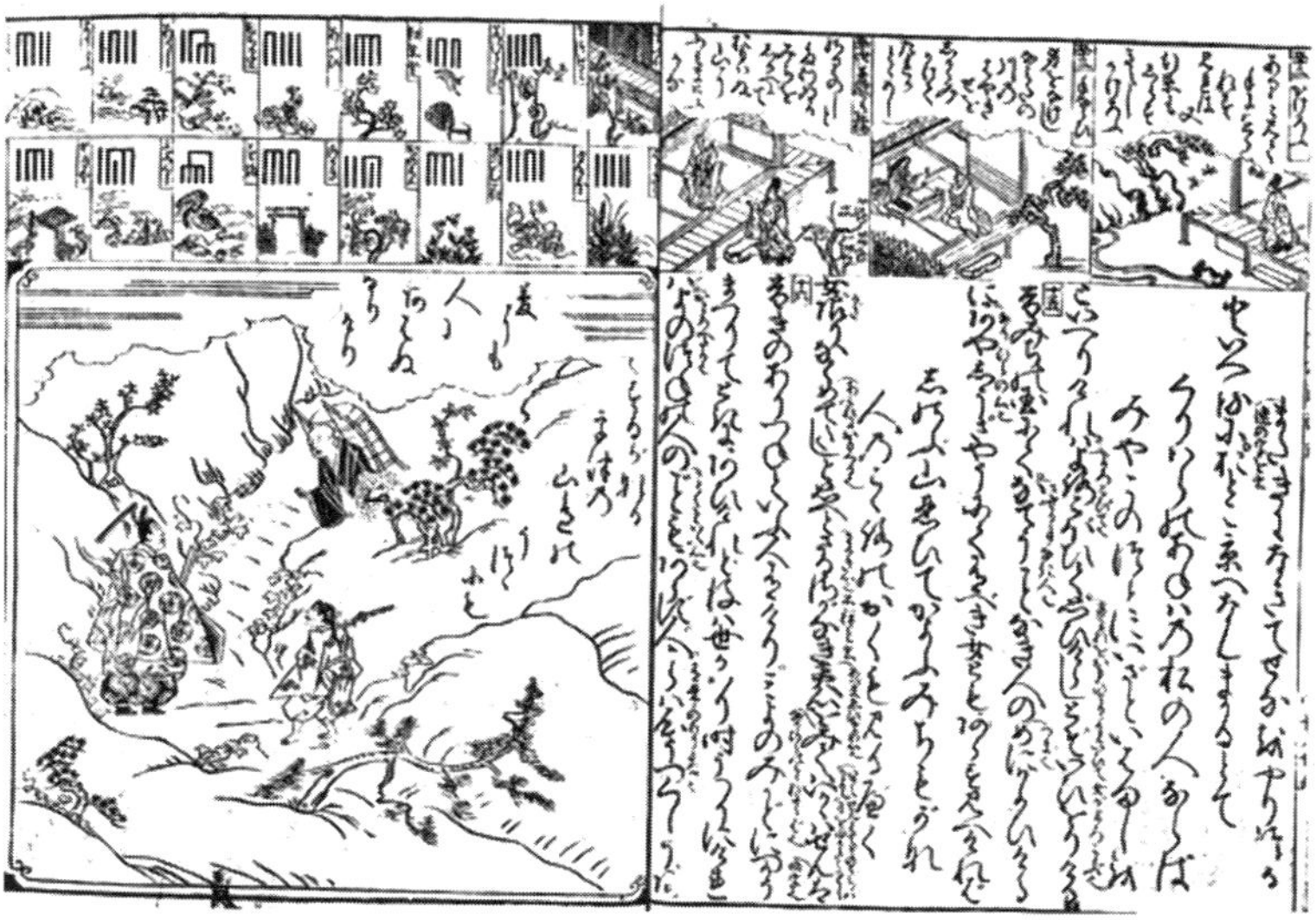

図３　『伊勢物語改成』「源氏物語巻名和歌」（右ページ上部）と「源氏香の図」（左ページ上部）、個人蔵

調する言辞が見られるようになる。

一六九二年には女訓書の古典とされている『女重宝記』が出版された。著者はここで、和歌、『源氏物語』、『伊勢物語』の重要性を強調し、貴族でなくても和歌を通じて貴族の世界と接することができると述べている。[16] しかし『源氏物語』に関する現実が何だったかと言えば、「源氏かうの圖」(図2)が作られただけだったのである。しかも、そこにあるのは巻名のみで、それに関わる和歌はなく、絵、主に植物、が横に添えられているのみだった。

一六九五年には『伊勢物語改成』が出版された。はっきりと女性を対象として書かれた古典作品の出版としては最初のものであると筆者は考えるが、この書に「源氏香の図」と「源氏物語巻名和歌」の両方が入っている(図3)。「源氏香の図」は事実上『女重宝記』のものと同じだが、「巻名和歌」の方は、これが新たな出発であった。絵も山本春正、野々口立圃、また、一六五七年、一六六六年及び一六七五年に江戸と上方で出版された作者不明の『源氏小鏡』のものとは違うようである。[17] 既に見たように、「源氏香の図」は通常冒頭と最終の巻を含まないが、ここでは「夢浮橋」にある『源氏物語』の最後の和歌が入っている。

のりのしとたづぬる　みちをしるべにておもハぬ山にふミまどふかな

これは薫が浮舟に送った手紙の中にある歌で、ほとんどの挿絵は浮舟がこの手紙を読んでいる姿を描いている。『伊勢物語改成』は物語の内容を間違えているのである。巻名「夢浮橋」は周知の如く本文中には表れない。また「手習」巻についても同様のことが言え、「手習」という巻名も、この巻の歌には全く表れないが、この言葉自体は本文に出て来る。そして、この巻のほとんどの挿絵には浮舟が物を書いている姿が入っているが、『伊勢物語改成』は、彼女が書いている姿ではなく、最終巻の浮舟を思わせる読んでいる姿を絵にしている(図3)。しかし引かれている歌は、「手習」という言葉の直後にでてくる和歌なのである。

身をなげしなミだの川のはやきせをしがらみかけてたれかとゞめし

また、「蜻蛉」巻の場合は、虫の蜻蛉をはっきりと描き、巻名の元となった和歌を書き込んでいる。冒頭を見ると（図４）、源氏香の図は載せていないにもかかわらず、「源氏香の図」と同様に最初の巻「桐壺」の和歌がない。第二の場面は「巻名和歌」を含んでいる。挿絵ははっきりしないが、雨夜の品定めの場面で繰り広げられる、物語中の物語、左馬頭が語る指食い女、あるいは藤式部丞が語るニンニクの匂いをまき散らす女についての場面であろう。[18]和歌は、この巻の最後のもので、ここでもまた手紙に書かれたものである。そして、「空蝉」巻の場合は、「巻名和歌」を含んでいるものの、選ばれた場面はこの和歌が出て来る巻の最後の場面ではなく、源氏が垣間見をしている巻頭の場面である。つまり、『伊勢物語改成』では、女性読者は「巻名和歌」を覚えることを期待されているようであるが、歌に添えられている挿絵の信頼性はまちまちなのである。

図４　『伊勢物語改成』「源氏物語巻名和歌」（上部）

三　『女大学』と「巻名和歌」――『女大学宝箱』

女性向きに書かれたものとしては恐らくは最も古い『源氏物語』のダイジェスト、『女源氏教訓鑑』は一七一三年に出版されたものと推定され、[19]その三年後の一七一六年に女訓書のロングセラーの一つ、『女大学宝箱』の初版が出版されている。[20]これは、（間違って）貝原益軒（一六三〇～一七一四）の著作とされている『女大学』の最もポピュラーな版の一つで、ここでは大変皮肉な状況が生み出されている。G・Gローリー氏が引用する、一七一〇年に出版された益軒の『和俗童子訓』における彼の立場は次の通りである。

女子に見せしむる草紙も、撰ぶべし。（中略）伊勢物語、源氏物語など、其詞は風雅なれど、かやうの淫俗の事をしるせるふみを、早く見せしむべからず。[21]

ところが、『女大学宝箱』（図5）には、各巻の巻名歌が、山本春正の一六五〇年版の挿絵を借用して手を加えた挿絵と共に掲載されているのである。

そしてこれらの歌は直ちに「女大学」につながって行き、そのテクストには女性の読み書きをテーマとした絵が繰り返して添えられている。この後には歌絵を添えた「百人一首」の全首が上段に、中国の『二四孝』が中段に書かれ、下段は児童の読み書きに費やされている。横田冬彦氏の計算によれば、『女大学宝箱』の半分弱は、『女大学』や『二十四孝』といった道徳的な項目に、まる二〇％は『源氏物語』や『百人一首』などの文学的教養に関する項目に割かれている。[22]さらにジャニン・サワダ氏によれば、『女大学』のみの版本の出版は、一七九〇年を待たねばならず、『女大学宝箱』は、印刷されたものの中では『女大学』の最も古い本なのである。[23]道徳の苦い薬には、かなり砂糖をまぶす必要があったということらしい。

すでに述べた通り、先ほど見た『伊勢物語改正』とは違って、『女大学宝箱』は春正の一六五〇年版の『源氏物語』の挿絵を借用している。しかし注意深く見ると、興味深い変更点がいくつか見られる。「桐壺」、「帚木」、及び「空蝉」は、絵は同じだが、『伊勢物語改正』とは違って「桐壺」は和歌を含み、各巻から一首をとって五四首とし、歌を全巻集めた最初のものとなった。しかし、『女大学宝箱』は「夕顔」の絵として（図6）、左下部の部分を除外すれば、春正のもの（図8）よりも『伊勢物語改正』のもの（図7）に近い挿絵を使っている。[24]

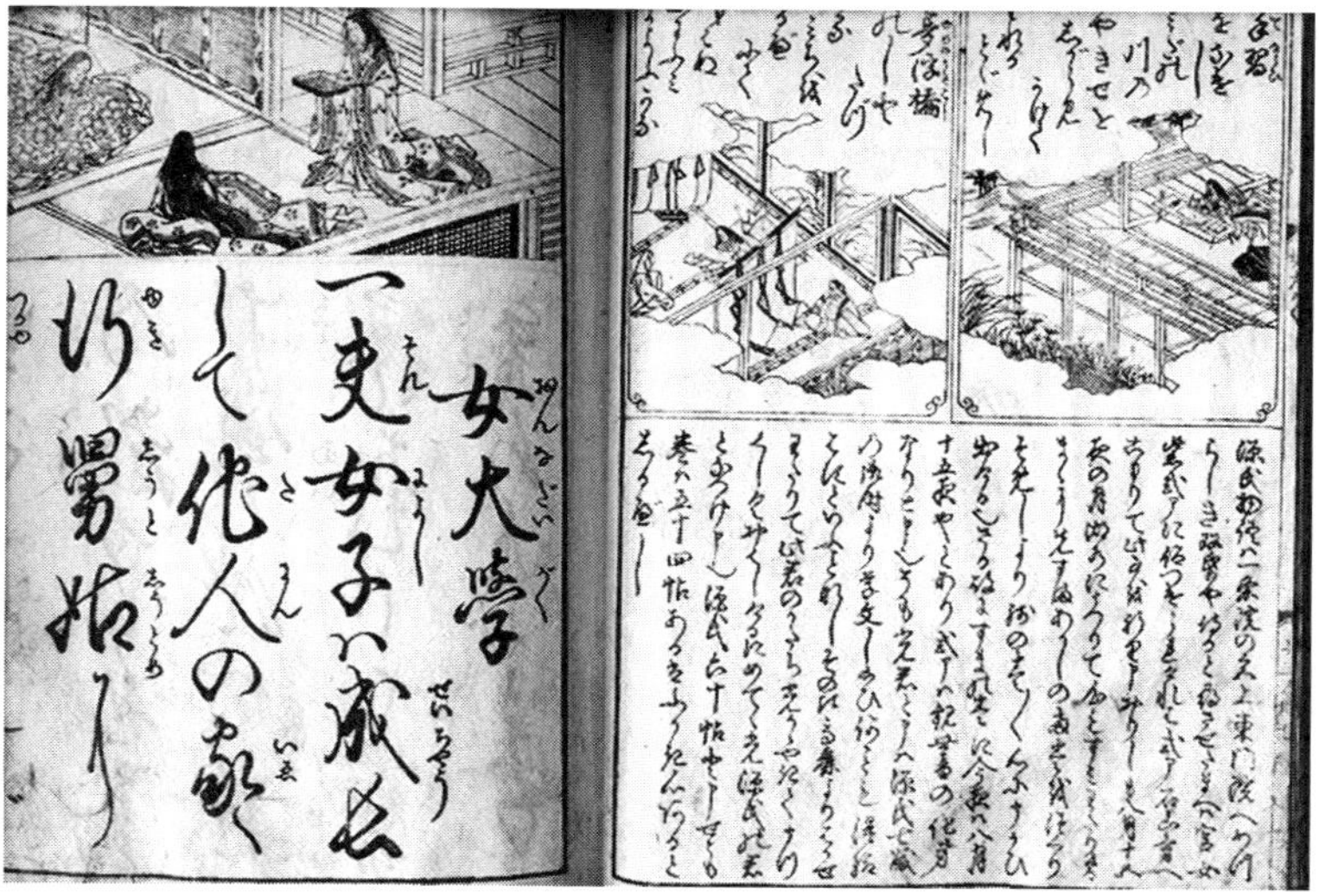

図５　『女大学宝箱』「源氏物語巻名和歌」（上部右）と「女大学」（下部左）、個人蔵

図７　『伊勢物語改正』

図６　『女大学宝箱』夕顔

図８　春正『絵入源氏物語』夕顔、個人蔵

図９　『絵入源氏物語』　空蟬

「浮舟」の場合は、春正の絵が本文中に述べられている人々も描き込んで、場面を図解するものであるのとは違って、『女大学宝箱』の絵師は余分な人物たちを省き、舟の中の恋人二人のみを描いて巻全体を象徴的に表現している。しかし、常にそうした方針を取っている訳ではなく、「空蟬」の場合は通常、『源氏鬢鏡』や江戸須原屋版『源氏小鏡』（図10）に見られるよう[25]に軒端荻を省いて描くことが多いのだが、『女大学宝箱』は、春正の挿絵（図９）に従って空蟬と軒端荻の二人を描いている。

　貝原益軒など、一七世紀の儒学者は不義の物語であるという理由で道徳的観点から『源氏物語』を攻撃したが、『源氏物語』はその和歌によって、女性の教養に欠くことができないものの一つともなった。古典和歌は、女性本人ばかりではなく家族にとっても重要な階層社会における女性の地位の上昇のために不可欠な社会的手段と考えられていたのであった。正徳年間（一七一一〜一七一五）以前の『百人一首』の出版は、男性、女性双方の読者を対象としていたが、享保年間（一七一六〜一七三五）の後半になって初めてこの撰集が女性教育にしっかりと根付くようになったと、中野節子氏は述べている。そしてその意味で

『女大学宝箱』は先駆的な書物だったのである。[26] 中野氏によれば、それは『百人一首』「庶民化」の始発でもあった。[27]「源氏物語巻名和歌」が組み込まれたということについても、同様の指摘ができるようにも思われるが、実際には、その後十八世紀において出版された女訓書の中で「巻名和歌」を含んでいるものはむしろ限られていた。例えば、大阪で一七二五年に出版され、何度も再版された『女小学教草』は、『百人一首』を引用しているが、『源氏物語』の引用はない。この状況は百科全書的な分厚い版のものの場合も同じで、例えば一〇六丁ある『女文章四季詞鑑』（一七八八）は和歌についての解説、人麿像を含んでいるが、「巻名和歌」はない。「女中がた見給ひてよろしき本」として裏表紙に印刷されている蔵板目録が掲げる五冊のうち、『万寿百人一首錦箱』のみが「源氏五十四帖の歌の心を絵にあらハし並ニ香の図」を掲載している。同様に、一七四九年出版の『宝箱』の裏表紙にある「女中の見給益有書物目録」の二七冊中一三は『百人一首』を含むが、何らかの形で『源氏物語』を含むのは六冊に過ぎない。[28] 換言すれば、一八世紀を通して見ると、『源氏物語』についての知識が一般の女性にとって必須の教養と考えられていたと言うことはできないのである。

図10　『源氏小鏡』　空蟬、個人蔵

四　「零度の読み」としての「巻名和歌」へ

一九世紀初めに、その流れは徐々に変わって行ったようである。例えば、『女今川姫小松』（一八〇七）は、「巻名和歌」のみで、和歌についての物語的な挿絵はなく、「源氏香の図」と、

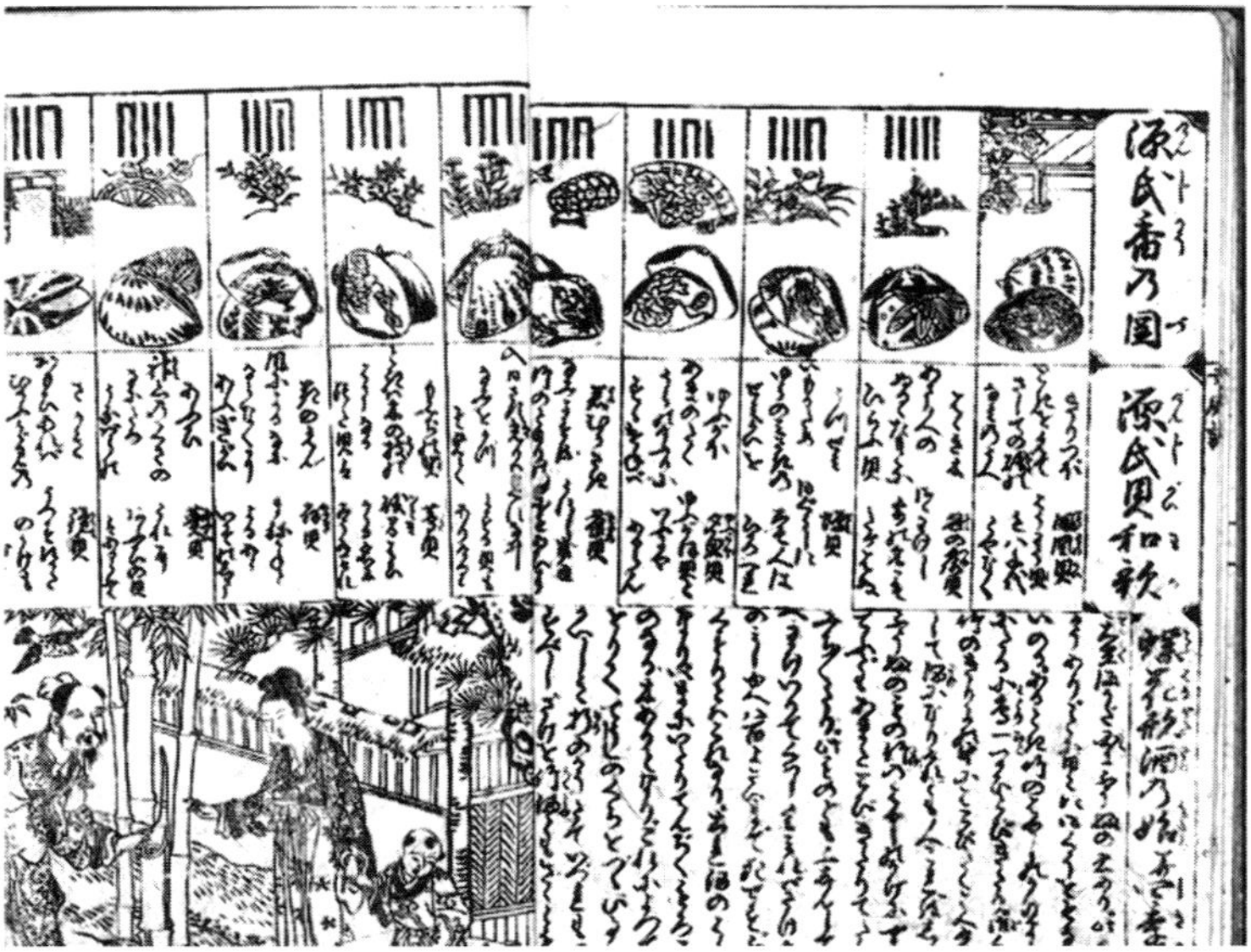

図11　月岡雪鼎挿絵『女庭訓御所文庫』「源氏香の図」（1817）　個人蔵

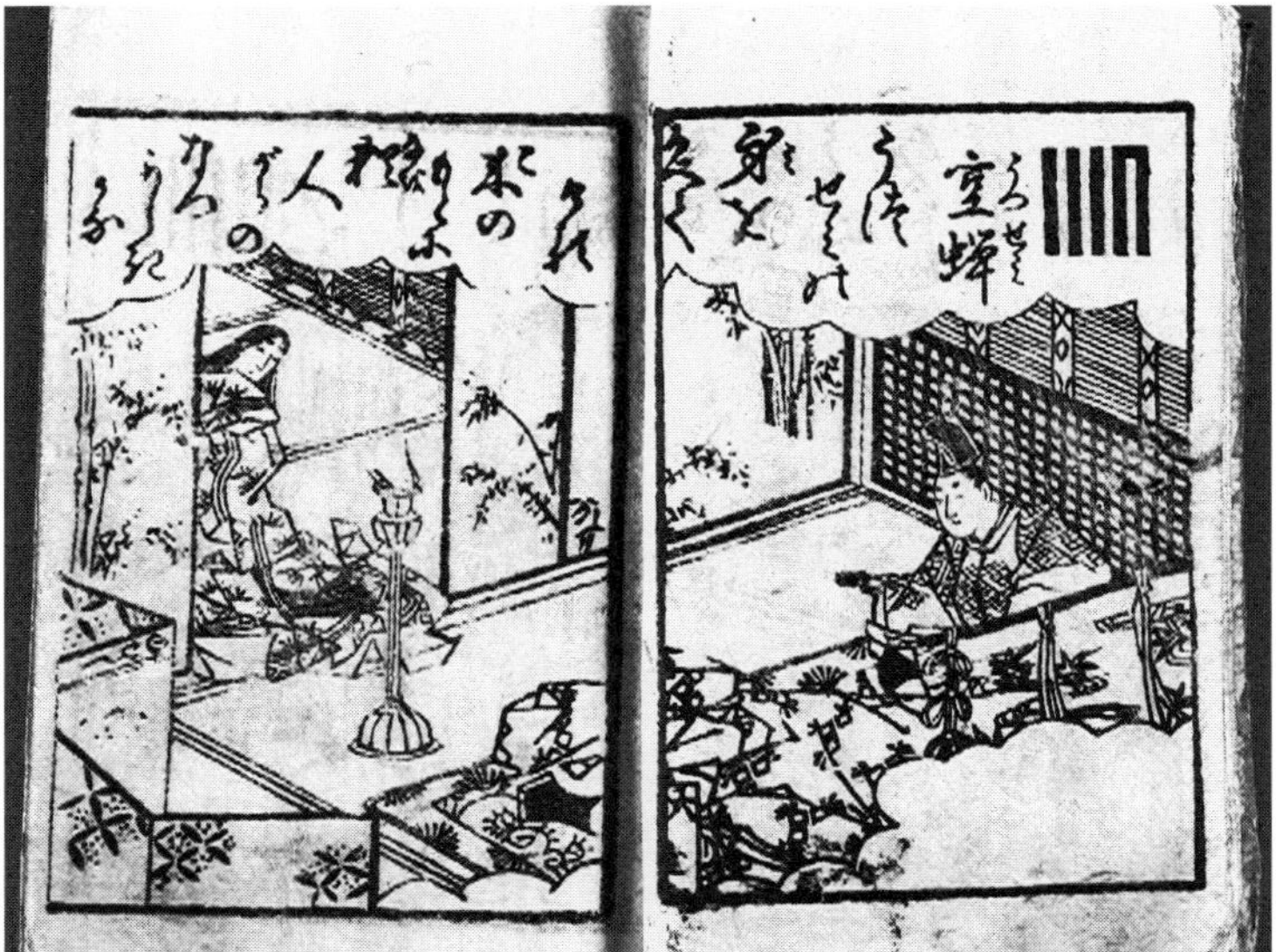

図12　渓斎英泉『源氏物語五十四帖絵尽』空蝉（文化九年）　早稲田大学図書館蔵

巻名を象徴する植物ないしは物の絵が添えられている。一八一七年には『女庭訓御所文庫』が月岡雪鼎（一七一〇〜一七八六）の挿絵入りで出版された（図11）。ここでは、貴族的な貝合せと対応させて、雪鼎は各巻の歌に加えて、「源氏香の図」と象徴的なモチーフ（主に植物）を描き、さらに巻と貝とを組み合わせ、そのいくつかには、象徴的な絵柄を描き込んで楽しんでいる。例えば、「花宴」は桜の花房を描いているばかりでなく、「扇貝」と組み合わせ、さらに貝には更に朧月夜の扇を描いているのである。

しかし、一八二九年から出版が開始された名高い浮世絵師歌川国貞挿絵、柳亭種彦作の『偐紫田舎源氏』の人気が恐らくは引き金の一つとなって、場面全面を具体的に描く絵が、時を経ずして復活する。長期間にわたり出版され、特に女性に人気があったこのパロディを通じて、江戸後期の学者とは違う一般の読者の大半は『源氏物語』に親しんだのである。実際、国貞の影響は渓斎英泉挿絵の二つの出版を見ると、それが明らかになる。まず『源氏物語五十四帖絵尽』（図12）が文化九年（一八一二）に出版され、天保八年（一八三七）には、『児女重宝』という副題付きで『源氏物語絵尽大意抄』という題名で再版されたが、挿絵は歌川派風に描き直されている（図13）。[29] 一八四一年版の『女大学宝箱』においては、巻末目録の第一ページだけでも、何らかの形で『源氏物語』を含めたものは八冊ある。

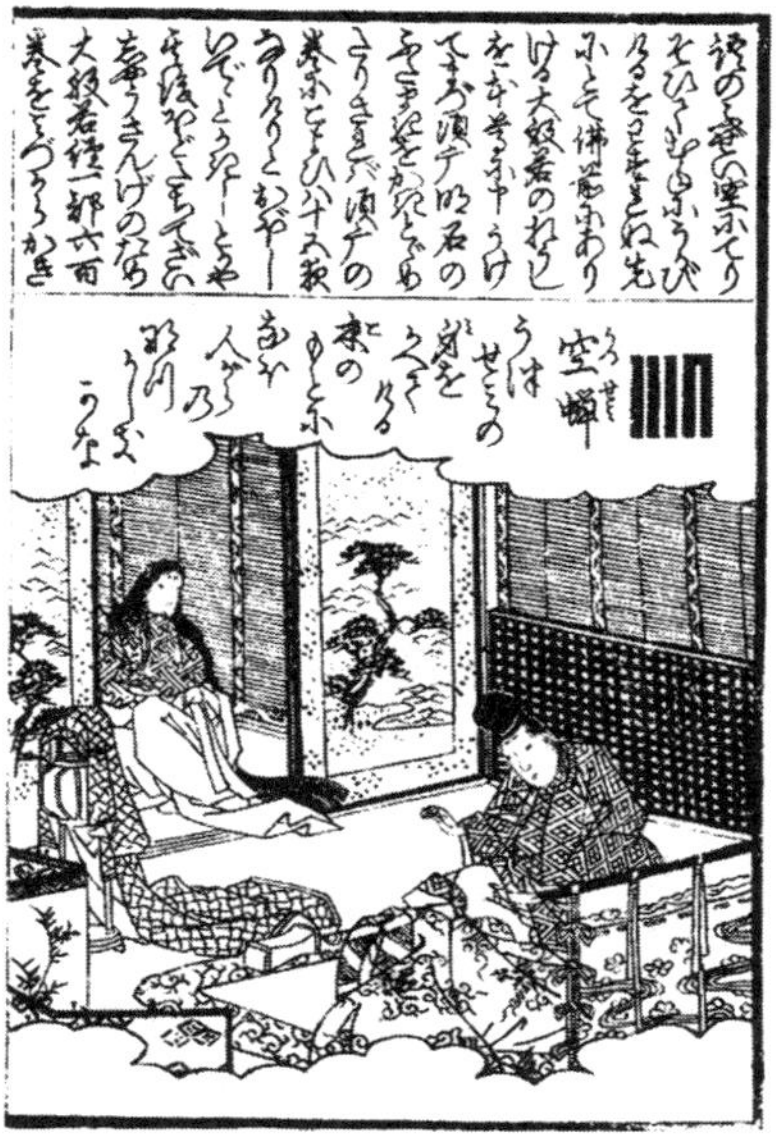

図13　渓斎英泉『源氏物語絵尽大意抄』空蟬（小町谷照彦著『絵とあらすじで読む源氏物語』17ページ）

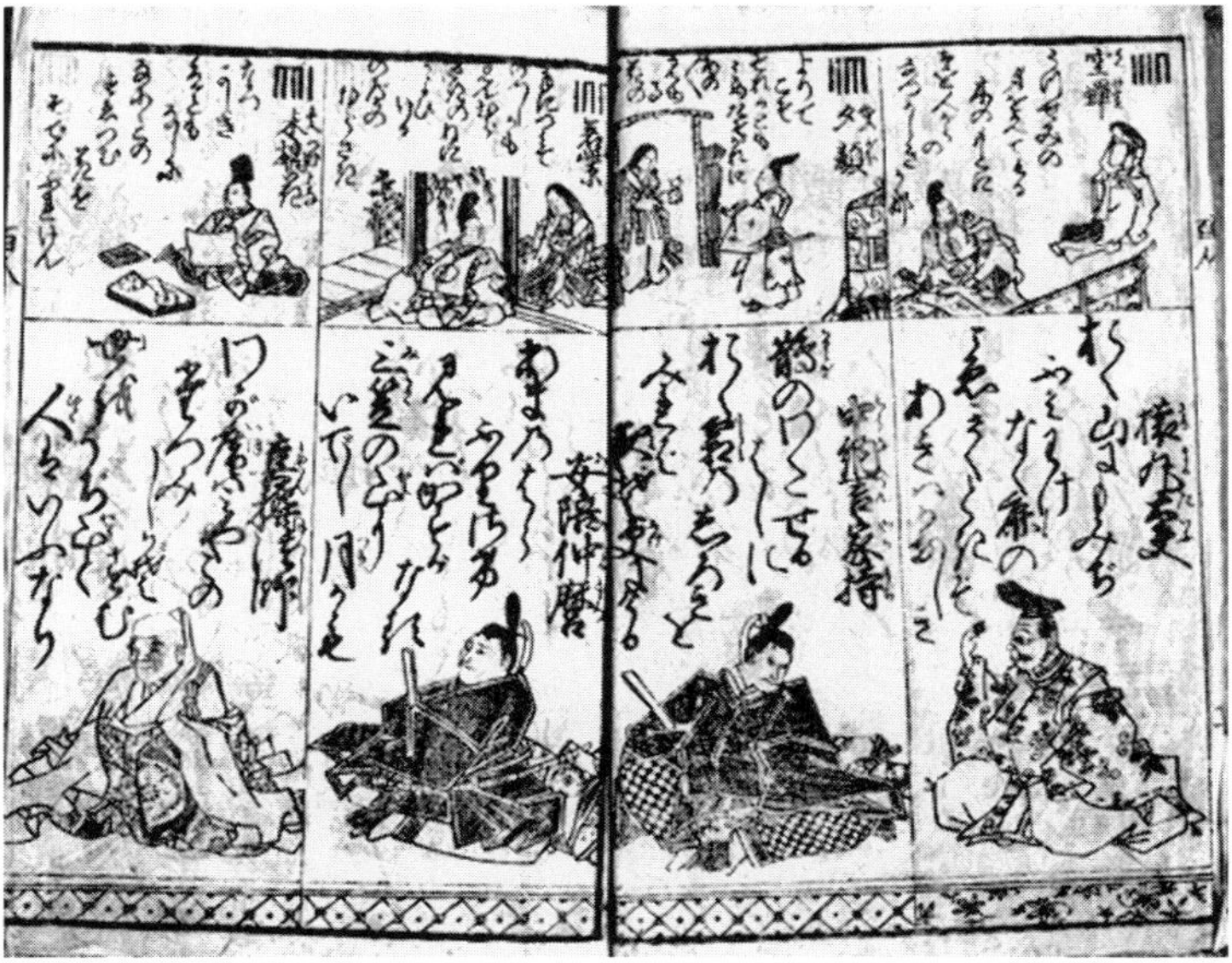

図14　作者不明　『源氏百人一首　全』（一八六七年）　個人蔵

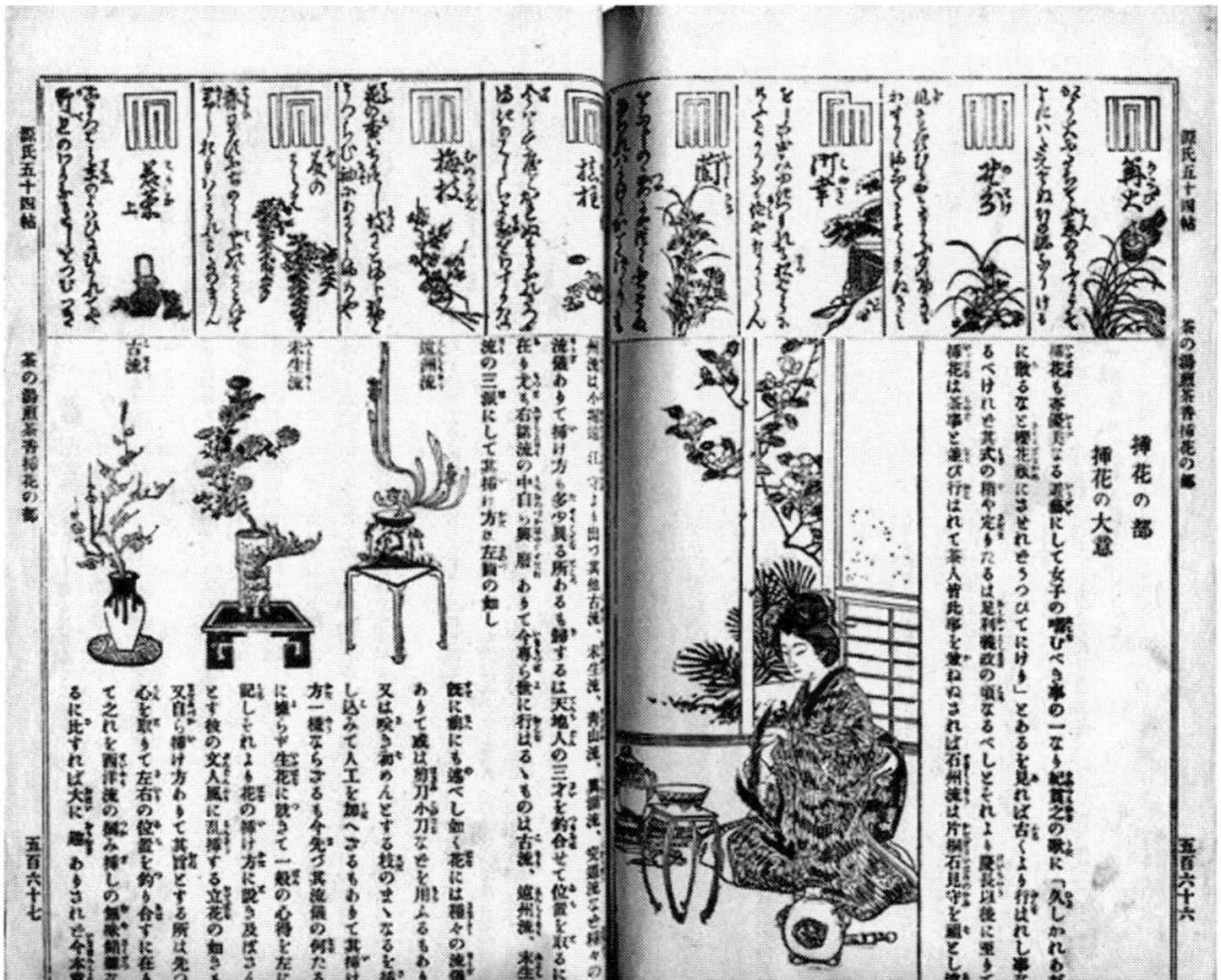

図15　『（日用宝鑑）貴女の栞』（一八九五年）　個人蔵

マイケル・エメリックが最近述べているように、『田舎源氏』は、単なる存在としての『源氏物語』を庶民の読者に認識させることになったが、[30] 同時に作品を敬うような態度を低下させたのも事実である。この傾向は、「定家卿小倉山荘図　源氏五十四帖歌並香図」を載せた慶応三年版（一八六七）のベストセラー、『源氏百人一首』（図14）と俳画のような絵を載せた『女今川姫小松』に見ることができる。

かくして、一九世紀までには、『源氏物語』は全ての女性の教育に不可欠なものの一つとなり、『源氏物語』が不道徳な書物であるという批判が再燃したにもかかわらずこの状況は明治時代まで続くことになる。しかし明治時代には、『（日用宝鑑）貴女の栞』（一八九五年）に見られるように、歌の挿絵に人物が描かれることは稀になるが、歌は常に香図と象徴的な物とともに描かれるようになる（図15）。

換言すれば、『源氏物語』は物語部分をはぎ取られ、五四の和歌の集積以外の何ものでもない存在となったのである。『源氏物語』の最小限の知識に他ならない「巻名和歌」は、茶道、活け花とまさに「文字通り」並んで、近代の「女性性」を構築するものとなったのである。

〔注〕

1　G.G. Rowley, "*The Tale of Genji*: Required Reading for Aristocratic Women,"（P.F. Kornicki, Mara Patessio, and G.G. Rowley, eds.）*The Female as Subject: Reading and Writing in Early Modern Japan* (Ann Arbor: Center for Japanese Studies, The University of Michigan, 2010), pp. 40-41.

2　稲賀敬二『源氏物語の研究―成立と伝流』（笠間書院、一九六七年、二〇〜二六ページ、ローリー前掲論文、四一ページに引用）。

3　Janet Goff, *Noh Drama and The Tale of Genji* (Princeton University Press, 1991), pp. 198-202. ゴフ氏は、『光源氏一部連歌寄合之事』（二条良基著）の各項は原則として巻名を含む和歌を冒頭に掲げていると述べているが（二〇一ページ）、和歌を全く含んでいない項が多く、和歌があっても巻名を含まないものも多い。岡見正雄校『良基連歌論集三』（古典文庫九二、一九五五年、一〇二～二四〇ページ）参照。

4　伊井春樹編『源氏物語　注釈書・受容史　辞典』、「源氏物語巻名和歌」（東京堂出版、二〇〇一年、二三七ページ）参照。G.G. Rowley, “Yosano Akiko's Poems ‘In Praise of *The Tale of Genji*,’” *Monumenta Nipponica*, vol. 56, no. 4 (Winter 2001): 444.

5　伊井春樹編『源氏物語　注釈書・受容史　辞典』「源氏物語表白」と「源氏供養」の項参照。

6　徳田和夫編『お伽草子辞典』（東京堂出版、二〇〇二年、二三一ページ）。

7　R. Keller Kimbrough, “*Kachō Fūgetsu*,” in Joshua S. Mostow, *Courtly Visions: The Ise Stories and the Politics of Cultural Appropriation*, Japanese Visual Culture 12 (Brill, 2014), pp. 311-312. 実は、「巻名」という語を含むテクストは取り扱いに当惑する程数多く存在している。伊井氏の辞典（注4）は、室町後期から江戸初期にわたる『源氏長歌』という、内容が違う四つのテクストを挙げている。その中の、菱川師宣が挿絵を描き、貞享二年（一六八五）にうろこかたやから出版された『源氏大和絵鑑』は、後光明天皇（一六三三～一六五四、在位一六四三～一六五四）の御製とされる長歌が絵の上部に書かれている。この作品に関しては、中野幸一編、『紫文蜑之囀・源氏大和絵鑑・絵本草源氏・絵本藤の縁』（九曜文庫蔵源氏物語享受資料影印叢書一二、勉誠出版二〇〇九年、六ページ）、及び、吉海直人、「『源氏物語巻名長歌』五種の翻刻と紹介」（『古代文学研究』、第二次五号、一九九六年一〇月、一〇五～一一三ページ）を参照。ローリー氏の御教授を得た。ここにお礼申し上げたい。

8　秋山光和、「室町時代の源氏絵扇面について—浄土寺蔵「源氏物語絵扇面散屏風」を中心に—」（『國華』第一〇八八号、一九八五年、一七～四二ページ）。

9　Melissa McCormick, “Genji Goes West: The 1510 *Genji Album* and the Visualization of Court and Capital,” *The Art Bulletin*, vol. 85, no. 1 (March 2003): 54-85.

10 Miyeko Murase, *Iconography of The Tale of Genji: Genji Monogatari Ekotoba* (Weatherhill, 1983). 片桐洋一、大阪女子大学物語研究会編『源氏物語絵詞：翻刻と解説』（大学堂書店、一九八三年）。

11 Tomoko Sakomura, "Japanese Games of Memory, Matching, and Identification," in Colin Mackenzie and Irvin Finkel, eds., *Asian Games: The Art of Contest* (Asia Society, 2004), p. 262.

12 以下、個人蔵の図版1、3～7、11、14、15は著者蔵、8～10は清水婦久子氏にご提供頂いた。ここにお礼申し上げたい。

13 P.F. Kornicky, "Unsuitable Books for Women? *Genji monogatari* and *Ise monogatari* in Late Seventeenth-Century Japan," *Monumenta Nipponica* 60, no. 2 (Summer 2005): 147–93.

14 清水婦久子『源氏物語版本の研究』（和泉書院、二〇〇三年）。

15 今西祐一郎校注『通俗伊勢物語』（東洋文庫五三五、平凡社、一九九一年）。

16 中野節子『考える女たち—仮名草子から「女大学」』（大空社、一九九七年）。

17 これらの挿絵は全て、吉田幸一著『繪入本源氏物語考』（日本書誌学大系五三、青裳堂書店、一九八七年）に複製されている。

18 「絵入源氏」の様々な挿絵については、清水婦久子、注13の前掲書、五一四～五二六ページ参照。

19 『女源氏教訓鑑・紫文消息』（江戸時代女性文庫一、大空社、一九九四年）。

20 『女大学宝箱』の源氏の各巻の絵は小町谷照彦著『絵とあらすじで読む源氏物語—渓斎英泉『源氏物語絵尽大意抄』（新典社、二〇〇七年）に複製されている（三六九～三八二ページ）。

21 貝原益軒、「女子を教ゆる方」、『和俗童子訓』石川謙編（岩波書店、一九六一年、二六八～二六九ページ）。G.G. Rowley, *Yosano Akiko and The Tale of Genji* (Ann Arbor: Center for Japanese Studies, The University of Michigan, 2000) に引用（三一ページ）。

22 横田冬彦「女大学再考—日本近世における女性労働」（『ジェンダーの日本史—主体と表現、仕事と生活』、脇田晴子・S.B.ハンリー編、東京大学出版会、一九九五年、三六五ページ）。

23 Janine Anderson Sawada, *Confucian Values and Popular Zen: Shingaku in Eighteenth-Century Japan* (University of

Hawaiʻi Press, 1993), p. 183.

24 清水婦久子が述べている万治三年（一六六〇）出版の『源氏綱目』にあるものと同じ『伊勢物語改正』の意匠は、浄土寺の扇面絵（『豪華源氏絵』に収録）にその古いものが見られる（『源氏物語版本の研究』、四三四～四三五ページ）。

25 『絵入源氏物語』と『源氏鬢鏡』の挿絵は Walter L. Strauss and Carol Bronze, eds., *Japanese Woodcut Book Illustrations, vol. 2: Tale of Genji* (New York: Abaris Books, 1979) に複製されている。江戸須原屋版『源氏小鏡』は、吉田前掲書（注6）に複製されている。

26 中野節子、前掲書、二四六～二四七ページ。

27 同、二八八ページ。

28 これら作品の挿絵や本文は、ジョシュア・モストウ「『女大学宝箱』に見る『源氏物語』享受」（源氏物語千年記念委員会編、『（源氏物語千年紀記念）源氏物語国際フォーラム集成』（角川学芸出版、二〇〇九、二一七～二二七ページ）を参照。

29 『大意抄』は小町谷前掲書に複製・翻刻されている。同書には『絵尽』序文の翻刻もある（九四～九六ページ）。

30 Michael Emmerich, *The Tale of Genji: Translation, Canonization, and World Literature* (New York: Columbia University Press, 2013), pp. 47-60. 日本語の論文としては、マイケル・エメリック「『偐紫田舎源氏』をどう読むか―『源氏物語』を越えて」（『江戸時代の源氏物語』、講座源氏物語研究、第五巻、二〇〇七年、二四七～二七八ページ）がある。

Ⅳ　総括

二〇一四年パリ・シンポジウム　総括

寺田　澄江

一　十年の歩み

共同翻訳作業に若干遅れて研究活動を開始したパリ源氏グループのこの分野の活動目的は、膨大な研究の蓄積を吸収し、様々な国の研究者に自由な議論の場を提供し、異文化というコンテクストから見えて来るものを通して世界の研究に貢献したいというものであった。相当に欲張った目的を掲げたにしては、『源氏物語』にとっての詩歌、詩歌にとっての『源氏物語』というアプローチにかなり執した研究を続けて来た。以下、二〇一二〜二〇一四年の三カ年にわたる『源氏物語』と詩歌をめぐるパリ国際研究に至るまでの活動を振り返り、詩歌を扱った発表について簡単に纏めておきたい。

初回の二〇〇四年の研究集会は青山学院大学の高田祐彦氏を御招きし、「須磨」巻を中心に扱った。高田氏は詩歌が織りなす「須磨」の叙情に焦点を当て、漢詩も含めた物語における詩歌の引用が、描かれる場面の叙情性を増幅するのみではなく、実在の作者達のイメージが主人公の造型に厚みを与えるという物語の方法でもあることを指摘した。

ヴィエイヤール・バロン氏は『物語百番歌合』における「須磨」の和歌を取り上げ、『狭衣物語』と番えることで、物語の歌がどのように再構成されるかという問題を考察した。そして筆者は連歌における「須磨」を通して見えて来る『源氏物語』の散文としての特質を考えた。アンヌ・バヤール＝坂井氏の現代語訳についての考察も、和歌翻訳の問題に触れていた。[1]

東京大学の藤原克己氏、高田祐彦氏と共同で開催した二〇〇八年のシンポジウムにおいて、青山学院大学の土方洋一氏は、地の文と登場人物の心内語が融合し、発話の主体が語り手であるとも作中人物であるとも特定することが困難な部分に和歌的な表現が多用されることに注目し、和歌を基盤とする散文の言説について考察した。このようなテクストは、「作者と読者とが同じ［和歌共同体］の成員であることを前提として書かれていることの証左であり（……）物語の作中人物もまた同じ言語世界を共有している、［和歌共同体］の成員として造型されているということとおそらく関係がある」と述べ、ストーリー部分とは性格を異にした、「このような近代小説には見られない言説の在り方」が構築する場面を持つ「『源氏物語』の特異性に即した分析の方法が必要である」と明確な研究の方向性を提起し、射程距離を大きく広げる画期的な発言を行った。こうした言説の在り方は、二〇〇四年に高田氏、筆者が共に取り上げたこの物語が持つ神話的次元にも関わる特質だと思われる。筆者はこのシンポジウムにおいて、「霧」というモチーフが歌言葉としての分厚い伝統を基盤としたいわば「特権的」言語として、筋立てとは独立した死にまつわる連環を構成することによって、物語の中に二重構造を導入しているという趣旨の発表を行った。ジャクリーヌ・ピジョー氏は、「紅葉賀」の登場人物毎に和歌の機能を分析し、和歌という言語が持つ多義性は、矛盾を引き受け意味の不透明性を生み出し、そのことを通じて「ひそかな表現をになう手段」となっていると述べた。[2]

この五年の間に、学習院大学の佐野みどり氏を御招きして開催した絵画を巡る二〇〇六年の研究集会、及び、二〇〇七年の立教大学の小嶋菜温子氏が主催しパリで開かれた研究集会の場で、イナルコのエステル・レジェリ・ボエール氏は、詩歌の世界と絵画の世界がいかに密接な関係を持つものであるかを示唆する発表を行った。二〇〇六年の「源氏湖水の巻―琵琶湖に漂うオブジェと化した源氏絵」と題する氏の発表は、その後「絵の中の絵―源氏湖水絵巻をめぐって―」という論文に纏められたが、[3]本書に収録したエスペランザ・ラミレズ＝クリステンセン氏の論文「中世の詩人と『源氏物語』―心敬の『源氏』受容を中心に」の中で取り上げられている石山寺における心敬の発句と響き合うものがある。この論文には、湖に浮かぶ絵と絵の間の関係に注目して、連続性と非連続性という観点から絵の分析を行っている部分があるが、二句で完結し孤立化する短連歌と、コンタクトポイントを繰り出し連続して行く連歌という対比的な言説の在り方と重なるものがある。また、二〇〇七年の受容史をテーマとした研究集会において氏が発表した「ながめる人物」という構図パターンは、氏によれば江戸時代に入ってから見られるようになるとのことだが、庭を眺める人物の視線の先に木、花などがあり、これら植物がこの世にはもういない人、遠く去ってしまった人を象徴しているというものである。[4]追ってご紹介する二〇一三年のスミッツ氏の「形見としての庭」とまさに重なるのだが、さらにスミッツ氏がそこに物を起点とする想像力の特質を見出し、絵画と詩歌とが連動するという観点から問題提起していることを考え合わせると、レジェリ・ボエール氏の研究は絵画の側からそれに応え、二つの分野の連繋的研究の必然性を端的に語るものとなっている。

二〇一一年の物語をめぐるシンポジウムをゴールとして二〇〇九年に開始した三年間の研究プログラムの初年度は、コロンビア大学のハルオ・シラネ氏と立正大学の藤井貞和氏を御招きし、「物語と詩的言語」というテーマのもとにお二人に「夕顔」巻を扱って頂いた。この対論についてはすでに纏めているので再度繰り返さないが、[5]このテーマを先頭に置いたのは、『源氏物語』の散文には詩的言語との対比においてしか明らかにならない部分があるのではないかという見通しからであった。飽きもせず同じことばかりやっていると思わないではないときもあったが、日本における和文の物語のありようを考える時、詩歌、とくに和歌を含む散文として書かれて来たというごく単純な事実はおろそかにすることはできないと思われたからである。

『源氏物語』と詩歌をテーマとした、パリ源氏研究グループ主催の今回の国際源氏研究は、二〇一二年及び二〇一三年の二度に亘る対論、総決算としての二〇一四年のシンポジウムという形を取った。対論は必ずしも『源氏物語』を直接対象とする必要はないという前提で、二〇一二年は音楽、二〇一三年は和歌をテーマとした。この三年間、我々は研究成果発表の場を提供してきたに過ぎなかったが、参加された方々の交錯する視点を受け止めて行く過程で、物語の方法としての和歌という研究の方向が浮き上がって来たように思う。ご参加・ご協力下さった方々に深く感謝したい。

二　『源氏物語』と音楽　失われた調べ

熊沢蕃山はその独断に満ちた、しかし、モンテーニュの『エッセイ』を思わせる、自由でこだわらない思索がみなぎる『源氏外伝』の序において、「音楽の道も、此物語に書止ずば、今の世と成ては知人なかるべし。（……）風を移し、俗を易るは楽よりよきはなしといへり。此物語に於て、音楽の道、取分心を止て書置るは此故也。[6]」と述べている。法政大学のスティーヴン・G・ネルソン氏、二松学舎大学の磯水絵氏を御招きして二〇一二年三月にパリで開催した対論「『源氏物語』と音楽」は、図らずも、そこまで書いてあったのだろうかと不審に思いながら読んだこの一節の意図するところを理解する機会ともなった。

講演は、大陸伝来の十三弦の琴、箏の琴の実演を通じた楽器奏法の問題、催馬楽詞章と語りの関係、そして雅楽が繰り広げる時空間と、内容的にくっきりと分かれる三部構成であったが、ネルソン・磯両氏の忌憚のないコメントを通じて、様々な研究の可能性が有機的に提示され、実に実り豊かな対論となった。対論そのものの前夜に日本文化会館で行われたネルソン氏による箏の琴の実演を中心とした講演は、弦楽器についての式部の深い素養、そして楽譜という書記データが伝来・伝承に果たした役割の重要性を具体的な史料に基づいて明確に提示した後、失われた曲の再現と、『源氏物語』のテクストに密着した、「紅葉賀」、「若菜下」、「乙女」の読みに基づく「由《ゆ》」、「取由《とりゆ》」奏法の実演が行われた。磯氏が対論の場で強調されたように、これら楽譜を纏めた書物が『源氏物語』が書かれた時代を百年以上も下るものであること（『仁智要録』の場合）、また、そもそも楽譜というものは音楽の骨格を示す資料ではあっても、その心、肉付けとなっていた要素は消え失せているのだということをはっきりと自覚していなければならないだろうが、口伝による伝承というイメージが強い芸能分野の中で、楽譜という書かれたものによる伝承の伝統が大陸からの伝来以降連綿と続いていたという事実を御教授頂き、大変ありがたかった。翌日の対論の過程で、『源氏物語』と『うつほ物語』の音楽に対するアプローチの違いに焦点が当てられ、『うつほ物語』における音楽が伝奇性に染められたものであるのに対して、『源氏物語』の音楽の描写、特に琴に関わる描写は、恐らくは式部が見たことがなかった七弦琴演奏の場面（「須磨」など）を除けば、非常に写実的で正確であるということが明らかにされた。こうした細部における特徴は、作品の性質にも関わるものとして注目される。

　対論の第一部の講演は、ネルソン氏による「『源氏物語』における催馬楽詞章の引用―エロスとユーモアの表現法として―」であった。人物たちの日常の交渉に利用されている催馬楽の引用に焦点を当て、性的交渉を仄めかす「常夏」における『我家《わいへ》』の詞章に特に注目し、引歌未詳とされている源氏のせりふ「来ざらましかば」が『我家』の

「大君来ませ」を下敷きにしていると捉えた上での、催馬楽がこのエピソードを枠取っているという興味深い解釈が披露された。筆者は長年、『うつほ物語』を別にすれば、平安の物語、歌物語、仮名日記にはコンスタントに見られる短連歌がなぜこれだけ長大な『源氏物語』には一つもないのだろうかと疑問に思っていたが、催馬楽の詞章が縦横にこの作品に張り巡らされていることを丹念に洗い出されたネルソン氏の発表を聞き、初めて理解できたように思った。『源氏物語』の「間主観性」は、心が寄り添い合う和歌の合作の典型を示す『落窪物語』の短連歌とも、間髪を入れず切り返す『蜻蛉日記』の兼家の短連歌ともなじまない、率直で直接的な関係を忌避し、ときには淫靡な、しかも間接的な分だけ大胆なメッセージを潜ませた人間関係が基調になっているからだろうかと思われたのである。

第二部は第一部とは対比的に、「『源氏物語』における儀式音楽―「紅葉賀」にうたう光ノ君」という題で、晴れの音楽について磯水絵氏が講演された。氏も史料を縦横に駆使し、十～十一世紀の儀式音楽というものを鮮やかに浮き上がらせてくれた。それが現在の雅楽とは似て非なるものであっただろうということを、まず、舞人《まいにん》の独唱部分である「囀《さえずり》」、または「詠」が消失してしまったという事実によって明瞭に示した後、『舞楽要録』に基づき、十世紀半ばの雲林院塔供養を例にとれば、八番一六曲にも及ぶ舞曲を含む儀式があったこと、一回または繰り返して二回程度に留められている現在の演奏とは違って、一曲が八回にも及ぶ反復演奏が行われていたということの確認の上で、演奏の速度はかなり速いものであっただろうと結論された。史料に基づく緻密な考察により輪郭が改められ、荘厳を増して浮かび上がって来る「紅葉賀」の場面において、小野篁作の詩を当時の最高の教養を身につけた若者、源氏が囀るという設定であるから、詩の読み下しではなく、字音、しかも当代の先端の教養を反映し、呉音ではなく当時の中国語、すなわち漢音あるいは唐音で詠ったものと見るべきだろうと磯氏は結論する。作品の外に広がり、作品を支えている世界について目を開かせてくれる貴重な講演であった。それと関係したことだが、音楽史の中で『源氏物語』

の音楽を検討するときには、後代にはこの物語が規範として働き始めるという側面も考慮に入れなければならないということであった。最後に、実際の舞曲の慣行から見た場合、式部の選曲はいささか不審に思われるところもあり、春の場面に『柳花苑』を舞わせるなど、曲名の印象から演目を選んだということも考えられるということも指摘された。会場からは、職能集団としての舞人、楽人と貴族の子弟の舞楽について、地方の楽所の伝統について等々の質問があり、それぞれが失われた楽の音に思いを馳せつつ二日間の幕を閉じたのであった。

三　和歌の視線　哀傷の風景

前年の「『源氏物語』と音楽」が外延を広げる作業であったのに対して、東京大学の渡部泰明氏とライデン大学のイフォ・スミッツ氏を御招きして開催した二〇一三年の対論「和歌の視線」は、翌年に予定されている詩歌を巡る『源氏』シンポジウムに直結するものとなった。イフォ・スミッツ氏の講演、「詩歌の声域と視線―絵画・庭園を場として―」は、「胡蝶」巻の春三月の六条院の春の御殿で催された船楽の場面を起点として、庭園を考察の中心的テーマに置き、平安文化圏における絵画と庭園の間の互換的な関係を指摘した上で、『源氏物語』の想像力の質を究極的には問う講演を行った。「石を立て」、庭の輪郭を定めるという行為の重要性が『作庭記』において端的に示されているように、庭園は単なる現実の風景に留まるものではなく、その表象として本意、即ちエッセンスを表すものである、そして、それが形づくる想像力は純粋な虚構の世界にはなく、現実に存在する、しかし遠く彼方にある名所に想いを馳せるものであり、こうした表象としての庭園と絵画が詩歌の起点となっていると氏は語る。また貫之の河原院における哀傷歌を引き、庭園が形見として機能していると指摘した上で、平安の詩歌、少なくとも初期から中期までの詩歌における想像力の発動には具体的な物の存在が極めて重要な役割を果たしているという、示唆に富んだ指摘を行った。[7] 詳細は、本書の氏の論稿に譲りたい。

渡部泰明氏は「和泉式部の和歌における人称性」という題で、一般に激情的で自己中心的と思われかねない和泉式部の歌が、実は複雑な視線の交錯を演出したものであるという、「一人称」の文学という一般的な和歌理解をゆるがす大きな問題を提起した。身からあくがれ出た自分の魂を自分で見るという、分裂する、特異な主体の在り方は、境界を越える和歌の力に裏打ちされていると氏は述べる。神をも動かすと後代の人々が信じた彼女の歌の力は、根源的には「儀礼的な空間を作り上げる演技的な言葉」という和歌の言語としての特異性に由来し、式部はその可能性を極限まで生きた歌人だったと氏は説明する。かくして、和泉式部の想像力は、自らの亡骸を見る他者の視線に自己を同化し、主体を重層させ、我と人が対峙する構図を演出し、またそれによって、我と人との対立を超えた共感を生み出し、生者と死者、彼岸と此岸という境界を乗り越えて行く力を獲得しているというのである。また式部はこの力を、和歌の本来の形であった贈答、当時盛んであった代作を通じて修錬したという理解である。和泉式部に関する他の論文において氏は「人称」という言葉ではなく、無難な「主体」という言葉を使っているが、[8] 氏が強調する和泉式部の和歌が持つ対話性という特質は、恐らくは非常に重要な側面だと思われ、その意味でなぜ氏が話し手、聞き手を暗黙の前提とする「人称性」という言葉にこだわったかが理解される。ダニエル・ストリューヴ氏が指摘したように、渡部氏の意図する言語主体の捉え方は、ヨーロッパではエミール・バンヴェニストが提唱し、それに先立って言語過程説の中で時枝誠記が提唱していた発話の場を重視する言語学概念と全く重なるのである。[9] 対論の過程で、具体的な物の存在を起点として発動する想像力を和歌の基本であると見たスミッツ氏が、具体的な物を介さず異なった主体の交錯によって和歌を作り上げるという和泉式部の方法に目が開かれる思いだと述べたが、この二つの和歌の理解を組み合わせて考えると、和泉式部は具体的な物の不在に代わるだけの強固な対話的言語場を持ち、それを決して失わない歌人だったということだろうか。「対話を本来の形とする」和歌の成熟の度合いを深く感じさせる講演であった。

今回の和歌を巡る対論には、シンポジウムの組織者の一人、清水婦久子氏も参加し、話は和歌と物語にまで及んだ。物語における和歌の問題についての検討の方向性として渡部氏は、土方洋一氏が「画賛的和歌」と名付けた登場人物に属さない歌群を挙げ、清水氏は「幻」巻に見られる散文部分と和歌とが同じ景物（題材）を扱いながらずれがあるという点を指摘し、これは『源氏物語』独自の方法だと述べた。また、『和泉式部日記』に触れた、スミッツ氏の「物語を動かすのは歌だと思う」という指摘は実に印象的で、シンポジウムのキーノートの一つが提示されたかの感があった。

死をテーマとした歌が多い和泉式部、そして庭園と哀傷歌の結びつきと、今回の和歌を巡る対論には、死のテーマが色濃かったことも印象に残った。また廃園との関係では、なぜ河原院のモデルに塩釜が選ばれたかということに対する納得される答はまだないというスミッツ氏の指摘、和泉式部が廃園と化した河原院に集った歌人達の新風の流れを汲み、廃園をテーマとした歌を詠んだという渡部氏の指摘もあった。虚構の問題と関係して、『源氏物語』の想像力を考える場合、フィクション・ノンフィクションといった二項対立的な虚構の考え方は有効ではないというスミッツ氏の意見を受け、子供を亡くした者が廃園と化した我家に帰るという、『土佐日記』の構成について、貫之はありもしない子供を創って殺したのだという、対論のテーマを纏めるかのような鈴木日出男氏のお考えを渡部氏が披露して、幕となった。

古典文学研究のみならず、文学研究そのものが危機的な状況に入っている現在、なぜ書くのか、なぜ書いたのかといった、極めて素朴な疑問に向き合うことがことのほか重要な時代に入ったように感じられるのだが、そうした問いを発した場合、日本古典文学においては、鎮魂という機能がこれまで考えられてきた以上に重いものだったのではないかと、近頃思うようになった。その観点から『源氏物語』の執筆目的を考え直すのも荒唐無稽とは言えないのではないかと考えるのだが、そのような仮説に響き合って来る対論であった。

四　詩歌が語る源氏物語　二〇一四年パリ・シンポジウム

以下、「詩歌が語る源氏物語」と題して二〇一四年三月二一日（パリディドロ大学）～二二日（イナルコ）において開催されたシンポジウムをセッション毎に纏めよう。

歌の文脈　第一セッション　物語歌の底流

雄略の歌謡　終末の構築

フランソワ・マセ氏は『古事記』を神話と物語が重層した書であると捉え、その内的な構成論理の解明に焦点を当てた研究を早くから続け、この観点から土橋寛等の研究を大きく評価しつつも、全体の構成の中で担う意味を無視して歌謡を単独に分析することに反対し、この書物の理解に重要なのは部分が全体の構成にいかに貢献しているかということであると主張してきた。氏の観点は、「『古事記』における散文表現の特色―歌謡と散文の関係をめぐって―」の中で、歌謡と散文部分との関係に触れて山口佳紀氏が述べていることと重なるものがある。

これまで、『古事記』においては、歌謡と散文とが内容的にずれを生じていることがあり、また場合によっては、矛盾することさえあるという指摘がしばしば行われてきた。その代表的な論者は土橋寛であるが、土橋によれば『古事記』には、もともと物語とは無縁の独立歌謡が、物語中に取り入れられた場合があり、そのために歌謡の内容が散文の叙述と齟齬することが珍しくないのだというのである。しかしそのような見方は克服されつつある。[10]

山口氏は、『古事記』の散文と歌謡は叙述の質が異なり、ずれではなく補完関係にあると考えているが、マセ氏は場合によってはずれが存在することもあると認め、むしろそれは作者（たち）が意図的に行ったことであるとして、今回の発表「『古事記』の歌謡―雄略における笑いと暴力」との関係においては、落差がコミックな効果を生んでいると考えている。また今回の発表においても、『古事記』全巻の構成を射程距離におき、単に雄略記の内部における歌謡の位置を見るだけでは十分ではなく、『古事記』三巻の中で雄略記における歌謡が果たす役割を考察するべきであるとして、上巻における歌謡が一つの世界の終りを鳴り響かせるものとして位置づけられているのと同一の機能を雄略記の歌謡群が『古事記』全巻の中で果たしていると述べた。雄略記は下巻の物語らしい物語の最後の人物の治世を語るものとして、下巻冒頭の仁徳記と対をなし、『古事記』を実質的に締めくくる位置に置かれているという理解のもとに、雄略を巡るエピソードが仁徳のそれと較べて、和やかで調和的なものになっていると分析し、そこに『古事記』の作者（たち）の全体構成の意図を読んでいる。また、コミックな猪狩のエピソードが端的に示しているように、笑いと歌謡とが皇子時代のこの天皇の暴力性を払拭する役割を果たしていると述べた。そして、古事記全巻においていわば最後のフェルマータの役割を果たしている雄略記のエクリチュールが、前のエピソードの一要素を起点として次のエピソードに移って行くという連想的構成方法を取っていることに注目し、それを中心的に支えているのが歌謡だという位置づけを行った。ディスカッサントの愛知県立大学の久富木原玲氏のなぜ『日本書紀』にも取り上げられている猪狩のエピソードが『古事記』のみ滑稽譚となっているのかという問いを受けて加筆された本書の論文は、『日本書紀』にはない、『古事記』という書物における「全体に対する部分」としての歌謡の役割を更に浮き彫りするものになった。久富木原氏が指摘したように、歌謡を中心とした構成の在り方について、より具体的な分析を進める必要があろうが、歌が現れる最古のテクストにおいて、歌と散文との関係を問い直す貴重な発表であった。

笑いの歌　無心所着とみやび

久富木原氏は、テーマ的にマセ氏の発表と直結する「『源氏物語』笑いの歌の地平―近江君の考察から」という笑いの歌に焦点を当てた発表を行った。鷺山郁子氏が本書の論文において言及されているように誹諧歌について優れた論文を書かれた氏は、誹諧歌の歴史的な考察において必ず引き合いに出される『万葉集』の戯笑歌の中に見出される全く意味をなさない歌、無心所着歌が『源氏物語』にあることに着目し、雅びの権化のように一般に思われている『源氏物語』の持つ広がりを和歌において示すという、斬新な切り口の発表を行った。氏の発表の面白さは、親の内大臣から「貴族階級に属する自分たちとは無縁な、わけのわからぬ言葉を発する存在」と見なされ、無心所着歌を詠む近江君と、極めて滑稽な歌の詠み手としての源氏とを対にして捉え、さらにこの二人にはアマテラスの投影があると、意外な組み合わせの意外な共通基盤を指摘したことにある。つまり氏は、対極に位置する二人の人物を対として引き据えることによって、「貴族的な価値、あるいはそこから生まれる美意識を相対化する視点」をこの物語の読みに導入し、二人の歌を呪歌の系列に位置づけた。

今回のシンポジウムにおいては歌がテーマであるので、和歌に絞って近江君の無心所着歌と源氏の「からごろも」

反復の和歌が同一項で括ることができるのかという問題を少し考えてみたい。無心所着歌は久富木原氏の指摘の通り、『歌経標式』に差体の一つとして挙げられている。差体の意味には議論があるが、「沖森卓也ほか『歌経標式　注釈と研究』」が述べるように「作歌技法上欠陥をもつ「歌体」の意と捉えるのがよい」[11]という多田一臣氏の立場に筆者も賛成である。また、差体が雅体との対比において分類されていることからもこの立場は支持される。これに対して、源氏の「からごろも」の歌が属する反復を旨とする和歌は『歌経標式』では雅体に分類されている。つまりこの二人の人物の極めて滑稽な歌は、源氏は雅体、近江君は差体つまり変な歌と、共に滑稽でありつつ、人物としての対照的なあり方を解消してはいないのである。ただ、滑稽というだけなら、例えば帚木の指喰い女のエピソードに出て来るパロディーの歌もあるので、二人の歌が特殊な歌体として目立つ歌であるという点は恐らく重要なのだろう。従って、我知らずに差体の歌を作っている近江君と相手の滑稽さを逆手に取って雅体の歌を作った源氏とは、笑いという共通基盤を捨象すれば同列に語ることはできないということになる。和歌史との関係では、源氏の歌には旧態依然とした末摘花や大宮の歌への苛立たしさ、新しい調べへの欲求が見られるという久富木原氏の指摘は興味深い。

　ディスカッサントのマセ氏は、雅びが存在するためには笑いが不可欠なことは確かで、笑いがなければ雅びは重く退屈なものとなってしまうだろうが、起源としての呪歌から笑いの歌へという変質の過程があったのではなく、呪性と笑いというものはもとから共存していたと考えるべきではないかと述べた。源氏と近江君という対をめぐった笑いの機能を「みやびが存在するための必要要件」と見るか、久富木原氏が主張するように「雅びを相対化する」ものと見るかということは、作者の目に社会に対する批判的な距離を認めるのか否かという問題とも関係するように思われる。

情念と批判精神　詩と散文のはざま

都留文科大学の長瀬由美氏は、「『源氏物語』と中唐白居易詩」という題で、『源氏物語』に多大な影響を与えた白居易（七七二〜八四六）における恋愛詩、また、白居易が中心的役割を果たした中唐における文学運動、そこに見られる詩と散文の関係について発表を行った。『源氏物語』を枠取るように引用されている『長恨歌』は、男女の愛を詠う恋愛詩として、「感じたまま触れたままに嘆き詠じる」詩と白居易自身が規定した感傷詩に分類されるものだが、この他にまず、白居易自身が分類した中国の詩の伝統に根ざす政治性・批判性の強い諷諭詩があり、これこそが詩の王道であるという認識をこの詩人は持っていたということから説き起こし、『長恨歌』という感傷詩に『長恨歌伝』という社会的視点から恋愛を批判的に叙述する散文が序のように付されているという、二つの異なった視点の共存に氏は注目する。またこの時期は白居易周辺で書かれた伝奇小説が新しいフィクションのジャンルとして成長し、さらに散文の中に詩を組み込むという試みもなされていったという、文学が豊かな盛り上がりを見せた時代だったという点を強調した。

結局は恋愛詩と諷諭詩との違いは、最後に結論的な倫理的部分があるかないかということなのか、またそこにおいて恋愛が否定的に総括されるのであれば、男女関係についてのポジティブな考え方、例えば日本の色好みという伝統との関わりはどうなのかというパリディドロ大学のダニエル・ストリューヴ氏の質問を受けて、白居易自身が諷諭詩を書きつつも恋愛詩を作って行くという矛盾を抱え込んだ詩人であったが、当時の平安の文学現象としてさしあたり重要なことは、こうした新しい中国の文学に関わる書物が、私貿易の活発化により大陸から流入し、知識人たちがこれを貪欲に吸収して行ったという時代の在り方であり、古代的な考え方とこうした新しい文学観とが共存していた時代であったと氏は述べた。

『源氏物語』の「桐壺」巻には『長恨歌』、『長恨歌伝』双方からの引用があり、中国ではは っきり分かれている心情表現の場としての恋愛詩と批判的言説とが『源氏物語』においては渾然と共存し、そこで生まれる矛盾、葛藤が複雑な人間の感情の在り方を形象化していると思われるとのことであった。「幻」巻との関わりにおいて、氏は『長恨歌』の引用のみならず、感傷詩に見られる白居易の仏教的な考え方にも触れた。主立ったところでは阿部秋生氏が光源氏と仏道の関係を追求しているが[12]、この主題は解明され切っていないように思われ、長瀬氏の指摘は新たな研究の可能性を開くものとして注目される。また氏が示唆するように、九世紀における和歌・歌物語の発展を白居易を中心とした大陸の文学運動との関わりにおいて見直すことによって明らかになることもあろう。

和歌の場合は、土方氏が述べているように、作者、作者によって造型される登場人物、読者は同じ共同体に属し、共通の理解基盤を持っている。それでは漢詩の場合はどうであろうか。『千載佳句』や『和漢朗詠集』に見られるような摘句の享受が一般的だったのか、全体構成が重要な諷諭詩の享受はどのようなものだったのか、また『源氏物語』の読者たちの漢文学理解の共通基盤はどのようなものであったのか等、基本的な共通理解の必要性を促す貴重な発表であった。

このセッションのキーワードは「共存」だと思われるが、共存という共通理解を具体的な研究にどう繋げて行くか、どのような共存の形なのかということが追求されなければならないと最後に久富木原氏が発言し、これがセッションの結論となった。

方法としての和歌　第二セッション　和歌という枠組み

ずれの構築　誹諧歌と語り

『源氏物語』の和歌に絞ったこのセッションでは、まず大変評判の高いイタリア語訳『古今和歌集』を出版したフィレンツェ大学の鷺山郁子氏が、誹諧歌の引用の在り方を考察する「『源氏物語』と『古今和歌集』―引歌・歌語の種々相」という発表を行った。『源氏物語』が書かれるまでの勅撰集において、『古今和歌集』は誹諧歌という小項目を立てている唯一の選集であり、その意味で「誹諧歌の存在は『古今集』を特徴付けるものの一つでもあり、それが引歌としてどのように作用するかは、意外に頻度が高い事も合わせて、検討に価する」という観点から、『源氏物語』における『古今集』誹諧歌引用の全貌を精査した上で、異なったコンテクストにおいて複数引かれている歌を取り上げ、周到かつ繊細なテクストの読解に基づき、引歌がどのように意味を変えつつ語りの構築に貢献しているかを考察した。誹諧歌の頻度が相対的に夕霧において高く、誹諧歌による引歌がこの人物の造型に関わっていると見られ、同様のことが薫についても観察されるということも紹介された。そして、引歌は語りに重層性を与える機能を持ち、「引かれた歌の含意をあるいは活かし、あるいはずらすことで、当事者である登場人物自身も意識していない心情の襞が立ち現われる場合もある。そういった語りのストラテジーの一貫として『古今集』誹諧歌も機能していると思われる」と氏は結論した。

パリ滞在中の高橋亨氏にディスカッサントをお願いしたが、氏は、読みの面白さを評価しつつ、議論が人物論の方向に向う危険性に留意すべきだと述べたほか、引歌の位相を、語り手（作者・作中人物を含む）／作中人物／聞き手（読者・作中人物を含む）という語りの構造において捉え直すべきではないかという趣旨のコメントを行った。早くから意味不明とされている「誹諧」という語の意味を、鷺山氏は「正統、優雅な表現から外れた破格の歌で、機智に傾き、遊戯性を帯びて、滑稽味を招来する歌」と定義している。これまでの理解から見てごく妥当な見方だが、午前中の笑いをテーマとした二つの発表とは打って変わり、指喰い女、「夕霧」巻という、物語中では笑いが目立つエピソードの中で出て来るとは言え、氏の発表において取り上げられた『源氏物語』における引歌としての誹諧歌が笑いとは無縁なものだということは、やはり注目される。物語中最も頻度が高い誹諧歌、「ありぬやとこころみがてらあひ見ねば戯れにくきまでぞ恋しき」に議論が集中し、「戯れにくき」を男の身勝手さと見るか、久富木原氏が主張したように自嘲とみるかとで意見も分かれたが、これはそもそも口語的表現で、引歌とすべきか、単なる会話の一端とすべきかという認定の問題も生じたと鷺山氏は述べている。こうした歌のことばとしてはいわば不安定な在り方そのものが『古今集』の誹諧歌の一つの本質に繋がっているように思われるが、会話性を強く帯び、場の問題を絡めとるこのような歌を起点として広がって行く研究の可能性を示唆する発表であった。氏は、『源氏物語』の引歌の分析を通じて、誹諧歌についての当時の理解に光を当てることができるのではないかと述べているが、歌と物語の双方向的な理解の進展が期待される優れたテーマ選択であった。

語りを重層する和歌　「幻」巻の特異性

次いで、筆者、イナルコの寺田澄江が「物語の回路としての和歌――「幻」巻の場合」という発表を行い、和歌の哀傷の巻にしばしばたとえられ、紫上死後の源氏の姿を季節の推移に従って追って行く光源氏登場の最後の巻が、同時にそれまでの物語のいわば総集編として、物語の記憶に捧げられた巻としても機能しているのではないかという解釈を提出した。「幻」巻が源氏の和歌と父桐壺帝の和歌との照応を通じて冒頭の「桐壺」巻と円環構造を構築しているということは既に指摘されているが、「幻」巻全体の構成にこうした重層構造、円環構造が見出せるのではないかという立場である。詩歌を装飾音的に見て、語りに付随してその効果を高める機能を持つとする見方は『源氏物語』における和歌の本質をとらえたものではなく、この物語においては、詩歌、特に和歌が散文部分と拮抗する力でテクストを構成しているという考え方を筆者は持っている。そして、日本の詩歌を古代から根源的に支えている掛詞が果たす、語と語の間の意味の重層化を、物語のレベルに移し、エピソードとエピソードの間の重層化を繋ぐものとして登場人物達の歌を重ね合わせ、いわば「掛詞的」語りの役割を果たすものとして和歌を位置づけてみたのである。分析の過程で、物語における場としての庭園の重要性という問題も浮上し、スミッツ氏の「形見としての庭」という観点から、『源氏物語』の庭の意味を再検討する必要も出てきた。

陣野英則氏が文学研究に関する方法に触れて、「かつて、西欧の文学理論においても基本的には韻文（詩）に関するそれの方が先行していた。ニュー・クリティシズムにしても、ロシアフォルマリズムにしても、そもそもは韻文に関する理論として鍛えられてきたのであったが、それらが散文作品に援用されるときに破綻をきたすということが繰り返されてきたのも事実であろう。そのようなわけで、韻文研究から散文研究への接続ということは、日本古典文学研究に限ってのことではなく、いわば普遍的な課題であるといってもいいようにおもわれる」と全体的な見取り図を提示し、「作中和歌の方法に注目してゆき、文学それ自体の方法と研究上の〈方法〉との照応する道をさぐってみることにしたい」[13]と述べている。注目する現象は違うが、筆者も同様のアプローチから、二重の語りの装置として和歌を駆使することがこの巻の叙述の方法であり、このように方法としての和歌の役割を散文との関係において位置づけて行くことは、詩歌が格段に重い位置を占めていた日本文学研究にとっても重要だと考えるのである。ディスカッサントの鷺山氏は叙述の方法としてのアプローチであったということの確認の上で、コード化されているとは言え、照応関係の認定の問題は常に残るという点を指摘した。

物語を起動することば　後撰集時代と巻名

帝塚山大学の清水婦久子氏が最近出版した『源氏物語の巻名と和歌』は、『源氏物語』という作品の本質に関わる複数の問題を提起しているが、今回のシンポジウムでは、将来を嘱望されていた貴公子の突然の出家という逸話で名高い、藤原高光とその周辺の人々の和歌を集めた『高光集』及び高光説話を中心に、これらがこの物語の複数の巻名、エピソード、人物造型の元になっているという趣旨の「源氏物語の巻名と和歌―歌から物語へ」という題の発表を行った。取り上げられたのは主に「蓬生」、「朝顔」、「梅枝」である。まず巻名の大半が歌語・歌題・詩題にちなんだものであるという氏の説は、作品の発想の起点に詩歌を置くという意味で大きな視点の転換を迫る提起であった。ディスカッサントの長瀬氏は、この点に関する基本的な質問として、中心的な和歌が『拾遺集』では高光作とされていないという点から事実認定の問題をまず問い、更に和歌の趣向を取り入れてエピソードを構成するということは理解できるが、先行する和歌に着想を得て一巻全体を構成するという主張には疑問があると述べた。清水氏は、『高光集』は『源氏物語』よりも後に成立したものかもしれないが、問題の歌の直前の場面に『高光集』の歌に基づく末摘花の歌が配されていることを考慮すると、『栄花物語』に触れられている高光物語から類推して、高光説話のようなものが存在しており、そうしたものに基づいていたのではないかという仮説を提出した。また歌語がテーマとして巻全体を支配していると言うつもりはなく、創作のきっかけとなるもの、むしろ歌題のようなものと考えているということであった。歌題は事前に詠者とは違う人が提示するものだが、なぜ歌題という必要があるのかという早稲田大学の田渕句美子氏の質問に対し、清水氏は始めは作者が歌語や題にヒントを得てと考えていたが、巻名が後撰集時代（九五〇～九八〇年ごろ）の歌、特に歌合に集中して出て来ることが分かって来た段階で、巻名を集めるのは一人でできる仕事ではなく、集団で例えば探題ゲームのため等に行われたのではないかと考えるようになったと述べた。

和歌共同体ということを抽象的に考えるのではなく、コードの確立とその更新とが常にダイナミックに進んで行った平安和歌の時代の中で考える時、歌合の歌や題に巻名にあたる語が多いという清水氏の指摘は、示唆に富んでいる。和歌を記録した文書を見渡してみると、普及度が高かったのは言うまでもなく勅撰集だろうが、この種の集は中々編纂されない。私撰集も大事業である。貫之の歌集を当代最高の歌人達が息子の時文からうやうやしく借りているのを見ると、私家集を多数入手することはそれほど簡単なこととは思えない。それに対して歌合の歌やその記録は、私の場で行われた場合であっても公共性が高く、相対的に入手しやすかったのではないかと想像される。とは言え一人の力で多くを集めることは無理であろう。既存の和歌から巻名が選ばれ、それを元に巻のエピソードを発想したという、蓋然性の高い清水氏の仮説を元に考えると、どのような形であれ、複数の人々の協力を得て書かれて行ったという推定は妥当なものに思える。巻名としての歌語がどの程度叙述に関わってくるかという点については今回の発表例が分かりやすい。単語レベルの発想基盤として氏が挙げている「蓬生」という語は、歌語として使用する場合、単に「あばら屋」という意味ではなく、邸の住人の謙退表現であるため、訪問者ではなく住人の側から物語を構成するという、語りの視点を指定するだけの強制力を発揮しているのは確かである。単独の作者か共同作業か、長編か短編の集積かといった様々な方向に議論を広げる発表であった。

中世、そして江戸へ　第三セッション　源氏物語和歌の波紋

山頂湖面抄の源氏物語

会場をイナルコに改めた第三セッションでは、定家を中心とした和歌の研究者、イナルコのミシェル・ヴィエイヤール・バロン氏が、「定家仮託の「源氏物語巻名和歌」について」という題で、『源氏物語』の巻名を冒頭に置き、物語本文に含まれる語を纏めて和歌に仕立てた「源氏物語巻名和歌」と称される歌群のうち、今回のシンポジウムで取り上げられている「蓬生」、「朝顔」、「梅枝」、「幻」、「紅梅」の巻を選び、一五世紀中頃に成立した祐倫作の「巻名和歌」の解説書『山頂湖面抄』と照らし合わせて解説を行い、複数の連歌寄合書における状況を調べた後、「巻名歌」の作者、作製の目的等について検討した。

これらの巻に関してという限定付きだが、氏によれば選ばれている言葉は和歌からのものが少なく、大半が散文部分からであること、源氏詞の集め方はある場面を中心とする場合と、登場人物の心情を中心にあちこちから集めている場合とがあり、和歌は連歌的嗜好が強く、二句の間に急激な転換がある二部構成だとのことであった。ディスカッサントの田渕句美子氏は、断片的なものを繋いだ和歌による一種の教育的なテクスト、それが和歌にもたらす特徴という問題は氏自身の発表と繋がるテーマだと共通性をまず指摘した。次いで、『源氏物語』の本文、それを元にした和歌としての「巻名歌」、そしてその解説書という三層のテクストが、最終的には祐倫の解説によって本文に戻るという連環構成になっており、「巻名和歌」という断片的なものの集合体を解説する『山頂湖面抄』も、本文の断片の

羅列に終始していると述べた。以上を踏まえて「巻名和歌」の作者は一貫した体裁の歌を作ろうという意識を全く持っていなかったのだろうか、一体どのような作者であったのだろうかと問い、また、和歌一首に仕立てると覚えやすいが、通常の寄合書と違って引用できる語の数は限られてしまうということを考えると、『源氏物語』についての知識を持たない初心者向けのものだったのだろうか、伝本状況から見ても『無名草子』などよりは遥かに広く流布していたと推定されるが、それはなぜかと質問した。V・バロン氏は、まず言葉があり、それをどう和歌に入れこんで行くかという態度で作られており、また覚えやすさを優先する方法なので、対象については田渕氏が考える通りであろうと述べた。また普及には定家の名前が冠されていたことも一役買っていたのではないかと答え、中世の『源氏物語』理解を知る上で貴重な資料だと結論した。

「巻名和歌」の寄合語を含んだ『源氏物語』の和歌について、選ばれた理由などを見直してみるという和歌からのアプローチも必要だろうが、「巻名和歌」には『源氏物語』の和歌の言葉が選ばれることは少なく、散文部分の言葉が主体であるというV・バロン氏の指摘は興味深く、全巻に亘って調べてみる価値があると思われる。何かと言うと引き合いに出して恐縮だが、二条良基が源氏詞を抜き出した理由を語っている以下の言葉とこの現象とは響き合っているように思われるのである。

古今以後三代集ナドハ、詞ハナヘタル様ニ覚ル也、源氏寄合ハ第一事也[14]

中世の生活空間と歌　女房達の源氏物語

田渕句美子氏は、中世における『源氏物語』の様々な享受の在り方をテーマとして、これまで物語評論書と見なされてきた『無名草子』、歌集『実材卿母集』、物語的傾向の強い自伝『うたたね』という、性質が異なる三つの作品における『源氏物語』の扱い方の検討を通じて、女達の『源氏』受容を立体的に捉える、新しい角度からの、「中世の女房達と『源氏物語』」と題する発表を行った。その後研究を深め、本書の論文では『無名草子』に焦点を絞り、女房が如何に身を処すべきかという極めて実践的な観点から書かれた書であるということを見事にあぶり出し、「いみじ」というキーワードもそうした行動性と直結したものであると述べている。その詳細については本書論文に譲るが、文学性の高い『物語二百番歌合』とは異なる選歌の特質を通じて『無名草子』の本質を見極めて行くという、和歌を作品分析の方法として使うことの有効性を鮮やかに示したこの論文は、俊成卿女がこの書の作者であろうというこれまでの説を全く過去のものとしてしまった。シンポジウムにおいては、仏訳があるのでフランスでもかなり知られているこの書の役割は氏の発表のおかげでよく分かったが、文学史の中ではどう位置づけ直すべきだろうかというストリューヴ氏の質問に対して、『無名草子』は歴史書・鏡物、随筆、物語・歌集の評論、説話という様々な要素を含んでいるが、大きく見渡した場合、教育書・女訓書と位置づけるべきだろうと答えた。本書の論文では殆ど触れられていない『実材卿母集』については、『源氏物語』の十首の歌群の中から、いわば感想文のような要約とコメントからなる、本文を「誠実に辿り直す態度を示す」歌を取り上げた。この種の歌の創作動機を氏は「遊び」であると位置づけるが、これらの歌が示す教養主義的態度とは対照的な、人生の一断面の回想を描き出すために自由奔放に『源氏物語』の引用を組み込んで行く『うたたね』の叙述法も紹介し、『源氏物語』の和歌との接し方が鎌倉時代に入ると、一般の女性の中で多様化し、しかも一人の人間の中にもこうした多様化が見られるようになること、そしてこれら女達に共通するのは、歌壇の専門歌人達の詠歌とは異なり、「どこかに自分や自分の生活との接触があり、時には重ねる視点がある」態度だと氏は述べた。『無名草子』に取り上げられている女房達に公的な職掌の女達がいないのは、私的な生活空間が暗黙の前提になっているからなのかというディスカッサントの寺田澄江の質問に、最後の女性論の部分で女房達に次いで扱われる実在の人物達は、内親王等の女主人のみなので、こうした人々に仕える女房であると考えるべきだろうと氏は答えた。これと関連して、『無名草子』は女が女を教育する書だと言う田渕氏の説明は明快で納得されるが、そこでの女がどのような内実を持っているのかという高橋氏の質問に、氏は一義的には女房であろうが、女房と女主人の在り方を射程距離に入れてこれから教育して行く若い姫君も含んでいるかもしれないと答えた。またこのように解することの前提として、当時の女性教育は、まず、物語から社会や人間の在り方を示すということであったと思われ、何を選ぶかということが非常に重要であったろうと思われると述べた。

もう一つの源氏巻名和歌　香道との出逢い

今回は最終段階でシンポジウムに参加できない方が二人出たため、ブリティッシュ・コロンビア大学のジョシュア・モストウ氏に急遽ピンチヒッターを御願いした。快く御引き受け下さったモストウ氏には、改めて心からお礼申し上げたい。氏は「「零度の読み」としての源氏巻名歌」という題で、V・バロン氏が取り上げた巻名和歌とは異なる、『源氏物語』の中の巻名を含む和歌という意味での「巻名歌」について発表を行った。『源氏物語』の中で詠まれている歌を集めた「巻名歌」は、清水氏の発表にあったように、必ずしも全ての巻にある訳ではないが、さほど厳密に考えていなかったようで、本文に巻名にあたる語が現れる辺りの和歌がとられている例をモストウ氏は挙げている。女訓書における巻名歌の登場は、江戸時代に入り、香道がゲームとして発達し、更に香の組み合わせの数五二種に『源氏物語』五二帖（最初と最後を省く）を対応させたことから始まり、十七世紀末に出版された『女重宝記』に初めて源氏香の図の横に植物等を添えた巻名のみが配され、その後すぐに、巻名歌が書かれ物語の場面が添えられたものが出版されたが、間違いもあるずさんなものだったということである。そして様々な曲折を経て、源氏香の図と巻名和歌と植物等の絵を組み合わせた、物語とは無縁な単なる女性の教養のための知識の一つというものに至るという、明治時代までの軌跡を氏は紹介した。ディスカッサントの清水氏は、『絵入源氏物語』の挿絵の細部についての指摘の後、『伊勢物語』と『源氏物語』の受容の違いについて質問し、モストウ氏は『伊勢物語』は女訓書においては一般教養のため、また『源氏物語』は俳諧や和歌のため、という特別な目的を持って読まれていた場合が多いという違いの他に、長さが全く違うので、『伊勢物語』は注・絵入りの完全版ができても、『源氏物語』の場合は、挿絵はあってもダイジェスト版でしか出ないという基本的な違いがあったと答えた。パリ滞在中の江戸文学が御専門の中嶋隆氏が、紹介された初期のものは上方で印刷、終わりの方のものは江戸の印刷だと思うが、初期の『源氏物語』の一般化・大衆化と、後期の江戸中心に往来ものの形で知識が断片的に女性に普及して行く時期との間にある国学の影響をどのように考えるかという質問に対して、モストウ氏は、女訓書・往来物における『伊勢物語』、『源氏物語』、『百人一首』の扱いを調べたことがあり、あくまでも印象に過ぎないのだが、『百人一首』では歌川派の絵入り本が、国学による新しい考え方を反映しているように思うと答えた。

重層と円環　全体討論

バヤール＝坂井氏の司会で、今回のシンポジウムを振り返る討論が最後に行われたが、冒頭の氏の総括は、現代文学研究者からの発言として貴重なので、いささか詳しく紹介したい。また、その後の議論については、下記問題提起に関係するもの、シンポジウムの全体構成に関わるものに絞り、各論的なものは割愛する。

シンポジウムの三つのセッションを通して、重層性ということが、事象としてではなく、プロセス、つまり構築されつつあるものとして何度も問題になっていたように思う。テクスト的にこれを考えると、この作品の最大の特徴は、テクストの最も短い単位としての「うた」と文章的には最も長いこの「物語」とが複雑に交錯し、断片的文章論理が持つ遠心性と、叙述的文章論理が持つ求心性とが複雑に交錯することによる緊張関係をもとにテクストが成り立っているところにあるように思われる。文章生成の論理からその構造を見ると、まず話があり、それに様々な断片がとり入れられて行くという動きと、様々の断片があり、それが徐々に編入されて結果的に長編を構成して行くという動きとが複雑に交錯するテクストだということになる。つまり長編化と、小さなユニットのレパートリーの集積という断片化とが共存しているところにこの作品の独自性があるのではないか。

円環性ということもしばしば問題となったが、これは求心性と遠心性とが交錯するこのテクストをどのように読むかという読みの問題として捉え直すことができるようである。過去のパリシンポジウムにおいて「和歌共同体」ということが問題となったが、それを読書と解釈の円環性に関わるものとして位置づけた場合、「間文章性」と解釈の円環性の問題としても捉えられ、断片的に読むか叙述的に読むかという二者択一的なものではなく両者が機能的に交錯する読みを形成するテクストだということになる。このような他にはあまり例のないこの作品は、解釈の新しい在り方を指し示しているように思えるが、その一つの要素を、全体と部分・断片という問題から考えた場合、このテクストが文章の在り方の根本に読書行為の先取りを据えているという点を挙げることができるように思う。別の言い方をすれば、断片に執着することにより全体を成就しようとする精神分析学で言うフェティッシュに極めて似た、文章の欲望を体現しているように思えるのである。

以上を受けて、寺田は、同様に『源氏物語』のテクストが凝集と拡散のせめぎ合いから成り立っているように思えるが、研究者達の論文を読んでいると、長編か短編の集積かという二つの陣営に結局は分かれてしまっているという印象を受け、それは不毛ではないかと述べた。長瀬氏は漢文学からの発言を求められ、言葉自体の論理で動く六朝の駢儷体を否定し、古文に戻り一貫した見識を元に、歴史家のシンプルな文体で叙述して行くところに中唐のフィクションの誕生があったとまず確認し、そこに詩という断片的な部分と言えるかもしれないものを盛り込み内面を語るということにより、緊張関係が生まれたと述べた。そして、このような観点から見た場合、歌人や連歌師が歌のみを切り離して扱おうとする指向とは対極的に、作者は言葉の論理の先行に対しては抑制的であったのではないかとの考えを提示した。

久富木原氏は、和歌という断片が物語の展開を照らし出す例として、鷺山氏が挙げている誹諧歌について触れた。鷺山氏はそれに同意し、さらに引歌を凝集という観点ばかりから考えるのではなく、切り取ってはめ込むという「切除」の方法にも注目し、引用部分を歌の全体から切り離して理解するという読みも重要であると述べた。

第三セッションは、断片化が受容を通してどのように新しいテクストの生成に貢献しているかという問題を扱ったと思うがというバヤール＝坂井氏の問いに対して、清水氏は断片化は本文への回帰という動きを生み出していて、目次、目録の熱心な作成はそれを反映していると思われると答えた。田渕氏はそれを受けて、第三セッションは教育と抄出がテーマだったと考えるが、今回のシンポジウムを全体的に見渡すと、笑いというテーマから第一セッションのマセ氏、久富木原氏、さらに第二セッションの鷺山氏の発表に繋がり、長瀬氏の叙情と批判精神というテーマは、教育、社会、宗教を介して第三セッションに繋がるとともに、第二セッションの寺田、清水氏の物語中の和歌の役割というテーマと響き合うという、様々な連環をなすものとなったと述べた。

記憶法としての歌とナンセンスな戯れ歌との間に共通なものがあるのではないかという笑いの歌についての鷺山氏

の質問に対して、確かに「巻名歌」は意味を軽んじ言葉に還元して作る傾向があるとV・バロン氏は答えた。氏と久富木原氏の発表を聞いて、勅撰集の和歌、『源氏物語』の和歌など、「正統的な」和歌とは違う和歌が膨大にあるのだから、『国歌大観』にはない別の豊かなうたの世界についての研究の方法を考えて行かなければならないだろう、と思ったと田渕氏は述べた。寺田は『古今集』が「物名」部を含んでいることが示すように、和歌は本来大きな広がりを持つものとして考えられていたのだと思う述べ、二日にわたるシンポジウムは幕を閉じた。

最後に余儀ない理由により出席されなかったエスペランザ・ラミレズ＝クリステンセン氏の論文について一言ご説明する。本論文は一九九七年の国文学研究資料館及び清心女子大学における口頭発表を本書のために纏めたもので、時期的には遡るが、論文化されず、同様の論文もその後発表されていないようなので、活字化の意義があると判断し掲載する次第である。

〔注〕

1　第一回、第二回の研究集会を纏めた二〇〇八年刊行のシパンゴ源氏特集号のフランス語版、*Cipango : Autour du* Genji monogatari は http://cipango.revues.org/577で閲覧可能、論文の構成を改めたネット英語版を現在準備している。

2　『源氏物語の透明さと不透明さ―場面・和歌・語り・時間の分析を通して』（青簡舎、二〇〇九年）。

3　「絵の中の絵―源氏湖水絵巻をめぐって―」（佐野みどり編『源氏絵集成』所収、藝華書院、二〇一一年、二一三～二三〇ページ）。

4　この構図パターンについては、「新しい読みの地平へ―土佐光則が描いた源氏絵―」（『物語の言語―時代を超えて』所収、青簡舎、二〇一三年、一九〇～二二三ページ）の中で一部取り上げられている。この論文そのものは、清水婦久子「「ながめる」人物」（『源氏物語版本の研究』和泉書院、二〇〇三年、五〇二〜五一〇頁）に負うところが多いとのことである。清水氏による『ながめる人物』という独自な表現の初出は『絵入源氏　夕顔巻』（桜楓社一九九五年）。

5　同二八二〜二八四ページ。

6　熊沢蕃山、『源氏外伝』（『國文学註釈叢書』第一四巻、名著刊行会、一九三〇年、四四五〜四四六ページ）。

7　この点については、以下の論文も参考になる。Jacqueline Pigeot, 《Une poésie entre écriture et la vocalité》, in *Questions de poétique japonaise*, PUF, 1997.

8　「和泉式部の歌の方法」（谷知子・田渕句美子編『平安文学をいかに読み直すか』所収、笠間書院、二〇一二年、一八四〜二一〇ページ）及び「和泉式部の抒情」（島内裕子・渡部泰明編著『和歌文学の世界』所収、放送大学教育振興会、二〇一四年、三七〜五〇ページ）。「和泉式部の歌の方法」における観音身論命歌群の死をめぐる歌の分析は圧巻である。

9　例えば、「言語の存在条件」（『言語本質論』所収、岩波書店、一九七三年、三六五〜三七六ページ）。

10　山口佳紀「『古事記』における散文表現の特色—歌謡と散文の関係をめぐって—」（「国学院雑誌」二〇〇七年一一月、一ページ）。

11　多田一臣「『歌経標式』から『古今集』へ」（『古代文学の世界像』所収、岩波書店、二〇一三年、二九五〜二九六ページ）。

12　阿部秋生『光源氏論　発心と出家』（東京大学出版会、一九八九年）。

13　陣野英則「文学の方法と文学研究の〈方法〉—『源氏物語』の和歌と語り手たちの問題から—」（『日本文学』二〇一〇年五月、五八ページ）。

14　『九州問答』（伊地知鐵男編『連歌論集』上、岩波文庫、一九五三年、九四ページ）。

あとがき

パリ国際シンポジウムの論集は、本書で三冊目になる。イナルコの日本研究センターで始まった研究活動は、源氏物語の翻訳、二年連続で行う対論と三年に一度のシンポジウムなどを継続して、既に一〇年を超えた。活動の経緯については、論集の一冊目『源氏物語の透明さと不透明さ』（二〇〇八年）と二冊目『物語の言語—時代を超えて』（二〇一三年）、そして本書の「総括」における寺田澄江氏の報告に詳しいので、合わせて参照いただきたい。

パリの源氏グループの研究は、常に日本の古典とは何か、源氏物語とは何か、という大きな問題に正面から立ち向かうものであり、既刊二冊は、その大きな問いかけに応える意欲的な論集であった。今回のテーマにつながる詩歌の重要性に触れた論文の比率も高い。第一冊目の土方洋一氏「『源氏物語』と「和歌共同体」の言語」、ジャクリーヌ・ピジョー氏「紅葉賀巻における対話—和歌と和歌引用の機能—」は、早くもこの方向性を示唆する。第二冊目所収の、フランソワ・マセ氏の「神話から物語へ」では、『古事記』下巻について「諸天皇についての話の大半は歌謡を記載するためだけにあるといった印象を与え、そうした傾向は特に仁徳と雄略の部分に近い。これらの部分は、『伊勢物語』など、平安時代の歌物語に近い構成になっている。」と述べた。そして、本書の「『古事記』の歌謡」において、歌謡が古事記全体のバランスや構造に重要な役割を果たしていると指摘する。これは、源氏物語における贈答歌やエピソードの意味を考える上で重要な指摘である。

物語と近代小説の最大の相違は、和歌の伝統を受け継いでいるかどうかである。源氏物語の研究には、引歌を挙げる古注以来の八百年の歴史があるが、近代以後、活字化され、（現代語や外国語の）翻訳で読まれるようになり、ここ百年ほどは和歌が登場人物のせりふのように扱われてきた。パリの源氏グループでも、なぜ物語の解釈のために和歌を列挙する必要があるのかという疑問が出されたという。もっともな意見で、和歌を多く引用して論じる者には耳の痛いところである。源氏物語は注釈抜きでも十分に魅力があり価値もある。ではなぜ詩歌を数多く参照し訓詁注釈なという面倒な手続きをするかと言えば、より深く古典の世界に分け入り、さらなる魅力を発見した経験があるからである。源氏物語とは何かという問いかけに応えるには、源氏物語がどのような場でどのように作られたのか、各時代にどのように享受されてきたのかを知る必要がある。国内外に広く出回る書物を読むだけではなく、千年間の歴史と文化を知ることによって、この偉大な古典作品の本質に迫ることが可能となる。言語を理解すれば事足りるものではなく、まして言語の置き換えのみで伝えられるものではない。今回の「源氏物語とポエジー」は、まさに物語の背景にある文化を明らかにするための必然とも言えるテーマであった。

源氏物語と和歌についての先駆的研究としては、小町谷照彦氏の『源氏物語の歌ことば表現』（一九八四年、東京大学出版会）がある。「物語の形成の方法として、和歌の表現性」を論じ、「和歌的な視点からの作品分析の方法論を提示」する。一九六五年初出の論文「「幻」の方法についての試論—和歌による作品論へのアプローチ」の序に、源氏物語の研究が散文中心であることを指摘し、和歌的視点の導入が必要だと述べた。この時代としては画期的な論であったが、哀傷歌によって綴られた幻巻を「特殊な表現様式」と評する点は、なお散文中心の考え方を前提としている。拙著『源氏物語の風景と和歌』（一九九七年、和泉書院）では、和歌を表現の一方法ではなく物語の基本として捉え、漢詩の表現方法（擬人法など）を合わせたことによって高度な情景描写を実現し得たのだと論じた。二〇〇〇年記念論集『源氏物語研究集成』（風間書房）の第九巻「源氏物語の和歌と漢詩文」には拙論を含む七編が収められ、この頃から詩歌を取り上げる研究が盛んになっていった。近年では、『源氏物語と和歌世界』（二〇〇六年、新典社）、『源氏物語と和歌を学ぶ人のために』（二〇〇七年、世界思想社）、『源氏物語と和歌』（二〇〇八年、青簡舎）などの論集が編まれ、二十世紀には低調であった源氏物語と和歌に関するテーマは活況を呈するようになった。そして本書の刊行によって、さらに研究が進展することを願う。本書に寄せられた論文は、それぞれ専門とする立場から、源氏物語の背景にある詩歌の豊かな文化を明らかにしている。

源氏物語の研究史のうち最も歴史ある引歌について論じたのが、鷺山郁子氏「『源氏物語』と『古今和歌集』」である。問題の多い俳諧歌に着目し、「似通ったシチュエーションが、巻を隔てて同じ古今歌を呼び起こす」と述べる。個々の歌の影響、個別の表現技法にとどまらず、引歌研究が物語の読みを深めた論である。長瀬由美氏の「『源氏物語』と中唐白居易詩について」では、長恨歌の感傷詩と諷諭的な長恨歌伝の散文の関係が源氏物語の歌と文との関係につながることを示唆する。筆者も幻巻の歌と文の関係や引歌について論じたことがあるが、鷺山氏や長瀬氏の論は、研究者諸氏をより高い研究レベルへと導いてくれる。『源氏物語の歌と人物』（二〇〇九年、翰林書房）の編者の一人である久富木原玲氏の「『源氏物語』笑いの歌の地平」は、物語の歌と登場人物の関係について論じる。かつての人物論では、人物の行動やせりふを手がかりにすることが主流であったが、近年は歌の解釈を積極的に取り入れるようになった。一九九三年の拙論「光源氏と夕顔―贈答歌の解釈より―」（前掲書）は比較的早期の例だと思うが、二〇〇九年にイナルコで行われたハルオ・シラネ氏と藤井貞和氏の対論「物語と詩的言語―「夕顔」巻をめぐって」（第二冊目所収）も夕顔の歌を問題にした。古来諸説のあった歌の解釈や人物像に注目が集まるのは当然のことだが、個々の結論を急ぐよりも、当時の文化・社会における和歌の役割や意義を知ることが肝要である。

二〇一二年の対論「源氏物語と音楽」を基にした磯水絵氏の「舞曲《落蹲》をめぐって」は、物語研究者が見落としてきた側面を鋭く指摘し、想像の及ばなかった舞楽の光景を活き活きと見せてくれた。スティーヴン・G・ネルソン氏の「『源氏物語』における催馬楽詞章の引用」は、広義の引歌研究であるが、音楽に堪能なネルソン氏ならではの論で、実際に演奏し唄うことを想定し、物語の中で具体的にどのようなやりとりが行われたのかを示す。舞楽や弦楽器の知識・素養は源氏物語の理解に必要不可欠であるが、国文学者による注釈書ではこの部分が最も不足している。現代のフランス人に理解できるフランス版『源氏物語』を目指す翻訳グループの企画ゆえに実現し得た有益なテーマである。

詩歌には、人の心を慰める効果がある。被災した人々を慰め励ましたのも歌と音楽であった。文学作品の多くは、滅びた一族、敗者を讃える美学に基づいて作られたものであり、源氏物語も例外ではない。二〇一一年三月、東日本大震災によってシンポジウムの縮小を余儀なくされたことと、震災の二週間後に筆者もパリに出向いて寺田氏と打ち合わせをしたこともあって、パリのシンポジウムは哀傷・鎮魂の歌を連想させる。二〇一三年三月の対論「和歌の視線」では、イフォ・スミッツ氏の「詩歌の声域と視線—絵画・庭園を場として—」と、渡部泰明氏の「和泉式部の和歌における人称性」が、人の死を悼む哀傷歌・鎮魂歌をいくつか取り上げていた。対論に参加した筆者は、スミッツ氏の発表から、歌枕「塩釜の浦」は貞観大津波で被害に遭った土地ゆえに河原院で再現され哀傷歌と結びついたのではないかと発言した。本書におけるスミッツ氏の「平安文学における想像力と形見としての庭園」では、歌に詠まれた河原院の庭園を「失われた過去の形見」とし、六条院を「憂愁に満ちた記憶に捧げられた」場所と論じている。そして、シンポジウムの企画者である寺田氏の「物語の回路としての和歌」は、まさに哀傷歌のみで仕立てられた幻巻を論じたものである。氏は「巻名として使われている歌言葉が過去をたぐり寄せる構成になっている」と述べ、源氏物語の和歌が古歌を基にしているだけでなく、後の物語の歌に連環していく意味を論じる。この論は、同じくヨーロッパにおいて和歌を研究し教育してきた鷲山氏の論とも響き合う。また、本書掲載の渡部論文「西行和歌の作者像」は、西行の題詠歌が相手に訴えかける対話性を有するところに和泉式部の哀傷の歌との共通性があると指摘する。これは源氏物語の哀傷歌を考える重要な手がかりになる。

享受史研究は、ただ後世の文化や作品の影響を知ることではない。読者の側から捉えることによって物語の本質が見える。田渕句美子氏の「『無名草子』における『源氏物語』の和歌」は、女房たちが物語とその和歌を受容する意識を読み取り、宮廷女性における物語本来の役割を実証した。ミシェル・ヴィエイヤール・バロン氏の「伝定家詠の源氏物語巻名和歌について」、E．ラミレズ・クリステンセン氏の「中世詩人と『源氏物語』」は、それぞれ源氏物語が詠作の場に用いられた意味を明らかにした。クリステンセン氏は、「彼ら詩人は権威的解釈を求めて『源氏』を読んだのではなく、作品を読みその理解を実際の詠作の場に応用し続けた」と指摘する。研究者は、各時代の注釈書を物語理解のために利用してきたが、実のところそれらは「注釈書」などではなく、それぞれの立場に必要だから書かれたものに過ぎない。『花鳥余情』の序文は「大かた源氏などを一見するは歌などによまんためなり」と明言した。従って、その巻の説明「以歌為巻名」は、中世の歌人が歌材とする「巻名」が物語のどこにあるのか、その拠り所〈出所〉を示したものであり、巻名そのものの成立を示したものではない。にも関わらず、後人はその説明を〈巻名の由来〉だと理解し、巻名が源氏物語中の歌や詞から名付けられたと説明するようになった。

今回のシンポジウムと本書では、巻名に関わる論が三編あるが、ヴィエイヤール・バロン氏、ジョシュア・モストウ氏、および拙論における「源氏物語巻名和歌」「源氏物語の巻名・和歌」は、それぞれ異なる意味を持っている。シンポジウム直前に出した拙著『源氏物語の巻名と和歌　物語生成論へ』（二〇一四年、和泉書院）では、源氏物語の巻名が、物語成立以前の和歌や歌題を基に名付けられた物語の題であると論じた。物語成立当初から巻名があったとする立場であり、本書の拙論「源氏物語の巻名・和歌と登場人物」でも、古来の歌から巻名と物語が作られたと論じた。では、物語中の歌を「巻名の元になった歌」と説明するモストウ氏の論「『零度の読み』としての源氏物語巻名和歌」が、拙論と反するものかと言えばそうではない。版本「絵入源氏物語」の題箋には、巻名とともに「歌を名とせり」などと印刷されている。そして、モストウ氏の報告の通り、『源氏鬟鏡』「源氏香の図」「源氏かるた」など、江戸時代における「零度の読み」（最低限の知識）において、「巻名の元になった歌」は物語中の歌を指していた。つまり、千年前に巻名が名付けられ物語が成立したことを追究する視点と、三百年前の庶民が巻名を物語の基本的情報と捉えていたことを示す視点の違いである。それに対して、ヴィエイヤール・バロン氏の「源氏物語巻名和歌」は、巻名の本歌でも物語中の歌でもなく、「源氏物語の巻名を詠み込んだ後世の歌」の意味である。源氏物語の巻名を詠み込んだ歌の早い例としては、俊成周辺で詠まれた九首と、藤原実材母集の九首が知られる。作品によって目的や詠み方は異なるものの、用語としては、源氏物語の巻名を歌材とした例として分類することができる。このように、時代や立場により「巻名和歌」「巻名歌」の意味や捉え方は異なるが、巻名と和歌とは、源氏物語の歴史において常に重要なテーマであった。

「引歌」という用語にしても、鷺山氏の文言「源氏物語に引かれた歌」は誤解を与えないが、古歌などを引用する技法、あるいは、注釈書に引用された歌といった意味にも用いられる。引歌か否かという認定も注釈書により異なるが、注釈書に挙がる歌が源氏物語以後の例である場合や出典未詳歌をどう考えるのかも問題になるだろう。注釈書に引用された歌を網羅した伊井春樹編『源氏物語引歌索引』（一九七七年、笠間書院）と、物語の解釈に必要な古歌を収めて解釈を加えた鈴木日出男編『源氏物語引歌綜覧』（二〇一三年、風間書房）とでは似て非なる立場である。「巻名和歌」よりもわかりやすいが、同一視すると時代認識を見誤る。

　二〇一三年夏、田渕氏のお世話で、早稲田大学においてシンポジウムの打ち合わせを行った。メンバーが揃い和気藹々とした打ち合わせの中で、寺田氏から、井上ひさしが色紙に揮毫した座右の銘「むずかしいことをやさしく、やさしいことをふかく、ふかいことをおもしろく」を引用して、フランスでは、わかりやすくなければ受け入れられない、ただし当たり前のことは見向きされない、と言われた。これには、参加者一同、気を引き締めたものである。そして二〇一四年三月、資料を事前に送り、寺田氏はじめイナルコの先生方によって翻訳していただき、シンポジウム前日にも細かい打ち合わせを行って本番に臨んだ。国内学会のシンポジウムなどで当たり障りのない意見交換が行われる様を見てきた者には、これこそ本来のシンポジウムだと感じ入った。少しでも曖昧な表現をすると、どのように翻訳すればよいかという質問がメールや国際電話で飛んでくる。シンポジウムの場では発表者に一人ずつディスカッサントが鋭い質問を投げかける。真剣勝負である。寺田氏の「総括」にその様子が見事に実況中継されている。その後も参加者が練り直して寄せてくださった力作が集められたことは、本シンポジウムの成果であり、執筆者の皆様のおかげである。深く感謝したい。

　今年三月二十日にも対論が行われたが、パリはテロ事件で落ち着かず、ヨーロッパ各地の治安が心配である。日本国内では東日本大震災から四年経ても復興はいっこうに進まない。そんな世の中ゆえにこそ、私たちはせめて、言語文化の力を信じて、先人の伝えた美しい心、人を慰める言葉を後世に伝えていきたい。本書所収の論の一つ一つに、その願いが込められている。シンポジウムの準備や各種連絡、編集全般をとりまとめ、翻訳してくださった寺田氏に、まず感謝したい。二〇〇九年の夏、奈良公園の宿で協力を依頼されてから、寺田氏がこの活動をどれほど大切に考え、研究のことを考えてこられたかを目の当たりにしてきた。編者の一人ながらほとんどお役に立てなかったが、その見届け役として、特に記しておきたい。最後になったが、シンポジウム開催に当たり、東芝国際交流財団、愛知県立大学、帝塚山大学、二松学舎大学、早稲田大学からの援助を受け、本書の刊行に際しては、ＣＲＣＡＯ（東アジア文明研究センター・パリディドロ大学他）とＣＥＪ（日本研究センター・イナルコ）から助成をいただいた。この場をお借りして御礼申し上げる。そして、既刊に続き、論集の刊行を快くお引き受けいただき、煩雑な編集をしてくださった青簡舎の大貫祥子氏に心より御礼申し上げる。

二〇一五年三月

清水　婦久子

編者・執筆者紹介

寺田　澄江（てらだ すみえ）

一九四八年生まれ。INALCO（フランス国立東洋言語文化大学）教授。

〔主要業績〕『源氏物語の透明さと不透明さ』（共編著、青簡舎、二〇〇九年）、「松尾・オーベルラン訳『枕草子』―変奏としての翻訳」（『両大戦間の日仏文化交流』和田博文他編、ゆまに書房、二〇一五年）、「断片としての集―『和漢朗詠集をめぐって』―」（『集と断片　類聚と編纂の日本文化』、勉誠出版、二〇一四年）、「源氏物語の和文　シャルル・アグノエルの眼を通して―」（『アナホリッシュ国文学』第4号、『源氏物語絵と文』、二〇一三年）、*Figures poétiques japonaises―La genèse de la poésie en chaîne―*（Collège de France, 2001）。

清水　婦久子（しみず ふくこ）

一九五四年生まれ。帝塚山大学教授。

〔主要業績〕『源氏物語の風景と和歌』（和泉書院、一九九七年　二〇〇八年に増補版）、『源氏物語の巻名と和歌　物語生成論へ』（和泉書院、二〇一四年）、『源氏物語版本の研究』（和泉書院、二〇〇三年）、『源氏物語の真相』（角川学芸出版、二〇一〇年）。

田渕　句美子（たぶち くみこ）

一九五七年生まれ。早稲田大学教授。

〔主要業績〕『中世初期歌人の研究』（笠間書院、二〇〇一年）、『阿仏尼』（吉川弘文館、二〇〇九年）、『十六夜日記　阿仏の文』（勉誠出版、二〇〇九年）、『新古今集　後鳥羽院と定家の時代』（角川学芸出版、二〇一〇年）、『異端の皇女と女房歌人―式子内親王たちの新古今集―』（角川学芸出版、二〇一四年）。

アンヌ・バヤール＝坂井（Anne Bayard-Sakai）

一九五九年生まれ。INALCO（フランス国立東洋言語文化大学）教授。

〔主要業績〕「焼け跡の文学場」（『占領期雑誌資料体系　文学編　Ⅱ』、岩波書店、二〇一〇年）、「アネクドート、あるいはミクロフィクション、そして読者との関係」（『源氏物語の透明さと不透明さ』藤原克己他編、青簡舎、二〇〇九年）、「谷崎小説の書き出し」（『ユリイカ』二〇〇三年五月）、*Le Japon après la guerre*（共編著 Editions Picquier, 2007）、谷崎潤一郎、大江健三郎、大岡昇平など、翻訳多数。

ミカエル・リュケン（Michael Lucken）
一九六九年生まれ。INALCO（フランス国立東洋言語文化大学）教授、CEJ（日本研究センター）所長。
〔主要業績〕『二十世紀の日本美術』（三好企画、二〇〇七年）、*Les Japonais et la guerre 1935-1952*（Fayard, 2013）、*Les Fleurs artificielles—Pour une dynamique de l'imitation*（Editions du Centre d'Etudes Japonaises de l'Inalco, 2012）、*Les peintres japonais à l'épreuve de la guerre, 1935-1952*（Les Belles Lettres, 2005）、《Les limites du *ma* : retour à l'émergence d'un concept "japonais"》,（*Nouvelle revue d'esthétique*, n.13, PUF, 2014）。

久富木原　玲（くふきはら　れい）
一九五一年生まれ。愛知県立大学教授。
〔主要業績〕『源氏物語　歌と呪性』（若草書房、一九九七年）、『源氏物語の変貌—とはずがたり・たけくらべ・源氏新作能の世界—』（おうふう、二〇〇八年）、共編著『武家の文物と源氏物語絵—尾張徳川家伝来品を起点として』（翰林書房、二〇一二年）。

鷺山　郁子（さぎやま　いくこ）
一九五三年生まれ。フィレンツェ大学教授。
〔主要業績〕『古今集』伊訳（*Kokin waka shū. Raccolta di poesie giapponesi antiche e moderne*, Milano, Ariele, 2000）、「越境する源氏物語」（『源氏物語本文の再検討と新提言　2』、國學院大學、二〇〇九年）、《*Mononoke* e dintorni. Il caso della dama Rokujo》（in a cura di G. Amitrano e S. De Maio, *Nuove prospettive di ricerca sul Giappone*, Napoli, Università degli Studi di Napoli "L'Orientale", 2012）。

長瀬　由美（ながせ　ゆみ）
一九七五年生まれ。都留文科大学准教授。
〔主要業績〕「『源氏物語』准拠の手法と唐代伝奇・中唐の文学観」（『中古文学』第95号、二〇一五年五月）、「菅原文時「封事三箇条」について—『源氏物語』以前のひとつの文学—」（『源氏物語の礎』、二〇一二年、青簡舎）、「中唐白居易の文学と『源氏物語』—諷諭詩と感傷詩の受容について—」（『国語と国文学』二〇〇九年五月）、「一条朝文人の官職・位階と文学—大江匡衡・藤原行成・藤原為時をめぐって—」（『平安文学と隣接諸学4　王朝文学と官職・位階』二〇〇八年、竹林舎）、「『源氏物語』と中国文学史との交錯—不可知なるものへの語りの方法—」（『源氏物語　重層する歴史の諸相』、二〇〇六年、竹林舎）など。

磯 水絵（いそ みずえ）
一九五〇年生まれ。二松學舍大学教授。
〔主要業績〕『説話と音楽伝承』（和泉書院、二〇〇〇年）、『院政期音楽説話の研究』（和泉書院、二〇〇三年）、『『源氏物語』時代の音楽研究―中世の楽書から―』（笠間書院、二〇〇八年）、『大江匡房―碩学の文人官僚』（勉誠出版、二〇一〇年）、編著『今日は一日、方丈記』（新典社、二〇一三年）。

スティーヴン・G・ネルソン（Steven G. Nelson）
一九五六年生まれ。法政大学教授。
〔主要業績〕"Court and Buddhist music (1): history of *gagaku* and *shōmyō*" / "Court and Buddhist music (2): music of *gagaku* and *shōmyō*."（Tokita, Alison, and David Hughes, ed., *The Ashgate Research Companion to Japanese Music*. Hants [U.K.]: Ashgate, 2008）、「蘇る平安の音」（『越境する雅楽文化』、神野藤昭夫・多忠輝監修、書肆フローラ、二〇〇九年）、「工尺譜の起源をめぐって―唐代の文字譜との関係―」（『論集 文学と音楽史―詩歌管絃の世界―』磯水絵編、和泉書院、二〇一三年）。

イフォ・スミッツ（Ivo Smits）
一九六五年生まれ。ライデン大学教授。
〔主要業績〕「司馬江漢とイソップ寓話」（『蘭学のフロンティア　志津筑忠雄の世界』長崎文献社、2007）、*Reading East Asian writing—The limits of literary theory—*（共編著、Routledge Curzon, 2003）、*The pursuit of loneliness—Chinese and Japanese nature poetry in medieval Japan, ca. 1050-1150—*（Steiner Verlag, 1995）、"Minding the Gaps—An Early Edo History of Sino-Japanese Poetry—"（*Uncharted Waters*, Brill, 2012）、"The way of the literati—Chinese learning and literary practice in mid-Heian Japan—"（*Heian Japan, centers and peripheries*, University of Hawai'i Press, 2007）。

フランソワ・マセ（François Macé）
一九四七年生まれ。INALCO（フランス国立東洋言語文化大学）教授。
〔主要業績〕『古事記神話の構造』（中央公論社、一九八九年）、「神話から物語へ」（『物語の言語　時代を超えて』寺田澄江他編、青簡舎、二〇一三年）、*La mort et les funérailles dans le Japon ancien*（P.O.F. 1986）、*Le Japon d'Edo*（共著 Belles Lettres, 2006）

《Fondation et refondation, histoire et commencements—l'écriture de la tradition au Japon》（*Transcrire les mythologies*, Albin Michel, 1994）。

渡部　泰明（わたなべ　やすあき）
一九五七年生まれ。東京大学大学院教授。
〔主要業績〕『中世和歌の生成』（若草書房、一九九九年）、『和歌とは何か』（岩波書店、二〇〇九年）、『古典和歌入門』（岩波書店、二〇一四年）。

ミシェル・ヴィエイヤール＝バロン（Michel Vieillard-Baron）
一九六二年生まれ。INALCO（フランス国立東洋言語文化大学）教授。
〔主要業績〕「パリ東洋ギメ美術館図書館蔵二条為忠筆秀歌撰集―影印・翻刻・解題」（『古代中世文学論考』第一九集、新典社、二〇〇七年）、「『建礼門院右京大夫集』における断片―題詠歌群の機能」（『集と断片　類聚と編纂の日本文化』、勉誠出版、二〇一四年）、*Les enjeux d'un lieu, Architecture, paysages et représentation du pouvoir impérial à travers les poèmes pour les cloisons de la Résidence des Quatre Dieux Rois Suprêmes, Saishô shitennô-in shôji waka* (1207)（Collège de France, 2013）、*Fujiwara no Teika (1162-1241) et la notion d'excellence en poésie, Théorie et pratique de la composition dans le Japon classique*（Collège de France, 2001）。

エスペランザ・ラミレズ＝クリステンセン（Esperanza Ramirez-Christensen）
一九四六年生まれ。ミシガン大学名誉教授。
〔主要業績〕「連歌ジャンルにおける「意味」の位相―心敬の付合論をめぐって」（『連歌研究の展開』、金子金治郎編、勉誠出版、一九八五年）、*Emptiness and Temporality: Buddhism and Medieval Japanese Poetics*（Stanford University Press, 2008）、*Heart's Flower: The Life and Poetry of Shinkei*（Stanford University Press, 1994）、*The Father-Daugter Plot: Japanese Literary Women and the Law of the Father*, 共編著（University of Hawaii Press, 2001）、"The Operation of the Lyrical Mode in the *Genji monogatari*" *(Ukifune: Love in the Tale of Genji*, Columbia University Press, 1982）。

ジョシュア・モストウ（Joshua Mostow）
一九五七年生まれ。ブリティッシュ・コロンビア大学教授。

〔主要業績〕『伊勢物語　創造と変容』（共編著、和泉書院、二〇〇九年）、「図像と写し―『伊勢物語』と俵屋宗達」（『写しの力―創造と継承のマトリクス―』島尾新他編、思文閣出版、二〇一三年）、「引喩と権威―『隆房卿艶詞』とその絵巻について―」（『伊勢物語享受の展開』山本登朗編、竹林舎二〇一〇年）、「『源氏物語』の「絵」」『源氏研究』第二号（一九九七年）、「視線のポリティクス―平安時代女性の物語絵の読み方」（『美術とジェンダー　非対称の視線』千野香織他編、ブリュッケ、一九九七年）。

二〇一四年パリ・シンポジウム

源氏物語とポエジー

二〇一五年五月三一日　初版第一刷発行

編　者　寺田澄江
清水婦久子
田渕句美子

発行者　大貫祥子
発行所　株式会社青簡舎
〒一〇一-〇〇五一
東京都千代田区神田神保町二-一四
電　話　〇三-五二一三-四八八一
振　替　〇〇一七〇-九-四六五四五二
装　幀　水橋真奈美
印刷・製本　藤原印刷株式会社

Printed in Japan
ISBN978-4-903996-86-8　C3093